U0456407

清代直隶总督◎文献集

衍庆堂诗稿 上

颜检 著

河北出版传媒集团
河北教育出版社

图书在版编目（CIP）数据

衍庆堂诗稿：上、下册 /（清）颜检著. -- 石家庄：河北教育出版社，2023.12
（清代直隶总督文献集）
ISBN 978-7-5545-5539-2

Ⅰ. ①衍… Ⅱ. ①颜… Ⅲ. ①古典诗歌－诗集－中国－清代 Ⅳ. ①I222.749

中国版本图书馆 CIP 数据核字 (2019) 第 261256 号

书　　名　清代直隶总督文献集
　　　　　衍庆堂诗稿（上下册）
作　　者　（清）颜检
主　　编　刘金柱　张志勇
点校整理　徐文武

出 版 人　董素山
策　　划　徐　凡　刘相美
责任编辑　石　姮　赵　磊
装帧设计　李关栋
出版发行　河北出版传媒集团
　　　　　河北教育出版社 http://www.hbep.com
　　　　　（石家庄市联盟路 705 号，050061）
印　　制　河北新华第二印刷有限责任公司
开　　本　787 mm × 1092 mm　1/16
印　　张　48.25
字　　数　540 千字
版　　次　2023 年 12 月第 1 版
印　　次　2023 年 12 月第 1 次印刷
书　　号　ISBN 978-7-5545-5539-2
定　　价　130.00 元（上下册）

凡　例

一、清代直隶为京畿重镇，总督之选，均当时名臣。虽其或以政事优长著名，或以德行卓异见称，辞章文笔非其要务，然其文字多关乎时事，诗笔亦可见交游，固有益于论世知人，亦有资于考证研究。惜其多数，世所罕觏，或近湮灭，存亡堪虞。今加点校整理，一则保存文献，庶免散佚，一则以广流传，便于取用。

二、有清一代，任直隶总督之职者共四十人。有文集存世者若干家，本丛书所收录即在此范围之中。若今人已有点校本行世，而流传甚广者，如曾国藩文集，则不再收录。

三、本丛书作品编排均依原集次序，以存旧貌。新辑集外佚文之编排，以诗、文、词为序。诗之次序为古诗、律诗、绝句。文之次序为：赋、制、敕、册文、表、疏、状、奏议、启、判、对策、教、颂、赠序、书、记、论说、杂文、赞、铭、诔、碑、哀册、吊、祭文、题识（序跋）等。（《古文辞类纂》：论辨类，序跋类，奏议类，书说类，赠序类，诏令类，传状类，碑志类，杂记类，箴铭类，颂赞类，辞赋类，哀祭类。）

四、丛书中各文集版本情况不一，凡存世不止一本者，皆尽力搜罗，以求其全。底本选用，以足本、善本为先。若为孤本、残本者，则不在此例。

五、本丛书校勘，凡有二种版本以上者，以对校为主，参以他法。仅有一种版本者，无他本可参，势难对校，则用下列方法校之：若诗文有见于他书称引、有见于碑版法帖者，以他校法校之；若集中有他篇可参证者，以本校法校之；若既不见于他处，亦无佐证于集内，而文字疑有讹误者，则以理校法校之。

六、本丛书出校原则，讹文、脱文、衍文、倒文出校。异文两通者，保留原貌，出校记列出异文。底本疑误而无版本依据，无法断定者，保持原貌，出校记说明。校记以脚注形式列于每页之下。至于习见之通假字、流俗之异体字，皆无关宏旨，不复出校。原稿漫漶不清、实难辨明之处，以等字数之虚缺号“□”替代之，以俟识者。

七、书中之避讳字，保持其书原貌，不作回改。若其征引前代典籍而避当代之讳而改字者，则皆回改。

八、由于作者的历史局限性，观点不当之处，不代表认同，仅为呈现文献原貌和保持完整性，不作修改。

九、本丛书采用新式标点，并参照文意加以分段，以便阅读。

卷一　从政集

卷二 白泉偶咏·上

卷三　白泉偶咏·下

卷四　西行草・上

卷五　西行草·中

卷六　西行草·下

卷七　东归草

卷八　南征草

卷九　北上草

卷十　归去来草·上

卷十一　归去来草·下

叙

古人以立德、立功、立言为三不朽。然立功德者不待立言而已足不朽，长于立言者不必皆立功、立德，汇此三者，往往难之。今节帅连平颜公将以尊甫惺甫先生《衍庆堂诗稿》付梓，索序于人鉴，盥诵之下而知前说之非也。窃思先生遭遇盛时，历官中外数十年间，功在国史，德在口碑，皆足垂诸不朽。而政余寄兴无一不托之于诗，诗不名一家，而忠孝友爱之言莫不从性情中流出。先生自题诗卷有“独弹古调有真趣，能解愁怀无变声”之句，殆甘苦自知之言欤！先生曾建节浙省，至今父老讴思颂声未沫，人鉴向已熟闻之。今复获诵全稿，益信不朽者固自有真，必与功德并寿也。宜宋芷湾先生有“传之千年，古光不坏”之评也。集中示节帅诗尤多，勉谕谆谆。今节帅果名位继起，仰承庭训，亦备不朽之三，家学之传即朝廷之福也。夫一行作吏，此事遂废，为千古俗吏所藉口。而先生历任大省，何尝不讲求治理，综握政务以期上报国而下泽民，而其为诗亦非不勤且工，是亦可知其旨趣之所在矣。

是为序。

后学高人鉴拜撰

◎卷一　从政集

恭校四库全书呈大宗伯德定圃夫子六首

其　一

花砖日影度徘徊，万轴琳琅六典才。分得词臣清直任，亲从秘阁校书来。

其　二

黼幄畴咨辟四门，访求治道许深论。吁俞想见唐虞盛，宵旰忧勤仰至尊。

其　三

染翰几余瞻睿藻，天教采笔辟鸿蒙。圣人老少安怀意，都在风花雪月中。

其　四

荣辱枢机足起予，微参消息在盈虚。要从学易思无过，不仅韦编辨鲁鱼。

其　五

周规折矩慎纤毫，三百三千制作劳。稽古参今得其蕴，始知典礼重仪曹。

其　六

从政原资学有余，备官南省愧粗疏。裁成小子师恩重，遍读兰台有用书。

春夜闻蛙

爱尔蛙鸣两部奇，聊云鼓吹恰相宜。声来半亩方塘外，梦醒三更小雨时。得地可能平喜怒，忘机未许辨官私。芳春消息应回首，青草池边柳又丝。

菊　影

其　一

栏干屈曲试闲凭，鞠有黄花映几层。晚节匪邀青女盼，幽怀应为故人增。空将霜蕊簪蓬鬓，淡写秋容衬壁灯。瘦影自怜频自顾，欲逢一笑竟何曾。

其　二

花尽无花莫细论，清阴且与共晨昏。萧森合伴骚人迹，疏冷还移淡月痕。三径荒芜犹寄傲，满城风雨亦销魂。铅华洗尽留真意，得趣悠然在不言。

题　画

入山恐不深，入林恐不密。只作山林人，一啸落空碧。

题画梅

淡墨两三笔，疏梅四五枝。传神在阿堵，可许素心知。

村舍即事

屋临春水敞烟扉，门外参差竹树围。五亩黄云和雨割，半山红日放牛归。桑麻相望自淳古，鸡犬不惊无是非。闲淡生涯原足乐，人间衣马笑轻肥。

与宋云岩

辕驹无息辙，归鸟自栖林。覙缕家常话，殷勤旧雨心。儿曹渐成立，老境已侵寻。杯酒共斟酌，含情深复深。

病中与宋云岩

底事头风未得痊，与君同病更相怜。人间苦味须尝遍，购得苓连手自煎。

哭时庵二叔步问渠五叔韵

其一

欷歔拜别不胜悲，满树栖鸦噪晚枝。往事何堪回首忆，留连话到五更时。

其二

云外归来雁阵斜，忽传凶问到天涯。可怜犹子伤心处，万里封函至客槎。时有书寄呈，尚未得达。

其三

二十年来壮志违，每当搔首怨斜晖。今朝赍恨泉台去，应悔蹉跎事事非。

其四

广额丰颐寿可期，谁知病骨竟支离。理难推测天难问，变幻真同一局棋。

其　五

岭南翘首白云边，几度金台阅岁年。恨我欲归归未得，含悲何处问前缘。

其　六

设位长号奠一杯，凄风为我自天来。招魂有赋魂何在，忧愤茫茫莫罄哀。

其　七

期予敬事勖安贫，骨肉情殷问讯频。太息前年多病后，音书不寄宦游人。

其　八

惨淡松楸掩暮烟，沾襟忍望故乡天。二亲见背，终天抱恨，今复遭此，情何以堪。淮南冀北同兹恨，秋雨秋风搅夜眠。时五叔官于淮。

丙午除夕与印川八弟

其　一

今夕又除夕，燕郊五阅春。自调芳柏酒，未染素衣尘。稚子能依膝，山妻不厌贫。团栾有真趣，即此乐吾身。

其　二

几年别仲子，诸季亦言归。叔弟独留此，良辰还共依。杯盘陈岁具，几席恋春晖。南北关心处，遥情寄玉徽。

得端甫弟辈家言赋寄

其　一

秋竹萧萧倚石根，秋声瑟瑟起凉轩。一年离思多风雨，万里关心几弟昆。归棹迟回泊瓜步，时五叔官于扬，弟辈便道省亲。春澌潋滟冷章门。弟辈书来，知于新正望日由西江易舟南旋。遥怜指点舟中话，十八滩头急浪奔。

其　二

到家消息达淮阴，家言由五叔处转寄。客路平安慰自今。听雨还思春草梦，登楼不尽故园心。贫甘藜藿知吾惯，志在诗书望尔深。努力端应从少壮，青芹丹桂待佳音。立甫弟时正应试。

戊申元日早朝

元气涵方寸，春风酿太和。初正书甲子，旭日丽山河。陛列华珪肃，恩承绛阙多。朝回香满袖，余韵曳鸣珂。

梦亡儿锡寿

其　一

入梦如闻笑语声，醒时犹自忆分明。也知泉下无消息，难遣三年舐犊情。

其　二

膝下牵裾索父啼，更怜弱弟手提携。伤心病骨支离候，犹听声声让枣梨。

赵槐轩别驾绘其母欧宜人墓图分韵征诗作此以寄

鹅城雄据西湖东，湖光倒影涵青峰。远夹双江拥苍翠，高峙一郡如衡嵩。往来指点观形胜，蜿蜒屈曲盘游龙。地脉所发必有自，长宁之山凌苍穹。苍穹有意示奇特，丫髻高悬绝攀陟。丫髻山为长宁境内最高处。荡日兴云秀气钟，分支衍派灵光毓。东西峦岫环岩城，凹凸冈陵开奥域。山川位置真奇哉，神巧天工谁识得。维昔中宪赵封君，天水望族称闻人。适遭季世避兵燹，却来东粤辞南闽。孑身千里黄金尽，读书万卷青囊神。名山到眼不匿秀，芙蓉削出争嶙峋。杖策登临穷足迹，芒鞋踏遍南山石。日惟长宁长吉乡，里仁为美斯堪择。槐轩所居为长吉屯。孝思更念祖与先，不封不葬心焉惄。高阡一一展松楸，负土佳城营窀穸。相厥阴阳观流泉，目力直察秋毫颠。峻若危巢落孤鹘，翩如鸦阵归林端。鹘落巢、鸦落阳皆为槐轩先茔也。审其形势亦惟肖，灵气所聚非徒然。地灵人杰语不谬，迄今瓜瓞长绵绵。绵绵瓜瓞利后嗣，孝子贤孙相继继。君也趋庭南诏游，承欢菽水能养志。十年子舍不忍离，膝下依依同孩稚。一朝奉命上长安，捧檄娱亲良有为。槐轩奉亲命赴选。忆余忝结葭莩亲，与君少小聊晨昏。君就征书来阙下，余亦薄宦淹都门。促膝围炉各道故，盘餐杯酒存天真。曾几何时遂言别，一麾出守驱征轮。佐理大郡重朝列，庶狱庶政咸无缺。方谓君才膺显擢，何期大故复中夺。慈母滇南凶耗来，哀号躄踊风萧瑟。昆海奔临历苦辛，梓乡归去搜岩穴。岩穴穷迹披蒿莱，匍匐泣血天心哀。北邙荒冢知多少，独留一穴苍山隈。白花矗起列霄汉，精光逼照双门开。双门为此穴发脉处，白花林则其后峦也。一攒甃石劈肌理，恍如红玉团脐堆。穴形似蟹。得兹吉兆愿已足，余哀作画藏书簏。只将隐痛寄丹青，非惑形家计祸福。君惟以孝绍前徽，此意深微谁能瞩。我为作诗诏后人，试展墓田图一幅。

庚戌孟夏辉日大兄抵都回忆甲辰春间叙别已七年矣感而赋此

登楼目断故乡云，一见翻惊迹久分。七载离愁添白发，连朝风雨净尘氛。京师近喜得雨。贫能健酒沽新酿，事最伤心话旧闻。太息承家都不易，谁绵先德望殷勤。与兄追述先人旧德，不禁凄然。

秋日叠前韵呈辉日兄

几阵西风卷暮云，帘前秋色又平分。闲调药饵除微疾，静理棋枰却俗氛。嚼蜡浮名无所系，抟沙旧语不堪闻。七年陈迹分明在，对话何嫌乙夜勤。

庚戌孟秋扈跸滦阳闻荫汸九弟抵都赋寄

一日复一日，情随征路长。好音来驿骑，游子卸行装。别恨岁时久，新秋风雨凉。荫汸到京后连日澍雨。应知归执手，讶我鬓将苍。

答辉日兄用荫汸怀素园韵

万里封缄手自携，聊将宦况细参稽。酒缘未断还拼醉，诗债难完久不题。理罢文书休粉署，摊开墨帖试端溪。闲官领得清闲趣，雪满西山积翠西。

车中雨后

其一

风沙连日困行程，雨送轻凉快远征。洗尽尘容簇新翠，枝枝弱柳不胜情。

其二

泥淖原知行路难，却缘望岁意良宽。今朝一慰村农愿，笑把锄犁陇畔看。

由庐陵至万安稽查驲站时英吉利使臣将至诗以寄意

一麾方出守，遑敢惜艰辛。夜半津桥渡，途中羽檄频。舟车劳驿使，抚字愧吾身。伊古循良吏，忧思只为民。

庐陵道中

出郭二三里，村庄景物宜。柴门驯卧犬，野竹护疏篱。丰稔田家乐，艰难妇子知。一官称父母，何以慰蚩蚩。

张家渡阻风

离郡无多路，征帆阻石尤。烟村浮隔岸，雪浪拥中流。似妒兼程速，还教片刻留。人生有顺逆，试问会心不。

吉水道中

春麦秋禾大有书，又开荒圃艺新蔬。欢聊妇子安民业，话到桑麻识古初。只恐征徭频索赋，敢言膏雨果随车。途中遇雨，恰如民望。丁宁父老无多语，国课先输乐有余。

夜过万安通津桥

通津桥畔带通衢，两岸烟村夹水区。为道农人方入息，二三舆从莫传呼。

泰和渡河

霜叶红江岸，人家隔渡头。使君爱山水，缓与荡轻舟。

泰和李明府万安张明府来谒诗以赠之

两地皆岩邑，频频绌度支。方欣年谷顺，又值羽书驰。惟正供天庾，两邑漕粮均须省兑，上官敦迫而舟车转运维艰。来宾有远夷。时英吉利使臣过境，两邑皆须供应。长官勤抚恤，民已竭膏脂。

赠吉水彭明府

吉水古名地，而今积弊成。以君理繁剧，于事戒纷更。水懦民生玩，官清政自平。甘棠随处种，蔽芾听舆声。

护送英吉利使臣过境

驿使传飞檄，连营负弩迎。车书重译会，舟楫半江横。圣主怀柔德，枢臣抚恤情。吾侪膺守土，应共答升平。

赣江晓舟即景

远岭寺钟沉，寒杓晓露斟。江流双水合，风助万松吟。宦味淡如此，清机妙可寻。连山云荡漾，千里寄乡心。

和宋云岩见赠原韵

其　一

承乏春曹已十年，丹枫有诏沐新迁。簪缨两世恩弥重，表帅连城寄独专。渐以疏庸承主德，勉将清白继家传。嵇公折柬招蓬荜，识得居邦在友贤。

其　二

一幅花笺色色新，赠言还喜和阳春。用朱子句。诗章妙语铭私室，缟纻深情念故人。幸藉年丰藏政拙，端从讼简识民淳。案头未敢留公牍，夜在司分计在晨。

题宋云岩粤游诗草后

久得江山助，新诗思入微。有怀罗锦绣，落笔走珠玑。击节不能已，知音宁遂希。观摩敦古谊，更与世情违。

赠宋云岩

其　一

好友来珂里，呼僮扫径迎。小园秋月照，飞雁暮云横。迹恨十年别，交深廿载情。形藏原各适，一笑话生平。

其　二

亭畔夕阳沉，芳樽酒共斟。掀髯舒逸兴，得趣托高吟。人事不堪忆，古欢良可寻。相思慰云树，应不负初心。

滇黔道上即事

有水皆为海，无山不是坡。篌舆牵短缆，峭壁起平河。

和王心言同年秋中夜话二首韵

其　一

小轩引凉风，烹茶涤烦腻。杼轴展予怀，靖共期尔位。相契在性情，穆穆无涯际。阶前松柏林，共识清泠味。

其　二

炎凉嗟世情，风尘走俗吏。聊作良夜谈，不负故人意。荣辱毋系怀，口腹讵为累。小子本无能，庭训忆趋侍。

元江道中寄内

冀北昔曾至，西江亦暂留。五华来万里，一岁别三秋。何日收行脚，相依到白头。故园风景好，拟作鹿门游。

莫浪坡

蚕丛开一径，卅里苦跻攀。历尽盘盘路，仍余面面山。浮烟多是瘴，怪石竟成顽。不惮征途险，翻憎野鹜闲。

抵把边江怀钱漆林学使

其　一

粉署趋陪步后尘，星轺西指又兼旬。时漆林按试迤西诸郡。临风得句应怀我，知己论心可有人。廿郡山川凭指顾，三迤品物仰陶甄。文章报国期无负，玉尺冰壶好比伦。

其　二

百年岁月苦迁移，两世交情足系思。窃喜共为廉吏后，久要毋望布衣时。君传经术承家训，我愧樗材荷主知。边事即今忧孔棘，绥来何以慰蚩蚩。

怀昆明许定甫明府

仙宰扬州跨鹤来，昆明湖上且徘徊。边方已奏三年绩，骥足知非百里才。定甫先经保荐，后为成例所格。两世心情敦古处，定甫先与家五叔同官于扬州。一时怀抱为君开。江边立马重回首，秋水伊人几溯洄。

怀陈云岩方伯

其　一

瘦梅花外见参横，淡泊轩中气味清。夜雨挑灯频话旧，一樽真见古人情。

其　二

入境惟闻太守贤，生平知己感尤偏。赐环早觅双鱼寄，泪洒斜阳忆昔年。先中丞抚滇时，公以东川太守解组北上，先中丞以公贤，亟望赐环之庆并嘱公事白即以相闻，迨公复莅滇南，而先中丞已不及见矣。公每一述及，辄为凄惋。

其　三

担当艰巨仰经纶，错节盘根自有真。今日舆人颂郇伯，黍苗膏雨总如春。

其　四

卅年蔽芾憩棠阴，民事关怀直至今。公在滇已三十年矣。一路雪花如掌大，春田又慰爱农心。

其　五

水天连处是昆明，浪涌寒飙助远声。滇省面临昆海。公在中流成砥柱，波涛宦海自能平。

其　六

太息薰莸致不同，污人尘起障西风。却怜座上延嘉客，竟误颜标作鲁公。公于人少所许可，独与余最为契合。

其　七

委蛇退食喜肩随，政事文章实我师。此去遂成千里别，暮云春树有余思。

其　八

得得篌舆不计程，蛮烟瘴雨拂行旌。安边应有筹边策，赐我南车望友生。

丁巳嘉平九日宿他郎通判署中闻思茅警报待旦冒雨而行是岁凡三至此诗以纪之

蕞尔花封几度游，都从官阁暂勾留。寒消积雪多成雨，他郎于初六日得雪。景阅残冬却忆秋。九月曾过他郎。羽檄有时来境外，征车冲晓出城头。舆人漫苦肩难卸，我亦疲羸负重牛。

思茅筹边一首柬许定甫明府

策马驱边城，凛凛岁云暮。一岁我再来，景光相回互。昔者暑雨咨，今也朔风怒。乱雪舞寒飙，顷刻成积素。三冬农望殷，此会能几遇。对之怀抱开，艰难忘行路。行路敢辞艰，边筹须借箸。嗤彼缅匪愚，凶顽信天赋。瘴疠日侵寻，渔猎纷驰骛。长矛插短蓬，利刃缚敝绔。斗狠习惯成，残杀争趋附。其性与人殊，其人难理喻。不过羁縻之，治术在善驭。胡致彼猖狂，龙江竟潜渡。警报日以闻，披星戒徒御。产里百二程，瞬息即驰赴。中泽集哀鸿，合宅栖荒戍。迁徙复流离，老壮偕妇孺。闻风竞逋逃，匿影尚惶怖。或以劫夺伤，或以颠连诉。急若待哺雏，穷如涸辙鲋。对之涕泪潜，恻恻不忍顾。嗟哉我良民，何乃膺疾痡。平心稔舆情，多被长官误。巡防沿虚文，简阅失典故。但饱溪壑谋，肯为蚩氓虑。因循长桀骜，鞭扑谁煦妪。捍卫法多疏，吾圉何以固。失职不自思，乃复委之数。临风一长吁，默计良滋惧。惭予樗栎材，栽培承雨露。既感知遇隆，况复头衔署。任重难仔肩，力孱恐僵仆。眷焉有良朋，往复几延伫。开缄寄我言，勤恳仰垂注。彰信怀以德，豁达示大度。定甫来函云，示信怀德，不难潜移默化，故报之以此。此诚安边策，彼昏焉能悟。黾勉事斯语，庶几无乖忤。上游公道存，民隐聊宣布。采风或不违，穆然有余慕。

思茅除夕有感

其一

劳劳车马久徂征，欲赋归欤愿未成。鞅掌自完臣子分，团栾难忘弟兄情。予与诸弟别数年矣。罗山望远添乡梦，鸠泛宵沉静柝声。斑鸠泛距思茅城十余里。十七年来评宦况，襟期还是一书生。

其　二

星移斗柄恰当寅，嘉平十七日立春。又向边城度好春。去年除夕余在威从戎，今复以边事远赴思茅。塞外风光同绰约，阶前桃萼已鲜新。年华虚掷空回首，事业无成愧此身。却喜芳尊调柏酒，劝酬多半故乡人。时司马幕僚半皆亲故。

怀杨云逵姊丈

其　一

峻岭跻攀路欲迷，滇南辙迹遍东西。边城日落清笳怨，缌帐书传暮雨凄。时得女兄凶问。万里羁愁如欲诉，廿年旧事不堪提。怜君血泪全枯后，又听娇儿索母啼。

其　二

亲串关怀似一家，云山阻隔竟天涯。追随几砚聊晨夕，多少悲欢感岁华。魂磊心情消不尽，团栾骨肉愿成赊。从今徙倚斜阳候，庭砌愁看姊妹花。

坡贡题壁

浓云荡漾午风轻，峰外奇峰处处生。万里蛮荒凭托足，五年踪迹又经行。嚼来野菜余真味，烹得山茶解半酲。太息疮痍民莫告，败垣残砾最伤情。黔苗不靖，民居多被焚毁。

至镇远府

全黔门户一关雄，叠嶂重峦撼碧穹。两岸人家悬峭壁，半江烟水锁长虹。是谁沽酒垂杨外，有客投竿夕照中。却喜近郊风火息，及时好雨望年丰。

桃源舟中

湘江风景剧相思，荡漾中流一舸迟。几片残云归远岫，数竿好竹护疏篱。鸟啼小雨初晴后，帆转斜阳欲下时。试向仙源问消息，樵歌渔唱总迷离。

题武陵张明府小照

我性苦畏热，舟行当夏序。双桨荡中流，烈日同然炬。列碗欲盛冰，挥汗竟如雨。穆然清风来，松涛落遥渚。平冈有人家，修竹围别墅。地胜引遐思，情邈添逸绪。望之不可即，闭目但挥麈。忽得披思图，遂却目前暑。使君仙吏才，复作桃源主。庭前敲扑无，座右琴鹤侣。种竹复种松，写心怀太古。笠屐兴飘然，此境快先睹。展图我停舟，且与高士伍。

立秋日常德舟次

征轺谢却复登舟，一棹湘江记旧游。棠荫廿年留蔽芾，先中丞曾抚湖南。桑麻四野乐丰收。清凉夜月应添爽，节候南天迥不侔。滇中夏令无暑，冬令亦不甚寒，与楚南迥异。我受恩深情恋阙，莼鲈未敢忆新秋。

停舟常德

护城堤外柳鬖鬖，一发衡峰烟半含。健马何时来冀北，时候折使不至。轻舟连日泊湘南。书裁旧侣还相忆，顷寄滇书。雨洒疏林苦味酣。酷暑望雨甚切。稍喜凉生宵静后，当空新月印千潭。

林子口解维北上附家言后

洞庭秋水趁西风，又见帆随鹢首东。怜我行踪同走马，寄家书信藉征鸿。托身幸际明良会，恋主难忘恩遇隆。此去民劳勤述职，君门万里一诚通。

洞庭湖阻风

我从溆阳来，时序恰三伏。烈日暴晴空，扁舟苦局促。所幸两岸风，却受一帆束。鼓棹下危滩，滩声正相续。顺流而直趋，风轮无停毂。既问桃源津，旋寻武陵谷。我愧樗散材，忝窃天家禄。迁秩主恩深，入觐臣心肃。一夕南飞鸿，千里衔寸牍。被召诚欢欣，应召敢踯躅。理楫戒榜人，执手别亲属。爰上洞庭船，直溯晴川麓。秋云接远天，秋波祛烦溽。豁达荡心胸，浩渺穷睇瞩。奇怀快所遭，气豪凌岳渎。谁知妒石尤，瞋我来舟速。本爱南风柔，偏今北风谡。寒飙夜半号，白浪湖头簇。欲前不得前，絷维留信宿。緊彼上水舟，破浪冲洄洑。正正悬樯桅，纷纷联舻舳。酌酒启篷窗，拍板歌郢曲。瞬息即百里，笑容良可掬。以彼而视此，奚啻越与蜀。舟子语多侵，从者眉频蹙。我亦致无聊，独坐类枯木。默然得微契，辗然诏我仆。彼乃溯逆流，艰难等行陆。当我利涉川，怜彼滞江隩。天道多循环，人事有往复。风水适相遭，乐事宁使独。心平气则降，理在思宜熟。只宜随遇安，慎毋滋怨讟。彼苍原至公，风伯非子毒。卮酒诣河神，安澜为祈福。翌日朔风停，鸣榔趁朝旭。一上岳阳楼，豁我湖山目。饱食武昌鱼，载瞻淇园竹。畅然适所游，何事多枨触。

风阻晚步

携儿闲踯躅，时挈焘儿同行。吾意欲何云。古岸舟仍系，空山日又曛。

风声多倚树，水气竟成云。暮色苍茫外，渔歌处处闻。

洞庭乘夜放舟歌

十日湖中行，五日湖边住。风狂水涌不得前，巨浪掀天朝复暮。我从滇南万里来，瞻云就日披情愫。非若湖山恣游览，何事亦遭风伯妒。举酒酹江边，词直礼则虔。臣心默祷天心怜，日暮涛落风乍恬。篙师鼓舞从者乐，相与鸣榔捩柁夜放洞庭船。橹声柔，棹歌起。乘夜月，泛秋水。水涵新月微生凉，月映金波散成绮。一舸中流自在行，片时已过数十里。君不见，昔日东坡居士重作赤壁游，夜半携客登扁舟。斗酒烹鱼兴不浅，风月还与耳目谋。我今载月冲波去，船头独立时觉风飕飕。虽无鹤过访，却喜雁鸣秋。蘸笔纪游游亦快，何必江干小泊遽尔怨石尤。

渡湖泊岳阳楼下

湖上秋光同一色，东西放棹总相宜。人谓由东湖缓而稳，由西湖速而险，以予观之一也。只凭忠信为符节，莫以波涛论险夷。三日小留吟句稳，廿年遗迹得观迟。楼上有先中丞留题联额，额曰："湖山揽胜。"联曰："寄情万顷湖边古堞空渟仙侣迹；置身百尺楼上先忧后乐昔贤心。"登楼不尽低徊意，况值阑干落叶时。

岳阳楼下阻风

征帆日日阻江浔，又听狂飙震远林。恋阙有怀常辗转，当秋无兴复登临。即今俯唱遥吟际，谁识先忧后乐心。我独摩挲爱先泽，他年犹冀得重寻。

明港驿不寐

窗前凉月映疏林，枕簟初寒拥薄衾。笑我闲情耽啸咏，阶虫相和作秋吟。

驱车行

日日驱车去，去去何时住。薄暮息衡庐，凌晨复脂车。车声辚辚日又晚，北望燕台路正远。几年魏阙恋臣心，挥鞭幸勿须臾缓。举首见飞鸿，嘹唳鸣长空。倩尔云中侣，寄我车中语。滕王阁上秋光早，行人尚在长安道。若与行人订归期，风雨重阳秋色老。

焘儿随予北上诗以示之

其一

西江与南诏，膝下喜团栾。今复迎归雁，相依跨去鞍。诗书勤尔课，菽水得余欢。为有趋庭乐，几忘行路难。

其　二

吾也承家训，官贫不厌贫。恩荣叨主德，清白励臣身。瘴野驰驱遍，边江往返频。汝今习劳勚，勿忘此艰辛。

其　三

祖德承非易，亲心体亦难。慎毋学纨绔，先且戒怀安。鹗举长空迥，鹏飞健翮抟。人生期自立，此境好参观。

次亢村驿赴安阳渭川赵丈之约用东坡往富阳韵

疏林日暮啼归禽，旅馆凉生秋蛩吟。夜半登舟渡黄浦，乡音渐远南蛮语。多谢安阳贤使君，惠我瑶笺来亢村。慰我征途意深远，招我过从词委婉。读罢感激莫能名，召彼仆夫速我行。道旁野花敷秋萼，行行又见斜阳落。予心则急马则迟，只拼明日相见剧谈十二时。人生聚散直若盘珠走，即此意外会合亦复往往有时有。

自安阳入都别渭川赵丈

秋风吹朔塞，公马来骎骎。去秦而之洛，相送滦河浔。执手别千里，岁月苦侵寻。公北我复南，隔越同商参。相思不可见，有时托高吟。

嘤鸣求其友，能毋怀好音。好音时一至，贻我双鲤鱼。迢迢望远道，珍重故人书。书中言相忆，慰勖情何如。厚意久不报，疏阔殊惭予。惭予驽钝姿，负重而行远。矧值师命烦，努力任驱遣。军书挟羽飞，宦辙如轮转。瘴雨湿鬓须，蛮烟冲帷幰。非敢云贤劳，奉职期黾勉。谁欤知我心，独立情缱绻。缱绻怀伊人，伊人天一方。此意不可极，脉脉遥相望。一朝新命来，策马辞边疆。既由黔入楚，遂过宋与梁。侧闻使君贤，舆人送循良。更拜使君惠，遣骑相迎将。相迎一何急，两地情同长。行行驱我车，鞭影随斜阳。斜阳挂满树，言近恒漳路。到门一刺通，相见还相顾。意气仍似昔，颜色讶非故。公发已华颠，我齿亦不固。别去曾几何，流光感乌兔。踪迹分偶睽，会合终有数。即此一席谈，意料非所预。敷座陈文茵，开樽酌花露。积抱聊一倾，离悰各相诉。慷慨论世情，琐屑问家务。不觉宵已阑，但恨来何暮。来暮亦何嫌，小住自成趣。何况坐中人，汪洋有叔度。两世联婚姻，三姓一堂聚。杯斝互酬酢，追欢仍道故。羡公沧溟才，含纳百川赴。为政有余闲，精心事笺注。均田厘乘书，治河存章疏。检也惊望洋，亦略识佳处。仕优不废学，乃有济时具。由来名宦衷，不改书生素。清风满阶除，明月照庭树。翛然涤尘襟，此会真良晤。良晤能有几，举酒再酌之。此中得微契，殷然前致词。长公试京兆，有婿行将随。既勤菑畬力，自邀雨露滋。诸季悉林立，森森玉树枝。春风长培护，濯濯挹新姿。人生得至乐，何为叹衰迟。衰迟亦可惧，毋失此良时。良时不易得，去日已苦多。良晤不易得，其如又别何。眷往惊电影，思来感逝波。遭逢明盛会，相勖毋蹉跎。

题渭川赵丈四百三十二峰草堂诗后兼用志别时丈方持酒戒与予夙题所谓酒缘未断须拚醉诗债难完久不题者意兴相左故诗中及之

沽饮何须费一钱，耽吟依旧耸双肩。能坚酒戒方成圣，不了诗缘亦是仙。竟日谈心嫌夜短，当秋话别觉情牵。濒行我复题新句，为有罗浮四百篇。

纪恩诗十四首

其　一

头衔晋秩拜恩新，平猓后蒙恩加按察使衔。宠擢西江巽命申。一岁三迁信奇遇，是年正月调迤南道，五月加衔，十二月擢江西臬使。帝心垂眷在先臣。

其　二

金川凯乐奏琅璈，黔楚滇南拥节旄。先中丞于金川凯旋，擢任湖南巡抚，继抚滇黔。廿载追思成往迹，圣慈犹自念前劳。

其　三

大义褒嘉仰至尊，先中丞由川臬入觐奉有母子俱知大义，情实可嘉之，恩谕调任江西。枢臣闻望重都门。先中丞曾任兵部左右侍郎。而今两世叨殊眷，感激新恩浃旧恩。

其　四

昔年丹陛抡才会，圣主亲遴十五人。臣幸容台列清选，追随膝下拜枫宸。拔贡分部学习自丁酉科始复旧例，时分部者共十五人，检得礼部，随先中丞诣阙叩谢天恩。

其　五

亲耕玉籍莅青坛，歌彻禾词万姓欢。甘雨和风昭瑞应，也邀甄叙到祠官。五十七年，上亲耕籍田，以各官襄事诚敬交部议叙，检得与焉。

其　六

臣鹄原宜凛寸忱，山庄校射恰宸襟。大官亲捧花翎赐，不独天家有赐金。上御门校射以中额多寡定赐金等差，检连中四矢，领赐金外，复仰荷特恩赏戴花翎。

其　七

跸路经临圣泽濡，欣依郎署效凫趋。上东巡、西巡及驾幸天津、木兰，检俱幸得随扈。君恩欲使知民事，一棹西江绾郡符。

其　八

召对彤庭礼遇隆，亲聆圣训勖公忠。好官不必求师范，恩许微臣学父风。召见时仰蒙恩谕："汝父是好巡抚，汝今能学汝父，即是好官，不必另求师傅也。"跪听之下，感激涕零。

其　九

立懦除贪有化裁，勉从鞭策尽驽骀。上于召见时谕以属吏中贪婪不职者，固当纠参，即庸懦无能者，亦不可姑容。检祇领不敢稍忘。屏书姓字真途格，又拜新除六诏来。检吉安到任不及一年，蒙恩擢云南盐道。

其　十

君心息息与民通，裕课还期恤困穷。屡下蠲逋宽大诏，臣人都在噢咻中。召见时谕盐政，上谕云："私盐入境，我民得以贱价买食，亦未始不好，特于盐法未免有碍耳。"圣主之恤民如此。又奉恩旨，令查明各官盐款内有应赔应摊银两，皆予豁免，真旷典也。

其十一

拜命南天荷量移，检在威远剿捕倮匪，即奉特旨调任迤南。边城四郡任监司。经纶自愧输韩范，未有涓埃答主知。

其十二

夷倮登山势若飞，三旬战克仗天威。封章批览蒙褒予，一字荣逾赐衮衣。检调迤南，旨内有颜检系颜希深之子，朕所素知之。谕及剿平倮匪又奉有办理实属可嘉之。恩旨并于先中丞名旁朱批"益当加恩"，高厚鸿慈，莫名感激。

其十三

章贡匡庐昔往还，今朝使节宠恩颁。感深宦辙重游地，又列先臣旧坐班。先中丞为江西藩臬，检俱随侍，今莅斯任，倍切兢兢。

其十四

驱车直上蓟门路，策马遥登关外山。六载臣心常恋阙，三霄今得觐天颜。陛见时上幸避暑山庄，计检癸丑出都已六年矣。

怀文甫诸弟用陶公饮酒二十首韵

其一

宦辙如车轮，辗转任所之。迢迢怀远人，还忆离别时。六载情绪长，眷焉常如兹。双鱼久不至，怅望中怀疑。平安抚绿竹，寸心遥相持。

其二

策马上危磴，遍历滇中山。腼顽识殊俗，僰夷询方言。堁风吹瘴雨，奄忽逾五年。相思不可极，此意谁能传。

其三

劳劳不自惜，感激含微情。只期策驽力，非敢争浮名。我年过四十，老境已渐生。发白齿亦落，见面将毋惊。所愧颜鬓改，术业终无成。

其四

南浦有落霞，仍与孤鹜飞。抚今而追昔，恻恻我心悲。九原不可作，音容犹依依。千里怀松楸，心往身未归。前劳眷圣主，笃念不少衰。彤庭勖黾勉，钦承安敢违。圣主笃念旧臣，于召见时仰蒙垂询再三，并勖检勉学父风。

其　五

卯君谁得似，翛然谢尘喧。文甫己卯生。率性自坦易，筑室耽幽偏。群动各有适，高怀卧东山。诸季相过从，杯酒时往还。潜鳞与高鸟，会心殊难言。

其　六

谁与倜傥才，厥惟叔子是。端甫七弟，人极明练。阅世知荣枯，泯情忘誉毁。少年裘马都，托兴聊复尔。树立会有时，宁羡罗与绮。

其　七

诗书承先训，模也家之英。八弟矩亭。汲古得修绠，穷搜有冥情。五策发妙蕴，传观同心倾。嘉宾歌三阕，埙篪相和鸣。矩亭、荫汸同举于乡。翱翔振远翮，藉尔慰所生。

其　八

樾也九弟荫汸圭璋器，渊然宝令姿。磨砻温润玉，交映珊瑚枝。遭逢信有数，遇合事亦奇。矩亭、荫汸一房荐举。鸿鹄有远志，羽仪将尔为。骅骝骋康庄，骏逸谁能羁。

其　九

植也十弟树崖吾幼弟，见之颜一开。天末遥相望，能勿系于怀。处已静而正，与世和无乖。庭前依伯仲，林下聊羁栖。举酒邀明月，寻花踏芳泥。桑麻适己志，渔樵多所谐。能自乐其乐，前路知弗迷。试思谏果味，往往美于回。

其　十

别墅尚无恙，僻在城东隅。牙签满图史，门径无泥涂。读书课子弟，经籍为先驱。淡泊一无慕，团栾乐有余。极目试凝睇，嗟我独索居。

其十一

索居犹自可，仆仆事远道。南北与东西，车马将终老。身劳境未闲，神腴形不槁。有骨肯模棱，无心矜丑好。随遇自能安，不贪斯为宝。廿载此襟怀，临风聊一表。

其十二

我来下车日，正好黄花时。何能效渊明，一赋归去辞。趋庭忆在昔，少小曾游兹。往境不记忆，追想多怀疑。职思颜其居，坐斋以“职思”二字颜额。内省敢自欺。此心矢如水，降鉴时临之。

其十三

瞻望有编氓，喁于在四境。民志何以孚，中夜常独醒。得情心则矜，求生意须领。挑灯理官文，挥毫秃毛颖。待旦不复眠，耿耿晨星炳。

其十四

奉职来西江，先后实再至。召对沐温纶，恩浓心已醉。即今肃班联，仍列旧坐次。先中丞前曾秉臬江西。水懦恐玩生，法立防踊贵。宽猛协于中，圣训宜深味。前此入都，于召见时仰蒙圣训：“刑名之道过宽过严皆不可，惟当得其平。”

其十五

尽职不易言，何心问田宅。温饱淡世情，步趋凛先迹。惟虑毫厘差，相去将什伯。持此一寸心，永期励衰白。白璧本无瑕，玷之良可惜。

其十六

风涛阅宦海，艰险亦所经。此肩未得息，曰归何能成。兄弟一为别，岁月嗟屡更。酌酒思千里，遣怀步中庭。翱翔来秋雁，一一长空鸣。人生有聚散，独听难为情。

其十七

急遣长须归，尺素贻秋风。将我数年意，迟君十月中。时约弟辈十月抵署。池塘澄秋水，有梦谁能通。延伫望明月，又见新弯弓。

其十八

至乐惟天伦，聚首不易得。辞家各年少，我今逾不惑。往事重低徊，予怀增郁塞。尔我出处殊，行谊分家国。进退不自由，含情惟默默。

其十九

簪缨沐先泽，敢曰正强仕。捧檄惟思亲，返躬时责已。既荷君恩深，恐贻素餐耻。先人受主知，禄养近乡里。先中丞以先祖母何太夫人年老，蒙恩由川臬特调江西。一堂两世欢，追思成三纪。我仕不逮亲，涕泪不自止。望远恋弟昆，伤心失怙恃。

其二十

先人有遗训，养和葆天真。吾侪各努力，家风守清淳。章江瞰危阁，景色三冬新。连阳境相接，非若越与秦。转瞬春风来，将飞京洛尘。八九两弟明春当同试礼闱。及此联叔季，犹得展殷勤。牵衣诉离绪，执手慰情亲。花洲访旧雨，半亩寻芳津。西江城内有百花洲，城外有半亩园。我为蓄旨酒，我为拭行巾。联床共姜被，毋忘同怀人。

癸亥立秋日奏报伏泛安澜宴籥清轩志庆六首和杨米人司马韵

其一

卢沟晓月映长河，河水安流静不波。自凛臣心遵主训，检奉圣训，敬诫自矢，必蒙神佑，朝夕遵循，罔敢稍越。咸钦圣德召时和。泽敷禹甸桑麻遍，恩赐天家雨露多。感激升平官事减，绿杨斜日憩婆娑。

其二

先皇庙算虑深长，睿藻常留翰墨香。下口早忧门设限，高堤曲喻水行墙。高宗纯皇帝阅永定河工御制诗："无已改下流，至今凡三迁。""前岁所迁口，复叹门限然。"又，"下则卑加高，堤高河亦至。譬之筑宽墙，于上置沟渠。"又，"骑墙行水吁可惧。"圣明洞照，真纤悉靡遗也。防情顺性操真鉴，疏尾安源识滥觞。又，御制诗："浑河如黄河，性直情乃曲。顺性防其情，是宜机先烛。"又，御制诗："行将观下口，疏尾自安源。"全河形势，无一不在先皇圣明烛照中矣。近岁怀柔天子圣，独回既倒障澜狂。嘉庆六年六月大雨不止，永定河泛涨决口，皇上轸念民艰，发帑修筑，不数月而成功，底定蒙庥，万民永赖。

其　三

长安此日喜安澜，防泛工次名长安城。又庆年丰亿兆欢。一骑飞驰封事达，九重温语圣心宽。须知上乐民先乐，自许身单福不单。南国琼珍蒙上赏，难酬恩眷思漫漫。奏入上遣官赉鲜荔枝以赐。

其　四

群贤毕至笑相迎，僚吏情亲即友生。话到更阑明月上，酒酣池畔晚风清。摩挲老柳阴成幄，蜿蜒长堤屹似城。试向层台高处望，秋光宜雨亦宜晴。

其　五

我更殷勤致一辞，遭逢同际圣明时。防河要是纾民患，守土毋忘答主知。朋辈相将勤职业，官阶何事论崇卑。愿看岁稔波恬后，处处新垣秫秸支。

其　六

楗竹成工遏怒涛，惭予制锦学操刀。予初任河防，未能谙悉，益滋惴惴。村田入伏曾盈浍，泛水先秋已落槽。保障由来资众力，宣防深愧说臣劳。对时育物宸襟畅，知有天章拂玉毫。

自题拈花图

何来行脚僧，独坐蒲团寂。足迹半寰区，阅人历千百。鞅掌羁红尘，素衣无淄涅。神静形不枯，情伤心如惄。骨肉难团栾，悲泪填胸臆。荣华任所遭，憔悴亦亲历。回思数十年，何事关得失。秖此报恩难，凛凛寸心惕。色相空劳寻，缥缈情无极。聊将不系舟，化作慈航楫。幻影宁终迷，浮云本无迹。根蒂试微参，拈花意自适。

癸亥八月十三日为亡室赵夫人生日设奠哀吟二首

其　一

洒尽汍澜泪，黄泉知不知。伤心小儿女，痛哭捧盘匜。乡国八千里，愁思十二时。瓣香亲手奉，空叹鹿车随。

其　二

昨岁与今日，悲欢不可论。音容归想像，蔬果荐匏樽。秋月穿帷影，春泉涌涕痕。父书儿自读，持此慰心魂。

甲子元旦入觐纪恩诗十章

其　一

趋朝特许贺元正，温旨颁来宠更惊。岁前折回钦奉朱批："相见不远，原定于二十八日见朕，但二十七日系在乾清宫亲书福字赐群臣之日，卿早来一日，于二十七日见朕。"百尔臣工同庆祝，祥光瑞气拥乾清。

其　二

两世相承秉节麾，九重恩眷寸心知。感深注念臣躬日，正是维皇赐福时。

其　三

亲捧鸾笺出紫宸，丹毫光与日华新。无穷恩泽无边福，遍赐畿南亿万民。

其　四

八彩眉如日月开，微臣喜复觐天来。委蛇退食春光满，饱饮琼浆玉馔回。

其　五

每逢召对必咨诹，无逸先知稼穑谋。天子有怀臣敬体，为民欢喜为民愁。

其　六

今日亲承天语温，此生际遇细评论。回思二十年来事，几拜皇家不次恩。

其　七

君臣遇合事多奇，千载遭逢庆一时。独喜近依尧舜主，帝歌惟望作皋夔。折回钦奉朱批："朕与卿原非旧识私交，自亲政以来，每一两月不见卿，顿生想念，其故实不可解。诚所谓帝赉予良弼佐朕治民，朕如此期望卿，卿亦应期望朕成尧舜之君，勿为庸主也。”又钦奉朱批：“勉法皋夔佐朕，不逮为一代之名臣，不亦美乎。”

其　八

节钺公孤是重臣，经邦端自藉经纶。升平圣治应酬答，翊赞无能愧此身。

其　九

钦承帝训仰褒嘉，理国宣勤似理家。钦奉朱批：“朕时念卿，诚不可言喻，但愿卿慎终如始，视公事如家事，事君如父，待民如子，待属员若兄弟，则无往而不自得矣。勉之望之。”百二提封皆赤子，日敷主德课桑麻。

其　十

旭日曈昽满袖烟，初春景物总韶鲜。彤墀拜手扬休命，但愿频书大有年。

纪恩诗和王心言同年回叠前韵十章

其　一

感召天和俟有年，朱批内语。一人惕厉念艰鲜。五风十雨休征应，早见春敷万井烟。

其　二

大祀礼成诏草麻，岁前十一月十二日钦奉朱批：“初十日大祀，南郊天气晴暖，可兆丰年，赐卿貂裘以迓新禧。”天恩宠赐到臣家。春生遍体貂裘赐，敬迓新禧敢拜嘉。

其　三

清白精勤励此身，钦奉朱批：“清白存心，精勤任事。”非常际遇感恩纶。全人两字朱批：“勉守朕训，为一全人。”君期望，一代名臣勖小臣。

其　四

彤庭步武接龙夔，信是唐虞喜起时。今日元功谁与并，独承天语最为奇。钦奉朱批：“朕得贤臣如卿同额勒登保，实朕之福。”

其　五

前缘夙结荷慈恩，钦奉朱批：“君臣相得，亦非常之缘，不可思议。”又奉朱批：“朕与卿契合相得之际，不可以笔墨形容，亦不能自解。朕但庆得人耳。”旧识私交岂并论。千里邦畿常扈从，天颜无日不春温。

其　六

几年宵旰为民愁，军务何防决大谋。屡奉朱批垂询军营河务情形，今据实奏覆。密问钦承怀靡及，周爰咨度复咨诹。

其　七

恋阙情殷日九回，朝天朱绂喜方来。吾皇建极隆敷赐，畿甸欣看福地开。钦奉朱批，实畿甸庶民之福。

其　八

天鉴君心更鉴民，屡丰呈瑞景维新。穷黎不以偏隅废，又听纶音下紫宸。岁前，长垣、东明、开州偶因豫省黄河漫溢，已蒙恩赈并免钱粮，新正复奉加赈之恩旨。又，安州、新安、隆平、宁晋、新河积潦未涸，既蒙缓征，又蒙加恩减赋。

其　九

如此恩施是盛时，民艰民瘼圣人知。免筹国事同家事，碌碌疏庸愧拥麾。

其　十

舆诵多传官长清，闻言心喜更心惊。须知安乐皆君赐，好谱田歌共贺正。

焘儿性颇笃挚亦知读书上元祭其母于城南佛舍归虑其毁也诗以导之

其　一

自得读书乐，浑于世味忘。此身式金玉，至性见肝肠。远大予应望，殷勤尔自将。承欢朝与夕，菽水亦徜徉。

其　二

恨吾年渐老，期子意偏深。为学须三省，持躬在四箴。真醇还本性，豁达是胸襟。德业因时进，劬劳慰母心。

正月十九日寿王心言同年

其　一

星回甲子纪春王，南极星聊北斗长。我辈相偕乐明圣，公年日进祝康强。童颜白发仙缘在，短鬓黄花晚节香。厚德如斯应得寿，寿民寿世幸毋忘。

其　二

当年原是宰官身，且作萧闲自在人。淡泊常甘终守拙，遭逢有道岂长贫。一生事业交相勉，十载朋情久更真。我以和平征厚福，恰欣爱日是初春。

示焘儿叠前韵

其　一

治业原分霸与王，此中源远更流长。读书自足千秋业，折节何惭七尺强。冰雪有怀含至味，芝兰入室是奇香。庞眉皓首无穷事，养正初基慎勿忘。

其　二

愿尔身为有用身，端居尚论古之人。诗书颂读皆为友，经籍菑畬未是贫。往事低徊应有意，闲庭游息总存真。咏归何必偕童冠，识得天机在莫春。

寿姚引渔签判

先生六十形清癯，萧然白发耽诗书。翠柏苍松环一室，天怀落落精神腴。忆昔北平始相见，殷勤执手心相摅。君知吾好非世好，我谓君愚非真愚。一行作吏洵不俗，捧檄聊博亲心娱。仕或为贫亦为养，抱关击柝宁弗居。身同吏隐有所托，行本经术良非迂。尘拥皋比寄兀傲，为政要与为学俱。君忽愀然顾我语，荏苒岁月同隙驹。数年有禄不逮亲，亲殷望子常倚闾。禄既弗及不言禄，扁舟一叶其归欤。我闻君言沁心骨，改容却立敛襟裾。君归江南我游豫，爱而不见多踟蹰。桐城千里暮云合，洛阳三月春花敷。欲写相思托毫素，道远谁致双鲤鱼。我拜君恩领节钺，君终子职辞丘墟。拂拭征尘重话旧，见面惟讶霜髭须。君德温润式如玉，君才咳唾皆成珠。三载追随共晨夕，生平向往真慰吾。绛帐春风坐见辈，周规折矩尊师模。更以其余及文字，六经诸子共爬梳。澄心静观咀至味，得其神髓遗皮肤。可兴可怨性所具，事君事父理无殊。吾侪置身千载后，今日遭际承平余。承平之世如春日，向荣万物同昭苏。吾皇爱民复爱士，承流慕化咸喁喁。辟门吁俊明四目，拔茅征彙占连茹。吉人蔼蔼媚天子，凤凰喈喈栖冈梧。相彼嘤鸣亦求友，和平雅奏神相孚。知君自命非侏儒，乘时利见其母濡。喜起作歌仰赓拜，巢由不仕辜唐虞。移孝作忠展怀抱，行其所学宏远谟。他年幸与耆英会，毋以晚达空嗟吁。堂上高张列桦烛，庭前围坐铺氍毹。我酌旨酒为君寿，君谓我言其然乎。

三月二十日养和堂小坐有感

庭前花放雨余新，歌鸟依然报晚春。几簟帘栊都好在，劝餐非复旧时人。

正定阅兵勉诸将士

诘尔戎兵慎尔司，中山重镇拥旌旗。风雷令肃三军振，鼓角声严八阵奇。衽席永承天子德，简蒐正在太平时。勖哉共勉桓桓力，如虎如貔视此师。

正定道中感怀

策马行故道，感怀忆当时。城郊尚春色，俯仰心生悲。频年过兹郡，往矣来还思。川原极眄睇，草本争妍媸。亭亭岭上松，下覆芳柏枝。柏悦松复茂，夭矫呈奇姿。荏苒历岁月，境遇多参差。松孤柏先陨，雨露何偏施。青山不终老，白头安可期。飒然晨风来，景物同凄其。征裳贮行箧，纫线空相随。抚琴理旧轸，此意谁能持。

道上喜雨二首

其　一

圣泽涵濡久，天心仁爱多。三春资长养，十雨颂甘和。细浪翻风麦，新茎擢玉禾。耕田还凿井，击壤听衢歌。

其　二

帝许民良会，时奉朱批，有上天赐予良弼之褒。恩承雨露新。艰难知稼穑，疾苦念人民。黄口初合，上廑念东明等三邑灾民，命查明应修堤埝，以工代赈，资民口食。宣德臣邻事，观风父老陈。三时欣不害，草疏慰枫宸。

午日树崖十弟自连阳来署

其　一

五旬八千里，迢递阅关河。顾此相依好，其如久别何。饮逢佳节畅，话到故园多。揽镜看华发，星星手重摩。

其　二

二十余年事，情怀不可论。团栾思骨肉，鞠育恋慈恩。握手添悲绪，沾襟有泪痕。何时息肩负，庐墓共晨昏。

生日自述

其　一

人生不满百，去日恒苦多。分阴自珍惜，逝者如流波。趋庭忆少小，诗礼相渐摩。植本敦孝友，从学勤磋磨。抚今而追昔，阅历诚如何。何以克负荷，努力毋蹉跎。

其　二

蹉跎贵自立，甘苦须自知。璞玉莫轻琢，清白在不淄。康庄骋骥足，驱策风相追。顾此非盛年，幸勿辜良时。孰是蒲柳质，谁为松柏姿。勉旃承雨露，终焉披光仪。

其　三

光仪奉颜色，天骨非清臞。平生结微尚，神定形不枯。织缔当御夏，双鸟声相呼。胡为弋其雌，遂令飞鸣孤。好音不可再，赏心谁与俱。一弹不复鼓，抚琴空嗟吁。

其　四

吁嗟一何暮，淡泊无所营。藐躬承先绪，俯仰心怦怦。蒲生众水绿，木荫千章清。穆然薰风来，悠然太古情。世事任枨触，天怀终和平。此身复何有，无忝尔所生。

送姚引渔签判之粤东

与君聚首三年矣，今日远游八千里。欲别未别难为情，况复同归有稚子。稚子茕茕剧可怜，读诗已废蓼莪篇。膝下徘徊不忍去，帆樯东指同凄然。江上峰青辨云树，家乡道远迷津渡。他时踏遍九连山，都是当年旧游处。故园一别廿载余，童头豁齿霜髭须。北平风景谁管领，托君稚子晨昏俱。感君厚意沁胸臆，牵君征衣重拂拭。父得良友子得师，心情两世真无极。名花烂漫当筵开，时雨霏微清尘埃。别语无多属珍重，轻鞭会逐春风来。

九月杪入都祝釐时喜秋稼丰登效作田歌六首

其　一

赢得三春饼饵香，今年麦收大稔。大田耕作日方长。调和风雨天公助，更博千仓与万箱。

其　二

宜麦宜禾自忖量，今年时雨复时旸。无愁水溢无愁旱，高下同登快筑场。

其　三

才收粟谷又高粱，根叶牵连豆荚香。更有晚成收麦好，农家活计太匆忙。

其　四

比栉崇墉乐未央，田间遗秉竟成行。儿童妇女欢相接，剩得棉花拾满筐。

其　五

茅绹承屋共相将，力有余闲筑短墙。墙外更添新秫秸，层层排列护田房。

其　六

纷纭入市粜余粮，黍作干糇豆作浆。如此丰年如此景，万民齐颂寿无疆。

和渭川赵丈思退轩诗五首韵

其　一

驰驱卅载历艰辛，已是平头五十人。自许壮怀犹未减，却添白发尚如新。临风漫忆莼鲈味，捡箧惟余京洛尘。一读君时一怅触，挑灯话旧感情真。

其　二

闻道吾生自有涯，衔杯好共泛流霞。岭南盼远思无极，冀北空群誉妄加。只以忧民殷望岁，敢言爱国竟忘家。三年官阁娱情处，又看梅开一树花。

其　三

簌簌闲庭舞雪轻，层宵落月树分明。心维宵旰咨寒暑，日与农民课雨晴。三辅畿疆惭重任，十年琴鹤羡清名。无边宦海风波息，赢得萧闲乐此生。丈游宦久，不名一钱，由陕西而河南，今则遂初服矣。

其　四

有时沉醉玉峰颓，鸥鹭相于慎勿猜。淡远胸襟即怀葛，升平世界胜蓬莱。春秋佳日供吟兴，嵩华名山骋逸才。冷暖人情非所计，幽轩还自抱琴来。

其　五

五亩莲池活水通，钟声遥送梵王宫。节署与莲花池对宇，池内有寺。先生爱著山居服，此日闲披竹院风。得遂轻狂征定力，终能老健是奇功。罗浮旧识峰峦好，都入行囊一卷中。丈有四百三十二峰草堂诗钞，故云。

和渭川赵丈忆槎亭诗二首韵

其　一

老不废游游不倦，仙源有路自能通。即今身在千秋后，且当槎浮八月中。浩荡洪涛平宦海，苍茫宝筏御天风。一登彼岸重回首，试问仙凡可许同。

其　二

个中人是过来人，渡得迷津更问津。如此心情如此境，为谁欢喜为谁嗔。宽闲俯仰承平日，矍铄精神自在身。一舸夷犹无去住，白云明月笑为邻。

和姚引渔签判见怀原韵

瑞麦敷春花，嘉禾承甘露。景物同怀新，耰锄总如故。耕作违其时，仓箱能几遇。由来镃基谋，要是待时具。吾侪交有神，相知在平素。尔室勉前修，世情无浮慕。谷稗种自分，培植根斯固。殷勤各努力，绵邈含真趣。此意曷可忘，良时拒忍负。儿辈相追随，提撕谨晨暮。循循善诱人，师资能博喻。一纸邮书来，千里遥情注。期许念何深，默计心滋惧。菑畲勤本业，徘徊慎歧路。饮醇坐春风，穆然企良晤。

嘉平十有九日寄焘儿

其　一

明月盈空庭，庭中树已老。孤干挺高枝，危巢栖归鸟。夜来朔风寒，谡谡振林杪。中有头白乌，飞鸣独冲晓。惊定惜其雏，微羽自相保。徘徊步前墀，无言心悄悄。

其　二

人生多别离，渺渺成相思。相思重黾勉，还如相见时。沉云酿朔雪，寒冰铺方池。荏苒岁云晏，俯仰心自知。巍巍松与柏，卓卓后凋姿。万物得所托，会合终有期。

得焘儿江西起程之信诗以写怀

其　一

儿自章江来，嘉平月初三。轮蹄冒霜雪，尺素驰邮函。一别几一载，朔风吹天南。思亲不可极，此意谁能堪。书来陈依恋，语短深情含。凛凛岁云暮，我又将朝参。临行遣骑去，迟尔苑东庵。清苑地名。延伫复延伫，及时停征骖。

其　二

忆儿少小日，头角夸峥嵘。稍长学诗礼，相期保令名。无何失所恃，匍匐归连平。营丘近先垄，负土成佳城。万里全子孝，百年慰吾情。吾目视茫茫，吾发白盈盈。儿来好努力，树立蜚芳声。丁宁复丁宁，无负尔所生。

除夕都中得焘儿旋保阳信喜赋

衔杯抚双鬓，行行近知非。积时忽成岁，望远胡未归。情挚不能已，书来如共依。好禽有知觉，高树相鸣飞。春风扇微和，用陶句。生意弗可违。明朝肃鸳鹭，祥曦护丹扉。

行抵涿州知姚引渔签判旋至保阳喜赋

先生貌古心亦古，萧然白发飘青组。手携稚子万里行，两地相思修且阻。小园今日春风回，枝头好待春花开。有鸟对鸣还对舞，门前剥啄先生来。先生来归已信宿，跨鞍我未卸装束。轮蹄坐阅岁华更，须鬓多惊相见秃。骎骎日落催归骖，得暇情同僧放参。时尚在封篆期内，故云。拼取杯盘陈岁具，与君觌缕清宵谈。

至保定引渔签判挈焘儿炤侄先在署中喜晤

岁暮跨征鞍，风霜行路难。有心同眷恋，执手慰平安。醴为故人设，琴援古调弹。多君重提挈，此日喜团栾。

怀王心言同年时在霸州营田

其　一

我来冀州北，君留滇东迤。双鱼属珍重，会合当有时。我生抱微尚，寸心恒自持。莲池水清浅，今焉奉光仪。

其　二

在昔恋母心，寄托曾高吟。沉沦遭诟厉，岁月徒侵寻。抚琴弹古调，对月披孤襟。悠然欲谁语，默默怀知音。

其　三

林禽鸣上下，清韵何珊珊。幽香发庭树，剪烛良宵谈。友谊夙所重，世味非所谙。相期在树立，俯仰增吾惭。

其　四

结庐台山霸州山名下，水碧山苍苍。绕屋种杨柳，行陌多田桑。农谱即治谱，晴雨闲课量。敦庞识古处，耕凿毋相忘。

正月二十九日焘儿奠母释服感赋

葬母连阳去，来归岁已更。儿于上年夏五奉其母柩归葬，客腊除夕始旋保定。抚儿心恻恻，感逝泪盈盈。礼重三年服，恩深一子情。显扬应有在，黾勉慰吾生。

炘侄于仲春朔日行抵保定诗以示之

驰驱来岭峤，相见近花晨。爱此青春好，怜予白发新。途长空盼切，别久更情亲。抱子当思母，三年最苦辛。侄去岁丧母得子，故云。

题刘霁堂望云图

我昔六诏驱征车，与君一见神相於。继从黔楚游匡庐，与君一路聊篮舆。怜君奔走为饥驱，蛮烟瘴雨侵髭须。知君有母心萦纡，聊博升斗为亲娱。千里归家奉母居，母登上寿八旬余。老人有杖不须扶，安眠健饭神敷腴。依依膝下晨昏俱，承欢菽水欢奚如。我来冀北日月逾，吉水迢迢音问疏。羡君子舍乐只且，重君身价走相呼。株守乡里徒区区，翩然命驾驱燕都。谁与贤知谁顽愚，个中指点言非虚。愿得见者无时无，众人倾仰同喁于。五云多处云容敷，溶溶蔼蔼风吹嘘，出岫入岫诚须臾。君独俯仰多踟蹰，回首遥望孤山孤。挑灯夜坐修家书，家有慈亲常倚闾。付儿一卷望云图，扁舟买就吾归乎。

自题桐阴课读图示焘儿

桐花泼乳叶如云，好风披拂无纤尘。旭日筛阴绕树根，石绉苔藓铺文茵。嘤鸣上下求其群，疏林密筱同鲜新。水光淡沱秋光匀，无言相与闻所闻。笑我卅载徒纷纭，驰驱南北历艰辛。有子万里随车轮，双目炯炯神恂恂。菽水承欢昏与晨，更以读书娱其亲。有时拈笔抒天真，骨采相配何彬彬。忆昔少小初习文，聪颖常得亲欢欣。摩挲头角夸嶙峋，颇谓他日大吾门。公余课读诲谆谆，奇文奥义相引伸。终朝咿唔聊弟昆，松阴一卷图犹存。先中丞有松阴课读图。象形惟肖如欲言，乔梓俯仰多传神。先人手泽今几春，一回一展怆心魂。我今作画非无因，欲以往训贻后人。丹凤引雏何敢云，鹤鸣子和情则殷。年来召对趋南薰，垂问家事叨君恩。蒙恩屡询先世及儿子伯焘年岁。受恩未报心逡巡，文章许国期尔身。三余学足须精勤，辟如陶铸师洪钧。化工在手物在甄，愿汝黾勉毋因循。花砖稳补称词臣，不独棨戟传清芬。

定兴道中

烟笼弱柳淡还轻，几处锄犁陇畔横。好着蓑衣趁新雨，枝头有鸟正催耕。

扈跸恭谒西陵纪恩

游观非为展时巡，春露秋霜祭必亲。仰沐恩纶垂顾问，怜臣廿载未归人。

生日自述

其　一

几上琴调手自挥，曈昽晓日映窗扉。惊心岁月多虚度，翘首家山敢望归。入世偏能成好遇，行年却已近知非。半生踪迹回头忆，恩重时惭报称微。

其　二

貌不魁梧气自充，凝神默坐炯双瞳。因时眠食推吾健，到眼风光与世同。愧以樗材承帝泽，抚滋禹甸庆年丰。即今酌酒悬弧日，都在升平雨露中。

其　三

敢说身为应瑞身，遭逢窃喜遇良辰。能甘淡泊无欣羡，长抱冲和见性真。素节只完臣子愿，闲情总与鹤琴亲。他年皓首庞眉际，可许还为林下人。

其　四

门临棨戟拥材官，仍作书生面目看。好节每怜增马齿，微忱常恐累猪肝。事多盘错操心苦，人到成全末路难。珍重擎杯自斟酌，几回宦海阅风湍。

其　五

弹指经过五十春，镜中赢得鬓毛新。伴吟已失同心侣，壬戌悼亡。独寐还思听雨人。庚申哭印川弟。只为悲欢容易老，谁言骨相本来贫。日者刘铁嘴谓予星命贵而贫。故乡婚友同称祝，多谢相期百岁身。

其　六

笑将华组佩金鱼，退食委蛇廿载余。荏苒光阴留不住，团栾骨肉乐奚如。时璞岩七弟自邗上来，荫汸九弟自粤西来，荔川堂弟亦自真州来。眼前弟共为兄寿，膝下儿能读父书。孝友家风慎毋堕，此生宁肯负生初。

忆北白泉

其　一

三日居停北白泉，数椽茅屋乐幽偏。个中本是神仙宅，排闼山山到眼前。

其　二

何必桃源更问津，果园蔬圃自为邻。午窗一枕风生簟，直是羲皇以上人。

鸟　巢

鸱鸮三复咏风诗，鸟为营巢亦悯斯。晓月奋飞迟夜月，北枝相择更南枝。心忧阴雨身偏瘁，地处崇高势最危。属尔恩勤成牖户，他年反哺有雏儿。

卢沟桥骈槐阁与王心言同年夜话联句 时乙丑秋六日也

良宵作清谈，岱云。待月燃高烛。秋色欲平分，心言。间庭爱幽独。隔院书声来，岱云。槐荫一帘绿。回首春风楼，心言。含情重踯躅。我生得良朋，岱云。晚节交相勖。怀古发心香，心言。抚今识时局。行藏随所安，岱云。盈虚不远复。俯仰天地间，心言。四时分寒燠。鱼跃与鸢飞，岱云。大道在心目。依依调素琴，心言。脉脉理牙轴。微欢谐故人，联吟写衷曲。兴会后何如，予今且初服。

和荫汸九弟藤花书舫原韵

其　一

藤花作主我为宾，我意宁随花意新。悟得色香都是幻，应知境地也非真。高怀自遇赏心事，好句欣联同气人。愿比棠阴长勿剪，座中原是宰官身。

其　二

老去须眉自有神，蛮烟瘴雨厉艰辛。多经盘错斯成器，了却欢嗔欲问因。得此清阴过永日，怜他瘦骨本长贫。连山书舫回头忆，桂馥梅芳阅几春。

附荫汸原作

其　一

笑向藤阴论主宾，雪泥鸿爪一番新。不谈时务襟期阔，却话家常意味真。浊酒能浇尘世累，情怀合印素心人。凤山鹤水先庐在，构得三间寄此身。

其　二

劳劳何事敝精神，利锁名缰太苦辛。参透盈虚原梦幻，须知荣落亦缘因。枕流漱石宁非福，樵水渔山不厌贫。到德罗浮离合处，且耕且读阅秋春。

藤阴共话雨后延青即景书怀仍叠前韵

其　一

窗迎朝日喜寅宾，雨后书斋景更新。眼底风光随意领，樽前骨肉话情真。君来执手八千里，我是平头五十人。他日燕台重聚首，低徊重认此花身。

其　二

花如解语祝花神，犹忆团栾岁在辛。辛酉与荫汸别后，至今始晤。我辈荣枯原有分，人生聚散果何因。薄纱世味应尝遍，陋巷家风不厌贫。爱尔扶疏能绕屋，吾庐安稳总长春。

附荫汸和作

其　一

窗明几净试龙宾，摊写吟笺几幅新。幽径情移三月久，好诗语到十分真。一帘清荫初过雨，满径黄花欲瘦人。此日不期同握手，闲居怡共剩闲身。

其　二

入世还存骏骨神，性同姜桂有余辛。欲从天道知归宿，莫向人间论夙因。壮志可伸仍可屈，我生能贱亦能贫。埙篪迭奏含真乐，常共藤花不老春。

席中呈王心言同年仍叠前韵

其　一

入室清风少杂宾，埙篪雅奏韵清新。我生本得天伦乐，吾辈相於气味真。遣兴秋高八九月，知心座有两三人。盘餐樽酒藤花舫，都是宽闲自在身。

其　二

先生老健益精神，况有文词羡受辛。廿载沉沦遭诟厉，一心了彻悟缘因。浮云空笑王孙贵，举世谁怜范叔贫。贡水连山应不远，当秋且试酪奴春。

书　怀

余性惭疏懒，安闲在此间。得闲因愈懒，以懒竟成闲。酒债何尝负，诗情未许删。停云如有意，出岫复归山。

附荫汸和作

置身天地内，放论古今间。酣饮成真懒，能吟不碍闲。此中能自得，余事可从删。一抚空琴妙，无弦水与山。

招王心言饮于藤舫诗以代柬

下版辕驹息，投林倦鸟还。与君三日别，羡我一身闲。秋色平分候，人情俯仰间。抱琴当复至，樽酒且开颜。

附荫汸同作

相见不为晚，长安日往还。心超尘世远，身与古藤闲。叶落一藤外，菊开三径间。座中离别意，频醉看酡颜。

八月十三日有感

秋色到阑干，秋声逼晓寒。予怀增感慨，往境忆团栾。儿女环相向，弦琴忍复弹。瓣香仍祝尔，人事保平安。

朝食偶成

异地联弟昆，布席偕亲串。庖人进陈词，其言非欺谩。五味贵调和，百物辨真赝。饮食事则微，咄嗟何能辨。闻之意肃然，理直无敢慢。迟速随所遭，色味终归幻。鼎烹无足荣，藜藿吾亦惯。但觉菜根香，不嫌朝食晏。

八月十四日招王心言刘霁堂小酌即留宿藤花书舫雨窗共话因成二律

其　一

窗外菊花开，花香落酒杯。好风时一至，幽径客重来。小住为佳耳，高怀亦旷哉。群贤联少长，都是不羁才。

其　二

我是闲闲者，当秋只赋诗。心情托明月，成败看残棋。时与霁堂对弈。落叶停杯候，微凉欲雨时。知交剩吾辈，恋别去迟迟。时荫汸欲赴粤西，未忍远别，屡易行期。

附荫汸同作

其　一

欢极不知醉，一杯复一杯。将逢新月满，多得故人来。小雨忽然至，清筵真快哉。回看尘海阔，前路孰怜才。

其　二

樽前休说命，酒后可论诗。霁堂精于数学，心言为诗文老手。每怪千秋业，都如一局棋。古人重知己，高会及良时。悬榻藤花舫，更深夜话迟。

将之易州留别藤花书舫仍邀荫汸同作时荫汸亦有桂林之行

其　一

劳碌风尘二十年，藤荫新构屋三椽。人生得此为清福，斗室居然小洞天。宦辙真同鸿雪影，禅房笑结去来缘。余居易州北白泉寺后，从前计两次寓此。潇潇易水添秋色，管领烟霞境亦仙。

其　二

相看会作两臞仙，用东坡句。试问何时了俗缘。万里心情随去雁，重阳风雨欲寒天。弟兄握手无多语，甥舅攸居有数椽。叶甥栗斋在桂林与荫汸同寓。翘首岭西计行路，春明再聚已经年。荫汸明年仍当北上。

◎卷二　白泉偶咏·上

至白泉书寄焘儿即以示勖

其　一

茫茫宦海御风行，无限波涛喜暂平。携得箪瓢来福地，地近陵寝，故云。还存松菊惬幽情。茶烹活火泉初泻，竹上寒窗月又生。回首故园同此景，归与何日计能成。

其　二

昨岁曾为万里行，年虽少小见生平。儿于去年归里。应知忠厚传家训，肯以炎凉论世情。心到困衡常有觉，身从忧患始能生。此中消息如参悟，志定何难是竟成。

独　坐

古寺冽清泉，小园覆茅屋。静坐孰与偕，香茗供幽独。雨后晚风凉，野树吹寒绿。须臾日渐暝，缘蹊驱黄犊。秋高暮景清，河淡星光烛。山半响松涛，阶前丛芳菊。悠然箕颍徒，忘机共麋鹿。去年行山中，羸驹笑踯躅。

古　意

妾本好颜色，顾盼生光仪。妾今非憔悴，多露行自持。君身妾亲奉，妾心君当知。不恨秋扇捐，但怨秋风吹。

八月二十四日先中丞生辰感赋

其　一

易箦伤心处，诸儿学未成。先中丞卒时，惟以余弟兄未经成立为念。读书思父训，努力继家声。边地销烽火，官庖糁菜羹。先中丞于金川之役督饷筹兵，迄于底定，予在云南剿除倮黑，荫汸弟在广西歼擒会匪，皆有武功。至从官两世，疏食菜羹数十年如一日也。遗型皆治谱，含泪想平生。

其　二

音容犹在望，展几拜良辰。门户惭为长，劬劳忍负亲。降祥征作善，后起是前因。俎豆陈今日，孙曾十五人。先中丞生前望孙甚切，今孙曾已十五人，亦可稍慰亲心矣。

杂　兴

其　一

相彼鸟择木，未肯栖危枝。试观鱼得水，悠然潜深池。人生多忧患，徘徊慎路歧。保身怀明哲，寸心恒自持。

其　二

春花自窈窕，摇落曾几时。夏木荣千章，一夕秋风摧。孤高有松柏，独抱冰霜姿。百年保初质，岁寒相与期。

怀荫汸弟并寄焘儿

其　一

山外白云封，云山隔几重。登临怀远意，竹树带秋容。风紧南征雁，寒增日暮钟。何时成吏隐，携手伴长松。荫汸有隶书“吏隐”二字额。

其　二

独处谢冠盖，萧然一室中。闲身容俯仰，顽仆任痴聋。忆我联吟好，知君托兴同。临风倍惆怅，行色又匆匆。余在藤花书舫，日与荫汸唱和，今闻荫汸已定期束装赴桂林矣。

其　三

遍阅苍梧道，居然在海隅。博白距海甚近。微名多坎坷，中岁少欢娱。杯酒联朋辈，须眉认故吾。茫茫问前路，未必尽崎岖。

其　四

爱汝相依日，能承膝下欢。有怀怜弟妹，与世别咸酸。开卷心香发，耽吟夜漏残。读书原最乐，吾悔跨征鞍。

其　五

西风寒易水，晓月照燕台。相去无多路，相思日几回。都门频饯别，祖道且衔杯。红叶秋山满，殷勤送客来。荫汸出都有迂道白泉之约。

与秩帆侄

与汝初相见，难禁涕泪俱。弟兄同执手，时与焘儿同来。雨雪载征途。苍鬓嗟吾老，髫龄痛尔孤。勉旃思继起，敬业是良图。

短歌勖秩帆侄

其　一

自我不见兮多历年所，尔今远来兮吾与尔语。鞠汝兮育汝，汝无父兮汝何怙，何怙兮荼苦。念先人兮承先绪，吁嗟乎毋忘尔父。

其　二

拮据兮惟手，卒瘏兮惟口。事汝父兮执箕帚，代汝母兮操井臼。吞声兮蓬首，生我劬劳兮恩不可负，吁嗟乎毋忘尔母。

雨中得荫汸书知出都日即绕道来白泉有诗志别依韵和之书中并寄璞岩荔川两弟家信

浮踪只作白云看，情绪无聊独倚阑。乡信忽随霜信到，风声还逼雨声寒。我栖倦翮劳相忆，书中以余眠食为念。君抱离怀寡所欢。

几处分飞原上鸟，白泉三宿且团栾。

焘儿生日作歌勖之

尔之生也神丰腴，光腾绣褓惊於菟。初学跪拜识之无，稍长颇能读父书。亭亭玉立清且都，花间问字承欢娱。滇黔万里随征车，京洛五载牵我裾。人生有子封侯如，尔母视尔逾明珠。劳劳含哺同慈乌，风雨翛翛尾毕逋。心血尽耗形神枯，一病不起中道徂。我与尔母同茹荼，尔母有尔色稍愉。鞠尔育尔恩勤劬，长大望尔高门闾。尔年十五丁艰虞，登堂无母空号呼。蕙帷寂寞遗孤雏，老鳏饮泣增欷歔。自怜发白齿亦疏，先秋薄质同葭蒲。西风瑟瑟吹高梧，百年岁月诚须臾。愿尔昂藏七尺躯，饱餐六籍皆经厨。文章为辅德为舆，名成行立延家誉。慰尔母心足慰吾，庶几不负尔生初。吁嗟夫，天之降才人人殊。未有养子不望聪明俱，奈何东坡生儿愿其愚，愿其愚，计亦粗。尔今聪明不误用，或者无灾无难亦到公卿乎。

荫汸作诗留别树崖依韵和之

秋郊随我据征鞍，时余出京十日。秋柳依人不忍看。马上飞鸿共嘹唳，天涯弱弟恋团栾。兄弟中树崖最少。此身出处计先定，与世周旋醒独难。惆怅岫云归未得，因风南北各漫漫。

荫汸有诗三首留别焘儿及景之秩帆两侄今和一首即用别焘儿韵

萍踪离合本无端，骨肉相依欲别难。身是劳人阅甘苦，心怜犹子半孤寒。秩帆无父，景之、焘儿皆无母。读书要识师前辈，处世还当结古欢。留别阿咸诗句好，藤花舫外几回看。

藤花韵事一卷余兄弟居藤舫时唱和作也荫汸濒行书手卷付焘儿笔法精熟焘儿什袭珍藏余以诗记之仍示焘儿

东坡书法由意造，婀娜刚健元气充。信手点画会其意，笔之所到神与通。得其神者包众美，多好不精将奚庸。“多好竟无成，不精安用夥。”东坡句。试摊秘帖细衡鉴，传家欧蔡有鲁公。汝叔自幼好泼墨，堆置败笔墙为壅。体势结束及于古，书成辄弃亦自同坡翁。“书成辄弃去”，亦东坡句。天涯作吏致不俗，锦赗一一娱清供。世事纠纷苦束缚，征轮迁转如飞蓬。脂车复上长安道，捧檄来谒承明宫。漓江春暖促轻骑，金台路远催青骢。青骢至止行不缓，奚囊一卷挥麈封。盘餐蔬果酌杯酒，弟兄叔侄聊游踪。入室案牍不到眼，绕屋藤花环如墉。藤花书舫昔所构，古藤四本披蒙茸。不知何年植此本，婆娑架上直似老松张盖青童童。屈曲倒影出墙外，高垂清荫敷庭中。伯仲埙篪互酬答，和声击节鸣琤琮。天籁相於人籁寂，但见一庭明月来清风。汝叔当此兴不浅，开砚吮墨相磨砻。麦光铺几净拂拭，落纸生动如游龙。瘦硬通神骨格古，有若人之精光内蕴含双瞳。磊落与俗殊嗜好，亦若岁寒松柏偃蹇不肯争嫣红。自言笔法随心运，区区仿古终难工。年来宦味同嚼蜡，即今天伦乐事真难逢。乐事相逢成韵事，挥毫洒落开心胸。吾今居此历长夏，秋月复见三弯弓。手书此卷付儿辈，又将橐笔走蛮賨。儿辈牵裾复索草书诀，掉头不顾心忡忡。人生到处如泥鸿，诘朝行矣诚匆匆。用张伯英“匆匆不暇草书”意。

秋怀二首与荫汸树崖两弟用东坡浮云岭怀子由韵

其　一

长翁署号语非虚，事事于人愧不如。宋陈造云物之无用者为长，自号江湖长翁。此日行踪同落絮，半生心迹印寒渠。吾侪迂腐难谐俗，儿辈聪明好读书。试向楸枰看全局，争先地步总留余。

其　二

溪流澄澈映斜阳，雨后新添野水黄。谁浊谁清怀楚些，濯缨濯足任沧浪。花开菊径秋将晚，人到梧山路正长。毕竟全生须碌碌，阿奴细与计行藏。晋周嵩告其母曰：“伯仁好乘人之短，嵩性抗直，亦不容于世，惟阿奴碌碌，当在阿母目下耳。”周顗字伯仁，周谟小字阿奴。时树崖方议赴部掣签，故及之。

待荫汸至用东坡腊日游孤山韵

登五岳，泛五湖，昔时豪兴于今无。翛然一室深山居，山禽日落争鸣呼。布衣疏食全妻孥，无尤无怨中情娱。槛外白云自往复，岭头红叶相萦纡。风景佳处即吾庐，孤山孤月原非孤。闻君征车驾驽马，笑我住屋编葭蒲。扫除落叶烦园夫，野蔬村酒供朝铺。好秋九月成好会，良宵三宿真良图。荫汸有三宿之约。对床夜话情有余，梦随蛱蝶形蘧蘧。何能及早完官逋，罗浮绝顶同追摹。罗浮有五色蝶。

闻　柝

古戍一灯明，危楼听柝声。夜长人不寐，秋老树争鸣。此地无尘警，微吟淡世情。抱关吾欲隐，与尔话平生。

待荫汸不至用东坡绕城观荷花登岘山亭晚入飞英寺得月明星稀四首韵

其　一

有屋依山冈，有窗延风月。浊酒浇烦襟，黄芽菜名供朝啜。俯仰一身宽，快哉尘氛绝。时序当秋深，枝头飘黄叶。倚阑风萧萧，疏林对白发。

瞻彼脊令原，延伫夕阳没。

其　二

山禽归晚树，群鸟不知名。上下鸣不已，无非求友声。遥遥涿鹿郡，渺渺烟云横。思之曷有极，遣骑相逢迎。吾弟贤友生，阔别难为情。同时遭诟厉，寸心谁能明。

其　三

垂杨与垂柳，道旁犹青青。征鸿与征雁，排翼飞空冥。伤心南北路，尺书烦邮亭。五年不相见，去日同流星。长条忍手折，云路扬修翎。独处不成寐，陋室聊自铭。

其　四

君居藤花舫，所欣迎送稀。行装已束缚，胡为久不归。荫汸眷属犹居桂林，故云归也。攀留有弟侄，恋恋惜朝晖。幸无官符促，未忍逢征衣。新雨路复滑，日暮且扃扉。行矣吾迟迟，身闲无是非。

怀姚引渔签判用东坡定惠院寓居月夜偶出韵

忆我退食来书斋，海棠花发当春夜。花枝一半出墙头，先生常在花阴下。胸怀洒落与天游，诗句清圆似珠泻。儿曹杖屦坐春风，有时问字阑干亚。琳琅满架碧玉签，奇书任读毋须借。隙驹岁月过须臾，世事迁移有代谢。我今裹足伴秋山，亦有疏林覆茅舍。东坡迂阔非人挤，安闲意味同啖蔗。山中眠食足自娱，宦海波涛吁可怕。愿君终日哦松间，冷落寒酸随嘲骂。

饮范总戎所饷药酒不觉沉醉用东坡和秦太虚梅花韵

菊花烂漫霜林槁，我有鸱夷自倾倒。此中药味相调和，能起沉疴除烦恼。笑我无愁亦无病，只恨入山苦未早。半庭分得秋光清，一盏酡熏春色好。禅房花木本无尘，满阶落叶不须扫。暮景依依日渐暝，流光冉冉人将老。银瓶快泻红螺承，复泼醉墨书醉草。蒙眬一枕我安眠，浑沦元气还苍昊。

遣　兴

山居绝冠盖，疏懒适相容。场圃龙无吠，村邻碓自舂。夜深谁击柝，寺远不闻钟。何处生烦恼，惟余睡兴浓。

晚秋感遇与荫汸树崖两弟即促荫汸行期

其　一

抱璞识美玉，披沙识兼金。千载重知遇，脉脉证素心。我心自期许，悠然成微吟。

其 二

淙淙泉下水，愔愔几上琴。无言自欣赏，寂寞怀孤襟。一唱再三叹，邈邈感希音。

其 三

同声自相应，遥隔北山岑。书斋娱佳日，旷怀遗华簪。一夜秋雨凉，良晤阻至今。

其 四

永日惟独立，高枝闻鸣禽。黄菊矜晚节，白云生暮阴。幽怀孰与共，迂路期相寻。

喜荫汸至叠用东坡月明星稀四首韵

其 一

墙头开秋花，屋角生秋月。竹垆茶可烹，长渠泉可啜。地无车马喧，清境斯超绝。我屋绕秋山，山山铺红叶。偃仰一身闲，爬梳理短发。扶筇望行人，野鸥任出没。

其 二

百年能有几，半多误浮名。悔不收行脚，遂致来虚声。君才抚百里，马上何纵横。叱驭缚奸宄，父老壶箪迎。得意即失意，坎坷撄中情。天怀自旷朗，伫待月华明。

其　三

昔从梧山来，芳树初含青。今从燕市去，寒条垂青冥。日月曾几何，风景变旗亭。念我弟兄辈，散处如晨星。矧彼云外雁，又刷霜中翎。绕道作团栾，厚意吾心铭。

其　四

山居爱闲散，庭前来往稀。荜门纳行李，一似宾来归。对话忘久坐，燃烛继斜晖。劝君酌杯酒，为君拂行衣。君行且小住，细认白云扉。来年倘相见，或恐容颜非。

和荫汸自都旋粤与弟侄辈同宿长新店夜话原韵四首即以送行

其　一

好景阅三秋，团欢且遣愁。车聊南北辙，身在帝王州。世事苦相缚，劳人复远游。近郊从弟侄，情话更绸缪。

其　二

绕道来相别，舆人幸莫催。去同三宿昼，居近五花台。野菜供朝食，新诗骋逸才。重阳一樽酒，把菊意徘徊。

其　三

汝作边城吏，何惭七尺强。三年歌父母，百姓乐耕桑。昔记旧游处，今从远道将。漓江秋水阔，象岭屹中央。

其　四

别馆联宵梦，明朝送汝行。千山正秋色，一路听铃声。缕缕生离绪，遥遥计客程。投闲吾本愿，漫说畀千旌。

荫汸将行凄然赋别

其　一

易水风寒击筑歌，殷勤瞻望一来过。身从南北驰驱遍，话到艰难感慨多。出岫浮云无定在，经秋垂柳尚婆娑。敝裘匹马关山去，髯鬓相看意若何。

其　二

弟兄难得是团栾，才说停车复跨鞍。短被幸联今夕梦，长途但愿一身安。予年向老君非少，雁阵离群影又单。风雨欲来佳节近，紫萸黄菊总愁看。

即席荫汸话别

五年始相见，即席赋将离。相见无多日，将离又几时。衔杯千里意，执手两心知。宦味长如此，风霜慎护持。

重阳日荫汸束装就道

千叠远山多，一鉴寒潭碧。联床永夜谈，又是重阳夕。秋序已渐深，秋光殊可惜。同赋赏秋诗，俯仰情无斁。胡为入山人，仍作远游客。时当风雨来，马向苍梧策。行行送君归，懒着登高屐。扶筇默无言，但看秋山月。

和荫汸饮酒寄树崖韵

冉冉秋云卷似罗，萧萧易水有遗歌。酒当痛饮杯怀壮，诗入离筵别恨多。怕说征鸿霜信早，愁看红树夕阳过。知君独坐藤花舫，瓶罄垂涎羡醉酡。树崖善饮，故戏之。

重九感怀

其一

对酒含酸竟束装，荫汸是日就道。纷纷木叶正苍凉。花留秋色骄残菊，雁紧风声度晓霜。恋我同怀更三宿，荫汸恋余，不忍远别，多留三日。添人愁绪是重阳。最高峰畔遥相望，又听寒钟出上方。

其　二

野云随意变晴阴，疏柳疏桐缓步寻。一树秋鸦归晚照，半山茅舍落寒砧。可怜今日登高意，仍是频年望远心。弟兄频年远别，去年重九焘儿亦旋里未来，今荫汸西去，而树崖及焘儿、炘侄、炤侄又俱在京寓，未能聚首。不插茱萸搔短鬓，凉天缥渺感微吟。

晚秋词

其　一

斜阳欲落犹未落，闲庭悄悄风吹幕。禽栖倦翼入疏林，菊写芳容剩残萼。深闺寂寞凉侵肌，秋怨秋愁将语谁。手执并刀共牙尺，亲裁长短寄寒衣。

其　二

巷柝沉沉夜已永，凌晨顿觉秋光冷。霜树低垂鸦未飞，玉炉初暖烟逾静。佳人睡起倦含颦，欲整衣裳粉自匀。身倚栏干意怊怅，庭前尚有未归人。

步至兴隆寺用东坡雪后到乾明寺遂宿韵

安步当车心不惊，盘阿盘涧我闲行。荒园傍水皆成圃，古寺环山独远城。枫叶芦花秋渐老，松篁泉筑雨初晴。禅机试问僧知否，无上菩提无色声。

渔舟

数声闻欸乃，身世即江湖。坐卧片帆稳，春秋佳日俱。相望鸥境界，不计水程途。欲问平生迹，烟波一钓徒。

樵径

樵夫不择径，到处远尘埃。山老树多古，风生雨欲来。行残红叶路，倦憩白云隈。知尔运斤意，抡材弃不材。

耕舍

几间田舍好，舍外亩纵横。春雨含苞色，秋场打稻声。桑麻风太古，耕凿世升平。相与安勤俭，仍联鸡黍情。

牧童

水曲傍山隈，骑牛去复回。起居吾自适，伴侣两无猜。斜笛时吹彻，夕阳欲下来。笑他拥车盖，马上意徘徊。

重阳后三日姚引渔签判来白泉见访赋赠二律

其　一

精庐遥隔碧烟岑，剥啄声来喜不禁。兼味盘餐秋夜话，几年风雨故人心。山中眠食皆如昨，梦里安恬始自今。樽酒论文吾辈在，胸怀千载感知音。

其　二

重阳佳节看花频，花下联吟忘主宾。交久共将肝胆沥，身闲转与鹭鸥亲。半生如意无多事，同调关心有几人。冷淡一官今鹤发，乔松耐老看精神。

引渔签判见和前韵赋此答之

其　一

先生厚意托微吟，惜我殷勤望我深。也识全生为门户，共如居市爱山林。浮沉身世人情熟，多少悲欢老境侵。耐雪寒梅傲霜菊，相看未肯负初心。

其　二

偃蹇空山意若何，挑灯酌酒对君歌。好峰欲雨时遮雾，平水因风惯作波。鲁钝自惭闻道浅，疏庸还恐受恩多。即今偶着寻僧屐，缓步扶筇怕跌蹉。

与引渔签判坐话有怀荫汸

其　一

斗室居然载酒过，花簪短鬓自摩挲。出山漫说还山易，来日何如去日多。岭半晚烟藏远寺，溪头归犊下危坡。雪泥鸿爪踪无定，迟暮怀人且作歌。

其　二

时闲爱我寓居好，道远思君行路艰。辗转征轮渡漳水，将迎驿骑是嵩山。计荫汸将入河南境。鸦拳古树飞霜候，秋尽残杨落照间。脱略形骸对良友，独余离绪未能删。

夜雨不寐用东坡夜直玉堂韵

夜永难成竟夕眠，檐阶雨韵亦铿然。中途有梦应寻约，时荫汸在途，用苏子由“误喜对床寻旧约”意。上界微钟已破禅。冷砚墨浓宁废咏，残灯花发尚余妍。霜寒知是催梅放，麂眼疏篱召仆编。

九月十六日白泉雨中即景用东坡烟江叠嶂图韵

欲雨未雨云满山，如雾非雾树含烟。山云烟树断复接，一幅苍茫图画真天然。风随雨势振林木，水鸣琴筑流清泉。雨中更杂雪花舞，凉飙飒飒吹平川。我观此景豁心目，徙倚独立山门前。迷离杳霭炫奇境，但见云气四面环绕敷青天。高原下泽洗尘埃，丹枫翠壁争寒妍。要识天公爱赤子，先以秋雨膏冬田。陇畔老农荷短笠，预祝来岁歌丰年。雨足云收晴淡淡，峰遥树远神娟娟。兴会潇洒还腾骞，双屐踯躅山中眠。笑我襟怀直寄羲皇上，酒中非圣诗非仙。一室安居自啸傲，总与山水相因缘。安得晋卿复起挥毫作画本，东坡妙笔再写烟江篇。

与树崖弟用东坡送顾子敦韵

皤腹丰两颐，貌奇神亦伟。动与古人合，不必观书史。出处随所安，谈笑事能已。杯酒适襟怀，静虑无愠喜。万里来燕台，十年滞乡里。手足情既欢，盘蔬味逾美。爱兄尺素书，包裹尽余纸。荫汸善书，每弃一纸，树崖辄收藏之。时闻身复闲，不衫还不履。宾稀门可罗，人淡心如水。相随有阿咸，训言当提耳。

寄家书

其　一

别绪千万端，寄书无多语。持此数行书，深情知几许。一解。

其　二

挑灯作家书，为觅双鲤鱼。书尽千万言，言外情仍余。一解。

晚眺寄焘儿

鸟啼鸦噪近黄昏，树外斜阳尚有村。径转柴扉山到槛，篱编菜圃水依门。心无挂碍参禅味，境得宽闲是主恩。待买荒园葺茅屋，更偕儿女话寒温。

九月二十三日先母夫人生辰感赋

鲜民无母恨终天，每遇良辰倍怆然。育我勤劬恩罔极，怜儿苍白发盈颠。心伤设几陈牲会，梦绕牵裾介寿年。万里家山归便好，手携孙子展松阡。

卧病初起忆荫汸弟用东坡与子由游寒谿西山韵

生涯淡泊甘蔬畦，谁令宦辙东复西。滇池久跨出塞马，燕市踏遍飞鸿泥。象岭五年不相见，藤花一舫欣相携。尔我同时置闲散，随波上下同凫鹥。半生踪迹自回首，佳句犹忆武陵谿。“十年踪迹武陵豀”，荫汸前十余年所咏句也。昨晤谈时，荫汸犹能忆之。适口盘承青橘柚，酡颜杯侑红玻璃。都门迂道来过访，白泉芳泽同依栖。野市潇洒出谷口，斜阳彳亍行幽蹊。我留君去日复日，空山卧病心凄凄。从来荣枯有定分，怜彼世俗工排挤。思我思君忽长笑，斋厨尚捣酸黄齑。山中神仙倘可遇，或与金丹一刀圭。

中宵睡醒听雨不寐赋寄焘儿用东坡次韵子由病酒韵

一室依崇阿，空斋独偃卧。到眼有诗排，闭门无人过。肃肃寒飙吹，叶叶空林堕。出山二十年，终年少稳坐。闲居得早食，中宵复苦饿。烛灺夜为阑，钟微梦已破。风送雨声来，寒微尚掀播。不睡慕归耕，和麴酿新糯。寂寞抱此心，噫嘻谁为佐。忧谗畏正多，积小怨成大。人事相束缚，适同驴在磨。忽闻车辚辚，铃声叠酬和。途中泥淖深，雨后更坎坷。疲羸已服辕，鞭策情无奈。何如水中鸥，浮沉任个个。诘朝晴倚阑，积尘净如簸。想尔读书声，抑扬还顿挫。冥搜得精华，俗嗜皆糠莝。浮名何足希，实履自勤课。郁郁无聊时，哀吟读楚些。

勖景之侄用东坡乞桃花茶韵

男儿志四方，丈夫出问世。温饱非所谋，怀安情易滞。守此一寸心，肯令织尘翳。笃行依乎仁，余力游于艺。性学两无亏，斯为百年计。忠厚培浇漓，和平除乖戾。约礼先博文，退速在进锐。毋如狂也且，一切空睥睨。努力及少年，流光昼夜逝。勉旃怀先人，家风垂后裔。

初晴用东坡分新火韵

连宵听雨独危坐，睡鸭频销香炉火。山窗料峭山风寒，隐几横琴只余我。邻鸡晓唱三两声，盆菊花残六七朵。东坡先生诗百篇，一篇一读灵珠颗。身境清闲心亦闲，自适其适无不可。痴奴告我雀报晴，扶杖观山轻烟锁。

计荫汸时当行抵樊城易舟由武昌长沙直达全州兄弟离群情不能已用渔洋白沙江上别西樵韵

其一

送君易水滨，曾罢重阳宴。挥手难为怀，良时几相见。蛮语来参军，又到襄阳县。双桨客登舟，红叶满江岸。

其二

我非好干进，已误自在身。君亦倜傥才，同为南北人。云封九连岭，月照扬子津。心事千万端，觍缕难自陈。素园弟在连平，璞岩弟在扬州。

其三

别来才兼旬，君行几千里。东风酿寒色，谁复能遣此。客身留燕台，征人渡湘水。湘水流长沙，哀些无时已。

其 四

雨雪自霏霏，依依少杨柳。但愿一叶帆，好风送鹢首。偶吟江上月，还沽江干酒。回忆话别时，都在中年后。

寄书荫滂赋寄焘儿用东坡将至筠先寄迟适远三犹子韵

忆我盐车压千里，年年濯足芦沟水。秋月秋花佳节逢，未得团栾对妻子。幸解束缚脱羁缰，闲看漠漠村烟起。夕阳朝雨幻阴晴，樵唱山歌洗心耳。回首都门八月中，子由夜话藤阴里。衔杯对酌两身闲，得句联吟两心喜。而今鸿雁复南征，掣电为欢空尔尔。搏沙放手昔所悲，饭疏肱枕何须耻。吾弟胸怀真旷如，觑破浮云无足恃。珍重贻尔惟一经，读书善继家声美。

钱香树太傅送季弟主恒之永丰诗有廉到无家庶可任句余读之不觉感触因用其句成七律五首

其 一

廉到无家庶可任，官贫始不负官箴。廿年春梦回予首，一镜秋潭鉴此心。惭乏鹔鹴堪贳酒，却余书籍尚耽吟。二三朋旧劳相访，容膝居安慰自今。

其　二

艰难漫说坐毡针，廉到无家庶可任。湛露严霜归大造，倾葵向藿抱微忱。清能涤虑烹泉水，倦且安眠拥布衾。最羡烟霞常作伴，赊来不费买山金。

其　三

晓树风寒瘦不禁，鬓毛老境日侵寻。身同落叶知难定，廉到无家庶可任。晚菊疏梅非俗好，高山流水有清音。满庭明月应相赏，入我虚窗照素襟。

其　四

笑披野服脱朝簪，弟妹相依系远心。弱女循墀还索乳，佳儿得句自高吟。贫将彻骨原非病，廉到无家庶可任。几上弦调歌几叠，和平终听想愔愔。

其　五

匹马迎寒向桂林，轻鞭遥度白云岑。一官近海冲岚瘴，五载随身只鹤琴。清白承风同我愿，缠绵话别感人深。儿曹须识相规意，廉到无家庶可任。萌汸作诗留别弟侄，训戒缠绵。

咏怀二首用东坡雨中熟睡至晚强起韵

其　一

饮酒擎琼杯，下箸罗鼎肉。已列台辅荣，又慕金丹熟。所望亦孔赊，试问何时足。坡翁咏春梦，梦断讵能续。胡为热中人，无官一家哭。陋室君子居，铭词且勤读。

其　二

笑我居山中，晚食可当肉。故人载鸱夷，知是新醅熟。奇石供清娱，一拳亦已足。松间虚籁吹，窗外鸣禽续。隔篱田舍翁，孩童杂笑哭。天真适吾怀，藏书留儿读。

庭菊已残作歌惜之用东坡惜花韵

空林叶落阶成堆，独傲黄菊真佳哉。呼童远引清泉来，手汲泉水烹惊雷，茶名出《蛮瓯志》。我情欢赏花正开。满庭烂漫同春回，赏花遍寓惜花意，奚童不知群相咍。一夜寒飙起，还带雪花摧。花枝憔悴依蒿莱，此花故人手亲栽，枝枝叶叶工心裁。花为两守戎所赠。而今对摇落，何意复含杯。飞霜满屋风满斋，荣枯随序无须猜。扶筇欲访山头梅，抚此萧萧短鬓心为哀。

寄哈密瓜至京寓

故人情重怜漂泊，投以嘉瓜寻前约。瓜为甘肃特提军所贻，并寄书慰问。种自玉门万里来，物虽无多遐心托。筐筥束缚悬蒲鞯，山中正值小春前。清玉盘承并刀剖，味沁心齿光澄鲜。澄鲜照坐擎玛瑙，恍如鲜果携蓬岛。遥怀弱女依阶墀，时向诸姑觅梨枣。分我嘉瓜远致之，何以伴函寄我诗。新诗到手慰汝思，琼浆入口甘如饴。

望兴隆寺有感

兴隆寺踞千重山，山下迂回辟山路。路与山腰相接连，竹韵松涛一一随风度。我来便等闲云栖，兴到还作登高赋。常看远岫列窗棂，有时翠壁藏烟雾。山容作意变晴阴，供我眺览无朝暮。朝朝暮暮忽生愁，独居一室经三秋。回首家园阻且修，佳山万叠开平畴。犹记某水与某丘，昔皆童时所钓游。旧游山水洵清美，夷犹一艇烟波里。高峰千仞印寒潭，仙草仙桥舟中指。家乡虎跳潭山岭有两石对峙，名仙人桥，桥下有草，四时长青，名仙人草。东保嶂，锡场阡之后山。金鸡峰，新阡，地名。何时归去为山农。雪鱼竹笋共餐饔，家乡有鱼，入冬最美，名雪零鱼，冬笋亦最佳。日日扶杖饱看青芙蓉。

怀王心言同年

其　一

轻鞭易水渡，老友台山归。遥遥数百里，心往形还违。晨起披野服，闲行启山扉。树疏雪已满，鸦拳冻不飞。岂徒惜倦羽，亦恐蹈危机。我生自回首，四十九年非。相思不可语，悠然理琴徽。

其　二

贫穷交友稀，独君往来数。晨夕细论文，厚意重山岳。读君古调清，沦我心源浊。下位遭沉沦，天怀自卓荦。吾今所遇同，妄思从头学。别去日几何，昨又颁新朔。闻君当复来，途长嗟邈邈。

东坡上元过祥符僧房七绝有一室清风冷欲冰之句钱香树曾用其句作七律五首余来白泉寓禅房后十月初四日大雪寒甚念树崖弟焘儿辈偕叶氏姊杨氏妹俱留京寓而荫汸弟西返桂林计期已入楚境因效香树先生之体亦用东坡句成律五首以咏所怀

其　一

一室清风冷欲冰，银花六出夜来凝。即今瑞雪初冬应，已兆丰年多黍征。红树青松相掩映，近山远岫半模棱。闲庭徙倚看萧寺，阶级新添玉作层。

其　二

散花天女怯凌兢，一室清风冷欲冰。树上寒枝添色相，镜中短发感鬅鬙。雪当倦舞余残萼，我亦慵飞类冻蝇。试问长安驴背客，襄阳佳咏得来曾。

其　三

盼远孤情此日增，绿藤今已作寒藤。京寓有藤花书舫。半床古榻居容膝，一室清风冷欲冰。烹瀹呼童添活火，吟哦觅句对残灯。从来映雪多勤苦，学足三冬望尔能。

其　四

围炉寒重力难胜，漉得渊明酒半升。姊妹久成无侣雁，身心暂似脱鞲鹰。五更警柝天将晓，一室清风冷欲冰。何日相携归故里，包来脱粟有粗缯。

其　五

兀坐蓬窗行脚僧，衡山西望碧崚嶒。驱车已见霜摧箨，唤渡何当雪满塍。裁剪鹅毛空有象，浮沉鸿爪总无凭。敝裘慎勿轻沽酒，一室清风冷欲冰。树崖居藤花书舫，其室颇寒，又善饮，故戏之。

与张朴轩

其　一

春梦如官况，鸿泥印雪踪。空山依老衲，冷节又初冬。自觉世情淡，仍余归兴浓。劝君无芥蒂，浊酒好浇胸。

其　二

追随成两世，艰苦忆三年。志不渝生死，途还阅万千。朴轩曾佐先中丞，后随余南北奔驰，迄今如一日。近为余修葺居庐，又代营金鸡石新阡，自始至终，三易寒暑，迹其行事，诚有古人风焉。孤标真卓尔，短鬓已苍然。今日藤花舫，相依共麦馇。

十月初七日寄荫汸

其　一

好诗吟罢对冬釭，积雪余晖映远窗。遥忆隔峰新月上，照人寒色是湘江。

其　二

樯帆面面纳山容，衡岳层云亦荡胸。笑我琴书空好在，香山手眼近俱慵。香山诗："架上非无书，眼慵不能看。匣中亦有琴，手慵不能弹。"

寒夜感怀寄焘儿并炘炤两犹子

其　一

流光又与岁寒期，夜坐挑灯有所思。旷世盱衡千载识，一身阅历寸心知。境逢得意多成悔，事到回头每觉迟。五十年华何冉冉，进修还及未衰时。

其　二

三冬夜永不成眠，往事低徊忆昔年。宦味亲尝聊复尔，寒儒故态尚依然。无才自愧世家誉，向老偏思儿辈贤。风雨晦明关我念，承先报国望仔肩。

和焘儿闻秩帆读易韵

功同造化可容窥，惕厉常存忧患思。身世所遭多悔吝，艰难用晦是神奇。支离象数徒腾说，消息盈虚在识时。悟得天心到明月，自参解泽与丰施。

余着敝裘张颠笑之余曰子过矣因效东坡作薄薄酒一首以示焉

薄薄酒，可消愁。粗粗布，不难售。野蔬适口何必罗珍羞，冬衣适体何必羡轻裘。此裘随我身，不知几经秋。东西南北路，万里从予游。风霜雨雪为良俦，丹铅涂抹共校雠。三冬吟伴读书楼，两袖墨染松滋侯。他日曾随猕与蒐，予昔扈从时必以此裘相随。有时还作衾同裯。黑头相依到白头，于今敝矣忍吹求。得新弃旧招人尤，矧我与汝诚相攸。我思戴笠还故丘，汝或可与蓑衣侔。荒田数亩堪锄耰，吾将偕汝同归休。

得焘儿炘炤两犹子家言感怀赋寄

其　一

最是相思处，都门暂驻时。藤花铺满径，秋月泛盈卮。时正中秋。此会殊难得，初心只自知。何妨贫且贱，吾独爱吾痴。最是相思处，联床听雨时。情真偕少长，别久话襟期。共忆廿年事，都无三径资。抟沙随手散，今日又天涯。

其　二

最是相思处，晨昏问视时。轻肥无俗嗜，头角称家儿。喜尔书盈架，怜予雪染髭。此间好门户，努力望支持。

其　三

最是相思处，裾牵幼女时。汝生才襁褓，母病已支离。兄姊同孤苦，寒暄慎护持。庭前分枣栗，老泪不禁垂。

其　四

最是相思处，寒灯夜话时。家山来万里，世路忽多歧。叶氏姊来未久，余即解职。孤鹜皆无偶，他乡尚有儿。叶氏姊、杨氏妹俱孀居，姊尚有一子侨寓粤西。拳拳分手日，坐甑为朝炊。

其　五

最是相思处，清斋侍坐时。资庸仍苦学，炤侄质鲁而勤。穷极益工诗。

寄来近诗俱佳。和气承家训，虚心即我师。伏波书可读，画虎有良规。

筑草堂三间用东坡和子由游百步洪相地筑亭种柳诗韵

世年奔走无安席，今得逍遥娱佳日。虚涛谡谡听松声，远岫依依延窗色。一夜冬风雪满山，雪晴山带寒霙白。披我野巾跨驽马，徘徊蹴踏空林下。根栖落叶影自闲，枝拳冻雀声还乾。俯仰此身一何有，刈茅筑屋当抱关。闭口不敢问雁美，用皇甫规问雁门太守事。低头惟思行路难。笑尔起居亦自适，天涯踪迹何年还。

得云南翁凤西观察书以东坡题司马君实独乐园诗相慰勖眷我良朋捧书惭感即用坡韵答之

白泉屋三椽，喜在精庐下。屋东偏山之半为兴隆寺。明月满空山，积雪铺芳野。野色来窗扉，山光落杯斝。吾身乐宽闲，安居忘冬夏。回忆旧知交，如君真英雅。独撤居盖游，时入桑农社。慈爱惠利人，东坡和孔密州诗有“慈爱聪明惠利人”句。谁是先生者。别来岁月多，自恨闻见寡。默识箴规言，陶镕范大冶。余性直率，先生时相规劝。今我释躁矜，任俗呼牛马。浮云宁得归，尘念亦已舍。故人期我深，捧书面为赭。报余学东坡，闭阁寄聋哑。东坡初别子由诗有“念当闭阁坐，颓然寄聋盲”句。

致翁凤西观察叠用前韵

与君官南滇，同居五华下。昆湖漾微波，滇省有五华山、昆明湖。水色盈晴野。政出闻谠言，观察素持正，有不便于官民者尝辩论之。情欢联芳斝。别君来章江，时惟戊午夏。回首五薇堂，堂在迤南道署。岿然存大雅。旧日滇省僚友，除观察外，已无多人。我复走燕台，车曾游洛社。余由燕赴豫，复由豫至燕。良友惠双鱼，拳拳知心者。守拙计非迂，省身过未寡。数载沐主知，事事归陶冶。负重驱羸牛，服辕愧疲马。鞭策无可施，驽蹇终见舍。不材负恩多，惭颜如渥赭。万里奉君书，披吟还咿哑。

喜焘儿至即用焘儿来白泉原韵

其　一

策马冰霜亦孔殷，聊将鸡黍慰辛勤。山居坐卧身还稳，世事升沉耳不闻。即景遥添风瑟瑟，流光易逝水沄沄。独惭荒僻村墟路，父老犹歌旧使君。

其　二

痛痒相关骨肉恩，来依茅舍伴晨昏。窗虚小阁远山入，日落空林寒雀喧。俯仰予怀欣有托，低徊往事懒重论。扶筇携尔寻僧舍，共此闲身证道源。

自述示焘儿用东坡约公择饮韵

连阳蕞尔城环山，山人山居十五年。欲从学海探骊渊，五车腹笥称便便。日居月诸如转丸，春官执事同朝元。一麾出守章门去，驰驱六诏路万千。清惠堂前政清闲，云南盐署有清惠堂。同人唱和诗争妍。蛮烟瘴雨得生全，疏帘清簟无丝弦。妻孥只分官俸钱，嗣是征轮无定辙。荆襄冀豫时往还，燕南赵北重留连。吏民爱我知我寒，官逋十万索偿难。典衣还质髻头钿，山人大笑自酣眠。箪食瓢饮全吾天，座中山水缘非悭。膝下儿女承所欢，自得其乐乐且安。人生富贵浮云耳，书生面目原寒酸。

寄炘炤两犹子

其　一

空山寂处静无哗，壁上笼诗有绛纱。为报蝇头书小楷，近来老眼不生花。

其　二

疏树斜阳屋几间，菱花拂拭对苍颜。山中岁月供颐养，感激君恩肯放闲。

焘儿来出诗数首皆佳诘朝将归诗以示之用东坡与子由同访王定国小饮清虚堂韵

初冬雪积无风沙，晨冷不闻喧蜂衙。空阶零落残菊蕊，寒枝料峭催梅花。藤舫静坐一无事，晴郊策马来山家。流澌微冻芦沟水，夕照晚归枯杨鸦。即景兴怀诗入手，奇思丽句词含葩。几行健笔抉神髓，一如仙爪供搔爬。吟罢欢斟村落酒，醉来重瀹山中茶。岭半僧钟凡几度，田间社鼓仍三挝。诘朝归去复言别，无以聚散增吁嗟。剪茅筑室计已就，吾将同尔餐烟霞。

焘儿旋京寓约冬月内挈家人来居白泉成律一首即用焘儿别张颠韵

寂寞成吾懒，宽闲笑尔俱。寒窗书可读，冷砚墨常濡。境与鹭鸥洽，情从诗酒娱。入山计非晚，湫隘避尘区。

白泉冬日闲眺对景感怀用东坡和子由记园中草木十一首韵随意成吟语无伦次

其　一

忆我少小时，宗党夸英彦。无何日月徂，随时颜亦变。情痴好读书，年艾神不倦。谪居伴烟霞，盈几罗书卷。中有坡翁诗，诗篇风多婉。芳园对草木，唱和还自遣。即景书所怀，微吟及瓜蔓。白泉室环山，山中多芳畹。景物何悠悠，寂寞岁将晚。

其　二

连阳有别墅，晨光满园林。寒梅与芳桂，意气如相矜。廿年长与别，远思殊难任。相遭非故遇，何以开烦襟。从来花近槛，往往折盈簪。新栽弱柳弱，植根焉能深。时序循盛衰，我怀感寝兴。思之不可极，归与吾何能。

其　三

山居遂初衣，于焉欲终老。阶除自徘徊，杯斝每倾倒。花木寄微生，雨露承大造。扶培尽人力，荣落归天巧。天巧亦何心，物理有盈耗。微微陌上风，必偃涧下草。

其　四

亭亭东岭松，千寻自奇拔。劲节独高耸，余枝横空插。下荫百草根，当春同芽蘖。松树何崔巍，草花亦绰约。双风吹虬枝，生意终活泼。弱质空因依，伤心对摇落。

其　五

浅浅池中水，冉冉摇风蒲。蘧蘧园中蝶，殷殷蹴花须。园花与池蒲，一一迎秋枯。惊心感岁月，落影悲江湖。江湖戢翼难，独飞怜勤劬。渊明归去来，种秫成良图。

其　六

莲开并蒂花，摧残胡独早。绿叶欣相扶，花容先自老。树有连理枝，风寒形亦槁。空林依远山，云起还如皂。延伫抚今昔，恻恻伤怀抱。摩挲对明镜，短发已如缟。

其　七

扶杖寻古寺，彳亍来前厅。厅前列僧舍，削竹排帘钉。积雪铺曲径，夕阳依空庭。暝色添岑寂，独立空岭塀。犄与双柏树，傲雪争寒青。矐然自怡悦，山风吹泠泠。

其　八

龙口山奇特，回抱庄西南。龙口山在梁各庄之西南。冈阜互绵亘，土肥泉还甘。树色郁寒翠，烟容相滋涵。我来走崖谷，或乘陶公篮。渊明以篮为舆。殷勤访梅去，瘦影谁能堪。高情自孤寄，俯仰欺无惭。

其　九

儿心恋亲欢，驾言山中游。既入山之径，还寻山之幽。空山复何有，树老叶满沟。根蟠群枝伏，蠖屈待春抽。远岫断仍接，蜿蜒如龙虬。及时自行乐，人间闲可偷。

其　十

深秋送行人，依依在心目。身居易水滨，梦逐衡山麓。计荫汸弟已过长沙。遥思一叶舟，中坐人如玉。耳畔欸乃声，眼中山水绿。离情不能删，杯判重阳菊。我吟送君诗，节击渐离筑。迄今对瑶琴，抚弦不成曲。

其十一

生平一寸心，回首我自知。欢娱能几时，怅望情远悲。流光数去日，难逝临水湄。故山路云远，头白归可期。长公赋玉糁，楚泽歌秋篱。长吟衡门下，聊以乐吾饥。

十月二十九日为先室赵夫人三周之辰感赋

其一

宿草新阡益我愁，音容不见岁三周。鸡鸣昧旦真良友，未得相依到白头。

其二

南北曾经路万千，荆钗伴我意恬然。相随饱阅征尘苦，风雨同心廿九年。

其三

亲操井臼亦勤劬，四十年华病且臞。嗟尔生平眉未展，几回洒泪苦童乌。夫人生四子，祥儿、寿儿、元儿三子皆殇。

其四

温惠宜人有令誉，情殷教子更何如。伤心病骨支离候，手解缠金训读书。夫人病笃，手解缠臂金环亲与焘儿，除“读书”二字外，余无他嘱也。

其　五

艰辛怜我在官身，手瀹茶汤慰问频。此日夜台莫相念，新恩已许作闲人。

其　六

感逝伤情泪未干，山风卷雪暮增寒。殷勤寄语重泉下，我在宁教一子单。

待王心言同年不至戏赠

一日思君十二时，懃懃独咏怀君诗。君遗我书词委婉，回环展诵疗吾饥。心言书来云到京后即赴白泉。三秋缱绻意无极，孤襟寂寞情同悲。昨日儿来为我语，始知君复台山归。台山归去遥相望，欲见不得空惆怅。问舍欣来稚子扶，心言在台山题其居曰："问舍挈眷同处，儿与孙皆侍侧。"捧觞更有齐眉饷。老狂不愧情且痴，"一壶往助齐眉饷"及"嗟君老狂不知愧"皆东坡送赵明叔句也。欲来恐速室人谤。但请来游游即归，勿令夜夜悲舂相。"东乡主人游不归，悲歌夜夜闻舂相"亦东坡句。

茅屋落成自遣二首用东坡七月五日韵

其　一

诗可不寻医，酒亦不入务。人事何足论，时光无虚度。筑室刈茅苫，烹茶敲冰煮。晨雀冻欲飞，朝炊烟如缕。窗前旭日过，屋角奇峰露。

此身俯仰间，触景我情注。

其　二

情注复何如，如在羲皇上。长吟和瑶琴，好音何浏亮。入耳来松风，远林惊涛涨。槃涧任寤歌，蔬榼时一饷。浮尘寄天地，去住勿凄怆。容膝审所安，颓然自疏放。

示焘儿

其　一

出言臭如兰，人皆有同心。鼓琴得其妙，世亦有知音。诡遇以求合，奚啻枉尺寻。生平守此意，白发已盈簪。期汝及年少，愿力始自今。

其　二

闭门造轮舆，轨辙合区野。为屦不为蒉，足有同然者。人能求可知，用自不我舍。积少斯成多，崇高必因下。试观江与湖，源从涓涓泻。

长至日白泉访梅

山中积雪初消时，寻梅曳杖还吟诗。会心不远自有得，春光漏泄谁能知。寒暑推迁序无已，独惊去日同流水。梅开梅落等闲看，物换星移人老矣。

读苏诗用钱香树与卢抱孙夜话韵

醉扫万虑我可侯，襟期旷达苏眉州。世捐狂直纷喜怒，天与山水穷遨游。玉堂春梦难回首，畏谤寻医惟闭口。云房蹴舍僧同居，儋耳结茅书在手。瘴雾投荒经几秋，至今余韵仍风流。夜月自照朝云墓，啼鸦犹在合江楼。楼上老人今安有，空传春酿罗浮酒。乐天知命故不忧，读诗如见东坡叟。

焘儿来白泉意欲挈眷山居并在兴隆寺读书自娱余嘉其所见与世俗殊也喜而赋此用钱香树次叶恒斋移居韵

我来居山中，寒暑忽更易。藜藿供饔飧，梦寐安衽席。偶扶短竹筇，或着寻僧屐。树椽依疏林，一寺俯蓬宅。对宇遥相望，势纡不相迫。古茂罗松杉，清幽绝华饰。喜无世俗缘，溷此渔樵迹。儿少爱读书，藏修还游息。抱膝寻古欢，不孤自有德。登临起遐心，川原增野色。坦怀觉天宽，矮屋任蜗窄。山居得其宜，文义妙与析。殷勤为我言，情词更悱恻。数年坐针毡，起居今始适。聚处联家人，团栾数晨夕。野叟共盘桓，何必曾相识。此间别有天，美矣宁须择。矧来暮山钟，参禅万籁寂。

兴隆寺僧闻泰儿欲赴寺读书意甚欣然以诗与之用陶诗归园田居六首韵

其　一

我生叹行役，迢迢忆家山。家山渺何处，别去三十年。济川恃徒手，惴惴临深渊。进退莫自决，悔不躬耕田。一朝释负荷，萧然来山间。鸣禽集树杪，远岫依窗前。积雪冷荒寺，苍松凌云烟。扶杖访僧去，僧发已华颠。我执僧手语，僧笑吾身闲。吾今收行脚，宜若枯僧然。

其　二

与僧共岑寂，不为利名鞅。山静生众窍，境空超尘想。欲参去来机，知来思既往。心荄利刃芟，还觉菩提长。东坡但熟睡，用东坡句。总持佛法广。灭槁是真依，野禅落榛莽。

其　三

空门自除涤，苔屐痕常稀。卓锡住此山，如同白云归。我今转尘劫，一笑还初衣。转佛从佛转，妙语无相违。“未能转千佛，且从千佛转。”东坡赠南禅长老句也。

其　四

千偈意为会，心性仍自娱。香花闻簪卜，山林远村墟。即此最佳境，真成幽人居。丸丸茂古柏，凛凛寒双株。儿来尽游兴，行行误真如。嗜好夙所弃，淡泊欢有余。此中得妙契，寂照良非虚。合手问长老，尘根犹在无。

其　五

蓬庐两三椽，亦在山之曲。云房容寄居，读书愿已足。笑结香火缘，长作清闲局。危楼度晨钟，净几余残烛。佳气郁葱茏，山山迎朝旭。寺地近诸陵。

其　六

劳劳驱征车，挥鞭走绮陌。何如山中人，心安身亦适。形骸任放浪，诗酒乐晨夕。日月不我与，真同驹过隙。吾道有卷怀，奚事为行役。请看扫地僧，工夫自课绩。蔬笋餐烟霞，清机日增益。

饮酒遣兴用陶诗答庞参军韵

渊明有真意，自得终忘言。三径独归去，窃恐芜田园。东坡老居士，中情托诗篇。醒醉莫能名，颓然还了然。东坡云："吾饮酒至少，常以把盏为乐。往往颓然坐睡，人见其醉而吾中了然，盖莫能名其为醒为醉也。"穷达付谈笑，松菊相因缘。皎皎在怀抱，此意谁为宣。清斋饮浊酒，夕阳明空山。俯仰自怡悦，穆然企千年。

寄焘儿即迟其来白泉用陶诗形赠影韵

地与尘世远，身在安闲时。名山我且住，浮云将何之。汝能识余意，恋恋常在兹。徘徊侍座侧，殷勤订来期。坦怀扫百虑，空谷生遐思。坎坷任所遇，相对无凄洏。渊明乐天命，陶陶复奚疑。香山有遗老，亦赋池上词。

读东坡和陶诗不觉有感即用陶诗影答形韵

千载怀渊明，性刚复才拙。自量物多忤，悠然与世绝。愿学愧未能，丹青相怡悦。枯僧坐蒲团，觉世与身别。予曾倩画工将余容绘一老衲拈花坐蒲团上。我性即佛性，无生亦无灭。即境情多欢，息虑中不热。世态来无端，变幻宁有竭。琴心日调和，东坡诗："谁谓渊明贫，尚有一素琴。心闲手自适，寄此无穷音。"毁誉任优劣。

复至兴隆寺观儿辈读书处以诗与僧用陶诗神释韵

我与人周旋，历久情乃著。僧与我周旋，相逢竟如故。我亦打坐僧，气味本相附。即此现在身，转为参禅语。座下会意时，灯前观心处。是色与是声，无去都无住。世界阅大千，如恒河沙数。不动万念空，当前万象具。余得定慧力，寂照泯毁誉。今且含笑来，亦还无言去。猛省悟佛缘，堕落实滋惧。喜入不二门，读书洗尘虑。

寓居闷坐咏怀用陶诗贫士七首韵随意所寓亦无次也

其　一

华堂饰梁栋，双雀欣相依。移居宿茅舍，风月同清晖。胡然养羽翮，一朝竟分飞。人间多罗网，去去将安归。愿尔审所处，深林可疗饥。主人颇自得，寂寞毋相悲。

其　二

门前闻马嘶，使者乘辎轩。入门各道故，向我夸田园。田园在何许，邈矣隔云烟。欲归不可得，默默心自研。输予乐盘涧，寤歌还寤言。予闻笑而答，王事君独贤。

其　三

陶翁抚松菊，座有无弦琴。自得琴中趣，脉脉怀知音。伯牙不复作，子期难重寻。吟诗抒所抱，对月还孤斟。高躅孰能蹈，旷观吾素钦。无怀与葛天，悠悠同此心。

其　四

聪耳有师旷，明目思离娄。聪明各有寄，误用难相酬。情态亦叵测，试听谁能周。寸田无荆棘，用东坡句。坦途何烦忧。任天意自适，斯人吾同俦。我生容俯仰，劳劳复奚求。

其　五

生平励廉隅，谁则妄相干。三年御瘴海，谁则尸其官。无端赋解组，笋蕨甘盘餐。征轮就远道，北风吹衣寒。执手挥涕泪，怜我非壮颜。长途修且阻，念君车间关。

其　六

故人典剧郡，毂转如飞蓬。夙夜问民瘼，心苦嗟良工。从来名太守，卓卓称黄龚。今兹著循政，千载将毋同。顾我意良厚，一刺门常通。知君少许可，何独降心从。

其　七

微生依南海，旧庐在山州。记昔钓游处，长与渔樵俦。凤山耸奇嶂，鹤水环清流。一别廿余载，回首空增忧。归耕以终老，此愿不易酬。空山自课读，寂静怀前修。

得荫汸行至襄阳来书用陶诗答庞参军韵

山中无事，我读我书。一洗沉浊，卒岁清娱。于茅索绹，葺我新居。双鱼千里，到我蓬庐。远书一纸，如获奇珍。持书三复，笑语如亲。顾我衡门，怀彼行人。轻舟为屋，青山为邻。此情恋恋，惟日孜孜。胸中块磊，浊酒浇之。激昂慷慨，发为新诗。新诗不寄，云胡不思。思曷有极，去住攸分。俯仰陈迹，谁与欢欣。山更晓角，暮色冻云。添予惆怅，所见所闻。襄阳鼓楫，柁捩榔鸣。汤汤江水，雨雪载零。峨峨象岭，高莫与京。愿言至止，家室康宁。鹏搏万里，乘彼长风。

从来英物，讵困樊中。愿子卒图，有始有终。吾不改乐，毋恤我躬。

寄荫汸

南阳对床语，昔惟予及汝。五载始相逢，复听联床雨。雨落重阳时，汝又梧山归。梧山自归去，相见未有期。挥手三太息，光阴如过客。空山风怒号，三冬增萧瑟。萧瑟向谁赓，访梅踏雪行。远怀莫怊怅，山人无宦情。

王心言同年屡约不至独酌遣怀赋此激之用陶诗岁暮和张常侍韵

执手与我约，初冬来白泉。平生重然诺，不忘相要言。台山学农圃，亦无薄书繁。胡为足趑趄，行矣期屡愆。岂其云归岫，长此恋故山。或如鼓瑟琴，亲友绝往还。我今善解脱，与世无纠缠。有酒自扫虑，忘忧以延年。山水悦心性，时序任推迁。独饮还独乐，此意殊悠然。

又至兴隆寺于读书处略为扫除用陶诗移居二首韵

其　一

水东嘉祐寺，坡翁卜为宅。我亦来山中，于焉永朝夕。古刹诚幽居，闲身无行役。山僧共导引，禅房布几席。俯仰千余年，襟怀今犹昔。儿曹载书来，妙谛还与析。

其　二

开砚有余墨，我且吟我诗。倾壶复有酒，胡不再酌之。境远多所会，心空无所思。悠然慧生静，寂照三冬时。斯晨与斯夕，息庐当在兹。“斯晨斯夕，言息其庐。”渊明《时运》诗句。吾生如寄耳，东坡句。长公宁予欺。

喜王心言同年至用陶诗郭主簿韵

其　一

寒林映斜日，幽壑生暮阴。行行成独赏，寂寂披孤襟。山鸟归晚树，好音如鸣琴。良友跫然至，晤言慰自今。如君重交道，古义平生钦。往事莫回首，村酒且共斟。放怀论今古，一振空谷音。子游亦已倦，予发不胜簪。衔杯重黾勉，君何期我深。

其　二

苍苍高松枝，岁晚厉劲节。落落寒梅花，幽香正清澈。梅色与松声，对之两奇绝。襟期有微尚，孤高孰并列。旨哉陶渊明，竟作霜下杰。殷殷寄遥情，脉脉得妙诀。与君坐清宵，皎然来新月。

与王心言登龙口山游兴隆寺用陶诗田舍始春怀古韵

其　一

君今入空山，山云与追践。其境扩而幽，尘氛差能免。入山即游山，高怀生遐缅。执手偕予行，泠然风斯善。野色笼村溪，岚光来近远。扶筇去仍回，樵歌往复返。一水绕禅房，微澌自清浅。

其　二

剪茅补野屋，羡子能居贫。访僧作禅语，笑予登山勤。喜今山下路，携我同心人。土肥山容瘦，人旧风光新。此中一无系，即景还多欣。斜阳挂空树，归凫浮前津。农夫与园叟，结庐相比邻。良辰共良会，猗与葛天民。

心言同年来白泉见访出新旧所著序述等书相与论晰意甚欣然而对我良朋殷勤话旧又不能无慨然也用陶诗读山海经十三首韵

其　一

三冬自晴煦，众木何萧疏。对之惬幽意，悠然卧蓬庐。座中供芳茗，架上观群书。抚怀有素尚，到门无停车。笑予本淡泊，适口甘畦蔬。独居得所托，赏心谁与俱。苍烟起遥嶂，落照依浮图。怀人正徙倚，相思情何如。

其　二

相思重旧侣，尔我非故颜。相知在此心，荏苒惊岁年。好禽来庭树，野云会空山。笋舆忽枉顾，樽酒承兰言。

其　三

时地叹迁易，谁与学浮丘。生平有契合，能无念朋俦。峨峨仰高山，濯濯俯清流。携手得欢聚，且作盘谷游。

其　四

忆君登皇路，聿在滇之阳。清惠同夜话，盐署堂名。不觉更漏长。抱负蓄深蕴，璞石含精光。胜境遗爱在，至今追龚黄。

其　五

官辙似车转，辘轲谁相怜。三载历盘错，始得返故山。啸歌寄俯仰，饭蔬无怨言。文章足千古，矻矻还穷年。

其　六

嘤鸣求其友，丁丁咏伐木。交谊要始终，习习风在谷。闻道同相期，有德还自浴。蔼蔼同心言，山窗剪夜烛。

其　七

因时眷好友，流光惜分阴。披吟绎古调，一奏空山林。信修结夙契，真赏宁希音。试将十年事，证此平生心。

其　八

朱弦疏以越，其声清且长。歌罢生感慨，聚散嗟何常。我今山中住，还余山中粮。愿得信宿欢，大风聆泱泱。

其　九

先生抱奇才，仍为饥驱走。著作穷古今，于己亦何负。含英而咀华，左宜复右有。愧无握中珍，奚以继君后。

其　十

南国有佳人，谓张闰榻先生。学深如渊海。贻我尺素书，千里寸心在。秋水空溯洄，未见良足悔。缘君与神交，嘉会或有待。

其十一

下笔数千言，言言有深指。缠绵笃交游，感怀系生死。岂惟披孤襟，亦以敦素履。进退与道俱，立身于兹恃。

其十二

危郊厉戈矛，日伍介胄士。事平遭艰虞，涕泪不能止。捧檄期承欢，明发空尔尔。北山歌劳人，南陔悲游子。心言有《循陔集》。

其十三

共为忘年友，如我惭不材。拳拳故人意，为我抱琴来。执手论出处，披露无疑猜。抚琴一再鼓，此情亦悠哉。

待儿侄辈来白泉用陶诗时运韵

山云山月，永夕永朝。修我茅屋，居此乐郊。瞻言冈阜，有木干霄。相彼畎亩，维麦有苗。泉水清漪，我缨可濯。白云往来，我目遐瞩。一箪一瓢，寸心知足。盘阿盘涧，寐歌自乐。铿尔鼓瑟，如雩如沂。鸢飞鱼跃，识厥指归。望尔至止，目送手挥。日月逝矣，来者可追。尔勤尔业，吾爱吾庐。曲肱饮水，富贵何如。依依爱日，月映冰壶。清言玉屑，庶几起予。

心言同年至予和陶诗奉赠依韵答之复用陶诗连雨独饮韵成诗二首咏怀仍邀心言同作

其　一

渊明不可作，高怀终悠然。五柳独归去，如在羲皇间。东坡无嗜好，谪居成诗仙。俯仰膺世患，进退全吾天。遥遥千余载，芳躅相后先。胸期各磊落，今古同往还。我生亦已晚，复近迟暮年。此心抱微尚，脉脉忘象言。

其　二

村醪共斟酌，少饮还陶然。谁清复谁浊，寄怀醒醉间。桃源问津者，此境真成仙。远意亦何极，翘首观云天。鸢鱼得道妙，飞跃知几先。人生适所欢，何必问大还。白首敦交谊，何必怀盛年。微音一相契，穆如思令言。

闻傅竹漪先生蒙恩赐还吉地效力喜而有作用陶诗还旧居韵先是予梦竹漪来白泉执手道故醒而异之不数日即奉纶音事亦奇也

孤臣走绝域，万里宁忘归。归与不敢望，老大徒伤悲。一朝诏书下，恩纶雪前非。故人情意重，梦寐不我遗。玉门已生入，执手还相依。人生都如梦，此理可究推。君心即天心，何必嗟言衰。山中好岁月，谈麈欣同麾。

与兴隆寺僧用陶诗示周掾祖谢韵

疏林迎朝旭，有托众鸟欣。于焉得天籁，中有观书人。山僧一相访，笑问香火因。木石深山居，鹿豕同来臻。兀然意灭槁，无见还无闻。心迷与心悟，法华语殷勤。我有仙骨在，今与名山邻。试将寂照义，证此寂寞滨。

怀姚引渔签判用陶诗胡西曹韵

有鸟栖野树，木末生凉飔。游山着山屐，习习吹我衣。浅水漾溪冷，遥岫含烟微。山中书可读，亦或窥园葵。身闲境自适，身腴颜不衰。

怀人暮云合，几弦手自挥。翛然寄远意，夜月来迟迟。和平听终奏，味淡声无悲。

秦桐源先生来白泉见访用陶诗与殷晋安别韵

策马冲瘴疠，驰驱忘辛勤。一聚即言别，契合终情亲。我今脱尘鞅，日与渔樵邻。君行归未得，遥遥恋昏晨。滹沱波涛合，潞水支派分。不沽江干酒，濯我罗浮春。萍叶浮大海，天风吹行云。即今一夕话，亦关夙昔因。相将理故箧，一笑同清贫。

邻翁赠米用陶诗乞食韵

山人入山住，名山任所之。俯仰得其适，不赋归去辞。农圃乐晨夕，邻翁相往来。日落翁自去，时复衔一杯。积习我未扫，酒后还吟诗。赠我山中米，推食饱不才。菽粟有至味，厚意感见贻。

与心言同年山窗坐话用陶诗九日闲居韵

与君相交久，回首怀平生。坦坦贞素履，殷殷忧盛名。庭中满旭日，座上分光明。此心一无垢，静听松涛声。两人各相视，同此将衰龄。襟期不可负，肝胆还与倾。抚今岁云暮，高松仍清荣。风霜共遭遇，树立见物情。造化因材笃，悠然观其成。

书心言同年诗后即送还台山用陶诗始经曲阿韵

君诗入我手，一若披古书。交游似君者，高义谁能如。抚序争晚节，随遇多亨衢。其辞清而婉，忠告言非疏。忆昔走六诏，相忘绶同纡。今来衡门下，相对欢有余。诗书敦夙好，贫贱行素居。陋彼孟尝客，弹铗歌无鱼。同心重兰臭，披怀脱尘拘。考盘我自乐，君且归田庐。

炘侄来白泉同居次日大雪用陶诗止酒韵

我今师渊明，倦飞已知止。田园观农耕，不异柴桑里。门前薄笨车，欢然来犹子。相顾颐颊丰，执手我心喜。村酒自酌斟，布衾同眠起。能安陋室居，自足生人理。凌晨雪满山，乐哉非为已。冬田盈麦苗，有雪则膏矣。琼英铺平原，一望无涯涘。明年庆丰年，我同村农祀。

游冬邻野圃用陶诗西田获早稻韵

野圃铺积雪，有鸟鸣林端。此间少罗弋，飞息审所安。山人一无事，缓步闲游观。农叟话田畔，时或驱牛还。樵夫来山径，晚风吹面寒。农樵互问讯，食力知艰难。出入同井里，是非无相干。我身自俯仰，岁暮嗟苍颜。林声响槭槭，鸟语仍关关。呼童扶我去，踯躅还长叹。

余居白泉四月矣农圃为俦乐其醇朴炘侄来因书以示用陶诗劝农韵

置身天地，我一齐民。箪瓢不改，我自有真。与世周旋，夫岂无因。鸟兽非群，吾与斯人。相彼良畴，言艺黍稷。非种必锄，五谷是植。惟春有雨，惟秋有穑。凿井耕田，我力自食。或登高原，或在平陆。主伯亚旅，其风醇穆。荷笠荷蓑，牛羊相逐。麦饭可餐，田庐可宿。尔宅尔田，安居已久。出入守望，村邻为偶。我灌荒园，子馌南亩。更有支机，纤纤女手。尔租尔庸，亦无或匮。追呼不来，温饱可冀。鸡黍相邀，少长毕至。真率为欢，野哉何愧。羡吾幽居，不近郊鄙。扶我孤筇，曳彼草履。门无杂宾，途无尘轨。与尔偕游，田园洵美。

姚引渔签判复来白泉用陶诗从都还阻风于规林二首韵

其一

冬日静虚昼，野木环幽居。寒风吹林杪，众窍相喁于。我着山中服，僻处山之隅。徘徊念旧雨，延伫嗟长途。翔羽避矰弋，潜鳞游江湖。寸心得微契，知己谁能疏。尊酒陈款曲，对话欢有余。俯仰岁云暮，执手情何如。

其二

他人或有心，予自忖度之。良朋复良晤，落落披襟期。我有恬适意，君安沉沦时。座上无弦琴，会心当在兹。穆然来清风，披拂非所辞。两情共怡悦，乐天亦奚疑。

焘儿来白泉同居作此示之用陶诗杂诗十二首韵

其　一

往事自回首，世载驱风尘。劳劳亦奚益，吾独全吾身。磊落在怀抱，山水情弥亲。鸡黍邀近社，农樵皆芳邻。寸心觉有得，欣欣昏与晨。不知老将至，欲为忘忧人。

其　二

好风来前庭，新月吐层岭。悠悠千古怀，娱此三冬景。残雪明空山，余霙犹清冷。考盘独寐歌，不觉夜漏永。人生若朝露，世事如泡影。胡为自束缚，蹙蹙靡所骋。良宵万籁寂，渊然妙于静。

其　三

天远谁能阶，海深谁能量。神仙不可学，再拜嗤长房。吾生自有乐，得之乐无央。执簧还执翿，君子终阳阳。坦途我自适，崎岖嗟羊肠。

其　四

汝今方年少，吾衰已向老。脉脉一寸心，殷殷共相保。雨濡百华滋，霜落木叶燥。荣枯当随时，树立苦不早。生年不满百，耿耿惟素抱。默然竟忘言，可为知者道。

其　五

驻山还游山，山景亦清豫。沙净鸥自飞，风和鹭先翥。我访山僧来，复寻流水去。俯仰有余闲，淡然忘吾虑。回思尘世游，意境今何如。日暮山云归，吾且留云住。去住原无心，颇有会心处。廓尔与天游，不忧亦不惧。

其　六

读书寻古欢，有得辄心喜。抚弦寄我情，怡然无所事。窗外松柏荣，此中有真意。枝头鸟雀谐，斯境不易值。冬尽春复来，流光同奔驶。茅檐足高栖，何能恝焉置。

其　七

白云良可怡，卷舒谁相迫。地无车马喧，萧然远广陌。好山环我居，山山生虚白。但觉天地宽，不嫌门径窄。麋鹿驯清游，烟霞留嘉客。禅房花木深，汝可卜为宅。

其　八

渊明有高风，躬耕归柴桑。居贫不得酒，园葵杂秕糠。饥来自乞食，宁余亩中粮。农人告春及，西畴还载阳。万物欣得时，乐矣情何伤。身不为行役，自处良有方。俯仰无愧怍，陶然进一觞。

其　九

此怀向谁语，往往吟毫端。微尚得所托，岂与时推迁。故人坐松下，飞鸟还山巅。东篱有佳菊，采掇供朝餐。境超情亦旷，斯世谁因缘。

遥遥千余载，犹读归来篇。

其　十

我今罕人事，深情还与稽。几席陈古寺，户牖凌苍崖。荡胸生层云，一览开襟怀。梵音起山半，静观识须弥。悠然鱼在藻，不即亦不离。时哉翔而集，不受樊笼羁。昭文不鼓琴，妙契无成亏。

其十一

牛羊下山来，崖谷生暮凉。天风响松吹，樵歌归山梁。暇日乐耕凿，聚处安其乡。门前春已至，晨树犹含霜。少长亦咸集，山中日月长。

其十二

拟作春日游，冠者偕童子。涧水澜可观，山松倦可倚。鸢鱼在耳目，昭然有妙理。

喜树崖至用陶诗与从弟敬远韵

藤舫三月居，高怀与尘绝。酒浊杯不空，客稀扉常闭。恋我同气欢，冲寒踏残雪。入门意徘徊，即境同皎洁。坐上山蔬陈，壶中村醪设。野径无逢迎，执手共怡悦。瞻彼岭上梅，瘦影吐芳烈。亦如岁寒松，孤高守素节。相期情话真，笑予生涯拙。遥遥桂林人，喟然重阳别。

由东园登龙口山至儿辈读书处用陶诗游斜川韵

万物具有托，吾生自行休。涉园得奇趣，登山成嘉游。微和酿春色，浅水融清流。物我机相忘，泛泛来沙鸥。兴到席地坐，山光扶林丘。林音鸣上下，好鸟皆良俦。引泉烹活火，杯茗相劝酬。试思羁尘鞅，能有此乐不。僧房正清寂，读书可忘忧。儿童渐成立，笑我复奚求。

龙口山即景用陶诗己酉岁九月九日韵

老松与古柏，郁然枝柯交。亭亭耸奇秀，神完形不凋。危峰拔千仞，夜月争相高。植根于其上，昂昂干云霄。旷观得微契，登临宁辞劳。奇材自有用，谁识爨尾焦。山风忽然至，飒爽开郁陶。冰霜保初质，永夕以永朝。

姚引渔签判留白泉旬日将归保定诗以送之

其　一

扶筇步山径，好风时相遭。徙倚望远树，松韵闻骚骚。故人来空谷，古琴还一操。

其　二

晨起雪满山，开门山如玉。好禽鸣疏林，高阜驯野鹿。颓然遣华簪，亦着山人服。

其　三

遥闻隔山钟，还寻入山路。地僻无行人，溪浅浮沙鹭。扶童过危桥，彳亍访僧去。

其　四

悠然静者心，参禅妙无语。闲云时往来，山光自容与。茶烹泉水清，相携拂谈麈。

其　五

高致藐流俗，孤襟谁与偕。殷勤问旧侣，对话恬情怀。微吟出金石，古调声和谐。

其　六

斜日依远岫，晚风生高岑。俯仰幽意惬，低徊华发侵。执手重黾勉，相期保初心。

其　七

衔杯抒情愫，回首忆暮秋。吾人重交契，谁能远朋俦。江云与春树，此意良悠悠。

其　八

相见多所欢，别去情何如。春水满泗泽，贻我双鲤鱼。林泉有夙好，后会毋相辜。

赠汪少海孝廉

其　一

古寺依岩壑，先生此日来。鸟能解人语，门是对山开。野色延书席，烟光落酒杯。寻幽行曲径，更访一枝梅。

其　二

无弦琴共抚，山水得清娱。古意欣相托，知音赏不孤。我方惭五柳，君勉学三苏。要识书生味，酸咸与世殊。

游兴隆寺偶题

山意留丘壑，山云不放开。禅房谁作主，明日我还来。

白泉寓居勖焘儿用陶诗荣木韵

维山有麓，结庐在兹。维涧有水，左右流之。寓形宇内，俯仰因时。欣然会意，忘我与而。瞻言松柏，植彼山根。穆如清风，静节常存。

岿然高柯，对我衡门。惟予及汝，夙好是敦。贤哉箪瓢，居巷亦陋。乐哉安贫，孰改其旧。千古休称，诚不以富。潜伏孔昭，内省不疚。念我先人，令闻不坠。思尔后生，来者可畏。文亦犹人，德斯称骥。上慎旃哉，时不再至。

和炤侄兴隆寺书斋即景原韵

僧舍冷空山，山深云自闲。云随山月上，僧共白云还。

游兴隆寺再题

参佛自无言，访僧亦不识。春色与山光，可遇不可即。

怀刘霁堂用陶诗酬刘柴桑韵

平生我与我，忘情如庄周。偶然设棋局，留客同弈秋。结庐龙山下，清溪落平畴。君亦山中人，能来此山不。春风昨夜至，吾且登山游。

饮酒用陶诗和刘柴桑韵

扫愁莫如酒，独饮空踌躇。今我偕弟侄，同入山中居。和风天上来，春光到吾庐。地迹远城市，农圃聊村墟。室中布几砚，课读同耕畬。臭味托草木，藜藿充饥劬。鸣禽自断续，好云时有无。赏心适我遇，故人未尝疏。执手情多欢，不饮何所须。醉矣坐石上，清谈复奚如。

怀荫汸用陶诗停云韵

蔼蔼南山，密云不雨。伊我怀人，道修且阻。日往月来，良辰自抚。怀哉怀哉，晨夕凝伫。松舟桧楫，烟水蒙蒙。聿从衡麓，溯彼漓江。江干有酒，独酌蓬窗。迢迢万里，谁与游从。我有图书，设彼东荣。闲庭昼静，悠悠我情。吾来涧谷，子赋徂征。池塘有梦，春草又生。有鸟有鸟，鸣彼高柯。清风徐来，声与时和。瞻彼阳朔，暮云孔多。爱而不见，我劳如何。

送酒至兴隆寺作歌柬树崖

山云浛浛山风微，雪花点点如花飞。笑君无事抱膝坐，风生几席云生衣。豁达胸襟溢眉宇，皤皤其腹丰其颐。豪兴于此正不浅，何堪藜藿充朝饥。故人赠我春酿酒，烹鲜更佐冰鱼肥。我侪山居任啸傲，还同野马无缰羁。好景在眼杯在手，酩酊痛饮复奚辞。命我仆，捧君卮，瓶已罄，再酌之。但期耳热情胥怡，此味何必他人知。雪如不止山路欹，君其醉矣无须归。

山中岁暮杂兴

其　一

山风撼林木，雪花舞长空。忽忽岁已暮，悠悠思何穷。人生苦束缚，世事如泥鸿。少小不可忆，儿女催成翁。

其　二

游山寻枯僧，参佛入空寺。长怀报恩心，而无通禅智。适性寡所欢，盛名多贻累。回首情何如，颓然自遗世。

其　三

小松植盆盎，生意亦自全。对我成莫逆，相顾颜苍然。倔强有本性，屈曲谁为怜。岁寒正复耐，肯与时争妍。

其　四

林深万籁寂，好鸟鸣关关。篱犬有时吠，谷口樵人还。白云最高处，儿曹相追攀。危峰不敢上，山灵嗤我顽。

其　五

坐上同怀人，日夕杯在手。寄情醒醉间，其意不在酒。心与天地宽，身外复何有。陶然乐山中，春来亦知否。

至焘儿读书处用王右丞酬黎居士浙州作韵

春去吾不惜，春归尔知否。乘化原无心，高怀同五柳。入寺闻书声，隔林敲茶臼。盘桓抚孤松，山光入吾手。

怀王心言同年用王右丞赠刘蓝田韵

野禽噪晚树，春光来林扉。台山不可望，故人行自归。扶杖入谷口，好风吹我衣。遐心各有托，闲云无是非。

乙丑除日寄荫汸用东坡寄子由别岁韵

向老恋骨肉，君去行迟迟。行行把芳菊，秋绪何堪追。苍梧一万里，我又羁天涯。今日已除日，相见知何时。坐上村酿美，池中锦鳞肥。烹鲜酌兕觥，中情杂欢悲。春归我不觉，岁去无须辞。青山好颜色，相对幸未衰。

丙寅元日和汪少海孝廉韵

晓树鸣禽报好春，葱茏佳气蔼神京。时惟有道两阶舞，天自无言百物生。冰谷已随阳谷暖，露华还与日华清。鸳行犹忆羚㟭立，亲见銮舆拂曙行。

再和前韵

春启元正放晓晴，春呈云物近瑶京。青归杨柳风初扇，暖到池塘草又生。绛帐雨沾时雨化，冰心长共玉壶清。梅花野水同清浅，携手溪桥缓步行。

正月二日偕汪少海孝廉树崖弟并焘儿炘炤两犹子在息庐小饮用东坡陶骥子骏佚老堂韵

其　一

东坡老而愚，当时称耆旧。乐天存其真，直追渊明后。我亦疏且痴，情不恋升斗。琴书以消忧，欲与古为友。座联同心人，杯尽春酿酒。醉矣聊复眠，明日复饮否。

其　二

居近龙口山，山中归白云。白云日来去，期我作主人。春风亦徐至，清绝无纤尘。侑觞有笋蕨，哗饮偕儿孙。叶有常孙甥亦在座。掉头不复顾，余沥沾衣襟。息庐我且息，悠然无怀民。

正月四日焘儿炘炤两侄偕汪少海孝廉复赴兴隆寺读书

众峰献秀攒奇石，峰头雪消尘容涤。揭来古寺读我书，疏树为藩山为壁。壁下环绕流清泉，泉水清彻心同然。儿曹须识大乘指，眼前山水皆通禅。禅机参破不回首，得意忘言还饮酒。天怀洒落羡坡翁，入座今有峨眉友。峨眉万里抱琴来，风信此日偕春回。山中春色可人意，山中好花手亲栽。时炤侄从少海游。

正月五日与汪少海孝廉树崖十弟并儿侄辈小集用韦苏州西园燕集韵

春禽悦山色，春树延溪光。旷野穷远目，一气同韶阳。佳日正暇豫，兰言吐清芳。群贤并少长，列坐还流觞。和平奏雅调，清风来高冈。歌声出金石，盛事思赓飏。他年送师济，此会毋相忘。

闻刘霁堂将来白泉用韦苏州赠阎薛二子韵

君隐市中迹，我居山中庐。半载不相见，相见情何如。冬雪残野径，春风生平芜。吾身亦自适，世情终与疏。去留等闲云，日月同逝水。人生能几何，委心正如此。拳拳念良朋，论交在终始。

正月六日刘霁堂冒雪来白泉即赴兴隆寺用韦苏州郊居言志韵

结庐龙山下，庐外皆环山。余寒酿晨雪，积素迷重关。危峰秀而瘦，怪石灵非顽。春容自盎盎，云意终闲闲。雪后晴复佳，檐溜滴窗间。忽闻故人至，亦如飞鸟还。蓬门各问讯，古寺仍跻攀。会当凌绝顶，与君同开颜。

卷三　白泉偶咏·下

对　雪

一分春色几分寒，斜峭梅花尚未残。到眼名山皆入画，画图还在雪中看。

雪后即景用韦苏州对春雪韵

郎朗对玉山，淡然绝尘虑。不觉春意寒，遥辨灵光曙。飞禽归树来，流水出山去。洞口雪自封，谁识云还处。

雪霁作歌

雪满山兮雪崚嶒，山积雪兮山晶莹。山容雪色相回互，一洗万象成空明。日出高峰上，上下光摇漾。寒霙欲消未消时，山灵揖我呈奇状。对朝曛，挹晴氛，冉冉横空生白云。风勒轻寒扇和煦，烟含远树同氤氲。烟氤氲，酿好春，春色微茫亦可人。我欲踏春去，雪湿田中路。雪花有意洒春田，须识天心仁爱处。

汪芝农来白泉诗以与之

世事不入耳，往迹谁复论。适性远嚣市，安居栖衡门。此间好岁月，良朋乐琴樽。风和时已春，昼静尘无喧。与子对佳日，殷殷同话言。话言亦觌缕，行行皆吾衷。过时无颜色，谁与争妍媸。鸿鹄有远志，枳棘非所栖。山林息倦鸟，敛翼宁高飞。一枝自有托，羽仪看尔为。

山居早春用白香山小池二首韵

其　一

蓬庐昼景静，远映山光清。残雪消已尽，春风今又生。良辰我独抚，坐听鸣禽声。

其　二

鸣禽自断续，闻声情有余。拳拳感故人，遥遥惠双鱼。及此春日好，念我空山居。

杂　诗

其　一

有客方年少，自谓美且都。数载历坎坷，四方为饥驱。行行就旅舍，僻处城之隅。荜门苦湫隘，风尘沾衣裾。踟蹰空搔首，谁能谅区区。

其　二

故人重期许，移之华堂居。华堂共朝夕，爽垲今何如。佳日供眺览，好花满庭除。擎杯酌美酒，出门驾轮车。轮车亦何往，冠盖未肯疏。

其　三

莲开并蒂花，池戏鸳鸯鸟。此地成欢场，风月正妍好。驱车赴长安，荣名亦复早。烹炙厌庖人，衣裳自颠倒。俯仰快所遭，适意毋草草。

其　四

粗粝不甘食，布素宁为衣。夜眠晓星出，晨起午鸡啼。所如不得志，得志即如斯。富贵行乐耳，宁忆贫贱时。

其　五

言语伤人心，快论出吾口。意气凌人前，指挥引吾肘。兴狂趾亦高，孰能居吾右。坐中罗亲朋，微笑但俯首。嗟哉西子妍，殊色本天有。无盐效涂抹，胡乃忘其丑。回首望故人，故人颜为忸。

其　六

譬彼百尺藤，袅袅缠松枝。松茂藤亦荣，绿叶同纷披。秋冬有霜雪，造化潜推移。高枝自磊落，憔悴惟尔知。斤斧伐不材，竟与枝相离。天公不尔惜，攀附将焉为。

其　七

譬如惊巢鸟，锻羽落芳园。主人重爱惜，养翮收笼樊。此心无猜忌，飞啄随朝昏。奈何追野雀，同入空林喧。遂忘毕罗患，不恋稻粒恩。主人任尔去，相视笑不言。千金酬一饭，此义今无存。

春日杂感

其　一

和风日微扇，元气相氤氲。蔼蔼煦春色，冉冉生春云。川原极遥睇，向荣木欣欣。培扶识时化，俯仰思良辰。良辰年复年，坐令白发新。

其　二

春去仍复来，发白不再黑。嗟我对镜颜，空惊过时色。好容能几何，佳会良难得。持此一寸心，欲言还默默。

其　三

出门步芳陌，陌上风光新。依依望中柳，拳拳意中人。吹归柳已绿，道远人难亲。

其　四

空庭有高树，双鸟相飞鸣。上下鸣不已，唱和伤我情。抚琴理故轸，弹之难成声。

其　五

人生多悲欢，物理有荣落。荣落不自持，悲欢苦相若。达人何旷怀，先几谁能觉。如禅聊细参，此心无住著。

与汪少海孝廉兴隆寺坐话用孟襄阳闻符公兰若甚幽与薛八同往韵

精舍瞰危峰，晴窗俯绿野。虚涛闻松声，清梵来般若。寺古落藓苔，境幽无车马。抚几挥瑶琴，谁是知音者。高山流水心，企怀千载下。妙义欲与参，浮名颇能舍。来结清净缘，始知色声假。君身餐烟霞，予情亦潇洒。寤歌空山中，箪瓢晏如也。

咏兴五首用白香山韵

其　一

扶杖出门去，春风吹我衣。行行越南亩，道逢田父归。相逢闻农事，相携入荆扉。鸡犬卧篱落，凫鹥浴清池。夕阳还在山，白云相因依。执手叙情话，所遇诚良时。薄酿可御寒，脱粟能疗饥。我非田园叟，心与田园期。田园自宽闲，闲味谁能知。

其　二

劳劳笑吾生，而今得恬逸。年华亦向老，顽健喜无疾。翘首龙山松，清高莫与匹。当前风景佳，时偕友朋出。抚松以盘桓，联吟破萧瑟。野树多鸣禽，闲游况春日。子弟亦相随，少长咸秩秩。空山好读书，书声满山室。穷达不到处，阿堵中有物。知足身自安，无患心不栗。偶与枯僧谭，谭禅证得失。如如不动时，试一参虚实。

其　三

故人入吾庐，琴书堆满床。床头尚有酒，开瓮与君尝。溪边漾水色，座上延山光。山光与水色，为我清诗肠。鸟歌自应节，歌节侑我觞。觞倾兴不浅，同入醉中乡。春和酿生意，草木含青苍。醉游亦复乐，昼景今徐长。麋鹿性自适，鸥鹭闲非忙。即此娱岁月，何须问行藏。来者不可必，今兹殊难忘。

其　四

冰泮清溪流，雪消青山出。我结野人庐，如入陶谢室。古今可为徒，旨趣归于一。况有同心人，乐兹闲居日。挥毫丽文词，秉心尚古质。山间或扶筇，松下还促膝。谁为伊周侣，谁为松乔匹。随遇自可安，陶然杯中物。

其　五

岭半独有寺，寺中亦有花。环岭成村舍，错落皆田家。田家作春社，挝鼓弹琵琶。嬉游过令节，笑舞喧村歌。儿童竞奔走，杂沓争矜夸。鸡黍自成会，盘餐不须多。列坐位无次，欢饮日已斜。但逢行人归，多见朱颜酡。乐岁田家乐，此乐无以加。我来坐僧室，室外山嵯峨。观山尽幽兴，依槛待素娥。山僧识我意，烹茶一来过。好月恣眺览，好景供吟哦。僧笑向予问，春光今几何。

与焘儿用王右丞赠张諲三首韵

其　一

闲居来空山，襟怀旷而远。疏林环我居，新蔬供吾饭。有酒倾一樽，有书展一卷。或策羸马游，不嫌驽步蹇。入耳松涛虚，铺塍草痕软。鸣禽和以乐，清风泠然善。此心一无营，即景但遐缅。归来叩禅扃，远门水清浅。临流濯我缨，尘念一笑遣。

其　二

尔今抱尔书，同我山中居。箪瓢识真乐，冲淡还太虚。读书僧房下，披襟春风余。罢读听牧笛，垂竿观钓鱼。山中日以静，世人多与疏。疏阔亦自得，渊明爱其庐。忘怀在得失，斯言良起予。

其　三

天高有健翼，渊深多潜鳞。腾骞自远举，伏处非沉沦。吾生苦行役，素衣未沾尘。息此环堵室，且为倦游人。山水娱佳日，升平乐闲身。八口喜相聚，团栾话情亲。我自着山屐，尔亦披野巾。风浴归且咏，相与存天真。

汪少海孝廉和余兴隆寺坐话诗云春风绿原野诚佳句也即用其句为韵成诗五首

其　一

草木共含新，空门亦有春。与君同永日，喜我作闲人。古刹堪容膝，青山好结邻。回头思往事，世载说艰辛。

其　二

身世皆如梦，参禅可悟空。心情托云水，踪迹付泥鸿。试望岭头月，还吟松下风。时光频过眼，都在色声中。

其　三

山鸟若相亲，山僧亦不俗。非耽岩谷栖，且脱缰羁束。出岫白云还，满窗春草绿。精庐幽以深，中有人如玉。

其　四

一室拥琴樽，襟期可共论。云深苔径滑，林静雀声喧。但有鸡啼午，而无客到门。登临饶逸兴，迤逦上高原。

其　五

斜阳依远山，清景眺春野。涛从松半来，琴在泉中泻。谈妙宗旨多，境高尘容寡。此间是桃源，笑谁问津者。

晓　起

禅室生虚白，春山送远青。人幽依曲槛，月晓带疏棂。竹外鹤先翥，松间僧暂停。此中如有会，浣手写心经。

正月二十九日对雪

夜半风回雪，山空晓冷春。远峰高有骨，平野阔无垠。松院扫三径，草庐容一身。清觞且自酌，莫讶鬓丝新。

孟春王心言同年率其三子辛叔次孙庆书同来白泉赋赠

其　一

山中常奉故人书，书语无多意有余。今日窗前春色满，相看髯鬓又何如。

其　二

君今六十正平头，我亦惭非少壮俦。回首论交已三世，乡关何日始归休。

其　三

只有登临兴未灭，巾车游览自徘徊。儿依老父孙依祖，同向衡门载酒来。

其　四

校对新编更咏诗，时携近作《地理沿革述》见示，予亦以《白泉偶咏》就正。何妨老矣复多痴。风光云物归吾宥，得意忘言各自知。

傅竹漪先生复来白泉寓居甚近朝夕往还喜而有作

其　一

万里间关出玉门，家无长物一身存。能扶急难征交谊，同年李载园太守与先生交厚，其为先生事甚力。竟得生还是主恩。此地好山环白屋，满林归鸟伴黄昏。行踪莫再回头忆，过眼浮云可并论。

其　二

春光最好二三月，野舍无多四月间。老境自怜还自慰，柴门常启亦常关。羡他农圃娱晨夕，除却烟霞莫往还。独我与君缘不浅，曾同辛苦又同闲。

其　三

两人相对意何如，漫笑痴顽与世疏。筋力惯慵闲住日，心情不改定交初。藏书喜教诸儿读，废圃闲看健仆锄。须识林泉多至乐，罗浮归去买山居。

欢喜佛歌

问尔何所欢，此身不知行路难。问尔何所喜，此心不著红尘里。胸中万事一无牵，浑浑噩噩全吾天。即此是佛亦是仙，真谛惟结欢喜缘。欢喜缘，安乐处，世人那得知其趣。不计前身与后身，于我无嗔还无怒。恒河世态阅万千，本来面目仍如故。与世亦多情，在我存其形。会得迦陵语，应看长眉生。佛兮于心无所著，佛兮于人原不恶。了了观空真非真，如如不动乐其乐。今我与佛相周旋，我亦会当收行脚。行脚收得么，障碍却无多。诚欢复诚喜，妙境终如何。妙境当空如转毂，无生无灭心藏蓄。忧患悉数除，俯仰一身足。不裹头，摩尔顶。不著衫，捧尔腹。佛还与我笑呵呵，大家欢喜忏诸福。

树崖弟春仲启程由扬州至安庆为焘儿迎室汪少海孝廉以诗送行即用其韵

其　一

弟兄欢聚任吾真，与世论交亦有神。息影依成倦飞鸟，同怀君是少年人。从来宦海多如梦，且喜初衣不染尘。半载相依今作别，束装恰好趁芳春。

其　二

漫言跨鹤是神仙，天上还乘春水船。江绿乍添波态软，橹柔斜蹴浪花圆。邗沟梦恰联床雨，凝度弟在扬州。皖口情余隔浦烟。遥识珠帘桥廿四，夭桃灼灼正言旋。

其　三

门户多年强自持，于今家事委家儿。此行暂了向平愿，其实欣吟迨吉时。烟柳双桡三月好，朱陈两世百年期。香车填拥归来日，又诵先生花烛词。

其　四

问予心事近如何，有子承家岂在多。但愿鼓琴征好合，亦如傧豆乐天和。关河不远应流览，盘涧无忧且寤歌。他日一庭欣聚顺，两翁相对笑颜酡。

效坡翁集归去来诗四首

其　一

富贵非吾愿，田园始就芜。寓形今老矣，独往或归乎。寄傲观农事，欢迎有仆夫。余心自乘化，世路不崎岖。

其　二

宇内感行役，皇皇复几时。来兮途未远，已矣我奚疑。容膝自成趣，关门欣赋诗。晨光引三径，惆怅欲何之。

其　三

与世交游息，吾生乐酒樽。携琴入园室，植杖倚松门。还鸟飞将憩，流云去不奔。遐观时矫首，丘壑景犹存。

其　四

是非悟今昨，于我亦焉求。言话怡童稚，心情任去留。春风荣老木，晨景盼清流。云岫南窗入，瞻衡不远游。

闻荫汸开复原官用王右丞游城南别业四首韵

其　一

独坐意惆怅，念我同怀人。一官不得志，万里驱征轮。漓江生绿波，象岭斆春云。辗转叹行役，瘴疠长为邻。委心以任运，好景来芳辰。忽闻九重诏，心感明圣君。

其　二

中秋月盈庭，衔杯执子手。重阳菊盈阶，折花送马首。昨陨陌上霜，今绿堤上柳。章服荣汝身，儿侄为子寿。心恋骨肉恩，欢饮花萼酒。君子重履贞，坦坦自无咎。

其　三

岁序相推移，年华如奔驶。庭院满春光，山川浮佳气。鸣禽有好音，亦随双鱼至。人生若草木，寓形寄天地。荣枯随所遭，浮云真不啻。旨哉乐天言，高车非良贵。

其　四

山高起遐心，云深断远目。翘首望桂林，悠然萦衷曲。犹忆别京华，相携来空谷。黾勉承家风，丁宁继先躅。试看门外山，婆娑荫乔木。但期植根深，枯枝回春绿。

集陶诗十四首

其　一

野外罕人事，吾亦爱吾庐。茅茨已就治，岁月共相疏。量力守故辙，委怀在琴书。少无适俗韵，精爽今何如。

其　二

自古叹行役，奄去靡归期。曰余作此来，高风始在兹。春秋多佳日，言笑无厌时。人生归有道，请从余所之。

其　三

投耒去学仕，一去三十年。今日从兹役，复得返自然。气和天惟澄，心远地自偏。怡然有余乐，朝起暮归眠。

其　四

良辰入奇怀，虚室绝尘想。晨夕看山川，形迹凭化往。班荆坐松下，奔浪聒天响。聊复得此生，敝庐何必广。

其　五

绕屋树扶疏，前途当几许。晨色奏景风，仲春遘时雨。披榛步荒墟，提壶接宾侣。谈谐无俗调，厌闻世上语。

其　六

桃柳夹门植，今日天气佳。飞鸟相与还，寄声与我谐。春秫作美酒，田父有好怀。被褐欣自得，其事未云乖。

其　七

微雨洗高林，悠然见南山。冷风送余善，缘酒开芳颜。逍遥自闲止，觉悟当念还。羲农去已久，千载乃相关。

其　八

我行岂不遥，行行循归路。平畴交远风，朝夜开宿雾。园林独余情，穷通靡攸虑。欣然方弹琴，几人得其趣。

其　九

鸟弄欢新节，而无车马喧。新葵郁北牖，青松在东园。乐与数晨夕，甘以辞华轩。抚已有深怀，心在复何言。

其　十

厌厌竟良月，遥遥望白云。在目皓已洁，即事多所欣。清风脱然至，鸣鸟声相闻。啸傲东轩下，露凝无游氛。

其十一

性本爱丘山，山中酒应熟。回飙开我襟，迥泽散游目。瞻夕欲良宴，只鸡招近局。醒醉各相笑，谁知荣与辱。

其十二

寒暑日相推，我愿不知老。新畴复应畬，倾身营一饱。秉耒欢农务，望云惭高鸟。长吟掩柴门，称心固为好。

其十三

我实幽居士，悬车敛余辉。坐止高荫下，夕露沾我衣。众鸟欣有托，一觞聊可挥。试偕子侄辈，固穷夙所归。

其十四

邻曲时时来，清歌散新声。信宿酬清话，林园无俗情。中宵伫遥念，夜景湛虚明。达人解其会，淹留岂无成。

姚引渔签判复来白泉即景赋赠

其一

与君相对一开颜，君未曾忙我更闲。活水依炉茶正熟，好风来树鸟知还。隔篱院小宜栽竹，绕屋墙低饱看山。五十平头尘念息，何妨终老在其间。

其二

龙口禅房几度经，今看春色送遥青。风光好处云依岫，笑语欢时酒满瓶。近日心情怜病鹤，此生聚散总浮萍。君因欲去还留恋，山水清音着意听。用范成大句。

与引渔签判息庐坐话

其一

布谷鸣树上，飞燕来梁间。故人健白发，杯酒欢酡颜。共坐绿阴屋，遥对青松山。山中娱春日，与我同宽闲。

其　二

我心方寸地，我室方丈居。此中无不足，此境良有余。庭前种花竹，座右堆琴书。纤尘不到处，情话复何如。

答杨白园孝廉即用其韵

九连翘首是家山，栖迹衡门且当还。靖节陶情醒醉里，香山托咏富穷间。缰羁尘累原难脱，阿涧清谈好共扳。龙口峰高凌绝顶，先生应笑我痴顽。

同年李载园太守见访赋赠

其　一

春日鸣众鸟，和风来高林。夕矣入茅舍，悠然弹古琴。山水娱夙好，寂寞怀知音。芳时叙情话，感君故人心。

其　二

话言亦觇缕，余情窅以深。万里念乡曲，群壑生暮阴。青山自窈窕，白发相侵寻。君尚羁尘鞅，我未归故岑。

孔东山刺史来白泉用香山村中留李固言宿韵时东山以太守注考

与君昔同官，非亲亦非故。所喜意气孚，遂托交游数。淡泊知我心，遭逢荣君遇。拳拳良友怀，行行春日暮。柴门驻轮车，杯茗惬平素。细观面上颜，频抚庭中树。或恐宦辙分，竟别燕郊去。后会未有期，相思知何处。君意无徘徊，我身任去住。

得荫汸抵桂林书

其　一

三冬珍重远游身，一路风霜历苦辛。叆叆云山遮万叠，燕南人望岭西人。

其　二

别来无日不关情，三十余年老弟兄。最是时光留未得，重阳节后又清明。上年重阳与荫汸别。

其　三

官符容易促官程，北马南船取次行。闻道洞庭经绝险，波涛宦海几能平。书云洞庭遇风危甚。

其　四

短裘难御北风凉，客路登临兴未央。阳朔看山山最好，漫言瘴疠是蛮方。

其　五

征途渐入万山深，且喜停鞭到桂林。共说头衔今日换，上年荫汸由邑令擢州牧。家人谁谅倦游心。

其　六

妻孥执手杂悲欢，廉到无家事亦难。书云眷属侨寓桂林典质以罄。落拓一身应自笑，只余父老说清官。

其　七

犹忆松阴课读晨，丹青骨格画偏真。先中丞绘《松课读图》，时荫汸方在襁褓。今朝清白承家者，即是当年绣褓人。

其　八

问君宦兴近何如，冷淡心情与世疏。但得三间营别墅，欲将华服换鲈鱼。书云但能营屋三间即作归计。

其　九

殷勤万里念柴扉，报我门前过客稀。饮酒吟诗兼课读，山人且自遂初衣。

其　十

春雨山光更蔚蓝，春庭花木亦清酣。封缄到我蓬庐候，佳日还逢三月三。

观仆种园

其　一

健仆除蔓草，隙地开芳园。引水自灌溉，编棘为篱樊。尔执奔走役，我无薄书烦。聊同田家乐，微笑各忘言。

其　二

种柳成好阴，种菊有佳色。桃李繁春花，蔬菜供家食。心从物外游，味于闲中得。此境正复佳，我爱北窗北。

其　三

住山无俗事，把锄当芳辰。墙阴辟半亩，生意同三春。悠然清风至，涤我身上尘。相视还一笑，我本尘中人。

其　四

置身幽独境，委怀琴书间。今兹学为圃，更得忙中闲。雨晴径莎绿，日暮林鸟还。园中有好树，园外多青山。

复观园中草木

其　一

小园不盈亩，不日已成之。及此闲居身，坐对芳春时。春风养百物，新蔬生东篱。弱柳四五尺，嫩叶舒新荑。野桃三两株，红萼绽低枝。种植识地利，和育同天倪。生意不可遏，我怀还自思。

其　二

邻翁告春及，麦苗满田畦。桑枝鸣布谷，西畴方农时。耕锄不敢后，筋力宁云疲。连日风色佳，一夜好雨滋。润田无高下，及物同膏脂。嗟哉人力苦，难与天工齐。符兹群黎望，又慰丰年期。明朝视我园，草木增葳蕤。

傅竹漪先生见和前韵复成一律

怜君西去喜君还，回首风霜耐苦艰。旧雨重逢添白发，新居共爱对青山。多年宦味曾深识，老友诗情未忍删。我辈原从田舍出，农夫野叟且同闲。

步至傅竹漪先生寓居

其　一

未得即归去，郊居身已闲。初心自不改，好景时相关。细雨绿新柳，高云还远山。我躬足俯仰，斯境无忧患。

其　二

偶然出柴门，门前即芳野。鸟啼碧树间，风到松阴下。山径牧童归，犁锄田父把。石畔流清泉，更有垂纶者。

其　三

行行扶竹杖，雨后无尘埃。耳目为之旷，襟怀相与开。林深烟逾静，路转峰亦回。悠然乘兴去，又访故人来。

其　四

故人年何许，皤然七十翁。貌古中磊落，心泰神冲融。山水乐其乐，踪迹同非同。契合未可道，相喻无言中。

息庐自咏

息庐容我膝，世事不相干。树得春光绿，山留雨意寒。友朋时见访，儿女亦承欢。自得闲中趣，好书还耐看。

忆树崖

别去无多日，时光亦可怜。我听春夜雨，君上皖城船。婚嫁何时了，江山此去妍。幽人还有癖，场圃辟东偏。

题焘儿读书处

窗外群鸟乐，门前一水闲。最怜新月上，时看暮云还。

屡访兴隆寺僧不遇

垂柳斜阳映碧湾，闭门未许叩禅关。笑君享尽清闲福，转爱尘游不爱山。

和李载园同年杂诗八首

其　一

前贤曾有言，草木区以别。幼稚如新芽，生意初萌茁。始基沃其根，当几宜自决。试植培塿松，参天著奇节。

其　二

行藏随所遇，明哲保其身。微服以过宋，绝粮毋愠陈。时命莫能必，穷通每相因。坦途自荡荡，吾当全吾真。

其　三

听弈思鸿鹄，闭关驯心辕。此中不自守，他事何足论。方寸常忧危，习坎还履坤。操存审出入，斯为德之根。

其　四

良材就绳尺，良金归陶冶。越矩而偭规，处身何如也。为学如不及，省过未能寡。圣贤相契心，企怀千年下。

其　五

野鹿游溪山，所欣在丘壑。林禽入樊笼，所苦近城郭。君子贵择居，识者见几作。寂处非怀安，此间有至乐。

其　六

秋霜摧草死，春露滋其根。秋风吹潮落，春水满旧痕。盛衰与消长，势异理则然。思危以处顺，悠然怀高贤。

其　七

微火燔枯原，既炽谁能灭。细水滴层岩，过趾胫亦没。急趋行必颠，驰马覆其辙。但能慎几微，庶几为明哲。

其　八

功能精于勤，蚁垤成嵩丘。物能适于用，瓦缶用琳璆。得心勿轻弃，用力无少留。人已两不失，相与和气游。

答汪少海孝廉即和原韵

其　一

生平山水若因缘，矮屋疏林住白泉。古寺晓看龙口树，奇峰暮隔紫荆烟。白泉距紫荆关六十里。得君相赏真成友，与子论交竟忘年。少海较焘儿十年以长，与焘儿交厚。同此幽情娱暇日，携锄缓劚笋林鞭。

其　二

为访蓬瀛到上邦，帆轻浪急拥飞舣。此身零落怜桐爨，回首苍茫忆锦江。少海不第留京，复有悼亡之戚。囊橐萧条诗独富，心胸块垒酒能降。杜鹃春雨留残梦，又听山钟送晓窗。

其　三

葱茏好色满平畴，身在并州即益州。莫以天涯怀故国，况逢地主是贤侯。谓范、那两总戎。良苗得雨应占岁，佳日当春更胜秋。最羡栖迟近空谷，往来冠盖不停驺。

其　四

蓬庐容我谪居臣，君寓僧房是近邻。衡宇相依同望月，时光易度不知春。谭空欲附参禅语，泛海谁为到岸人。户外云山权做主，起居安稳两闲身。

其　五

随意频翻旧读书，自知心性懒还疏。窗多木石看无厌，座入烟霞致有余。何苦纠缠谈世事，且将颓放傲山居。年华五十惭虚度，可许抽身赋遂初。

其　六

韩相曾歌醉白堂，香山诗卷细评量。向衰早觉功名淡，盼远方知道路长。竟岁欢娱自无闷，得闲滋味又谁忙。中四句皆节取香山诗意。野鸥林鹤吾相伴，看尔鹓鸾得路翔。

王姬见余吟诗请曰妾侍白泉数月矣妾情不能自言曷不为妾咏之余笑曰是欲厨下妪亦知其义矣因书以与之

昔者华堂居，而今住茅屋。昔者鼎肉陈，而今啖粗粟。处之两有余，食之俱果腹。何必曳罗裙，胡不甘苜蓿。夫子贫而安，乐天耻干禄。列几多云山，到眼无案牍。长君秀而文，奇书欣共读。束身如白圭，耽吟倚修竹。有女曰六安，襁褓自抚育。天真任笑啼，人言好眉目。晨夕慰素怀，优游在空谷。但愿夫子身，长脱缰羁束。冥搜得古欢，孤抱远尘俗。更愿长君贤，励志及初旭。展翼搏长风，联步追芳躅。妾本贫家女，衾裯自肃肃。时光春正多，家人和以睦。我今得所依，于愿亦良足。居高身易危，知止义不辱。明此耿耿心，请借清诗续。

六　安

吾已年将老，尔今甫一龄。最怜学啼笑，初不异宁馨。婚嫁累无已，穷愁我惯经。父书兄善读，保抱日趋庭。

步　园

三月正清和，芳园策杖过。鸟啼知树密，花落惜风多。我意深如许，春光去几何。辘轳来灌者，又听唱村歌。

晚步龙口山下

空谷响松涛，平津散柳条。浮嚣俱已息，好景一相遭。寺远暮云近，山低新月高。闲人得闲趣，种秫拟追陶。

春　游

扶童如策杖，闲步任西东。三月野桃放，满山斜照红。人来芳草路，春恋落花风。倦矣自归去，幽怀谁与同。

菜花和傅竹漪先生韵

不同桃李斗春妆，分得秋容淡菊黄。每到归根寻至味，却从本色见真香。闲身爱向园门去，慵蝶还随灌叟忙。肉食由来多鄙事，野花空笑种河阳。

山　居

纤尘原不到山居，但觉春光满草庐。蛙弄新声妆雨后，柳摇浅绿受风初。偶逢野老谈农事，自有佳儿读古书。俯仰一身笑安稳，好沽村酒菇园蔬。

得姚引渔签判书即事言怀却寄

其　一

一水环幽居，开门来双鱼。迢遥百里道，珍重故人书。书中苦相忆，眠食今何如。行野踏新绿，吟诗还旧庐。远岫列窗几，倦云栖山墟。即境亦自得，入世多恐疏。家园渺何处，独念空踌躇。

其　二

山花已灼灼，山草何萋萋。春至复几日，又是春归期。春归与春至，消息知天倪。风景在人目，俯仰兴予思。田父履南亩，执手前致词。泉流细水弱，麦待好雨滋。朔风吹不已，桔槔无停时。

复至汪少海孝廉暨焘儿读书处

其　一

闲身多逸趣，杖策兴偏豪。山僻市廛远，径幽松柏高。句从真处得，禅在醉中逃。笑尔枯僧寂，门前不剪蒿。

其　二

入寺山光满，登高眼界宽。春风鸣野树，晓日带轻寒。且共载书读，聊欣容膝安。我来清净地，独惜鬓将残。

与傅竹漪廉访延俭宜榷使同赴工所口占

其　一

回首几年分宦辙，谪居同岁脱朝簪。此身喜与青山近，并马相看白发侵。野鸟三春多好语，官程十里有清阴。烟笼白玉山名瞻佳气，松下班荆惬素心。

其　二

三人踪迹各相知，曲予矜全感圣慈。塞外归来仍老健，竹漪系从塞外召还。庭前侍养学儿嬉。俭宜尊甫年八十余，在工所为总监督，俭宜朝夕侍奉，一庭欢然。笑予屏迹方为圃，有子承欢屡和诗。更喜劳人享清福，游山曾不费游资。

其　三

岭半春深风不寒，得娱情处且盘桓。好峰自有云千叠，嘉树宜添竹万竿。笠屐不谈天下事，林泉时共故人欢。烟霞变态知多少，供我朋侪局外看。

其　四

握手相携自在行，襟怀同是旧书生。人游曲径野花落，路踏高原芳草平。远岫有时含雨意，轻涛到处响松声。独余甃石桥边过，流水难忘感逝情。瞻方伯亦同时去官，今已逝世矣。

春去二首

其　一

腊雪消不尽，解冻春风和。春风养百花，生意含枝柯。仲春花始放，暮春落花多。落花随春去，冉冉皆蹉跎。春来我自惜，春去当如何。

其　二

一日复一日，岁序相推移。花落不自伤，还与来岁期。来岁好颜色，依然上高枝。造物宁有私，生理当自持。青松保本质，冬春无改时。

息庐偶题用白香山再题草堂东壁四首韵

其　一

鸿泥爪雪认分明，无定浮踪感此生。笑我艰难知物力，多年阅历见人情。未能归里为农去，且喜寻山着屐行。茅屋数椽端好在，不闻车辙马蹄声。

其　二

闻来跣足更科头，春暖衣绵似着裘。晴雨每偕田父卜，林峦常约故人游。鸟啼园树斜阳落，松阴禅房曲径幽。最羡儿曹读书处，源源活水绕溪流。

其　三

蔬园花圃日追欢，门外平畴麦浪寒。心广不嫌居室隘，眼慵偏爱得山看。相期此日真成隐，始信当身大耐官。寄语苍梧人莫念，谓荫汸弟。一家聚处正平安。

其　四

绳床夜宿笋朝餐，得意欣然默不言。要使机关忘物我，方知橐钥在乾坤。酸咸滋味只如此，淡定襟怀何足论。搔首自惭双鬓白，衰庸无以答君恩。

答费筠浦相国二首

其　一

身系苍生望，近依天子光。燮和真本领，军国重平章。眷念故人意，殷勤远道将。闲居一无事，化日乐舒长。

其　二

蓬庐无过客，屏迹在岩阿。非敢耽泉石，所欣远毕罗。性迂知己少，恩重觉惭多。地与田园近，于今学荷蓑。

喜雨六首

其　一

当春膏泽及时难，檐溜闻声蔀屋欢。共说麦收三月雨，农夫戴笠倚锄看。

其　二

杨花飞起已粘泥，柳色鬖鬖黛欲迷。枝北枝南鸣布谷，短蓑催犊试春犁。

其　三

北户丰盈望正赊，甘霖遍洒沃桑麻。小园亦得分余润，野菜新蔬共吐芽。

其　四

排窗远列是春山，好雨来时拥翠鬟。世上尘埃都不染，青莲朵朵侍仙班。

其　五

山头桃李尚余花，山径迂回正复斜。雨意清酣鸡犬静，绿阴深处有人家。

其　六

和风嘘拂不鸣条，滴沥声中息众嚣。最爱雨收云未散，半留山顶半山腰。

雨中焘儿赴兴隆寺

春归留不住，春雨复多情。岩岫野云合，村桥溪水生。树添深浅绿，禽啭两三声。笑尔寻僧去，途艰半里程。

晓霁偕常总管那总戎延榷使傅廉访同赴工所归饮常总管行馆

其　一

夜雨滴檐溜，天光开晓晖。一林晨雀起，满地落花飞。草色径中绿，车声门外稀。漫空舞晴雪，柳絮送春归。

其　二

故人惜春去，邀我入春山。浅水赴清涧，高峰环翠颜。却将丘壑意，同付酒杯间。欢醉怜佳日，暮云相与还。

忆连阳别墅六首

其　一

寂寞居山阿，安闲理笫策。排闼来青峰，开门望古柏。俯仰堪怡情，光阴怜为客。信美非吾土，回首中心恻。故园风景佳，满地云烟隔。独步欲何之，无言意脉脉。

其　二

青青陌上柳，新绿满芳野。灼灼园中花，深红如渥赭。采花入疏篱，折柳攀高枝。惜此好颜色，同在暮春时。春时亦已暮，游子仍天涯。

其　三

众星自耿耿，夜色殊苍苍。清风入我室，明月登我堂。霄汉独延揽，往来借景光。景光瞩万里，归路一何长。

其　四

庭中双梅树，昔日手亲栽。雨露培其根，年年花自开。年深树已老，楂丫凌高台。花开人已去，树老人未来。

其　五

人来会有时，来时发已白。白发对青山，青山仍旧色。久与青山期，行役胡不归。归与乃所愿，奈事与心违。里闾或如昨，朋旧多已非。未归长相忆，得归慰相思。相思不可极，惆怅还独悲。

其　六

野禽鸣上下，晓日依修林。结念有深致，含情动微吟。高飞倩双翼，一寄空谷音。回翔色斯举，翩翩怀远心。

读白香山诗即用其句得诗十首

其　一

无波古井水，白句。其水湛以清。田园藉余润，桔槔闻远声。声断还复续，挹注相与倾。时惟益灌溉，功且资生成。功成人自去，一水终盈盈。止者妙于静，渊然虚白生。可以鉴吾心，非徒濯我缨。溶溶印明月，对之有余情。

其　二

有节秋竹竿，白句。节节劲而直。孤立无所依，昂昂青霄出。干霄遗众芳，自立惟本色。逸气何纵横，素怀洵奇特。大雅卓不群，浩然凌烟云。我亦能免俗，何可无此君。

其　三

药良气味苦，白句。苦口真良医。姜桂有本性，芩连亦相资。古方适时用，人病不自治。智慧存疢疾，此味谁能知。

其　四

琴淡音声稀，白句。其中含妙理。朱弦自疏越，太羹同清旨。欲将正始音，一洗世人耳。听者如不闻，知音今已矣。坐间弄宝笙，月下调秦筝。人各得其乐，琴不改其声。琴余山水意，我有恬淡情。清夜奏一曲，悠然心和平。

其　五

巧者力苦劳，智者心苦忧。白句。智巧本天赋，忧劳为身谋。身世相与尽，计虑何能周。穷通与得丧，营营胡不休。试问人间事，尽如人意不。智穷而力竭，何若愚且柔。

其　六

为鱼有深水，为鸟有高木。白句。天渊遂其生，飞跃各自足。胡为罗网施，胡为鹰鹯逐。人生忧患多，识者机先烛。

其　七

在劳则念息，处静已思喧。白句。此中不自主，见异能无迁。畏劳即非静，静者心常安。处静胡不息，息焉心无烦。憧憧相往来，何以有静缘。知仁乐山水，动静同根源。行藏安所遇，浩浩全吾天。

其　八

青松高百尺，绿蕙低数寸。白句。松有倔强根，蕙分芝兰韵。岁寒结真知，肯与春芳兢。入室订同心，无使薰莸恩。

其　九

四十至五十，正是退闲时。白句。心性已能定，精力尚未衰。登山陟其巅，观水循其涯。山花春尽放，水鸟时一啼。远林送清景，高云订归期。此境我自得，此情我自知。

其　十

我生本无乡，心安是归处。白句。昔从连山来，今且易水住。风景阅三秋，东徂春亦暮。东寺老虬松，南窗茂嘉树。好雨晴复佳，轻烟自引去。廓尔无所思，欣然已成趣。儿女娱晨昏，亲知谈心素。四月犹清和，又看时光度。

题傅竹漪先生所示春耕图

其　一

少从田间来，悔不习农事。幽雅与幽风，中心仰而企。此日山中居，亲试田家味。耕凿知民情，耘锄尽地利。枝上仓庚鸣，山头新雨霁。微行伐女桑，骑犊随良牸。馌饷妇子欢，村篱儿童戏。南亩聚农夫，举趾冀有岁。鸡黍邀亲朋，池蛙当鼓吹。到眼皆禾麻，入门无官吏。此诚丰乐乡，应是遂初地。猗与先生来，更以耕图示。丹青写我心，重拜故人赐。

其　二

披图情已怡，情怡神益盎。春景何冲融，野色亦苍莽。山水传形声，烟云自来往。中有野人庐，空翠滴帘幌。绕屋林阴深，似闻人语响。

亦有驱牛者，田路平于掌。戴笠复携锄，闲闲任俯仰。怪石倚斜川，波涵光荡漾。岸高不见舟，或且挂鱼网。平芜满绿畴，黍稷滋长养。蓬蓬生意多，拂拂来纸上。忆昔耕织图，曾邀宸心赏。宋楼琦《耕织图》曾蒙高宗纯皇帝御题诗章。此幅无乃同，盛世追畴曩。君图纶太平，我歌附击壤。何日同归休，头衔署农长。

龙口山寺松甚古住僧伐枝柯以供薪爨作歌惜之

龙口山松老非顽，大枝小枝虬龙蟠。首尾腾空出云际，直收千山万山青苍颜。三春好雨湿鳞甲，颔珠颗颗光摇寒。有时晚风生肘腋，晴空谡谡闻波澜。我来此山坐松下，蓊蓊云气相往还。白云往复僧不闲，惜无名衲居名山。松生山中为得地，山中有松成奇观。苍髯一朝不自保，截牙折角徒入甑爨供烹煎。吁嗟乎，天之生材殊不易，十年之计亦良难。人世胡为不爱惜，往往恣意相摧残。桐孙焦尾谁相怜，千古良材几能全。噫嘻，千古良材几能全。

薄暮与焘儿辈眺远集东坡赤壁赋字成诗四首

其　一

寄怀在天地，遗世乐樵渔。造物各无尽，吾生终有余。空山横月白，幽壑御风虚。耳目成相遇，登临得自如。前赋。

其　二

摄衣高处望，山草半蒙茸。也识归巢鹤，曾攀踞岸松。步皋如有得，携酒几相从。笑顾惊人状，巉岩涌石龙。后赋。

其　三

山川何窈窕，与子共遨游。乌鹊凌空下，鱼虾枕水流。人歌声不怨，风响色非秋。渺渺予怀溯，江南正泛舟。树崖弟尚在江南，前赋。

其　四

日待将归客，今焉薄暮行。月明人有影，山寂水无声。木叶东西望，飞栖上下鸣。悄然予自去，一梦夜来清。后赋。

观燕营巢

翩翩来双燕，雄雌和其声。穿帘掠低羽，衔泥向东荣。殷殷葺高垒，哺雏有深情。胡为宿东序，忽又飞西楹。东西迷向往，朝暮多纷更。劳劳徒自苦，役役何所营。岂其工趋避，遂令心魂惊。用志不能一，其事终无成。嗟哉坐失时，喃喃空悲鸣。燕燕不足道，人无昧生平。

望树崖自皖城归

其　一

君去已多日，思君胡不归。送春桃叶放，带雪柳花飞。径僻行人少，山深远信稀。斜阳空徙倚，未肯掩柴扉。

其　二

昨夜一床雨，还将旧梦寻。皖公山色好，荆里树阴深。白泉距荆轲里三里。兄弟经时别，关河系寸心。携儿同望远，复上翠微岑。

寄素园弟

其　一

子有园林福，余多车马缘。于今停宦辙，不得赋归田。望远八千里，离群十四年。相思问时节，又过暮春天。

其　二

共有室家累，宁同少小时。悲欢情莫已，甘苦味应知。海阔波翻涌，山高路迤逦。团栾在何日，我鬓早如丝。

曙起用香山良夜有怀韵

灯烬已无焰，柝稀仍有声。檐前宿鸟动，户外微凉生。宵梦我先觉，曙光星尚明。揽衣向园去，拭露傍花行。

眼　暗

未老孰能觉，挥毫先自嗟。何堪题细字，竟似隔重纱。多为泪痕涌，始教雾影遮。病根吾已得，刮膜漫相夸。

对　镜

每当搔首辄心惊，镜里频添鬓雪茎。拭尔光芒藏故匣，不教黑白太分明。

首夏息庐题壁

此身疏散爱山居，况是清和入夏初。野树低墙垂薄荫，奚童细雨摘新蔬。鬓边沃雪慵窥镜，眼底生花不废书。试问西邻观钓叟，谓傅竹漪廉访。近来心性复何如。

对　雨

人坐野庐寂，午窗啼鸟稀。云留山渐隐，雨掠燕还飞。三径树阴碧，满庭花意肥。牧儿吹远笛，又见荷蓑归。

杂　言

其　一

雁向荻芦宿，宁甘帛系足。鱼依蒲藻居，不为人寄书。人生常相遇，浮萍随风度。人心各相知，青山任云附。

其　二

登高岂不艰，举步终跻攀。临深逾可畏，失足即颠坠。百年日无多，荏苒空消磨。百里路非远，九十空蹉跎。

李载园太守复来白泉时有江南之役

其　一

春光正留恋，夏景方徘徊。好雨及时降，微风相与来。远绿浮涧柳，新阴荫庭槐。我居自不俗，蓬门为君开。

其　二

君今已三至，拂簟供清娱。青山日相对，故人时与俱。谓傅竹漪廉访。执酒共斟酌，送君游江湖。江湖亦自适，行矣毋踟蹰。

息庐晓坐

南窗薰风动，东方曙星明。微微晨光入，泠然清气生。闲庭两株树，栖鸟时一声。身慵事亦少，淡焉山居情。

有鸟四首用渊明归鸟韵

其　一

有鸟有鸟，巢于高林。或游平陆，亦控青岑。置身得所，敛翼同心。

知其所止，恋此清阴。

其　二

有鸟有鸟，向亦奋飞。入彼云汉，非有因依。翻身注目，倦焉思归。林峦苍莽，宁独我遗。

其　三

有鸟有鸟，顾影徘徊。莘莘萋萋，一枝曾栖。雍雍喈喈，和声谁谐。时哉时哉，悠悠我怀。

其　四

有鸟有鸟，栖鸡为条。怀我好音，憬彼清标。自今以始，山阔云交。载飞载止，息矣毋劳。

汪芝农婿复来白泉

其　一

书来知尔喜弹冠，今日山庐笑语欢。老境闲游多自在，少年豪兴不阑珊。周旋似恐亲情冷，阅历当知世路难。紫盖银章吾见惯，回头都在梦中看。

其　二

笑我双旌换一筇，半年丘壑寄行踪。不惟事少藏谋拙，且许身闲养性慵。户外风来同五柳，窗前雨霁拥群峰。诘朝尔跨征鞍去，野径依然碧藓封。

息庐招饮赠汪少海

其　一

兰若自为邻，名山息此身。念予近迟暮，如子岂沉沦。道合交逾淡，心孚语始真。两怀一无系，且共漉陶巾。

其　二

胸襟何卓荦，言话益精神。放眼观时事，摊书爱古人。所欣适情性，曾自阅艰辛。笑彼风尘客，长驱陌上轮。

晚步溪边观渔

一夜雨初晴，溪流新水声。风来芳树外，人在夕阳行。石有潺湲韵，鱼多游泳情。依蒲诚乐矣，罟罭漫相惊。

漫　吟

野涧鱼游藻，空岑鸟在林。飞沉随所性，化育亦何心。宇内海山阔，人间罗网深。我今得微契，独步思愔愔。

汪少海和余招饮诗读之慨然复答二首

其　一

老鹤神昂藏，徘徊水之浒。飞飞引其雏，珊珊刷毛羽。丹顶倾寸诚，白翎敦素处。鸣皋声能闻，冲霄人先睹。自知谋生拙，欲脱泥涂苦。心感稻粱恩，含情深几许。瘦骨本不凡，肯与鸡群伍。

其　二

到眼皆好山，闻声来啼禽。一结清净缘，怜彼尘世心。堂上簇纨绮，座中罗缨簪。妖姬舞夜烛，龙麝薰鸳衾。繁弦和急管，戛玉还敲金。之子乐笳拍，谁与弹瑶琴。已矣勿复道，吾侪非知音。

卧游山房与汪少海坐话

其　一

淡云散微雨，高寺生新凉。披怀对君语，清风吹我裳。树静飞鸟下，窗虚野花香。禅扉无尘埃，但见山苍苍。

其　二

昨日俯溪水，今朝陟山陲。与我若相约，于心何所思。山居有定处，溪流无尽时。会心不在远，此意君应知。

怀树崖弟

江南路邈邈，燕北人依依。霏霏夜雨至，脉脉心期违。陇头麦穗出，枝上黄莺稀。时节独惆怅，行子胡不归。

由龙口山下步溪游眺

春节今已过，芳景尚未歇。一夜好雨来，满径野花发。近树无尘容，远山有奇骨。溪水相回环，澄清鉴毛发。涧石互嵚崎，游鱼时出没。临流不遽归，溶溶待明月。

题卧游山房少海读书处。

一山插云出，寺在山之半。众山环寺来，山在寺中看。中有幽人居，卧游供清玩。山色分清阴，云容幻昏旦。松柏荫轩窗，烟霞入几案。开襟清风俱，倚槛啼鸟换。读书还鼓琴，一唱复三叹。悠然恬淡怀，此间无冰炭。

登龙口山

其　一

入山山在望，我不厌登临。塔影静而直，岩光幽以深。好峰欣一到，佳趣日相寻。危磴层林下，居然清道心。

其　二

一览延群秀，心空境亦超。虎蹲排石骨，人语落峰腰。水木存真意，风篁息众嚣。天机随处领，觉路正非遥。

其　三

芳草满生意，自然成绿茵。眼中清嶂合，足下白云皴。野阔疑无界，风高独远尘。予怀何缥渺，更上碧嶙峋。

其　四

此处最佳境，轻阴欲雨天。树间藏古刹，山下漱流泉。烟景成图画，禽声是管弦。我来凡几度，一度一悠然。

其　五

倦游依老木，岭半夕阳开。樵牧自归去，牛羊同下来。层崖看藓积，曲径有僧回。试证参禅旨，何方拨死灰。

其　六

闲身在闲地，登陟不为劳。众柳摇晴絮，孤松渡远涛。有时凌嵂崒，此境想孤高。所喜陶居士，幽情寄远醪。时少海居山寺。

雨

隐隐雷声动，东风不住吹。云头垂欲卧，雨脚散如丝。小院栽花后，闲庭掠燕时。对床寻旧约，归骑莫淹迟。时望树崖弟归。

题听涛山房泰儿读书处。

不见游人迹，惟闻松籁吹。因风和琴筑，流水有心期。坐是山高处，行看鹤起时。无言得微契，应俟岁寒知。

复题泰儿读书处用王心言同年广慈禅林四首韵

其　一

爱尔读书处，柴门昼不关。鸟音来树上，岚翠落窗间。径僻草常绿，山空僧共闲。悠然闻笛响，又见晚樵还。

其　二

岩壑饶幽趣，何人数往还。怜余方向老，此日正投闲。相赏世尘外，同娱山水间。携童步明月，时一叩禅关。

其　三

不为身名役，应知梦觉关。行来松石畔，悟到色声间。此地岂招隐，吾人聊与闲。青山自今古，云去复云还。

其　四

泉韵山留住，涛声风送还。鱼归芳藻乐，鹤伴古松闲。诗酒醉吟候，川原图画间。卧游人谓少海极目，烟锁紫荆关。

题息庐座右

我来居白泉，可惜居无竹。桃杏杨柳槐，扶疏绕茅屋。山雨洗尘埃，浓翠滴乔木。晚风散燠烦，林声起空谷。架上有奇书，抽函儿自读。坐中来良朋，得句吾还续。北山卧可游，南榭峰遥矗。东注水一溪，潺湲鸣琴筑。西偏路之隅，辚辚闻莛轴。更喜野禽多，佐我幽人独。四时风景佳，一身俯仰足。此君不可无，无此亦不俗。

偶然作示秦儿及炘熠二侄

古人心有得，尽相穷其形。长言复咏叹，字字皆心声。淋漓下笔若有神，惨淡冥想运以精。后人工力悉不敌，以今视昔何殊爝火迷日星。偶然事涉猎，叩钟持寸莛。徘徊墙外窥数仞，不得其门而入胡乃自谓堂已升。美富不能见，心目还交盲。肆口诋毁论高下，大言不怍我颜为之赪。韩公好事穷岣嵝，千搜万索摹赤青。苏公从政见石鼓，推寻点画未肯相模棱。韩苏聪明岂今若，将于万古通精诚。信古不懈及于古，始得后先树立遥遥千载同峥嵘。东坡有言不欺我，古人作事今世惊。不自敏求破万卷，徒以口舌争胜胡能胜。我作此歌勖后生，言之不足重丁宁。狂童之狂只自轻，千古作者皆豪英。

蒋桃岑司马见访

其　一

半载不相见，故人情非疏。殷殷枉车辙，迢迢访山居。新雨润尘路，好风来庭除。我颜昔憔悴，相视今何如。

其　二

满径芳草绿，隔墙槐树阴。篱中植野卉，窗外闻鸣禽。所居在岩壑，非敢耽幽寻。所性适闲放，非敢轻华簪。

初　晴

连宵时雨足，四面湿云深。山下水流阔，庭中客鼓琴。森森满夏绿，霭霭生岚阴。欲霁还未霁，先声听野禽。

晨霁望龙口山寺

懒僧眠未起，户外白云留。树影翠还滴，山光晴欲浮。卷帘独延览，飞鸟已啁啾。便欲餐霞去，尘羁得脱不。

以橘酒赠汪少海并索和章

橘自洞庭来，酒亦洞庭美。二者调和之，色香清且旨。满酌玻璃觥，洞澈无表里。我身闲正长，我心淡如此。龙山雨色晴，松寺涛声起。天气今日佳，客情当轩喜。开瓮分醇醪，投君胜木李。何以佐盘餐，持竿钓溪水。

昨日雾后复雨今朝始晴喜赋

碧宇净晴晖，芳原尘不飞。树含新翠湿，云傍故山稀。南亩稻苗秀，野园花蕊肥。老农携榼去，应伴夕阳归。

怀许定甫明府官云南昆明县。

其　一

端居念良友，喟然起长叹。一缄抒情愫，欲寄无羽翰。迢迢万里道，廿载为卑官。抗志莫由遂，空嗟行路难。昆明湖上水，淼淼流澄澜。太华山上月，皎皎生层峦。清湖泛舟去，明月举酒看。风景长不改，执手谁为欢。

其　二

我箧题君诗，我箧藏君书。君诗及于古，君书今谁如。今人不古若，未肯安其愚。古法适今用，又多笑其迂。迂愚以自处，入世毋乃疏。疏阔亦自笑，素守良有余。在昔同官辙，针砭情交孚。因风寄怀想，愿君无望初。

怀翁凤西观察

其　一

凤西吾畏友，游宦南滇南。八年不一见，予情何以堪。封缄寄远道，如快平生谈。毋虚济时具，毋辜主恩覃。言言沁心骨，读罢心为甘。君意独深厚，我力难荷担。殷勤空期望，俯仰时怀惭。

其　二

挂冠身已闲，僻处山之麓。去者与来者，无恋亦无逐。手执旧日书，卧向北窗读。苔痕铺径深，树色荫庭绿。静虑觉自如，称心易为足。犹忆官春曹，把卷步芳躅。一语慰故人，本来有面目。

汤游击猎归以鹿脯馈走笔谢之

其　一

飒飒山风生，走马挝猎鼓。攫搏纵犬鹰，燔燎供鼎俎。烹鲜怀故人，堆盘馈鹿脯。恨不亲从禽，髀肉喟然抚。

其　二

少小从鞭棰，知君汗血苦。获一以当十，未肯黩其武。习劳示偏裨，联欢同鸡黍。此举意何深，此风亦良古。

暴　雨

雷震怒风号，日潜乌云矗。雨师倒峡来，蛟龙扬鬐逐。云阵如马阵，纵横无羁束。雨声若涛声，腾空挂飞瀑。东北忽西南，回飙卷寒雹。大地落琼瑰，晶光射山谷。我庐有三椽，近舍环众木。似驾一叶舟，掀簸冲洄洑。沟涌水满墀，窗破风满屋。震撼试子心，迷离眩吾目。于兹得大观，登高肆遐瞩。笑看小儿女，倚床肩方缩。

暴雨初晴自遣

看花知时节，观书识古意。课读兼灌园，不废山人事。事罢挥一觞，陶然有深致。不谓我情闲，复遭造物忌。骤雨打我窗，窗毁书亦渍。狂风吹我篱，篱倾花亦坠。花坠可奈何，书渍我仍歌。其势一何暴，其患则已过。扶花自消遣，曝书供编摩。吾身闲未懒，我心平且和。墙阴遍栽植，架上穷搜罗。况添远山翠，相对微颜酡。

午　日

其　一

酒泛绿蒲绿，花放红榴红。时光入我眼，令节逢天中。蓬门少冠盖，角黍嬉儿童。援琴抚一曲，泠然来薰风。

其　二

薰风来襟袖，夏景多云山。有鸟鸣高树，好音和清弹。须鬓惊岁月，骨肉思团栾。粤中人已去，谓荫汸。淮上人未还。谓树崖。

午日招饮少海茹素作此调

其　一

脱却游山履，还披白练衫。一樽叙情话，双燕听呢喃。阮氏疏而放，陶公懒且才。靖节诗曰："除却慵馋外，其余尽不知。"吾侪同嗜好，应不异酸咸。

其　二

况是逢佳节，堆盘角黍尖。醅浓唇不燥，市远味能兼。何以涎流颊，偏如口束钳。枯肠自撑拄，未必淡中恬。

谢友人惠茶

其　一

雪花雨脚细评茶，龙凤曾将百饼夸。要识其中有真味，莫怜轻体学妖邪。

其　二

清流漉漉野泉甘，活水烹来拂麈谈。今日开缄如见面，缅怀佳客未应惭。

晓　阴

檐溜夜还滴，岫云晨未开。微凉袭几簟，此境无尘埃。野树自苍翠，山禽时往来。赏心那易得，且共酌心醅。

得树崖书用坡公西斋韵

山人山中居，偃息方在床。读书意忘倦，依依清昼长。酒醉心独醒，诗成吟非狂。日来好雨多，雨后生新凉。游子远行路，去日春花香。行行已三月，春去更时光。倦鸟自栖息，飞鸟仍回翔。飞飞顾其侣，悠悠引其吭。求友情复尔，况乃同所生。寓形在宇内，人生徒皇皇。

曰省即炘侄生日以诗勖之

十五志于学，学乃入德门。知命不逾矩，于学探其原。人生当年少，如植松树根。雨露日以润，参天虬龙奔。又如习飞鸟，奋翼初翩跹。一朝搏长风，云路终腾骞。汝今年十四，元气犹浑沦。木讷仁自近，厚重质颇敦。毋以鲁自画，曾也三省身。一贯得微旨，圣学穷心源。毋以愚自诿，不违终日言。退省足以发，渊也乃大贤。命子以曰省，故名当拳拳。我志圣贤志，孝悌为本焉。弟子慎出入，余力以学文。文章本道德，斯语诚至论。我今为尔勖，至庸亦至难。善承尔父学，庶得尔母欢。勉旃勤尔业，云霄振羽翰。慎旃葆尔贤，芳姿耐岁寒。

题舒趣园李载园约游罗浮图

其　一

濠濮禽鱼有会心，爱山终喜入山林。八千里外驰归梦，四百峰头寄远吟。流水落花参幻境，牧童渔父是知音。扶筇欲访稚川去，梅骨松肪着意寻。

其　二

故乡风景总情亲，曾悔当初不问津。记中以未到罗浮为憾。未到还须寻旧约，同游试一证前因。今看当局弹棋客，已作抽帆近岸人。趣园今已解组。我在罗浮山下住，披图惭愧老风尘。

却　热

赤云拥夏日，我庭槐已阴。红尘走汗马，我起发未簪。蒲葵执我扇，绨绤披我襟。懒不出门去，闲或孤杯斟。北窗清风来，悠然吹园林。徘徊自倚仗，但听鸣禽音。

五十初度姚引渔签判以诗见赠依韵答之

其　一

先生交以道，古谊孰能传。冷淡留青目，频频顾白泉。先生三至白泉。金兰得真契，少壮悔虚捐。书卷从头读，吾方垦砚田。

其　二

许我为侪辈，三年作主宾。古今时有会，杖屦日生春。在昔论交旧，于今得句新。珠玑随咳唾，字字是琼珍。

其　三

此地难成隐，山房喜暂留。冈原茂松柏，罗网远凫鸥。得意扶孤杖，无心拥八驺。独怜驹影去，转若与身雠。

其　四

五旬年向老，所幸息岩阿。何术苍生补，矧予白发多。抚时增叹息，有志已消磨。饮酒诵君什，空山自寤歌。

初度自题

其　一

去日如流水，称觥亦世情。团栾对儿女，慷慨话生平。百岁年过半，千秋业未成。漫言俱入手，官职与声名。

其　二

帝许家声旧，纶褒有父风。自惭蒲柳质，长抱藿葵衷。恩在身犹健，心安遇不穷。头衔且双署，钓叟复山翁。

其　三

宦情吾早淡，乐境日相寻。恬退终如昨，安闲始自今。人言多寿相，我不失初心。偃息蓬庐下，藏书伴古琴。

其　四

脱却朝衫后，爰披旧布衣。闭门初学懒，回首已知非。海内惭殷望，田间自掩扉。日来时雨足，绕屋绿阴肥。

其　五

卅载驰驱遍，艰难亦几经。身闲头半白，山近眼初青。年命何须问，蓍龟未有灵。息庐招我隐，应作息心铭。

其　六

冰释还为水，烟消不见云。委心任留去，何事苦区分。客到谈禅旨，儿来述旧闻。抄书呼阿买，颇足张吾军。

其　七

方毂不能转，冷灰宁复燃。何方求大药，在我得真诠。趺坐疑成佛，耽吟或是仙。衔杯欣再酌，此意妙难宣。

其　八

荏苒过驹隙，低徊忆远人。曾停都下骑，同醉瓮头春。予四十九岁生日，荫汸弟入都正过保阳，停车称祝，甚快人意。尔向梧山道，予留易水滨。抟沙惊放手，此际倍情亲。

其　九

海南黄子木，拄杖始东坡。多节持为寿，归山自作歌。东坡以黄子木拄杖为子由寿诗云：“坚瘦多节目，天材任操倚。”又云：“相从归故山，不愧仙人杞。”我今独居此，尔意复如何。知有尺书寄，夏云峰上多。

其　十

往事都如梦，吾生自有涯。罢官仍作客，适意当还家。蒲酒倾新瓮，山榴放野花。莫嫌添老境，心不竞时华。

初度汪少海以诗赠赋谢

懵腾岁月谁能留，我心与日同悠悠。行年五十春复秋，老将至矣空烦忧。君心好我殊朋俦，君诗赠我同琳球。感君厚意余增羞，念我生平君知不。我昔少小炯双眸，壮岁南北穷遨游。得骋康庄快骅骝，未敢高蹈追巢由。蛮烟瘴雨临荒陬，削平小丑收戈矛。普洱边地情同仇，至今父老闻歌讴。思维先世勤令猷，夙夜黾勉承先修。性迂行直才非优，运刀未解庖丁牛。径情独往拙于谋，空惭典郡督八州。今也屏迹居山丘，君恩不忍遐方投。感激知遇无能酬，闭门自省愆与尤。回思驷马驾安辀，如衣麋鹿冠沐猴。不称其服如赘疣，何若木石还相攸。鬖鬖发白非黑头，耆英图画惭未收。山中大药不可求，徜徉吾生以行休。

送焘儿入都娶妇

其　一

草舍儿依膝，人言鹤和阴。但期身有子，何惜橐无金。送尔都门去，添予客绪深。数年回首事，都在此时心。

其　二

承先思厚德，授室及良辰。弓冶家声旧，门栏喜气新。亢宗吾有愿，弱冠尔成人。珍重百年好，刑于在此身。

焘儿入都途中遇雨赋寄

其　一

儿向都门去，儿行我倚门。众山云气湿，一路雨声繁。深辙叹泥淖，好风祛燠烦。于兹论得失，相契莫无言。

其　二

凌晨过涿鹿，薄暮宿桑干。吾昔驱车处，尔今策马看。垂丝添柳重，细葛觉衣单。欲识在家好，须知行路难。

息庐独坐

前砌栽野花，后园植嘉果。薰风自南来，人在北窗坐。此身无是非，此心自许可。左琴右有书，周旋我与我。

新晴晚步

山下新晴路，行人迹尚稀。溪头观水落，岫外有云归。野径扶藤杖，林风透葛衣。差池来燕子，各认故巢飞。

闻　蝉

日落暮云起，山密浓烟生。欲雨还未雨，晚燠蒸余晴。微风树初动，高枝蝉一声。新声静而远，逸韵轻且清。此韵向秋尽，此物先秋鸣。鸣者不自觉，闻者能无情。

汪少海贻焘儿诗即用其韵奉赠

山室横书榻，真同不系船。松涛生雨夜，柳浪簸风天。好境谁能到，深情我独怜。幽人乐蜗舍，东坡诗："幽人蜗舍两相宜。"谈笑得佳篇。

自遣仍叠前韵

脱缰宁恋马，到岸稳停船。独爱闲居地，如通小有天。生平得微尚，山水总相怜。白傅多情者，高吟池上篇。

少海和予闻蝉诗并附跋语慨然赋赠

卧游游亦遍，倦读更吟诗。怪石泉流处，苍松雨到时。会心应不远，得意许谁知。知己谈何易，怜君爱我痴。

苦　热

云起雨即来，雨止日复出。浓云散不收，无风自蒸郁。当暑苦身肥，挥扇嘿喘息。披襟坐空庭，肩背汗流湿。笑我山中居，此身闲且逸。不见驿路人，尘飞走方急。

招　凉

跣足不曳履，散发不整冠。书卧北窗读，琴对薰风弹。歌罢清酒酌，杯倾夕阳残。疏帘荫密树，树下遮花栏。瘦石倚平池，池上悬钓竿。

坐树闲把钓，凉意生澄澜。

五月二十四日风雨

风撼隔墙树，云迷当面山。风声争跋扈，云意正痴顽。雨到阶除后，凉生几席间。我听梁燕语，两意共闲闲。

雨后柬汪少海

户外多青山，门前有流水。今朝风雨过，昨日炎蒸洗。山色卷帘看，水声绕砌起。我欲抱琴来，闻君垂钓矣。

少海叠前韵谢瓜复依韵答之

碧天烘火云，夏日思饮水。剖瓜甘如饴，烦心清如洗。心甘身亦恬，拂户凉风起。命仆携锄归，种园将已矣。

寄荫汸

骑马似乘船，醉态亦可喜。看雾如看花，老境竟如是。人老不自知，我醉良有以。身在醒醉间，心识穷通理。此理心长存，此身心所使。

心适身则安，理在心不死。自我别子由，流光如流水。独泛漓江舟，情深无涯涘。子由贤友生，威严彻表里。“岂独为吾弟，要是贤友生。不见六七年，微言谁与赓。”东坡别子由诗也。一岁同所遭，弃官若敝屣。尔今不自由，我心仍自委。健饭复安眠，高吟观书史。得醉即陶然，行年将老矣。

那葆斋总戎见赠二律依韵和之

其　一

槐阴隔院午风凉，惭愧人称缘野堂。掠雨燕雏初试剪，寻花蝶翅亦成行。陶情爱着游山服，扶杖闲看涤稼场。识得心安是归处，香山诗：“我生本无乡，心安是归处。”人间泥爪本无常。

其　二

卓荦襟怀羡使君，蓬庐相对绝尘纷。从头话旧曦亭午，促膝论心酒半醺。诗是长城安五字，笔留横陈扫千军。褒斋诗字俱佳。故人且喜谈谐近，踪迹浮沉任所云。

以南酒饷少海赋诗酬谢依韵答之

工愁且吟诗，遣愁何饮酒。酒馨唇吻濡，诗成心肝呕。忆昔寒郊吟，酣歌拍铜斗。赵郎十万杯，何心计瓿甄。坡翁饮半蕉，身闲事闭口。白也酒中仙，才高诗百首。苏李君乡人，宇内谁敌手。置身千百年，松柏非蒲柳。诗酒情相娱，质言为君寿。

五月二十七日凉爽可喜焘儿信至知已抵都赋寄二首

其　一

今日天气清，凉风生亭榭。东望龙口山，雨余青还泻。古寺云不归，但见松枝桠。谡谡涛声来，听涛山房，儿在此读书处也。谁欤歌永夜。

其　二

儿归城西隅，呼童扫旧榭。晚蝉报新晴，韵在高枝泻。满院藤花阴，藤花书舫，儿在京读书处也。老干争偃亚。犹忆风雨声，同听联床夜。去秋，与荫汸、树崖两弟同在书舫。

感怀二首

其　一

庭前种花木，花发木亦荣。众花开复落，杨柳常青青。种柳适我意，攀柳感我情。枝头蝉已鸣，先秋谁为听。

其　二

锄瓜辟场圃，好雨相涵滋。根生叶自茂，瓜蔓何离离。我是种瓜者，今及瓜熟时。相思人不见，相望何时归。

寄焘儿书时得儿信须往易州亲迎。

其一

付儿封缄去，将为远道行。宦婚原是累，儿女总关情。风飏鞭丝影，蝉留驿路声。低徊心自计，归日已秋清。

其二

扬州望城郭，到处绿杨深。“绿杨城郭是扬州”，阮亭句。琴瑟应敦好，江山亦助心。怜余添素发，望尔惜分阴。勤向邮筒问，因时寄远音。

送舒趣园副总戎归南海

今日君归欤，执酒牵君裾。我是故乡人，君情当何如。君行不复止，我心为君喜。仕宦数十年，谁欤归故里。故里谁不思，况君衣锦衣。衣锦自归去，从今无是非。君笑为我语，欲访罗浮去。罗浮四百峰，峰峰幻烟雨。烟雨何离奇，中有枯藤枝。削藤为我杖，写图索我诗。我诗题君画，诗成心亦快。他日华首台，亦在罗浮。与君叙情话。

即事和那葆斋总戎韵

麋鹿鸥凫两莫猜，自编茅屋剪蒿莱。地留余隙栽花去，棋可消忧待客来。近市无鱼且沽酒，远山未雨已闻雷。宽闲即是柴桑里，丘壑何妨老不才。

怀王怀祖观察

其　一

言官得其言，抗疏撼山岳。非以沽直声，所行本素学。水官复治水，君由水部转给谏复观察永定河道。究图在疏瀹。浊流浊相淆，清心清如濯。敷政还优优，立身自绰绰。博学爱读书，介性严疾恶。行高毁亦来，变起事难度。仓猝构艰虞，君以嘉庆六年以河决逮问。我闻神惊愕。

其　二

圣主泽如春，再起承恩渥。浮观五河启，君有治直隶五河启。仰见治行卓。黄水忽北趋，澶渊竟如壑。嘉庆八年，河南衡工决口，黄河由直隶大名之开州等属北趋。运道阻且修，漕艘兼旬泊。君往佐上卿，赞襄筹帷幄。功成论厥功，欣闻新命擢。君于事竣，即擢山东运河道。自我不见君，三纪春王朔。千里以神交，云天嗟邈邈。

其　三

千里复千日，两心如一心。双鱼附尺书，交深言亦深。君思先皇德，涕泪常满襟。感激不能已，努力当自今。我荷两朝遇，肝胆倾微忱。负重不自量，力小何能任。此事如执热，此身如毡针。幸蒙赐罢黜，还许依山林。我分则应尔，君情胡不禁。念我在空谷，因风寄遐音。

知我偿官逋，解橐挥俸金。如君行谊古，大雅心所钦。我今渐闻道，不与尘俗侵。随时理畚插，时余在工程处效力。亦或寻书蟫。木石遂野性，风月成清吟。委心任所遇，忧时嘿如喑。望君宏远谟，为君奉良箴。

书曰省箎头

燠也汝伯子，焘亦诸兄行。彼之聪明在尔上，读书好古工文章。尔质近于鲁，如剑少光芒。磨砺以有待，及锋成干将。人之有为亦若是，慎勿食粟无他长。闻一以知二，是亦人之常。已百复已千，此事宜自强。果能此道愚必明，肩随宁甘白眉良。业勤则精嬉则荒，阿买当为吾军张。

焘儿之扬州书寄

其　一

广陵千里遥，策马歌骎骎。送尔千里去，情随淮水深。亲迎合于古，成人还自今。关睢咏好逑，欣听正始音。

其　二

去日畏暑雨，来日披秋风。悠悠一寸心，往返相与同。身喜眠食健，时在安闲中。世事幸勿问，吾将为痴翁。

午　坐

独坐北窗下，凉风当午生。槐阴骄日色，松籁应蝉声。阿涧硕人意，关山游子情。寺门临眺处，依旧白云横。

柬少海

有意留云宿，忘机看鹭飞。门前扶杖去，树下引凉归。饮酒思南橘，怀人上翠微。山居任疏懒，回首事全非。

得焘儿保定留寄之信

其　一

平安一纸付轻蹄，百里家书十日稽。客里邮程难自主，车声又向博陵西。

其　二

轮辙盘旋东复东，长途都在我心中。每当暑雨听檐溜，即看云头更听风。

其　三

漫以奔驱感旧情，好催行骑趁新晴。知予三十年前事，今日方看髀肉生。

其　四

车中不废短长吟，啼鸟鸣蝉尽好音。买得扁舟向南去，江山到处有文心。

其　五

马背船头过眼频，丁宁珍重远游身。晨昏莫以予为念，弱女牵裾笑语亲。

其　六

懒散心情我独知，老将至矣鬓如丝。痴聋拟学阿翁态，门户归来尔自持。

六月十八日远山得雨顿生凉意适与少海共话息庐偶成一首用东坡次辩才韵

夏日云势变，阴晴隔山丘。他日震雷雨，凉风忽如秋。此山淡晴晖，雨去云还留。上有红雌霓，下饮白石湫。须臾阵云散，远翠横山头。人生如寄耳，直同浮云浮。一雨有得失，谁则较劣优。存神复过化，天地原同流。委心以任运，林壑聊优游。良朋乐情话，全忘身世忧。

听　蝉

一树绿阴深，长吟又短吟。残声才过耳，接叶复流音。自有好风送，还看斜照侵。殷勤知尔意，先已感秋心。

夏日即景用东坡濂溪韵

赤轮拥日苍穹驱，天风寂寂纤云无。声声但听蝉鸣夏，擭擭不闻枝啼乌。乌鸟蝉蜩一微物，行藏还与气化俱。笑我科头复跣足，三间茅屋居山隅。携饵垂钓学渔叟，剥瓜断壶寻园夫。有时叩门来剥啄，或牛或马随人呼。日长如年亦自得，农樵伴侣皆吾徒。此时静观禽鸟智，此心安我溪谷愚。

焘儿书来少海谱新曲怀之题后

偶从月下闲翻曲，又听人间绝妙词。千里遥情传雁足，一山浅黛写蛾眉。低徊谱按新花样，寂寞心萦旧履綦。多少离怀聊寄托，知君原不是书痴。

少海新曲谱成遂至息庐畅饮酣歌尽兴因率咏二律

其　一

喜气满南陔，庭花烂漫开。吾侪同笠屐，持地扫莓苔。蜀锦成新制，吴羹佐旧醅。远山送凉意，好雨挟风来。

其　二

逸响云能遏，高歌酒半醺。情真多远致，语至有奇文。淡泊一无系，徘徊多所欣。壶觞还可续，秋色待平分。

呈傅竹漪廉访

其　一

得着初衣鬓已斑，茅茨风月爱清闲。闲时亦有关情处，都在高山流水间。

其　二

山色勾人碧树林，几回树外听蝉吟。独怜兀坐支颐候，一样天南望远心。时令嗣晓山亦在江南。

欲赴卧游山房畏热不出因检少海棹歌出栈诸诗读之以消溽暑即柬少海

其　一

枕石面清流，一水绕君屋。挥麈坐长松，千山入君目。思参三乘禅，为驱六月溽。赤曦已腾空，青鞋自裹足。

其　二

一片如冰心，悠然意良足。我居原不淫，我食亦不溽。咫尺隔蓬莱，好云多在目。读诗情穆如，清风满山屋。

前诗脱稿后即得雨稍凉仍叠前韵兼寄焘儿

其　一

浓云起层霄，凉风吹野屋。一庭好雨来，远山润青目。静坐成微吟，开襟无烦溽。烟树何迷离，卷帘看未足。

其　二

江南路千里，车尘走马足。铃声答鸡声，早行避午溽。迂回数月程，历历在吾目。知尔车中人，念我山居屋。

雨中柬少海已数日不晤矣

其　一

日日浓云黯不开，多情宿雨长莓苔。幽人但听呢喃语，几见门前双屐来。

其　二

绳床竹簟自因缘，境得清凉晓尚眠。君有诗魔降未得，笑余善睡已成仙。

赠少海即用少海息庐坐话原韵

事不多上人，我与时偕行。文亦吾犹人，我与古相争。学诗事远迩，中赅草木灵。伐木嘤鸟鸣，终听和平声。长言复嗟叹，语语本性情。可群亦可怨，不闻使人惊。一榻借僧寺，孤怀寄太清。雨过众阴绿，山留暮云平。寸心自领略，万象生户庭。弹弦奏古调，薰风来自今。

与少海言在滇时所历奇境少海亦叙峡中诸胜偶成一首仍叠前韵

忆昔爱牢山上凌绝顶，天风御我驱云行。白云衮衮出山下，恍惚雷车电火交相争。又昔从征过蒙舍，中有深箐藏龙灵。策马疾驰四十里，不闻人语但听水石相搏喧涛声。身无仙骨入仙境，海风汩汩移我情。从者相视咸错愕，惟我萧然神无惊。羡君携舟三峡直从天上降，下吸虾蟆碚里月液甘且清。万顷波涛负奇气，一床言话倾生平。西蜀南滇各万里，坐使水光山色环绕来吾庭。入喜巉岩出平旷，心安无累同古今。

六月二十日息庐小集少海赋诗见赠诗内并索后筵依韵答之

时焘儿往扬州成婚，故预索喜筵。

其　一

半月停云思旧雨，一笺吮墨写新词。珠圆玉润千秋调，天上人间七日期。预庆鹊河成好会，同游瀛海望他时。筵开草舍催何急，多恐山翁便学痴。

其　二

雨后风光即席多，凉铺竹簟细生波。酒能适性擎杯酌，席中轮杯自酌。情为怀人击节歌。淮上客来骑款段，月中花放倚嫦娥。团栾后会休夸健，不困诗魔困酒魔。

息庐消夏八首

其　一

林外蝉声嘒嘒，梁间燕语双双。得雨花开南圃，观书人在北窗。

其　二

爱听禽鸣上下，欣看树列东西。明月宁嫌屋小，好山不碍墙低。

其　三

风到更添晚兴，筇扶还趁晨凉。看尽千行柳绿，惜无一水荷香。

其　四

锄瓜多随仆力，入室一任儿嬉。我喜闲身得地，人言适意忘时。

其　五

凿井耕田世界，鸡鸣犬吠村邻。能知琴酒中趣，自是羲皇上人。

其　六

日与良朋对话，时将旧本披吟。流水何烦洗耳，空山自有知音。

其　七

六诏蛮云若画，三巴鳄浪如闻。相期见所未见，未肯人云亦云。

其　八

白傅既疏且懒，苏公亦老而痴。想见古人怀抱，应看我辈须眉。

答张船山侍御即和依竹堂原韵

其　一

冷面常如铁，冲怀总若春。相期敦古道，未肯薄今人。踪迹回头忆，风光转眼新。随他时样好，故辙自持循。

其　二

小池荷影静，高树鸟声繁。看雨山当户，披襟月在轩。赏心随所遇，真契默无言。独有西归梦，时时到故园。

其　三

端人对端石，随意写来禽。正笔呈封事，微吟托远心。冷官殊可耐，幽径亦时寻。壁上纱笼处，余声尚掷金。

其　四

向往非今日，论交自悔迟。儿曹欣立雪，我辈且吟诗。藏室余书簏，呼童载酒鸱。淡怀容易惬，脉脉两心知。

少海补作峡中诸诗赋赠

其　一

堪笑酒缘不断，却留诗债难偿。到处心情如寄，个中甘苦亲尝。

其　二

白马江边月小，黄牛庙上云横。想见燕台客梦，犹余巫峡涛声。

余答船山侍御诗有风光入眼新句少海易一转字通体骨节皆灵赋此谢之

入眼何如转眼奇，转关妙义耐寻思。从来我不因人转，今转心倾一字诗。

久雨未出拟稍晴即约少海偕犹子辈循溪闲步用香山赠韦庶子韵

恬淡栖蓬庐，闭门竟懒出。陶公琴不弦，趣亦知其一。山中无安期，谁窥长生术。坐上有良朋，细谈诗人律。耽吟或成痴，忘忧自无疾。扪心得古欢，却暑过永日。连朝天气清，庶几星非毕。风浴追舞雩，冠童偕六七。

得陈竹香观察书诗以志慰用香山对琴酒韵

草堂静且爽，远岫来帘帷。一槐满庭绿，日荫亭午时。相对怀所思，坐树理琴徽。一弹复再鼓，我意终依依。挥毫劈藤纸，泼墨临砚池。悠然方寸心，道远莫致之。门前双鱼至，厚意今人稀。平安慰寂寞，多谢心相知。

近与少海颇多唱和并校定旧作偶成二律

其　一

萧然笠屐乐栖迟，竟是枯禅一退师。我辈读书原晓事，古人余艺亦工诗。闲鸥野鹭无猜意，流水高山有会时。寸管自持还自笑，少年结习未能移。

其　二

偶托精庐作近邻，佳章惠我擘笺新。山中风雨欣相共，笔下烟云若有神。回首无多如意事，知君终是出头人。他年勉立千秋业，始信论交气谊真。

和少海秋感原韵

漫笑空山过客稀，闭门我亦对斜晖。蝉声不断侵槐叶，风势初凉怯葛衣。一载闲居依日近，半生浮迹羡云归。读君新咏重回首，故里垂杨已十围。

笑山人用香山忆旧游韵

笑山人山居，何日方归哉。归去旧交半零落，归去旧室生莓苔。

旧室旧交不可忆，寂寞还依空山隈。山中半露青松寺，山人闲执红螺杯。有时扶杖上山去，日落未落同云回。或者酣歌对山坐，天雨不雨将诗催。诗成自讽咏，雨霁心低徊。多情远望紫荆树，何人同上五花台。庭前今日秋已至，篱畔昨日花仍开。万里欲归归未得，且待中秋月满千里儿归来。

邀少海食苦瓜

其　一

离离瓜蔓系清条，入我斋厨胜嚼螯。北地怜他同硕果，嘉名还自累蒲萄。北人名之曰“癞蒲萄”，系而不食。

其　二

交情闲淡应同菊，我辈寒酸不异梅。尝遍人间清苦境，方知得味美于回。

与少海论诗

其　一

有声试听溪流水，无意还看云在山。但使天然去雕饰，仙家衣钵在人间。

其　二

琴音高妙谁能识，琴上无弦较短长。玉轸伴琴自怡悦，精光内蕴敛奇光。

七月朔作

七月一日天气清，空山晓起西风生。井上桐荫一叶落，庭前碧树来秋声。晨光先惊宿檐鸟，露气暗坠垂花英。我不悲秋爱秋色，枝头又听凉蝉鸣。

是日计焘儿当舟泊扬州矣

江上绿杨城，城边江水清。一天淡秋色，三日听桡声。渡黄后水程三日可达扬州。近郭维舟处，深山望远情。好时千里共，凉意晓来生。

苦　雨

门开看山色，山上云迷离。风雨促檐溜，十日无停时。有时檐溜息，晴明或可期。无声乃有象，细雨飞丝丝。苔满路多滑，屋漏床频移。坐立无定处，是我一己私。望晴实望岁，还与人同之。秋禾覆丘垄，登场农所资。黍稷遍山泽，高下分等差。雨润藉日暄，西成待新炊。天心本仁爱，民望农云霓。愿留此日雨，来岁膏春畦。

秋夜雨后和少海韵

夜静雨初歇，人稀更未阑。星光微吐晕，风势尚留寒。凭几翻书卷，挥觞点食单。考盘在阿涧，应赋硕人宽。

枕上和少海韵

少小心情老不忘，况逢听雨忆联床。雨声淅沥风相助，老境朦胧夜未央。身懒自知为宦拙，心闲偏觉和诗忙。更怜一事萦宵梦，枕上来归是故乡。

言怀即柬少海

有山不在高，有水不在深。惟得动静体，即知山水心。况入古禅寺，相对白云岑。崎嵚俯怪石，屈曲流清浔。织絺御蒲扇，众木生窗阴。飞飞过林鸟，一一留好音。竟忘时在夏，但觉风来襟。试同松下坐，一鼓山中琴。

七　夕

今夕双星合，钧天乐奏谐。盈盈鹊桥渡，皎皎露珠排。神巧竟如此，深情伊可怀。我还安我拙，其事未云乖。

秋色宜人日内拟偕少海并挈犹子辈在寺前溪上共饮诗以代柬

晚餐味爱苦茶苦，宵枕情贪凉簟凉。在我未能同俗好，斯时宁肯负秋光。好山当槛留云住，闲院栽花待菊香。欲与子寻川上乐，溪流曲处且流觞。

感怀和少海感逝韵

奄忽已三载，情真胡能忘。悠悠忘阡表，魂魄归故乡。故乡隔江汉，四顾嗟茫茫。西风助萧瑟，况乃存与亡。入室堕悲泪，举案空相庄。但余手中线，随衣伴行囊。伤心叹吾老，传家有书香。所愿膝下人，阿阁栖鸾凰。

古诗十三首

其　一

俯仰日将暮，远山含余晖。山风吹白云，渺渺天之涯。云行仍复住，延伫无已时。可望不可即，天路谁能跻。归鸟识人意，宛转鸣高枝。飞鸣亦且倦，何以慰我思。徘徊不得去，夕露沾我衣。

其　二

东瞻泰山云，天衢隔盈咫。南望海上月，清辉数千里。今日非盛颜，凉宵秋风起。一操绿绮琴，我情何能已。

其　三

细雨湿庭草，双燕来前楹。凄风厉朔漠，一雁长孤征。春燕自和声，秋雁胡悲鸣。伤悲与和乐，独听难为情。

其　四

出门别故里，策马登嶙峋。亲朋送歧路，执手心相亲。游子拭衣泪，回首辞乡人。去去万余里，风景变昏晨。青山任往复，鸟语同凄辛。淼淼洞庭水，情隔江湖滨。悠悠长安道，目断京洛尘。淹留不得返，梦寐思故园。浮名何足道，客行多险艰。欲言心中事，涕泣难具陈。低徊忆往迹，过眼如烟云。努力各珍重，毋怀远游身。

其　五

庭有并蒂花，向人何旖旎。树有连理枝，向荣同彼此。我理旧时徽，抚弦情独悲。我吹伯氏埙，孤调谁为听。

其　六

妾本名家女，采桑理蚕丝。纤纤缝我裳，洁白无尘缁。团栾照宝镜，缓步明月墀。耿耿怀素抱，殷殷奉光仪。仰观天上星，翼翼分余辉。余辉亦自饰，显晦终有时。浮云东南来，怅望中难持。商飙萎秋草，纨扇离罗帏。时节忽复易，非关恩爱移。恩爱曷可忘，惄焉如调饥。

愿寻大还丹，永驻仙人姿。妄心亦匪石，方寸难转移。

其　七

殷勤束生刍，白驹在空谷。思欲縶维之，青山草木绿。金玉怀尔音，瞻望劳我心。莫来亦莫往，晨风郁北林。

其　八

风雨何凄凄，我行独踽踽。忡忡忧我心，脉脉欲谁语。职思我所居，缟綦聊可娱。车马弗驰驱，衣裳弗曳娄。

其　九

冬日亦杲杲，冬夜何迢迢。寒风厉朔雪，万象同萧骚。草枯木亦萎，零叶空飘摇。谁能如松柏，枝偃独后凋。四时自成岁，仁爱天心昭。无言生百物，与物皆春韶。祥光满大地，湛露敷层宵。雨细不破块，风和不鸣条。

其　十

雨晴鸠啼屋，日午鸡鸣桑。乡里自同井，出入还相望。农父荷蓑笠，女手执懿筐。余粮纳田税，余布缝衣裳。

其十一

皎皎明月出，瑟瑟凉风吹。群动阒亦寂，蟪蛄声何悲。虫声听未已，月影看渐微。从前少年事，不寐长相思。来者不可知，往者谁能追。东方忽复白，驹隙无停时。

其十二

柳条拂轩牖，菊花满庭除。之子不可见，我意当何如。别长岁屡易，交淡情有余。采花复折柳，贻之以素书。素书寄远道，恻恻伤怀抱。千里赠一言，愿君长寿考。毋如杨柳枝，秋风易为老。相期葆晚节，永言以为好。

其十三

男儿生悬弧，志在穷幽遐。据鞍带长铗，免胄还横戈。我行六月暑，湿毒流洪波。我登千盘山，冰雪成嵯峨。征车不得息，迁转如流沙。军前厉锋镝，帐中闻弦歌。良时难再得，一纪空蹉跎。天威不违咫，赫怒军无哗。师还复以律，饮至瞻銮坡。征夫去不复，马革矢靡他。不死归亦愿，十载伤何如。

题少海巴峡棹歌集后

路千里，山万重，一帆一日悬天风，四十九渡云生胸。山万重，路千里，孤客孤舟纪地理，一百八盘石镇纸。嵯峨峻岭五丁驱，奔腾恶浪蛟龙俱。天以山水炫奇特，人与性命争须臾。子规声乱啼，哀猿复惊梦。得渡鬼门关，不入人鲊瓮。轻舠如箭下洪涛，翻嫌此来太倥偬。波平天气清，日落鸦群哄。蓬窗泼墨纪所游，犹若十二巫山一一倒挂芙蓉送。读诗我徘徊，耳畔涛声来。澜翻笔底轰晴雷，浪雪几上霏皑皑。但凭忠信为生涯，此身入险出险顿觉飒爽心神开，吾子此行何壮哉。

题少海扪星出栈集后用东坡参廖上人初得智果院韵

荡胸层云起，入眼皆山岑。神工凿险地，蜀道寒人心。游子立万仞，怀古情何深。英雄自千载，天风吹墓林。空余双剑青，时闻山鸟音。扪星出长栈，绝胜穷追寻。蘸笔纪奇境，奇气来我襟。坐间风雨合，纸上天光侵。拂拂满生意，胸中罗古今。至今卧游处，塔影悬云簪。

题少海易水联吟集后

昔我南北驱车来，薄书丛集如云堆。弃置文字不复道，坐看砚匣封尘埃。苍生愧无丝毫补，空糜食禄贻嘲咍。得释缰羁荷蓑笠，萧然竟与鸥凫偕。重拭冰弦理旧轸，一弹再鼓难和谐。卅年心手不相习，茫茫回首心为哀。汪子翩翩蜀名士，骏骨欲上黄金台。壮怀倒倾巴峡水，世尘不入冰雪怀。踏雪但留飞鸿爪，寻山还曳青棕鞋。羡我结庐无车马，同我下榻欢樽罍。排空远列云外岫，却暑清荫庭中槐。君谓此中得妙境，应有妙语留山隈。兴酣摇笔吐风月，醉墨淋纸生琼瑰。倡予和汝我忘丑，吟坛许与君同侪。嗟我已如古井水，日久不汲栏生苔。藉君拂拭辘轳转，莹然一镜寒光开。君如静水流石上，铿然琴韵闻湝湝。忽然一激不可矶，崩腾浩瀚惊山雷。两人相视各相笑，心期默印俱无猜。我知君心为君友，我读君诗奇君才。嗟我老矣百无用，宝山虽入今空回。

君其善用燕许笔，明堂他日觇风裁。

出行感怀时予有南河之役，启程前夕接泰儿书，惊闻亡媳噩耗，悲怀离绪交集一时，惟有频唤奈何耳。

其　一

我将远行迈，征马已在枥。风尘无休暇，云山自爱惜。欲行不遽行，且以永今日。户外凉风来，檐前秋雨滴。亲友同留连，何时复良觌。

其　二

我行非得已，行人尚未归。封缄寄远道，开缄情独悲。嘉姻为汝赐，好事与心违。违心亦已屡，吉期已累易矣。忍听永诀词。自言丁艰苦，少小至及笄。百忧日为感，一事未展眉。今已死相别，当年心相思。死者长已矣，生者期相维。相维联骨肉，暝目如身随。亡媳遗言身后当以所爱之妹续婚，如身随矣。展书不能竟，涕泪倾两颐。徘徊独哽咽，山风增凄其。

其　三

尔恋父母恩，亦思舅姑亲。母姑不可见，恻恻伤心神。舅在北山陲，父居南海滨。此身不得事，中情何由申。悲哉血泪语，字字皆酸辛。我悲不敢哭，忍哭和泪吞。吞声上马去，别我家中人。

其　四

家人居白泉，我去不复住。迁转如飞蓬，所栖无定处。诸女牵我裾，一年别几度。侍父情则娱，无母伤何如。赵夫人去世，儿女皆幼，余以父而兼母，然在官日驰驱王事，一年相聚无几时，兹儿尚在扬未返，诸女依依泣别，殊难为怀也。幼女依母怀，注目远审顾。其母泪欲垂，含情不忍诉。幼女六安尚未及周，其母则王氏姬也。六安后于丁卯腊月殇，姬人则于己巳十月与儿继娶之杨氏媳相继而亡，录此诗老泪又涔涔下矣。嗟我畏简书，行矣无所语。单车马自鸣，归鸟已在树。长途雨萧萧，奔流复四注。前路诚茫茫，敢云公无渡。

晨　征以下数首皆中途作附录。

西风散宿雨，皎月生寒光。游子不成寐，揽衣夜未央。星河自耿耿，相视天一方。阶下秋虫声，达旦何悲凉。晨征出长陌，野树环高冈。上有孤飞鸟，绕树引其吭。栖身无稳枝，铩羽难高翔。徘徊举复集，四顾情彷徨。我马向东指，晓日升扶桑。闻声一回首，西望云苍苍。

半城旅店和壁间韵

举头望明月，我意欲何为。浇怀有浊酒，时或一中之。擎杯月在手，我复知为谁。酒倾有尽日，月明无已时。得酒醉月且如此，谁能与我穷终始。

和壁间书感韵

山中绝尘响，天籁生长空。抚弦一相和，歌阙韵未终。高山与流水，知音宁易逢。汩汩移我情，所思云海中。我思不可见，我情何所穷。置琴不复鼓，寂寞披天风。众音尽已靡，古调谁相容。世好非吾好，脉脉思吾从。

◎卷四　西行草·上

出塞寄焘儿

江干奉明诏，孑身走关门。迢迢万里道，雨雪凄荒原。荒原望无极，凝目伤神魂。频年与尔别，膝下疏晨昏。念尔晨昏心，恋我顾复恩。恩在不能報，心苦谁与言。

十月二十九日途中感怀

老乌恋故雌，飞鸣向南枝。哀哀鸣不已，终无联翼时。孤雏理弱羽，远在江之湄。江湄求其匹，返哺情徒悲。乌老头已白，雏孤毛未丰。天涯遥相望，望望途安穷。萧萧空林外，肃肃来霜风。更有关山月，夜夜寒苍穹。

寄汪少海孝廉少海亲赴河间送别。

其　一

前欢不可继，后会未有期。握手无别语，两心还相知。

其　二

燕台望夜月，陌路凄晨风。相思日相远，两地同非同。

正定途中口占

迢递征车不暂停，参差远岫列云屏。铃声渡得滹沱后，一路看山到井陉。

由获鹿晓发

出郭遵山路，冲寒趁晓行。烟浓迷岫影，石乱走溪声。野树叶多落，栖禽时一鸣。赏心欣所遇，临眺有余情。

由井陉至山西之柏井驲时与王辛叔年侄同行

短衣健马西复东，出门迁转如飞蓬。卅载依违归未得，昔时少壮今成翁。迢迢复理关门策，枯草黄沙作迁客。晨装但觉北风寒，远树犹凝山雪白。忆昨同渡滹沱河，层峦叠嶂争嵯峨。生平不解愁落魄，得君联辔还高歌。今朝已出井陉口，山右雄关列马首。夕阳村畔客如归，与君更酌汾阳酒。

平定州

百堞竦层楼，西来第一州。山光延四面，风景近三秋。是日清爽，颇近于秋。望岁民殷矣，归淳俗在不。低徊思往事，日月叹悠悠。

先中丞任太原司马时曾摄州篆，于今六十年矣。

远别离三首

其　一

回首东望兮淮水阴流，波活活兮河广以深。侧身南望兮象岭阳烟，云漠漠兮道阻且长。城上鸣慈乌，云中度哀雁。呼雏情孔殷，离群声亦变。我有此身长别离，我有寸心长相思。尺书聊写相思意，书中不尽心中事。贻以双鲤寄天涯，天涯渺渺增予悲。

其　二

霜威烈兮飘风发，有人停机兮望明月。月明万里照关山，同此清辉形影隔。儿索口中乳，母掷手中杼。此心随君行，何日同君语。殷勤嘱儿且莫啼，好理刀尺裁征衣。征衣裁就手亲持，因风将尔到西陲。远莫致之双泪垂，双泪莫倾注，男儿出门无定处，欲知白首欢会场须识。

其　三

黄云绝塞路不见，银河耿耿白练光。牵牛织女遥相望，七夕为期鹊作梁。盈盈远隔水中央，天上犹如此，人事何能常。长途扑面多风霜，短裘称身披鹔鹴。我今远游终归乡，尚慎旃哉情无伤。

赠王辛叔

生儿如子掌上珠，昂昂还似千里驹。善体亲志敦友于，雍然和顺承欢娱。依违问舍台山居，家庭之乐乐何如。我亦有子庭前趋，颇能逊志攻诗书。卒业每闻长者呼，两家过从欢有余。忆我少壮耻非夫，未肯低首甘泥涂。翁之豪气亦不除，滇海宦辙常同吾。戈矛刍糗躬勤劬，感激思奋精诚输。无如南北分襟裾，言念我友歌卬须。六年不见空萦纡，相见各讶霜髭须。翁虽老耶神益腴，贯穿典籍施铅朱。我今年艾投遐区，不修厥职维臣辜。舐犊有情呼其雏，迢迢一水越与吴。儿其何日归来欤，官符催迫不敢逾。翁乃命子从吾车，蛮烟瘴雨曾沾濡。黄沙白草云何吁，八千里外张毡庐。追陪毋使孤臣孤，子也闻言立须臾。捧觞拜别无踟蹰，阿兄留侍晨昏俱。某今行矣为前驱，结束书剑来天隅。感子意气镌肌肤，羡子孝友非阔迂。危者与持颠与扶，惟迂始能成良图。吁嗟古谊于今无，吁嗟古谊于今无。

与王辛叔由介休至灵石

云外千山争巑岏，山下一水相潆环。水流山下石荦确，十里五里闻潺湲。乱冰欲合还未合，晶光破碎凌空寒。道旁老树自僵立，拳栖鸦雀声无喧。屏开图画雄稚堞，山城遥峙汾河湾。仙灵昔闻飞石堕，县北门有飞来石。古寺可有痴龙蟠。是晚宿蟠龙寺。笑我征车今戾止，此身于役闲非闲。蒲团静听风与泉，吾将与子参枯禅。

过韩侯岭

岭下昔驻韩侯师，岭上今有韩侯祠。韩侯去今千余载，英风飒飒想见之。重瞳自称西楚霸，时利乌骓雄叱咤。鸿沟不许分东西，遂使汉家抚区夏。垓下楚歌寒，诸军壁上看。竟函项王首，谁登上将坛。上将功高名亦布，一饭不忘千金助。当日不听蒯生言，寸心终感汉王遇。汉王伪游云梦来，假齐一语祸胚胎。事定身诛族亦灭，吁嗟汉真少恩哉。风起云飞扬，雄威加四海。猛士徒高歌，彭黥又安在。山峨峨兮水汤汤，空余祠庙羞馨香。高鸟已尽良弓藏，英雄千古心为伤。

霍州晤恒松岩刺史时将以奉满入觐。

与子重相晤，怜予白发多。几年怀旧雨，一路听舆歌。求莫心为瘁，平情政已和。彤庭奏循绩，勉矣莫蹉跎。

赵城途中遇薛提军时自陕西军营入觐。

山程策马向西行，恰喜征轺过赵城。见面低徊当目事，停鞭缱绻故人情。长怀远虑知心苦，入告嘉猷矢血诚。君是劳臣我迁客，相逢歧路话生平。

平阳道中作

连日驱马升巉岩，马蹄蹴踏烟云间。有时溪流激溪谷，马上还闻声淙潺。今朝绕策平阳道，中衍原畴山怀抱。俨然图画展屏风，暮色晨晖更娟好。登山不与看山同，我愿立马最高峰。远山亦与近山异，我爱好峰先得势。笑我本是山中人，开门即见山光新。胡为掉头不肯顾，日与车马争风尘。风尘扑面嗟行路，此路行行何日住。路莫穷兮可奈何，吾终投策归岩阿。

有所思行

昔我居兮易水湄，贻我端绮兮裁为衣。今我往兮汾水阳，惠我狐貉兮裁为裳。我思君兮期永好，君不见兮心如捣。日理衣裳自颠倒，行行将近横门道。横门道上风雪寒，清夜堂前形影单。短檠独对灯花残，长途远祝行人安。行人咫尺成万里，去日弹丸如流水。相见会有期，相思无已时。相思一语还相勖，封缄莫寄阳关曲。

西 行 歌

吾闻西域之行远出玉关道，地坼天荒雪霜早。即看域中寒树满眼槎丫叶尽枯，想见塞外风狂衮衮黄沙埋百草。人身坎壈苦相缠，对此能勿伤怀抱。噫嘻，万物荣落各有时，行生无言归苍昊。吾侪已结东西南北缘，阊阖九重巉岩九折要皆人力所能到。劝尔毋多愁，多愁人易老。劝尔勉加餐，加餐颜常好。思尔霜矛铁马曾着从事衫，夷猓旗枪供一扫。且尔蛮风瘴雨又阅几春秋，躬历艰辛形不槁。而今安西迪化皆为声教之所该，冠盖使者日往来。马蹄碎踏春路雪，车毂轻转晴天雷。况有故人子弟万里相追陪，旅馆往往倾樽罍。尔之此行何壮哉，山崔嵬，云徘徊，太行尽处秦岭开。足迹所至万象罗奇瓌，毋以远役心生哀。

安邑途中书所见二首

其　一

哀鸿号中野，朔鸟鸣空山。停鞭独延览，景象何凋残。下马问居人，三年被旱干。耕凿非不力，沃土同石田。千缗易斗米，糠秕供一餐。北风吹四壁，短褐何能完。里党共荼苦，谁欤拯忧患。言罢日西落，传舍休征鞍。授餐感主谊，忍不思瓢箪。狐裘亦轻暖，能无念单寒。徘徊步中庭，喟然起长叹。

其　二

长叹方未已，邻翁复致词。天心自仁爱，一岁不再饥。今年秋雨足，晚稻颇岐嶷。获稻黍藜藿，或可炊朝糜。无如半岁熟，须罄三年资。三年缓赋税，今皆及其时。悉索难取偿，称贷以益之。称贷亦不足，仰屋徒吁嘻。况有秦地兵，车马供驱驰。鞭扑不敢辞，冻馁心还悲。

一言一哽咽，妻子同哀啼。翁词勿再陈，我泪已双垂。

由北相驲至寺坡底途中书怀

其　一

高云接层峦，郁郁中条山。山上白雪白，山中闲云闲。云闲散复合，我去何时还。飞蓬随风转，白日谁能攀。朝树望蒲郡，暮烟霏潼关。朝暮多所遇，所遇非所欢。揽衣独延伫，渺渺增愁颜。

其　二

长空过飞雁，南征仍北来。翱翔求其侣，鸣声和以谐。马上闻遗音，我马方骎骎。严霜冻野草，晨风吹寒林。近临西秦路，远望北山岑。北山日以远，去雁影已沉。帛书不可系，悠悠劳我心。

潼关渡黄河

黄河水从天上来，潼关河从山下去。忆昨徂东破浪行，而今西向敲冰渡。敲冰渡河河水深，水光凌烁岚光侵。横截中流怒双桨，两岸同闻激浪声。我闻首阳山巅华山趾，俯视黄河如线耳。胡为洋洋浩浩折向东南倾，遂尔怀山襄陵若挟风雷驶。风动雷奔势莫遑，江淮淼淼无津岸。堤塍露处哭声干，茭薪采尽人力殚。我愿天心俯念民艰难，从今以始岁岁歌安澜。

望华山

崔巍华岳凌苍穹，横排峻石如芙蓉。山峰直上五千仞，五岳惟华山极峻，直上四十五里，遇无路处皆挽铁絙以上。太白精气寒晴空。名山千古作西镇，大河一线流当中。华山对河东首阳山，黄河流于二山之间。连亘巉岩巨灵擘，至今仙掌擎天风。山之东北为仙人掌。我望云台识气概，欲齐泰岱卑恒嵩。铁絙仰攀不可上，徘徊却立惭尘踪。玉女飘摇顾我笑，琼浆吸尽超鸿蒙。自恨此身无仙骨，谁欤驾我骑茅龙。

华阴途中寄焘儿

思尔不得见，含酸赴征途。离尔苦相忆，途中三寄书。途远行自至，离长思有余。淡淡华山月，辚辚秦地车。我身别尔去，家人同尔居。遥怀日倾想，近况今何如。

过渭南县城外有汾阳王祠。

秦陇望晓月，渭河生朝烟。寒光彻上下，山水相延缘。汾阳著奇绩，其名至今传。荒祠背城郭，鸦鹊空鸣喧。柏树附烟月，郁郁葱葱然。遐思李郭才，为国终勤宣。我今投遐域，抚鬓非盛年。蓬梗自飘转，心旌徒悬悬。

寄少海

有鸟西飞，雨雪霏霏。道里悠远，岂不怀归。怀归不得，辗转反侧。岂以图南，怜予锻翮。日之夕矣，倦飞不已。故林可栖，山川间之。古藤阴阴，下有文禽。眷怀旧侣，下上其音。与尔周旋，及尔游衍。怀哉怀哉，爱而不见。晨风北林，忧心钦钦。惠而好我，贻以远行。

西安道中寄焘儿

尔应归冀北，我已到西安。回首趋庭乐，伤心行路难。团栾怜弟妹，珍重慎暄寒。不尽书中意，燕云塞上看。

过灞桥

西塞风寒西路遥，云横秦岭望岩峣。多情忍折垂枯柳，立马斜阳认灞桥。桥已冲没，惟残基尚存耳。

过醴泉县

策马向阳关，驰驱日未闲。桥连三渭水，三渭桥在咸阳境内。云渡九峻山。山在县境。村酒自斟酌，故人相往还。来朝登峻岭，呼仆共追攀。

过乾州望太白山山在州属武功县境。

拔地几千仞，苍茫连武功。鸟道不可上，突兀摩青穹。山雪寒夏日，岫云吹天风。不知岩栖者，谁为绿发翁。

过永寿县古豳地。

公刘居豳邑，后乃侵西戎。来朝及姜女，走马怀古公。率西水之浒，岐下为都宫。仁人不可失，归市观民从。故国虽已去，耆老思无穷。至今弹丸地，犹有上古风。耕凿食其力，乡田井相同。尔田出屋上，尔室藏山中。陶穴以避暑，塞向还御冬。于茅而索绹，妇女携孩童。其始播春谷，终焉执公功。身处太平世，心愿年屡丰。美哉觇淳仆，慨然念黄农。吹豳如可续，吾为歌三终。

游邠州大佛寺佛高八丈。

笑我一念堕世纷，素衣却未沾缁尘。生平颇有山水癖，定慧亦资释迦文。自东徂西六十日，今朝走马来于邠。众山围绕山怀抱，中间佛阁何嶙峋。大千观世界，象教归陶甄。稽拜肃瞻仰，低徊思果因。我闻佛法无我相，胡为锤山凿石留此巍巍八丈之金身。

又闻佛法无人相，何必独高慧眼历观万劫之群伦。我心自转佛，有幻皆非真。无文字，无语言，乃入不二真法门。欲与众生证寂灭，觉者感悟迷者转生瞋。吁嗟乎，形形色色无时无，空诸一切为真吾。安得入山依团蒲，闭眼观空日与我佛参如如。

瓦云驿口占

鞭丝摇飏晓光浮，日向长安策马游。今午传餐瓦云驿，又闻疆域是兰州。

嘉平八日纪梦

松楸郁岭表，魂梦来关西。山川隔万里，精诚能通之。通诚入我室，不异同室时。握手致款曲，无言及别离。岂不惜离苦，情至穷于词。临歧独惆怅，拳拳膝下儿。儿也良足念，少小逢数奇。无母竟何恃，教养皆吾资。吾今复远役，远役儿无依。别尔我心痗，别我儿情悲。儿悲殊难忆，尔去不可追。与尔长相思，嗟我何时归。

过泾州王母宫

白云在天上，紫气从东来。天子觞王母，高歌当筵开。苍茫盼九野，缥渺思蓬莱。蓬莱亦可到，谁欤成仙才。乘鸾忽已去，遗迹瞻瑶池。

青鸟不复至，昆仑谁能跻。泾水长弥弥，危山自嶷嶷。孰从赤松子，悠悠空尔思。

由白水驿至平凉口占

泾原览形胜，策马趁朝曦。耕菑安民业，烽屯偃戎旗。寒鸦争晚树，残雪落空枝。陶室炊烟起，古风犹有遗。

由平凉晓发

去日岁将暮，驱车人未闲。危桥澌野水，古木冷空山。簪组漫相送，情怀难自删。行行且回首，我已度萧关。

宿瓦亭驿

瓦亭驿上群山高，瓦亭驲外鸣奔涛。奔涛下注数十里，纡回屈曲沿山坳。玉宇澄清日华动，冰光凌乱天光招。万壑晦明分向背，千峰前后争嶕峣。山川于此互吞吐，溯游从之嗟迢遥。从者驰马我循辙，轮音荦确嘶声骄。征车至止日已暮，夕阳在山归山樵。我驻邮亭拭尘面，复询驿吏知风谣。数年战鼓劳战卒，歼除虺蜴擒鸱鸮。天子明圣将士勇，铙歌奏凯烽烟消。人心向化天心顺，又看冬雪膏春苗。但愿三时不害[1]，五风十雨长相调。含哺鼓腹游熙朝，尔民买犊卖尔刀。

瓦亭驿为固原所属华亭有瓦亭关则宋臣吴玠大战金人处也旅馆无事复系以诗

我闻华池西北皆环山，形势握要瓦亭关。一夫当关众莫敌，延陵甲胄躬亲擐。擐甲誓师决战胜，阵云合处山风寒。兄弟同时各戮力，臣心惟愿两宫还。两宫不还亦已久，故国忍为他人有。宗泽渡河不再呼，称侄称臣空疾首。跃马挥宝刀，拊膺思前朝。当时若无权相在，黄龙痛饮期崇朝。撼山容易撼军难，声名威望谁能超。三字狱成大将死，长城自坏心为忉。君不见，天宝而后唐皇幸灵武，此间嘶风牧马风萧萧。唐肃宗幸灵武曾牧马于瓦亭关。汾阳恢复两京地，至今勋绩麒麟昭。胡为南渡偏安不复思河朔，遂使九有区夏一旦分金辽。

过六盘山四首山下即隆德县。

其一

我行向西塞，我马登秦山。秦山望无极，去去多津关。平凉数百里，云山争巑岏。山与山相接，山山出云间。何人辟山路，曲折如旋盘。盘盘路不尽，面面山仍环。马足所到处，使我开尘颜。

[1] 按：原刻夺一字。

其　二

人从山下来，看山与云齐。披云扪霄汉，绝顶难穷跻。奋步及山腹，微澌漱寒溪。岩阴雪犹积，峰转路忽迷。飞沙扑人面，谷风吹我衣。往还傍曲径，蹴踏随马蹄。屡越断冰涧，直上青云梯。置身在千仞，一览群山低。

其　三

俯视何茫茫，惟见云苍苍。天宇自寥廓，高鸟同回翔。鸟飞有云路，我渡无河梁。望远不得见，方知行路长。长路身独往，穷阴心为伤。朔风卷古木，枯草披岩霜。凛乎不可留，行矣情彷徨。

其　四

彷徨下山去，山峻崖亦深。层冈互倚伏，远磴堪追寻。孤松冷石壁，野雀啼空林。廿里出谷口，夹道生岚阴。坦途见城郭，回首嗟崎嵚。世路有险易，此身任浮沉。真境悟幻境，悠然起遐心。

安定会宁皆巩昌郡属邑也路经两县因怀前郡守罗问堂姻伯四首时已归南丰原籍

其　一

漠漠乌兰山，山在会宁北。渺渺西江水。一别已三年，相违辄万里。日暮征马鸣，林寒朔风起。脉脉思所亲，缄情曷能已。

其　二

我少从翁游，怀抱夙所钦。翁昔典斯郡，竹马闻歌音。苕溪泛桂棹，闽山披云岑。翁历典浙江、绍兴、福建、汀州诸郡。所谋适不用，怡然抽华簪。

其　三

翁今已七十，我亦逾知非。行将出塞去，此去何时归。孤城憩迁客，远嶂寒落晖。弹琴抚古调，一慨知音稀。

其　四

知音不易得，悠悠劳我心。徘徊念今昔，隔越同商参。浮云恋孤岫，倦鸟投故林。翁归亦已矣，我行方自今。

过青峦山

策马出西巩，是日由西巩驿启程。一山复一山。山容近枯槁，山势相回环。两山忽不接，一水流长川。砂石互盘结，冰水交潆漩。危桥亘虚空，下临千仞渊。山上白云合，桥半红栏鲜。我偕故人来，卅里行山巅。飘然跨玉蛛，邈尔身若仙。有时见村落，矮屋炊朝烟。屋下无隙土，开凿成山田。妇子乐岁晚，儿童依朝喧。倚锄看行役，农者何闲闲。

过车道岭

我来自山麓，复嶂还追攀。一车驾两马，仄径相延缘。名之以车道，取义亦所安。仆夫力控送，直上山之巅。山巅辟坦路，毂辙争盘旋。我马立峰顶，群峰来马前。冈峦自合沓，溪谷同回沿。巑岏列远岫，石壁寒长天。皑皑积白云，霭霭霏青烟。烟云互缭绕，山色方苍然。因思沉沦客，对此多留连。幽栖乐阿涧，寤宿歌考盘。长抱悠悠心，独无戚戚颜。怀归我已久，何日居山间。

兰州寄焘儿

人静柝声响，月明宵半看。儿留易水涘，我望秦云端。夜笛闻羌怨，霜风怯马寒。征鞭更西指，寄语报平安。

寄家书

一纸家书途万里，途长纸短寄遥心。最怜十载思归客，此日偏多出塞吟。

兰州晚眺

日暮登城望，黄河带落晖。人从新碛渡，鸟认故林飞。土瘠山多骨，风寒雪作衣。归来酌杯酒，朋旧尚相依。

由兰州至苦水驿

皋兰极西地，征马更徂西。山瘦一无木，雪飞还满溪。车行弱沙稳，路向断崖迷。去去莫惆怅，边关闻月氐。肃州即古月氐。

题苍林山用坡翁烟江叠嶂图韵

西来几千里，日日饱看山。崩崖断壁纷然不相接，从未见窈窕岩壑中藏变态多云烟。惟此苍林洵奇特，到眼真如图画然。山皮溜雨色蓝蔚，一若横空百道飞瀑流清泉。上有凌云之远岫，下有澌冻之长川。人家高下隐阿曲，空林疏淡依庐前。我来对面度陇坂，但觉一山苍然古色排青天。天光山光互吞吐，凌兢冰雪还争妍。不知何人入山即作此山主，复于山下蹊山田。试问人来几何日，此山萃嵂终千年。层冈叠巘自突兀，左回又转同连娟。人间俗子那得到，异境其中定有畸人逸士跣足长高眠。笑我家近罗浮住，不从稚川学神仙。身逐浮云未归去，至今车马相因缘。对此佳山佳水能无喟然叹，淋漓蘸笔聊纪西行篇。

嘉平二十四日途中遇雪

荒原老树兢槎丫，雪落空林影复斜。大地无垠铺玉屑，寒风作意散天葩。抚时顿觉三冬尽，搔首还惊两鬓加。知尔孤臣到西域，故教旧葡乱开花。

过凌阳桥

山霁雪犹积，水流冰欲残。四围岚气合，一涧晓光寒。我向石梁渡，身同鸥鸟看。浮沉随所遇，且自把渔竿。

二十五日途中复遇雨雪书怀

朝日淡无色，寒飙吹未停。同云一时合，四野还欲暝。玉女散玉沙，天风驾云軿。点点集衣袖，如尘亦如星。须臾布满山，皛皛生虚明。寒光极上下，岩谷同晶莹。嗟予不遑息，于役仍孤征。孤征复岁暮，悠悠伤我情。我闻边地苦，雪拥高于城。卷地风若刀，狐裘冷于冰。楼兰昔征戍，战垒留血腥。壮士不畏死，况乃奉命行。圣朝大无外，刁斗今无惊。渠犁置郡县，沙漠皆邮亭。加鞭策驽马，慎无怯凌兢。我向雪海去，更登雪山程。

丁卯立春是日抵古浪县

其　一

风吹驿路马蹄轻，残雪初消日放晴。摇曳青旗奏萧管，又传春信到边城。

其　二

浮云踪迹自天涯，西望轮台路正赊。今日关山有春意，可闻羌笛落梅花。

由古浪至大河驿

雪霁武威路，银沙千万堆。寒虽彻肌骨，清不受尘埃。天上斗星转，人间春色来。大河瞻戍堠，旧雨且衔杯。

除夕前一日到凉州

晓色郁苍苍，征车到古凉。村佣沽岁酒，城郭满春阳。雪堡飞沙白，衣尘近塞黄。来朝辞腊去，一笑祭诗忙。

凉州行馆偶咏即索王辛叔和

旅馆孤岑夜，还寻旧雨谈。惊心年半百，行路月逾三。腊酒杯频酌，村茶味亦甘。吟诗是清福，唱和未为憨。

丙寅除日

此行欲出阳关去，此日且向西凉住。西凉风景问何如，彩贴宜春岁又除。诘旦行年五十一，身经一万八千日。万八千日数再巡，康强祝尔百龄人。

除夕寄焘儿

去年除夕居息庐，今年儿在藤舫居。藤舫亦我息肩地，欲息不得情何如。菊花开时与儿别，关心风雨重阳节。今儿还读家藏书，嗟我独行边城雪。边城积雪无游氛，孤征迁客空劳筋。天上星辰回暖律，人间聚散同浮云。浮云会合在何处，无那杯盘陈岁具。藤舫团栾骨肉亲，知儿远念二毛人。

丁卯元旦试笔

身向边陲路，心随鸳鹭行。三多祝天子，万国拜春王。旭日辉新度，良时爱景光。阳和敷大地，原不问遐荒。

又和王辛叔韵

星纪周天动管灰，春正恰喜得春回。日涵元气融新雪，风暖灵钧望旧台。晋张茂筑灵钧台于凉郡，今基址犹存。自笑一身行万里，惟祈百福禳千灾。盘餐草草陈邮舍，故侣还聊柏酒杯。

元旦题凉州行馆

爆竹响城街，征人坐客斋。迁移岁节序，清净是吾怀。未觉塞垣远，且欣风日佳。一觞还一咏，心境自和谐。

新正二日由凉州过丰乐堡宿柔远驲

其一

不觉岁华易，方知征路长。邮程憩丰乐，鞭影度伊凉。积水澄冰鉴，遥峰带雪光。夕晖相掩映，此日是春阳。

其二

边屯无堠火，远近有人家。舍外野乌集，溪前荒树斜。车声喧乱石，马迹蹙浮沙。若问关西路，天山入望赊。

由柔远驿至永昌县途中遇成悟庵侍郎入都

晴宇拥朝暾，征夫又驾辕。石掀车未稳，冰解水初奔。老树含生意，浮云看远痕。中途逢旧雨，且复叙寒温。

永昌县

峻堞俯平原，高环雪嶂寒。山林郁城市，村屋背冈峦。俗近塞垣古，人联春酒欢。我来聊一宿，邮舍愧传餐。

新正四日由永昌县至水泉驲感怀

其　一

通衢作新市，景色满城闉。出郭循边碛，沿山列堠堙。野空鸦阵落，冰滑马蹄踆。我是倦游者，偏为万里人。

其　二

去年白泉住，寺古听泉鸣。去年新正四日送少海同焘儿赴寺读书。今日水泉宿，山高空水声。已行三月路，还愿一春晴。计仲春下浣方可到戍，故愿春晴。眷尔燕台客，缄予塞上情。

由水泉驿过峡口至新河驿是日寒甚

其　一

野树晓纵横，栖鸦冻不鸣。云垂含雪意，毂转碾沙声。峡口疑无路，山坳忽有城。一路堡寨皆若城然。居人指颓壁，版筑肇秦嬴。长城犹在，惟颓败耳。

其　二

沿边存旧堡，驾牡有高轮。西凉一带皆驾高轮之车。马熟出关路，途多行戍人。岭深风料峭，裘冷仆逡巡。且向新河宿，前程更问津。

过山丹县

祁连山下过迁客，焉支山头多雪色。祁连、焉支两山俱在山丹境内。天风吹雪雪生寒，搔首还怜白发白。骑马昼出山丹门，月支山丹，古月支地今日无烽屯。为报家人莫苦忆，春风随我到乌孙。乌鲁木齐，古乌孙地。

山丹得汪少海书赋谢

友谊由来比漆胶，邮书一纸见心交。霜添短鬓怜春梦，雪勒余寒怯色郊。倦鸟未曾栖稳树，孤雏忍令堕危巢。捧函感触从头事，不寐频闻戍鼓敲。

少海附寄焘儿家言知儿娶妇北上诗以寄之

其　一

问名成吉礼，卜日协阳春。小春二十一日成礼。允矣为嘉耦，刑于在尔身。缄书通绝塞，堕泪恋慈亲。毋忘家声旧，谁欤继起人。

其　二

吾游西域地，尔住北山岑。寄语尽无尽，含情深复深。艰危臣子分，珍重友朋心。兰臭应同味，还期利断金。

人日到甘州府赋寄焘儿

去年人日同尔居，闻儿独咏清峰庐。儿去年曾赋人日诗。今年人日阅尔书，怜尔言尽心有余。我心坦荡途崎岖，行行已到天山隅。天山霜雪飞髭须，明年人日复何如。

甘州府

雄城环雉堞，驿骑暂停鞭。雪满天山上，沙飞弱水边。往来通瀚海，形势控居延。犹记嫖姚绩，孤军走左贤。

由甘州晓发

石滩争荦确，云岫亦模棱。路远行偏早，晨寒怯不胜。桥痕印霜屐，马迹碎春冰。十里一村落，天翁度野塍。

由抚彝驿至高台县

险阻崎岖叹客程，征车历碌马屏营。空原忽尔平无颇，坦道由吾阔处行。雾薄日开千树影，雷殷沙转两轮声。舆人指点春郊路，又到当年乐涫城。高台汉时为乐涫县。

由高台至黑泉驿索辛叔和

郭外南东分畎亩，田中沟洫亦湾环。雪融膏液同时雨，高台田亩赖天山雪水灌溉，缘土性多碱，雨多则碱泛而转歉矣。堡砌刁楼似峻关。马首遥瞻黑泉驿，在县西北。云容回顾白城山。在县西南。烦君记取春阳路，他日骖骓并辔还。

由黑泉驿至深沟驿途中口占

积沙如阜亦如冈，村树参差列远行。惜我不逢三月雨，绿杨阴里看花墙。黑泉北二十余里有村名花墙子，多杨柳。

车中坐

一席自安容膝地，重帘且御挟霜风。息心闭目同禅坐，参透尘机悟色空。

车中睡

隐隐犹闻转辙声，蘧蘧已化梦中形。个中大梦若先觉，独寝何妨还独醒。

宿盐池驿

邮亭息征马，夕阳半山衔。暮云忽暝合，明月生庭帘。东道具鸡黍，庖人列畜盐。欲语食中味，其如殊酸咸。

由盐池驿至临水驿

其　一

旷野无村屋，居然天一涯。栖禽喧晓树，走马飏晴沙。人着装棉服，牛拖载土车。我身原不系，转毂似乘槎。

其　二

行路差无尽，吾生笑有涯。关初近边塞，客已惯风沙。来往多羌贾，驰驱是使车。如何张博望，漫诩泛天槎。

肃 州

郡郭环崇岭，崔巍莫与齐。边疆严内外，辙迹判东西。州东为腹地，西四十里即边外矣。重译来蕃部，单车问月氏。谁为东道主，莫遣客程稽。

上元日由肃州至嘉峪关

其 一

半载车尘驰骋间，行人今日向边关。鸡声乱晓月初落，柳色含梢春已还。听马嘶风知力健，看云出岫觉心闲。将迎到处皆贤主，安西鄂刺史遣人至此相迓。欲访昆仑塞外山。

其 二

山外环山望未真，苍茫烟气逼嶙峋。出关半是青云客，行路多怜白发人。草积浮沙埋乱石，车横长轴驾高轮。至州必换车轴，宽长较内地已倍加矣。殷勤策马边墙去，塞上风光领略新。

嘉峪关

关雄仍拱北，水逝不朝东。关外水皆西流。极目流沙外，同居化宇中。天山留雪白，边市映灯红。出塞谁惆怅，还思塞上翁。

出嘉峪关

其　一

晓起出关去，晨风吹野寒。沙飞连塞赤，日起映山丹。天助襟期阔，我欣眼界宽。得游未游境，无作异乡看。

其　二

孤城形扼要，行矣复回看。地控天山壮，疆连雪海宽。羊脂颁玉白，汗血贡驹丹。络绎边臣骑，何嫌大漠寒。

由双井至惠回堡

岭峻常留雪，原空不见林。问途寻辙迹，连骑听铃音。野絮飞长陌，口外草多，花飞如絮。沙尘袭短襟。蜗居聊托足，客兴寄微吟。

由惠回堡过赤金湖至赤金峡

其　一

荒涂无人烟，冈陵自重沓。飒飒边风号，莽莽黄沙压。人从昏雾行，马向凌冰踏。九沟十八坡，一步一蹀躞。土人为我言，口嚅神犹慑。我也谢殷勤，怡然笑而答。久作客路人，艰险颇与狎。秣刍戒彼倌，行矣心无怯。不惜马虺隤，但觉马驳踏。朝餐赤金湖，暮宿赤金峡。

其　二

倚山自成峡，无水乃名湖。弱沙载双毂，乘车如乘桴。我从峡上观，云龙气相嘘。车从峡下过，若舟出巫瞿。山阳葺泥屋，村人聚族居。日居赤金地，可有黄金无。笑予入邮舍，西山日未晡。擎杯酌孤酒，列几烹新蔬。仆夫交相庆，出险趋坦途。坦途本荡荡，戚戚胡为乎。

至玉门县

晴郊立马且徘徊，忽听城头戍角哀。满地草花飞不定，春风先度玉门来。

玉门县

塔尔兔城境，于今列县衙。风高吹广漠，日午听鸣沙。地辟新疆阔，身经古塞遐。边山无限意，又见暮云遮。

由玉门县至三道沟

山上晓月低，树头栖鸦起。出城望东晖，挥鞭复西指。穷荒杳无人，广辙直如矢。风静沙不飞，车徐铎还止。云生山色中，人倦轮音里。

间途三道沟，计程五十里。嗟余迁客情，相对边庭垒。悠悠心易悲，仆仆行未已。早悟昨日非，不知今日是。晨光怅熹微，风尘亦老矣。

宿三道沟

程荒计远路，身健蠲微疴。小疾初愈。牵马入茅店，如禽憩高柯。瓜沙自阅历，玉门为古瓜州、沙州地。岁月嗟蹉跎。萧萧风吹鬓，白发将如何。

由三道沟至七道沟

苍茫大野朝烟昏，徐徐东白初升暾。草枯雪尽一无有，但见沙阜如云屯。远者高卧近或仰，高者卓立低还蹲。闻说沟分共十道，春冰融泻留春痕。我马驾车截流渡，乱蹄与水相争奔。卅里卌里或有屋，三户五户难成村。树头时忽鸣鸦鹊，墙角亦复喧鸡豚。笑我痴情甘寂寞，至此殊觉清心魂。策马到村复下马，欲乞勺水无司阍。主人顾我与我语，携我同入田园门。一童提筐拾柴草，一童汲水倾罂盆。以薪爇火炉已炽，以罂就火茶为温。班荆促膝更问讯，已往情事聊具论。不为从军学壮士，亦非行戍来边垣。自楚远游糊口食，荒滨寂处忘寒暄。约计四十有余载，妻孥相与锄瓜园。连年不闻秦楚事，两目未见烽烟燉。我闻其语三太息，处得其地无烦冤。寒风飒飒吹空原，忧心悄悄难与言。试向武陵一回首，此间何若桃花源。

马上偶成

我是忘情者，其如出塞何。途长愁日暮，野阔觉风多。渴就穹庐饮，狂骑瘦马歌。回思卅年事，悔不着耕蓑。

宿布隆吉是日大风

小屋息尘劳，边风忽怒号。穷荒飞乱石，遍野震洪涛。不惜衾裯薄，还欣板筑牢。千秋杜陵老，席卷兴仍豪。

由布隆吉过双塔堡皆安西，属古敦煌郡。

其　一

侵晓月满地，户外飘风停。但觉寒气重，还见星光荧。鞭影度远碛，车声闻轻铃。多少客游者，数载居边庭。

其　二

敦煌汉名郡，谁为安边臣。今来吊古迹，欲访无遗民。一碑竟残弃，一碑双塔皆前代物，碑以无字见毁。双塔空嶙峋。怅望仍独去，只役宁逡巡。

由双塔堡至小湾

瓜州从此去，安西即古瓜州。有路与关通。一水绕流处，层冈环峙中。沙枯多似雪，树静不鸣风。西域浮踪远，真成印爪鸿。

安西州

旧属西戎地，瓜州纪左盲。武皇拓疆宇，大郡列边城。汉武始置敦煌郡。黑水境中导，危山云外横。停骖来驿馆，怀古不胜情。

安西晤鄂刺史山

君守边方郡，我登塞上程。相逢成邂逅，相得若平生。笃念弟兄好，欢联宾主情。余与山右霍州刺史恒公山为旧交，恒公即君从兄也。阳关春早度，倾耳听莺声。

由安西至白墩

我不能如霍嫖姚，燕然勒石勋名标。又不能如张博望，河汉乘槎来天上。负罪谪居出玉门，敝车羸马忘朝昏。边风自送行骑去，广辙但看流沙痕。安西城头望晓月，白墩堡外融寒雪。荒程百里无人烟，芳时空度初春节。我马踏草如踏花，我车碾冰如碾沙。日涉坦途走大漠，何如平地生褒斜。

白墩和壁间韵

飘蓬迁转竟无停，身世真同风约萍。春梦半酣人已觉，阳关三叠我初经。行程苦阅万里路，出塞愁看长短亭。幸得谈谐破岑寂，迁臣日逐使臣星。时与领队札公同行。

由白墩至红柳园

征夫策马戴晨星，穷漠驰驱不暂停。山路纡回滩路直，近峰苍赤远峰青。风生旷野有常候，每日午后必风。云点浮踪无定形。戍外萧条斜日落，但闻小店响征铃。

出红柳园

骑马朝辞红柳园，苍茫雾气晓犹昏。新正晴暖多如愿，旧日襟怀且莫论。旷野无林飞鸟断，空原有路大车奔。予今自笑双行脚，了却云泥不着痕。

是日过小泉宿大泉

沙冈无尽处，山势亦相连。马踏低昂路，邮分大小泉。高车悬水篓，连日戈壁行者皆于车中带水。破屋起炊烟。明日停骖地，嘉名说井莲。明日当宿马莲井。

由大泉至马莲井

其　一

不尽西陲路，征车日日过。穷荒居屋少，弱草受霜多。辙广轮徐转，沙平辋细磨。请缨非有志，出塞竟如何。

其　二

犹是敦煌境，邮程三宿间。春光前日度，云迹几时还。旱碛泉多涸，童山石亦顽。星星留古峡，诘旦更追攀。

马莲井旅店题壁

春景冲融春日和，光阴回首意如何。五旬荏苒年虚度，万里驰驱发已皤。老境渐于人事熟，离怀偏在少时多。玉门指点西来路，前辈都曾一再过。

由马莲井晓发

路趁高低碛，山迷远近峰。廖空边鸟尽，苍莽塞云重。寒晓客偏觉，好春人与逢。出关又千里，不改旧心胸。

途中口占

群山丛杂间，一径沿山腹。微风飏车尘，乱石攒马足。逶迤出层冈，旷朗见平陆。邈尔无一人，悠然远山绿。

宿星星峡

星星峡口云不封，峡前怪石蟠虬龙。崖奔欲合水分界，径逼生寒人改容。高垒作峰列堠火，众山当户如垣墉。戍楼吹角日西坠，远寺一声闻暮钟。

出星星峡

车出峡口行，山山若奔赴。冈峦自蝉联，岩麓亦回互。树断不闻禽，草深或藏兔。谁作入山人，空余出塞路。谷风时一来，岫云还自去。

萧萧征马鸣，只有劳人顾。

由沙泉至苦水

驾车天未明，出门星初落。野气凝萧晨，霜威怯寥廓。地旷驱轮蹄，沙平失涧壑。徐徐朝日升，飒飒谷风作。风声逼晓寒，日色依山薄。我本行路人，万里走沙漠。此身如蓬飘，此心脱尘缚。即景助微吟，悠然听车铎。

由苦水过天生墩红山至格子烟墩

车辚辚，马侁侁，子夜将半扬行尘。铃声断复续，沙影浩无垠。前路茫茫不可辨，但见天光向曙耿耿寒星辰。我本天涯作寓客，今更出塞为迁臣。行此虽迢递，未敢辞苦辛。行程忽过天生墩，墩如牛卧如虎蹲。连朝狂野少收束，此墩峙立雄边门。挥鞭策健马，复过红山下。三间村屋新，其旁有偏庌。沿墙屈曲列马槽，征夫似可停骖者。鸡乱鸣，天欲明，天明已行百里程。红山无山以山著，亦若沙泉无水乃偏以泉名。世人循名不责实，以耳为目转若得其情。朝曦在山照形影，茅茨比户成乡井。十里以外遥见之，识得邮亭路非迥。宾至当如归，马倦亦思骋。入门层阶高，当户矮山并。天生墩隔几重山，还如远岫秀而整。始知奇境必不孤，直与格子烟墩并。

格子烟墩旅舍和壁间韵

君将西域景，领略客程中。影顾鸿惊塞，声闻鹤唳空。壮怀还说剑，浮迹付飘蓬。要识彼苍意，宁嗟吾道穷。

旅店睡醒

蜗居却喜矮床平，布被怯寒旅梦成。茅店犬驯宵不吠，草堆鸡宿晓初鸣。惜无残月留窗影，犹有羸驹龁豆声。多谢东皇爱行客，关西一路护春晴。

长流水

其　一

汉槎人已往，唐镇迹仍留。不少去来客，都怀今古愁。三春惊半度，一水竟长流。好把轻瓢浥，烹泉酌茗瓯。

其　二

暂息轮蹄处，边村落日斜。檐前栖怖鸽，树外听啼鸦。绕屋垂溪柳，当春放野花。此间有佳境，原不异中华。自安西来无树木，无禽鸟，惟此地有之。

由长流水至黄芦冈

东方欲明晓星起，晨鸡喔喔啼不已。鞭丝遥指黄芦冈，一日征程八十里。马足蹴踏浮沙间，春风荡漾春光还。朝暾初射边方路，积雪微明塞外山。山色莽莽雪分界，我来看山如看画。白云当空似雪霏，白雪在山如云挂。云满山腹雪满巅，奇观还结域外缘。正若穷探香雪海，琼英玉屑堆青天。方今四海尽涵宥，准回诸部置亭堠。西环葱岭北沙陀，重译而来争辐辏。我从马上瞻遥峰，峰峰罗列同垣墉。诘朝行过南山口，涛声入耳闻青松。

黄芦冈

山雪白于云，云峰青未了。峰下有山村，远望亦缥渺。淡淡浮青烟，茫茫积白草。径曲颇崎岖，原荒近枯槁。空羡黄芦冈，不见芦花袅。野店三五家，疏林尚窈窕。悠悠晚风来，时一闻啼鸟。

至哈密花罗二使招饮

其　一

白雪天山满，黄沙大野铺。边城半回纥，古郡属伊吾。哈密即伊吾庐地，又名伊州。春勒寒风紧，烟横戍垒孤。征车方戾止，喜听故人呼。

其　二

小住偕晨夕，联欢尽百觚。重谈当日话，不觉旅程孤。我惯风尘走，人随牛马呼。东园瓜可种，欲把绿畦锄。

由哈密至南山口

日昨来伊州，乱雪随风靡。今朝入南山，风停雪亦止。千山同一雪，雪中山争峙。片云飞满山，山外云复起。雪积青峰巅，峰隐白云里。云雪互迷离，山川益秀美。突兀横车前，依稀落眼低。岚气浮晴空，天光淡渺弥。出郭望南山，南山近于咫。徐徐入山麓，程经百余里。岩壑多隈藏，路径何迤逦。野店傍邮亭，暂为息鞭弭。扶筇出柴门，夕阳在山矣。翘首瞻来途，原旷无涯涘。日落还未落，苍然暮烟紫。

由南山口至松树塘

南山之南山岧峣，满山白雪堆琼瑶。我从山口入山去，直欲置身绝顶扪清霄。所在皓以洁，入目清无嚣。危峰互高下，怪石争硗墽。十里五里时有疏林相掩映，还听冰融春涧潺湲一水鸣轻涛。轻涛声不恶，鸣禽亦共乐。几阵乌鸦绕树飞，忽闻雌雉山梁作。引领望山梁，高处生寒光。崩崖欲断不得断，冻云如卧还如僵。云接山峰峰积雪，混然一气含苍茫。山灵招我顾我笑，微风拂拂恍惚相引来天阊。乱山束车路，山鸟导先步。步步入崔巍，一步一回顾。回顾已失岭下村，举头复见青松树。松树争葱茏，树树涵烟容。嗟我月余不及见，对之能勿开心胸。心胸开，坐莓苔，松风入耳声悠哉。风声松声相喧豗，一鞭遥指顶上来。顶上真窅窕，崇高立孤庙。群山相与环，旭日临空照。观者于兹叹，神奇愧我尘踪今亦到。此山穹窿自今古，我来俯仰增凭吊。庙中却立循阶墀，庙外踯躅观唐碑。碑文漫漶自残蚀，碑石斑驳光陆离。匆匆拂拭不能尽其词，词中约略惟纪侯君集姜行本师。侯姜师绩不足尚，贞观事业犹于千载想见之。驱车下山去，短桥复几度。山雪溪雪白有痕，岭松涧松碧无数。君不见，盘旋屈曲如游龙，当空一落奇势飞动多横纵。又不见，虬髯巍巍致夭矫，独以瘦硬铁骨支撑寒漠奋鳞爪。或且谡谡如鸣濑，或复亭亭如张盖。参差历落不知几经春，坐阅往来过客同沤尘。孤干贞心自不改，苍颜翠黛终有神。松兮松兮孰与写其真，竟与天光山光相嘘相嗡浩渺通无垠。去路何回沿，四面凌巑岏。凿石以开道，盛夏犹余寒。萦纡山势曲而曲，毗连磴道盘复盘。围以石墙垣，缭以木栏干。缘溪绝窈窕，何处闻哗喧。悠然雪径开三三，郁然松荫青毵毵。云迷北山北，路越南山南。人影乱移树影静，后车还接前车谈。前后车遥长亘里，声息相闻仅如咫。才看古干横马前，又仰乔柯出云底。忆昔官南滇，曾上哀牢山。哀牢山头老松几万本，松花松叶落地如铺毡。清阴下，跨骢马，款段徐行神潇洒。飘飘一若登仙者，今日坐松间，竟似重游也。乃知人间清闲真境不易得，得之往往在于寂寞荒凉之穷野。日落晚风凉，人来松树塘。眼中集暮景，鼻观闻林香。山峨峨兮水汤汤，雪皑皑兮松苍苍。安得此间买田一二顷，终吾身兮以徜徉。

过雪达板

笑我驰驱历塞垣，又登峻岭俯平原。九回仄径栏为护，十里荒棚木作藩。每十里即有小店数间，皆树木栅。松树盘旋车毂转，雪花凌乱马蹄翻。边方奇境须亲领，跋涉无嫌心力烦。

由松树塘至奎素

今朝辞谷口，又觉塞原宽。树色微茫辨，山容远近看。好风生野草，余雪勒春寒。鞭指前村路，夕阳还未残。

由奎素至巴里坤

人踏三春路，云开四面山。自怜牛马走，不似笠蓑闲。土屋远溪外，边城疏树间。道旁阅来往，空笑石多顽。道旁有一石人。

巴里坤即镇西府。

背郭岭嵯峨，环城海不波。巴里坤背山面海。镇西新府治，拱北旧沙陀。西北一带皆沙陀地。事纪唐贞观，唐侯君集、姜行本征高昌，碑尚存松树塘岭上。碑留汉永和。裴公遗碛在，悔未一摩挲。汉永和二年，敦煌太守裴岑碑尚存城北，惜匆匆不及往观。

由巴里坤至碱泉

图成西域壮山河，边外寒城胜概多。国朝有《西域图志》。蜃海楼台呈色相，巴里坤常见蜃楼海市。汉唐疆宇尽包罗。片云度漠随征马，丛草铺原散野驼。泉上传餐泉上宿，林泉滋味究如何。是日，孤拐泉午餐，碱泉宿。

碱　泉

碱泉泉不碱，茗碗酌来清。孤堡客庐小，对门山月生。何妨独岑寂，所喜无送迎。连日与倭制军札领队先后同行，颇苦酬应，今晚始得先至碱泉。征梦一宵熟，曙星忽已明。

由碱泉过肋巴泉至乌兔水

其　一

春风来二月，驿路过三泉。三泉为孤拐泉、碱泉、肋巴泉。客纪边隅路，云看塞外天。荒冈牛卧立，矮屋鸽盘旋。一片沙成碛，寒芜少沃田。

其二

山山连不断，山下我还过。嶂起嶙峋石，车行曲折坡。众峰环杂沓，孤庙耸嵯峨。乌兔有庙立山顶上。乌兔情多感，其如逝者何。

滴水崖

巉岩撑绝壁，到处石峰排。车度流水壑，村依滴水崖。有痕留雪爪，无韵落松钗。山中并无树木，但余积雪而已。若使白云合，烟岚还更佳。

由滴水崖至噶顺沟

总是入山路，路回山更绕。不尽路中山，山在云亦好。朝云与暮云，云势同缥缈。近山复远山，山形相环抱。其上碧宇横，其下青烟袅。大麓嘘春风，碧痕隐枯草。所喜怪石多，独惜鸣禽少。安得千树林，一为润枯槁。曲径行低昂，古沟入幽窅。冰冱水不波，崖阴雪仍缟。村屋依山阿，结居似穷岛。我来岩下栖，不嫌蜗庐小。浥水烹芽茶，开窗酌清醥。窗外又何如，云峰看未了。

色壁口

北山曾有堡，距色壁三十里。色壁复成村。细水流沙径，重崖锁石根。

烹茶聊野坐，看雪似云屯。亦少得佳趣，穷荒无漫论。

由色壁口至大石头

又陟崎岖路，危坡逐渐登。车声闻历碌，石势兢崚嶒。山暖冰融涧，雪消水满塍。夕阳投旅店，岚影尚层层。

由大石头至阿克他斯一名“三个泉子”。

沙河淅米授朝餐，是日在沙河朝餐。作客何烦点食单。驿路今由边外近，边外程站较近。春山半在雾中看。鸡鸣野店知将午，马立荒原不觉寒。阿克他斯泉味好，烹来香茗日西残。

由阿克他斯至一碗泉

云浓失远岫，雾合生朝阴。曲涧有征路，荒冈无茂林。溪边犹渍雪，草畔亦闻禽。策马向穷塞，悠悠行客心。

一碗水

此身何时辞玉关，万里远道穷追攀。望人多在朔云外，行役独在西塞间。掬饮泉尝一碗水，挥鞭马度千重山。岭头隐跃露青色，知有好春相与还。

由一碗水至木垒河

石堠烟墩接大荒，泥垣土屋阅新庄。时边外居民日众，木垒河葺屋尤多。四围峻岭寒霙白，一片平芜野草黄。冻水分流涉泥淖，春阳载路爱韶光。试从木垒河边望，夕照西沉孤戍长。计至乌鲁木齐戍所尚有八站。

由木垒河至东城口

红庙东来第几程，乌鲁木齐，土人呼为红庙子。舆人冲晓复遄征。途多曲折车随转，涧失高低雪拥平。万里自安游子遇，三春欲动异乡情。好将饼饵充朝食，鞭指奇台趁午晴。东城口至奇台县四十里。

奇台县

已是车师境，刚逢春日佳。村环分远近，树密妥安排。过陇人驱犊，交衢屋贮柴。夕阳斜未落，不断鸟喈喈。

奇台晓发

其　一

日昨来斯境，烟村入望新。豆麻征土沃，鸡黍识民淳。牛背牧童稳，岭头山树匀。行人重留恋，去矣复逡巡。

其　二

征衣沾晓露，客路喜春温。近郭平田润，遥山薄雾昏。驱羊来草地，卧犬护篱门。欲订重来约，鸿泥笑爪痕。

至古城

其　一

已到古城地，风高画角闻。中边真扼要，形胜更区分。欲访灵山境，灵山在古城境。愁看瀚海云。轮蹄无住歇，余自去年七月行役至今。半载亦辛勤。

其　二

旅馆如蜗寄，边笳处处闻。此身来域外，佳日又春分。迹羡归林鸟，心悲过眼云。盘餐多馈赠，主谊携殷勤。

由古城至大泉

轮台瞻戍垒，轮台即乌鲁木齐。跋涉不辞劳。陷淖嫌车笨，逾沟杖马豪。林啼春鸟乱，云出雪山高。小憩孤村外，闲情自咏陶。

由大泉至济木萨

野林疏不断，村屋远相依。人老扶筇步，鸦慵择树归。流溪田外曲，豢犊陇头肥。无限葱茏色，孤城隐夕晖。

济木萨晤同乡莫远崖明府

惠我音书阅几秋，缄情远道叙绸缪。康庄汗马愁多蹶，宦海风帆不易收。同里愿披终席话，大荒怜已六年留。远崖到戍已六年矣。天山雪拥春深后，可有重逢耐冷裘。

由济木萨至三台

老马能知路，宵征亦转迷。途歧惊野旷，云簇觉山低。土屋藏深树，春流漱小溪。闲闲看十亩，呼犊共扶犁。

四十里井晓发

鸣鸡醒客梦，夙驾著征衣。晓月依山冷，繁星到曙稀。雾犹迷远树，人未启柴扉。只有争春鸟，疏林上下飞。

由四十里井至紫泥泉

塞外风光此日经，远山犹带晓烟冥。麦苗出土初铺绿，柳色迎人欲放青。花节频过春渐老，轮台在望辙将停。距乌鲁木齐仅余站半。荷戈客早醒尘梦，拟乞闲园自课丁。

由紫泥泉至大泉子

久逐边云迹，频看塞马嗁。人当行路倦，鸟为惜春啼。地碱耕无舍，沟斜辙陷泥。惟余原上草，碧影渐萋萋。

至阜康县

附郭廿余里，烟村各有家。树多围野屋，人自种胡麻。马逐夕阳落，牛来荒径斜。征夫饶逸兴，凭轼数林鸦。

至乌鲁木齐

车循西域路，我到巩宁城。烟火千家望，春波一水明。寺依山远近，坡接树纵横。借得三椽屋，楼头听角声。

仲春十九日到乌鲁木齐即得焘儿家信

其　一

几时别燕树，此日到轮台。客路三春好，家书万里来。平安吾所愿，眠食尔无猜。边外得幽径，携锄自剪莱。

其　二

贫能甘寂寞，懒更脱形骸。却有家庭乐，都言儿妇佳。他时得归去，此事与心谐。久洗尘埃梦，衔杯畅客怀。

寓南城行馆

其　一

乌垒城南寄一庐，呼童随意扫阶除。车停塞雪消晴后，我到春花报信初。时杏花初放。万里心情怜去国，几人裙屐尚联裾。倭制军成抚军公方伯时同谪戍。无多家具自安放，一枕悠然意有余。

其　二

八月驰驱过驿亭，耳中犹似听铃声。收缰驻马身初稳，合眼观空梦早醒。半面远山常入户，一株嘉树恰当棂。闲云归岫林投鸟，笑我清心合窈冥。

其　三

数弓矮屋称吾庐，惜少空园种野蔬。遥塞泥鸿仍作客，故人子弟喜同居。时王辛叔同寓。风来柳下观僮弈，月到窗前读我书。一样栖迟供啸咏，闲中滋味又何如。

其　四

户外芊绵草渐苏，春深小雨复沾濡。欲张竹幌延新梦，且看菱花认故吾。去日已多人向老，古书相对境非孤。息庐余居白泉所颜斋名回忆林泉好，桃柳依依满绿芜。

到戍后寄荫汸弟即代家书

其　一

一年不寄书，我在山中居。三年不得见，君摄山中县。荫汸京旋摄柳城事。两心各相知，两地长相思。相思隔河汉，苦忆离别时。

其　二

别我北海北，独往南山南。南北空相望，心曲谁与谈。我躬亦自阅，我情还多憨。辗转不成寐，况值秋风酣。

其　三

秋风起蘋末，忽泛江南舟。余去秋由白泉至南河。不为莼鲈去，胡乃为此游。居人蔽芦苇，恶浪凌山丘。江南淮徐一带皆被水，居民集苇以居，其状甚苦。拯溺仅援手，怒焉中心忧。

其　四

大块劳吾生，忧患方未已。恩重身益孤，事至谤难弭。短翮乘飘风，疾飞何能止。萧萧二毛人，孑身万里矣。

其　五

万里走关塞，未能别妻孥。既怜弱女弱，更念孤雏孤。朔飙厉燕赵，眷属时寓京师。宵月寒江湖。焘儿时寓江淮。去去一回顾，心伤复何如。

其　六

白日不复返，白发又已多。此行多岁月，所事毋蹉跎。培塿荫松柏，兔丝附女萝。宗枝既有托，我愿亦靡他。行时寄语焘儿即完婚事。

其　七

策马来天西，日行黄沙路。白草随风枯，青阳逼岁暮。我从玉关出，春亦祁连度。知命复知时，委心以顺数。

其　八

知命复何忧，委顺无不乐。悔未识事机，岂尚糜好爵。樗散本不材，蓬转随所泊。养晦息边隅，群书观卓荦。

其　九

沽酒惠僮仆，酣时飞三觥。围棋联友生，劫后局一更。当境或不觉，静观有余情。情深自吟咏，心气和且平。

其　十

既咏座中诗，复抚连枝树。荣华亦逢时，零落知几度。萧然塞外身，谁为平生亲。攀条独惆怅，念我同怀人。

其十一

同怀在何处，毋乃登高冈。离居在亲爱，使我中心伤。浮云蔽绝域，瘴雨迷蛮乡。西陲亦已远，南路复何长。

其十二

路长行可至，心苦谁能明。裁诗写素绢，遗札通款诚。款诚不得达，翘首瞻青冥。青冥不可上，郁郁难为情。

其十三

地分越与胡，天隔辰与参。幸此清商曲，可以喻中心。我有藜菜羹，惟君能孤斟。我有无弦琴，惟君为知音。

其十四

知音不易得，翻然忽复来。当窗拭几砚，对坐无尘埃。伯仲吹埙篪，节奏相和谐。梦醒不复续，恻恻心生哀。

其十五

鹣鸪不分飞，空原乃独宿。雁阵不离群，劲风还迷躅。我为铩羽禽，君为分飞鹄。高举凌清云，穷荒注远目。

其十六

注目当斜晖，滔滔胡不归。我归或有日，执手知何期。愿作双臞仙，同跨鸣鹤飞。飞飞还故里，息影栖柴扉。

清明

边城佳节又清明，帘外东风动客情。原草初青春已老，雪花留白岫遥横。笛中似有关山怨，禽伴谁怜莺燕声。时尚未见莺燕。寄语亲朋莫存问，霜髭添得两三茎。

拟古

其一

远道怀征夫，良时惜春暮。中闺秉刀尺，纤手理纨素。膝下呱呱儿，殷勤索乳哺。不哺忍汝饥，哺汝还汝顾。汝小不知愁，汝父边庭住。

其二

妾如兰蕙花，幽谷全其天。好风聊相赏，未敢争时妍。恩惠承在昔，移植芳池边。晨夕沐雨露，香色同华鲜。鲜色亦蒙爱，过时难自全。结根本期固，余芳长恐捐。感君一顾盼，念妾非盛颜。

其　三

晨起出房门，缓步来东篱。中有黄菊花，晓露妍芳姿。怜尔好颜色，我怀当语谁。欲采损尔枝，不采空后时。采采寄所思，长路悲多歧。秋风吹衣凉，涕泪还自垂。

其　四

庭中植新树，有鸟来回翔。好音自下上，旧侣胡能忘。池中跃双鲤，素书贻远方。中怀喻委曲，相忆情何长。遥遥望河汉，欲济无舟梁。展书读未竟，泪下沾衣裳。勉我加餐饭，祝君爱景光。良时莫再失，嘉会或可望。

其　五

送君出门去，秋风来林端。引领白云飞，漫漫归故山。云去亦复返，君去何时还。沙漠冰雪多，边地山风寒。迢迢在远道，悠悠望长安。不怨独宿苦，惟思行路难。

其　六

与君别几时，春草忽已绿。和风动帷帘，密叶上庭木。情好讵能忘，时节一何速。抚景聊弹琴，心苦不成曲。燕燕尔双栖，衔泥自往复。

其　七

驷马常有忧，富贵常畏人。清歌谱千古，何妨甘贱贫。贫贱不自得，此意向谁申。独居念良苦，情话孰与亲。飘飘来山风，渺渺生暮云。所亲隔万里，会面难为因。

其　八

忆昔欢遇时，恩重情亦深。夙夜勉自竭，肃肃裯与衾。情深妾知感，恩重妾难任。努力承恩情，终始无异心。今妾独寝处，旧梦空追寻。妾命本自薄，君心宁不谌。春风煦和日，好树歌时禽。愿君体常泰，疾病毋相侵。

其　九

故人万余里，贻我书与琴。书中叙交谊，琴以寄远心。磋磨皆古调，寂寞伤孤襟。独坐望明月，千载怀知音。

其　十

离别何足道，相要有平生。鼎鼎百年内，所志宁无成。日月不我与，容颜今复更。俯观原中树，柯叶相纵横。雨露自沾润，雪霜亦飘零。惟希后凋节，岁寒常敷荣。

其十一

少小在左右，万里常追随。团栾不自觉，惟知相因依。牵裾乐言笑，一日十二时。良时不再遇，于今长别离。郁郁庭中树，乌鸟巢其枝。老乌各相失，形影分东西。遗雏独孤露，谁为慰渴饥。返哺情则殷，翼短不得飞。飞飞难自由，日夕枝上啼。啼声毋太苦，我情同尔悲。悲怀莫可诉，闻声双泪垂。

其十二

阿姊有夫婿，当户理晨妆。被服罗锦绣，安居饰华堂。阿兄读古书，出言已成章。阿妹年幼小，踯躅相扶将。我惟弄机杼，著我布素裳。慈母不得见，毋使老父伤。老父辞夏屋，迁居小山房。土舍覆茅茨，牙轴堆琳琅。食也甘粗粝，寝也支绳床。乐贫同处贵，终身还徜徉。姊随郎君去，我依老父旁。但得亲心欢，欢心何能忘。兄妹同趋庭，其乐方未央。

其十三

西北昆仑山，上有琼树枝。琅玕舞灵凤，玉佩和鸾吹。青鸟不复至，子乔宁可期。日夕蔽云气，无见颜色时。安得凌风飞，一饮清瑶池。

其十四

寂寂孤夜永，绵绵丝绪长。纤纤濯女手，脉脉缝衣裳。仰观天边月，清晖满兰房。愿照入关路，游子归故乡。

其十五

河广不可涉，江永不可浮。乘舟而无楫，泛泛临中流。演漾靡所适，风波使人愁。闲身脱罗网，忘机羡轻鸥。

其十六

入世多艰虞，行路苦遥远。忧心从中来，匪席不可卷。夜月今几圆，东风亦已返。辛苦逾关河，眠食慎寒暖。曾经别离长，方知欢娱短。但使归有期，相会未为晚。

其十七

黄鹄振其羽，因风摩天飞。元鸟呼其雌，掠雨梁上栖。长风不得住，去去将安归。中庭乐晨夕，双双终相依。

其十八

妾如波上萍，居如涧中水。水分难合流，萍浮复转徙。漂泊恐无依，微风吹不止。此身不自由，此心何能已。

其十九

闭门少过客，开窗闻鸣禽。春风度虚牖，积雪阴高岑。一离尘垢氛，适我恬淡襟。良友在天末，孤琴感希音。藏书自可读，古欢良可寻。羹墙不复见，悠悠千载心。

其二十

忠厚心相知，琴瑟声相和。一弹而再鼓，遗音感人多。感人不在音，同心谅无他。奈何逞意气，独弹自高歌。歌罢不成调，怀抱竟如何。

山城望红山

其一

城东门前路，迤逦见红山。山上滃白云，山下流清湍。千涧汇崖谷，双桥听潺湲。浮屠凌空立，佳境欣追攀。

其　二

三峰插玉笋，到眼堆琼瑰。可望不可即，寒光相萦回。红山顶即博克达山，俗称灵山，三峰积雪高插云霄。钟声出兰若，木石无尘埃。愿得日扶杖，常与参禅来。

寄诗荫汸复附二律

其　一

主恩高且厚，臣职愧多疏。一别燕台路，长驱准部车。乌鲁木齐为准噶尔故地。荷戈荒戍外，闻角夕阳余。极目苍梧远，眠餐可自如。

其　二

我在雪山下，君居泷水间。三春花渐老，万里雁难还。笔墨写新况，风霜非故颜。雨床应有梦，未得到边关。

寄璞岩七弟时需次维扬

其　一

雁群南北飞，羽翼常相乖。短翮不能去，孤影羁长淮。一雁独遨游，奋翮凌风排。忽为弋人慕，同类怆心怀。玉门咽沙漠，西岭冲烟霾。荫汸九弟时在粤西。好风不相送，聚处胡能偕。字字写愁绪，嗷嗷音响哀。青云望天路，欲进嗟无阶。长江淼淼波，水落存津涯。

稻粱亦何恋，归隐芦花隈。

其　二

扬子江上水，滔滔向东流。乌孙山头月，皎皎长西浮。去年沽江酒，同酌庭花秋。今年闻山曲，独弦弹伊州。伊州声良苦，安知我心忧。骨肉携手好，与子情绸缪。相去万余里，念子心悠悠。试观连枝树，花叶纷相投。试听在原鸟，飞鸣联其俦。

题和太庵先生心经集注卷后

人生有本来，真如凝不散。正见成正知，圆光莹然焕。潭空月不留，冰融水亦泮。水月同静止，天人识分判。色相纷迷离，苦厄多浩叹。谁欤自在观，观空游泮涣。眼界罗大千，心源常平旦。一经度众生，慈航到彼岸。与世千瞿昙，同龛坐禅观。所谓如来身，即当如是看。先生揭其真，笔底心花粲。妙谛通吾儒，觉路非汗漫。知止得所止，终始事不乱。毋意亦毋我，垢净宁参半。虚灵一性中，真实一理贯。我初识迷途，捧书手亲盥。印心默自思，得心词莫赞。合掌识菩提，今非门外汉。

得汪少海孝廉书赋赠

其　一

送我情何悲，雨雪昔霏霏。别君长相思，杨柳今依依。晨露湿庭草，东风摇芳枝。远怀欲有托，交谊终可期。尺素贻我书，款曲通君词。同心不得见，久要宁忘之。感君怀征夫，无间冬春时。知君念离苦，不和边庭诗。

其　二

边庭在西极，东望望帝乡。山川隔形影，道路阻且长。人事如浮云，云散非一方。儿曹结兰契，寸阴惜时光。情真语肫挚，爱笃终惭惶。我若入林鸟，得树还彷徨。遗雏厉其羽，因风相扶将。愿君为比翼，高飞同翱翔。

寄焘儿

尔乘淮南舟，别我清江浦。浦上寒西风，庭中落秋雨。风雨关我心，丁宁与尔语。谓尔当复来，何意予远去。去去天一涯，仰天空延伫。微云从东归，浮丝牵愁绪。绪长何绵绵，行独还踽踽。万里缄鱼书，百年偕燕侣。此事足慰吾，此情夙望汝。吾身如蓬梗，随风无定所。尔身如鸿鹄，浮云自骞举。勖哉屋蹉跎，及时力须努。

感怀与张沅露明府

其　一

边雪化不尽，寒光满空山。塞云吹不散，白影迷重关。关山自今古，风尘改容颜。容颜难久驻，乡里何时还。

其　二

春风绿野树，枝上闻鸣禽。鸣禽戢其翼，芳时空好音。依栖亦所得，瞻望非故林。林中结新侣，同遇还同心。

春　雁

春雨洒我庭，好风吹我衣。云影留微阴，日光淡余晖。雁阵来玉门，嘹唳长空飞。修翎度雪岭，回顾嗟天涯。同此声嗷嗷，遗音胡不悲。湘水非故土，良时早旋归。

见　燕

其　一

秋社年年别，春归不后期。帘前风细细，雨后柳丝丝。故垒惊相认，天涯又一时。多情难似汝，好语欲贻谁。

其　二

闲庭人独立，芳树夕阳西。相对堂中影，同来塞外栖。殷勤偕旧侣，惆怅忆前题。居白泉时住燕营巢，曾有旧咏。踪迹终无定，春泥即雪泥。

怀王心言明府姚引渔参军

其　一

晨风送春雨，夜月闻鸣刁。边城自俯仰，北望寒星杓。念我同心人，爱之如琼瑶。琼瑶永言好，路远不可招。嘤鸣歌乔木，鹿鸣思野蒿。独唱谁与和，心旌徒摇摇。

其　二

人生慕俦侣，久别宁不思。矧我良友言，古道为箴规。郁郁保阳树，萧萧易水湄。安乐常不忘，而况忧患时。临歧属珍重，引渔亲赴河间送别。遗子相追随。心言遣子辛叔同行。厚意久不报，怀哉同襟期。

感　春

春来候雁北，社至元鸟飞。庭树郁以绿，阶草萋以肥。良辰不相失，彼美还相违。流水何时返，行云或将归。清夜理牙尺，新纨裁君衣。素琴藏宝匣，好音待君挥。

客　来

忽来不速客，客至我无言。问我何所事，身闲心亦闲。户外白云去，庭前飞鸟还。客且乐吾乐，欣然对床眠。

边城晚春

野榼贳村酒，山城闻暮笳。徘徊步芳草，容易饯韶华。弱柳初垂絮，夭桃未放花。漫愁异乡地，少小惯离家。

晤玉制军时以遣戍伊犁过此

君从北方来，过我山中庐。山中亦何有，鸟声相依于。去年与君别，别在东山途。途次同握手，辛苦还与俱。负罪夫何言，引领空嗟吁。我今住乌垒，君亦过伊吾。执袪复道故，春风吹衣裾。不期数月别，乃共万里居。悠悠去乡国，落落同樵渔。观渔灵山下，言近昆仑墟。荷戈当扶杖，且喜人事疏。心情一无系，俯仰宽有余。嗟君发已白，发白神则腴。笑我齿亦落，齿落形何如。

时雨既降集陶句作田家诗四首

其　一

发岁始俯仰，草荣识节和。披草共来往，白日沦西河。耕织称其用，持此感人多。感物频及时，慷慨独悲歌。

其　二

当春理常业，今日天气佳。晨色奏景风，微雨从东来。开荒南野际，戮力东林隈。桑麻日以长，田父有好怀。

其　三

日入相与归，挈杖还西庐。盥濯息檐下，春醪解饥劬。鸡犬互鸣吠，贫贱有交娱。既耕亦已种，君情定何如。

其　四

菽稷随时艺，园蔬有余滋。衣食固其端，得失不复知。投耒去学仕，游云倏无依。是以植杖翁，终身与世辞。

雨　后

天上白云去，霭霭留微阴。庭中清风来，袅袅吹芳林。傍门数株柳，新绿沾衣襟。闲情对双燕，下上闻好音。好音不可寄，悠悠劳我心。

季春二十八日同成漪园中丞至迪化城

其　一

十里春郊路，轻车共往还。几家茅屋外，四面碧峰间。绝少尘世染，方知心地闲。好山留古寺，时过红山寺下。清磬度云鬟。

其　二

宿雨尚含润，田畴高下宜。有人来曲径，驱犊下荒陂。一水添新涨，千林绿旧枝。独怜赏心处，又是送春期。

寄汪少海孝廉

其　一

一别遂万里，相知在平生。穆然清风至，窗外闻嘤鸣。嘤鸣如吾耳，殷殷求友声。仰视浮云征，东西难合并。我无凌风翼，何以将中情。

其　二

今日已言别，何时方成归。高鸟翔寥廓，故林还因依。人生年几何，远游空尔为。远游不得返，初愿将无违。草绿春亦去，抚时增我悲。

示焘儿

猗与兰芬，草则刈之。时哉雉鸣，罦则离之。谁与忧心，莫言愠之。我有杂佩，薄言问之。霭霭云翳，悠悠尔思。顾瞻周道，曷月旋归。归哉归哉，不知其期。无饥无渴，我心则夷。

勖焘儿

南北当路歧，黄黑染素丝。托身在何所，昔人尝悲之。坦怀适大路，贞尚贵不缁。其中有定力，此意当自持。平生愧薄植，日月嗟难追。艰险苦相遇，信修颇无疑。念我迟暮景，勖尔丁宁词。良田不易得，谁能废耘耔。良辰不再至，愿毋辜芳时。

题亦吾庐寓斋所题额也。

出门乘一车，入门观群书。夜露湿墙树，晨鸟翔庭除。在物无不足，于我常有余。此身寄天地，悠然乐吾庐。

答星者

盈虚与消长，天命有自然。盛衰与荣落，事机有循环。知机识进退，安命无忧患。君笑探厥策，我早穷其端。吾生苦劳攘，远怀慕清闲。清闲在何所，遗世良独难。羡彼伯阳子，骑牛过西关。

夜　雨

夜静客仍坐，客去我不留。踪迹何落落，情怀两悠悠。湿云度天上，暮角来城头。倦眠眠复醒，雨气凉如秋。

晨　坐

晓起一无事，清光殊可人。云低天欲雨，庭碧树留春。但觉露花润，时同禽语亲。静观成独赏，吾不负斯晨。

午　坐

首夏清和候，亭亭日午时。门无当路客，榻有古人诗。独坐自相契，同心将共谁。微吟托深致，一与好风期。

读　诗

闭门不复出，论古读其诗。古人不可作，今难与古期。何为手一卷，琅琅情则怡。我情不自达，古已有其词。长言而永叹，适获我所思。语语道真性，真性谁能漓。会心不远处，得意相忘时。高歌识令德，千载终同之。

砚　铭

德缜密，质坚贞。视我履，终吾耕。

杨总戎名芳赴伊犁戍所赋此赠行

勋威隆阃外，怀抱是书生。能固成城志，无惭大勇名。总戎善抚士卒，人乐为用。奇材终柄用，错节乃艰贞。少得诗书力，浮荣一笑轻。

杂诗

其一

萋萋复菶菶，梧桐高冈生。蔼蔼绿阴覆，煜煜朝阳明。五色耀羽翼，上闻凤凰鸣。元音在盛世，良时相酬赓。至德相感召，鼓琴扬休声。穆如清风来，终听惟和平。

其二

昨日丹霞升，当窗朝日曜。今日阴雨降，遍地浮云冒。浮云蔽层霄，横空力排奡。安得天风来，吹嘘一为扫。布濩有元功，变化任鸿造。不见西北倾，自有烛龙照。

其三

廛市互喧杂，方言听难真。众生食其力，芸芸诚苦辛。相彼南亩人，胼胝终岁勤。相期桑麻长，始得妇子亲。持此念农贾，农贾还多欣。斗酒相慰劳，悠悠忘贱贫。贱贫何足乐，是非不缠身。

其　四

世慕桃花源，桃源在何许。神仙藏奇踪，空与渔父语。渔父迷其津，回首徒延伫。谷口山风来，花溪云烟阻。一苇无所之，孤情怅谁与。人间尽桃源，孰是避秦侣。

其　五

檐雀戏藩砦，云鹤翔天衢。赋质既不类，所志亦复殊。六翮落园圃，掩仰不得舒。短翼缘因依，奋飞偏自如。碔砆竟成玉，鱼目常混珠。区区怀寸心，何以为良图。

其　六

针药亦可进，症痞难屡攻。受病有所由，调和在当躬。疢疾存智慧，人世多吝凶。夭寿弗以贰，修身俟其终。睟面盎于背，根心求内充。

与成漪园中丞游红山

披衣来清风，初夏散晴景。此心一无思，结怀向幽静。欣然入红山，扶筇招提境。岚气浮遥林，云容幂翠岭。滩头漱溪声，树下翻禽影。小室展虚窗，清谈酌苦茗。指点观城村，参差列舍井。即目千景佳，娱情百虑屏。惜无水满河，一泛钓鱼艇。两人各科头，不醉亦不醒。但使身境间，殊觉天趣永。吾生终行休，云山更引领。

游红山后即赴智珠山同奇将军凤主政张明府五人小集

境转情亦移，眼空心无碍。烦喧荡世尘，俯仰得清概。持杯联所欢，幽赏非俗爱。远山列眉容，懒客多睡态。张明府小饮即睡。仰观燕燕飞，落影鸣荒塞。天末披长风，悠然与之会。宇宙本来宽，何须分中外。

李石农廉访到戍

孤臣来绝域，有父复无儿。如此艰难况，旁观涕泪随。天威怀咫尺，孺慕恋分歧。廉访别尊人于栾城途次。劝子自珍重，毋登暮角陴。

睡　起

弱冠即远游，干役劳此身。披衣以待旦，晓星常未升。今者就闲退，萧散无世撄。坦怀适我意，稳睡忘晨兴。檐雀兢呼噪，朝日依窗棂。欹枕心自觉，拥衾梦未醒。梦醒不复忆，蘧蘧遗其形。生平会有得，俯仰多余情。此境良不易，悠然如童婴。

出城闲眺

灵山常入望，平野绿阴多。杖屐随身好，春华瞥眼过。行云欲归岫，逝水漾回波。不定阴晴候，徘徊意若何。

奇将军来寓述日前智珠山雅集之兴复成短章书寄焘儿并寄汪少海孝廉

未成东道归，且踏东郊路。登山不扶筇，摄衣仍阔步。白云来我前，清峰识佳处。窗下坐忘疲，寺前行复顾。爰有智珠山，幽偏惬心慕。散人无所拘，小陟亦成趣。徵欢皆良朋，联袂快清晤。对面排芙蓉，当筵辨云树。此间风景多，肯令时光误。礼数从简疏，觥筹任交互。心醉如饮醇，驱车入城去。迤逦望平原，苍然日薄暮。自非遗俗撄，何能尽欢遇。悠悠千里怀，引领念亲故。书舫余旧游，藤花善培护。

题　壁

不异葛天民，悠然乐我真。昼长云影度，人静鸟声亲。少小慕恬淡，心期忘笑嗔。满庭得生趣，领略是闲身。

客庐长昼独坐吟诗忽忆去岁清和在龙口山下与汪少海孝廉日相倡和不觉离思枨触因寄以诗用昌黎县斋读书韵

出门即阛阓，入门同山林。林中集翔鸟，倦飞同此心。远岫列窗牖，清风吹衣襟。淡怀一无慕，薄茗聊孤斟。龙山有嘉客，旧欢不可寻。相违越万里，白发日见侵。良晤宁不在，离思殊难任。藤阴读书处，逸韵还如金。

咏怀用陶公拟古九首韵

其　一

拂拂山下风，盈盈陌中柳。我来叶尚枯，此行良已久。孤攀折其枝，将以贻我友。犹忆离别时，握手执杯酒。久要平生言，拳拳不忍负。人世广结交，相知何独厚。折柳感我心，古谊今安有。

其　二

神仙有所托，功名有所终。紫气满函关，青牛隐西戎。燕然勒山石，飞将为汉雄。云梯安可上，缥渺随长风。麟阁荣其名，封侯丁数穷。何如自俯仰，且凭化迁中。

其　三

草木日以长，郁郁城东隅。岁时自转运，物汇同卷舒。轻风入我牖，好鸟栖我庐。殷勤营巢垒，同我逆旅居。回首望里墟，田园将久芜。尔巢亦复固，我情当何如。

其　四

丈夫志四海，慷慨威八荒。肯为檐上雀，连翩处中堂。远行极流沙，旷览何茫茫。单于昔当垒，穷漠为战场。成功纪碑碣，壮骨留丘邙。

自古雄杰士，骏驹同昂昂。谁欤独踯躅，美人怀西方。西方望无极，怃然心忧伤。

其　五

剪茅葺破屋，颓墙亦已完。来往无过客，披褐常不冠。开窗对庭柯，青峰映苍颜。行行越曲径，禽语闻关关。娇首夕阳下，余景浮云端。扶童涧中过，携琴山下弹。山势接昆仑，采翼骖青鸾。欲往从之游，天风吹空寒。

其　六

万里自行役，淹留今在兹。昔日遇嘉会，未敢辜良时。坚乎磨不磷，白也涅不淄。克终如其始，中道宁复疑。人生恋俦侣，惜与朋旧辞。努力守顾辙，聊以慰相思。达人一穷达，斯言不我欺。俯仰得此生，去住任所之。晨兴罢洒扫，我且读我诗。

其　七

城隅喜幽旷，夏日犹清和。块然处一室，室中闻啸歌。卓哉庚桑楚，思虑戒其多。人世皆浮荣，冉冉风中花。去者不必忆，来者知如何。

其　八

年少怀壮志，挥策快远游。东西与南北，所过皆名州。朱紫空以纡，日月还若流。愧无长生诀，何为揖浮丘。又无凌风翼，四溟谁能周。聊乐我所乐，欣欣复焉求。

其　九

散步游东园，园花亦可采。采花重颜色，芳菲忽复改。欲以赠所思，所思隔山海。含英能几时，秋风已相待。对花独徘徊，失手良足悔。

有感用陶公有会而作韵

饮水聊止渴，疏食可疗饥。驱车策驽马，亦何异乘肥。被服不完士，宁有狐白衣。如何当境者，戚戚长苦悲。处约同处乐，吾道未可非。浮名归于尽，令名当自贻。荆扉独洒扫，暮鸟相与归。歌商出金石，原生真吾师。

答友用陶公和戴主簿韵

振衣走西塞，岂必嗟途穷。春雨绿野外，夏云起山中。我躬乐晨夕，城侧屋不丰。悠然见远岫，穆如披清风。幽怀静以畅，新诗歌未终。境淡尘不杂，意惬心弥冲。拄杖步林樾，洲渚相冯隆。倘遇王子乔，接我以上嵩。

薄暮与王辛叔作廊下谈用陶公假还江陵夜行涂口韵

晚烟四山合，苍然初欲冥。檐鸟翔复集，徘徊有余情。清风拂牖下，促坐还班荆。夕阳忽已落，夜月犹未生。天星自疏散，耿耿含虚明。赏心各道故，词淡中情平。邱园思绵邈，岁月感迈征。我行亦永久，何时成归耕。进退不自决，羁绁终相萦。卓哉柴桑翁，悠悠绝浮名。

斋中读书用陶公丙辰岁八月中于下潠田舍获韵

居庐八九间，聿在城南隈。诗书数十卷，永歌畅其怀。非有丝竹声，自与金石谐。清晨和林鸟，日午闻邻鸡。含英而咀华，得味美于回。寄托以言志，慷慨还余哀。可兴亦可怨，意逆心为开。古人获我心，千载风未颓。其志适相合，其声宁云乖。我今得此乐，世事从栖栖。

赠王辛叔用陶公赠羊长史韵

天时有往复，人事多艰虞。居易泯尤怨，得闲还读书。知子亦已久，识面从燕都。过庭守诗礼，尺寸不敢逾。交情在患难，绝塞驰轻舆。西北厉严寒，辛苦同我俱。见义勇于为，临事毋踌躇。古人重意气，今视古何如。此间征战地，雪漠连沙芜。承平沐化泽，耕凿同康娱。谪居感主德，亲故宁见疏。得子望千载，临风怀抱舒。

戏答客问

乘烟戏蒙谷，云日随飘飖。相期九垓上，宁复交卢敖。蜉蝣振其羽，戢戢玩三朝。讵知千年寿，元鹤冲青霄。所见既不广，所处何能高。达兼穷则独，士也终嚣嚣。

书近况示桼儿用陶公责子韵

来赏夭桃花，复尝朱樱实。长昼栖蓬庐，青山润诗笔。日诵游仙篇，遐想松乔匹。云翼宁可招，乞身苦无术。忆我辞瀛洲，河间府。历旬十有七。萧然环堵中，里居不近栗。近况知如何，白发非故物。

松　桐　吟

涧松无好花，园桃争颜色。桐干无附枝，柳条自拂拭。三冬成其阴，岁寒不改心。一琴适其用，调古不改音。回忆同生初，桃柳今何如。

再题亦吾庐用陶公怨诗楚调示庞主簿邓治中韵

渊明采篱菊，一觞方陶然。荆扉绝尘想，丘山娱暮年。我非隐沦客，性癖耽幽偏。去官远行役，未得归耕田。栖迟树椽屋，不异居山廛。怀抱付长啸，偃息随高眠。隔院闻犬吠，遥林听禽迁。身游万里外，心通千载前。真意在寤寐，流幻同云烟。抚已欣自得，何必肥遁贤。

◎卷五　西行草·中

乌鲁木齐风土方物与关内大同小异因用陶公桃花原韵纪之

中外为一家，休哉承平世。准夷悉东臣，弱水向西逝。西城我赤子，污莱宁终废。关设商贾通，途长津亭憩。牛羊孳息繁，牟麦山农艺。雪渠润田园，边壤轻租税。凉燠互阴晴，市廛喧鸣吠。白盐有天池，熬波学古制。垒石峰岫低，裂帛童叟诣。土俗不建祠庙，垒石于山，悬帛以祈晴雨。祈祷因乎时，风雨不为厉。战场歌乐郊，荒芜占丰岁。茜草编帷帘，愚氓亦智慧。空笑汉唐时，穹碑勒边界。何如今版图，车书启蒙蔽。我迹走寰区，更历遐陬外。壮游不易言，平生慰夙契。

晤广方伯时由库车前赴伊犁会鞫用陶公于王抚军座送客韵

君从岭南来，来时秋草腓。去秋方伯由广东至库车。我自玉门至，至日候雁归。蓟北快良晤，握手情依依。前在蓟州途次一晤至今。寒暑忽流易，邂逅成乖违。繁花会摇落，失路心何悲。浮萍漾流水，斜日余清辉。我意常绵绵，君行毋迟迟。兰言喜再接，芳馨还相贻。方伯会鞫事竣，仍当过此。

五月一日疾愈至都护署中与和太庵先生讲易用陶公乙巳岁三月为建威参军使都经钱溪韵

养疴息吾庐，襟怀淡无积。坐卧手一编，自娱在古昔。情若依蒲鱼，懒如倦飞翮。数日将迎稀，遂令知交隔。今朝天景佳，出门当行役。散步游芳园，揲著参周易。消息知盈虚，话言叙离析。真意得窗间，悠然忆竹柏。

送奇将军还京用陶公咏二疏韵

公罢我未来，我来公复去。相逢几何时，颇识公高趣。倜傥疏小节，气概类文举。闲适忘形骸，潇洒同白傅。忆我识面初，同在上苑路。今为谪居人，犹以国士顾。鉴我真率怀，虚邀当官誉。吾侪拙宦耳，何能达时务。穷通有自然，委顺乐平素。悠然脱簪组，观云心先悟。心期相与谐，聚散靡攸虑。即此心期间，见微而知著。

午日忆都中儿女

其　一

草木长夏日，郁郁荣且丰。絺绤以当暑，披襟来薰风。艾虎悬户外，蒲剑生池中。触怀感节物，节物时相逢。良辰独徙倚，言笑谁与同。

其　二

老藤荫幽舫，中闻弦歌音。歌音有余慕，因歌寄遐心。遐心不可寄，旧迹还追寻。诸女侍儿侧，学绣穿金针。一女循墙戏，学语方自今。我怀托万里，临风望遥岑。

杂　言

白鹤在天上，抗志扬修翎。铩羽亦昂首，宁同鸡鹜争。白浪摇海水，鼓鬣乘长鲸。赪尾不乞怜，肯与鲂鲔行。琴筝合座右，正淫有殊声。兰艾生庭中，薰莸终异情。

挽那故牧用陶公挽歌三首韵

其　一

驱车来玉门，雪落嗟岁促。邂逅逢驿亭，话言自省录。罪至夫何言，情孤若枯木。下吏狱卒尊，有谁寝门哭。簪绂误此生，梦幻胡不觉。升阶即祸阶，知止当无辱。时那牧以推升部员离任。高鸿飞青冥，有帛宁系足。

其　二

有母不克事，素服莫哀觞。那牧被逮，半途即闻母丧。何如早旋归，调羹奉母尝。抱憾泪不收，啜泣感路傍。赍恨遂以没，青灯黯无光。

解组返故国，构怨死异乡。那牧以小事与人构怨，被控就逮。冥冥即长夜，长夜悲无央。

其　三

边隅苦寂寞，塞雨何飘萧。孤魂在重壤，茕茕留荒郊。远望燕台居，云山隔岧峣。黄沙依蔓草，野柳垂长条。嗟人寄一世，譬若露在朝。朝露时无多，年命可奈何。老仆哭灵柩，几日送归家。我情忆往路，拂几吟哀歌。歌声犹未已，凄风起崇阿。

喜雨复用陶公连雨独饮韵

清晨淡日色，云意方油然。土人为我语，云在灵山间。此处土人每占灵山有云，即可得雨。为山不在高，有名原以仙。久晴降时雨，仁爱归苍天。好雨来霏霏，东风为之先。雨足暑亦退，凉景今复还。四望远畴绿，田父占有年。笑我同此乐，欣欣默无言。

咏三良即用陶公韵

子车徇其主，三良无一遗。于君恩已深，在臣分则微。爱君以忘身，安得顾其私。当时作邦彦，入朝理裳帷。羔羊美素节，贤声初不亏。临穴莫可赎，视死还如归。惜哉秦康公，乱命弗敢违。一朝杀三士，东征宁复希。国人歌黄鸟，至今遗音悲。渠渠欢夏屋，何若赓无衣。

咏荆轲即用陶公韵

东周一共主，列侯惧秦嬴。游说在六国，谈笑取上卿。厥后太子丹，西质还燕京。复仇不得间，荆轲市中行。饮酣歌且泣，傲睨无簪缨。狗屠作上客，酒徒成时英。但闻高渐离，和以击筑声。萧萧易水上，黯黯风波生。祖筵共慷慨，白衣相哀惊。岂以人家国，博尔壮士名。名亦不复壮，匕首穷大庭。空函将军首，竟献督亢城。抚剑自决绝，绕柱徒屏营。盗劫名莫逭，吞并事已成。悲哉樊於期，郁郁千秋情。

赴友人饮用陶公诸人共游柏下韵

觞酒吾自酌，座琴听人弹。素心共晨夕，话言聊与欢。白发诧今日，青山仍故颜。相对一相忆，余情何能殚。

嗟　老

少小游四海，岂独今远行。安眠拥布被，充腹调藜羹。寝食无不适，世事宁复撄。胡为平常居，时闻歌叹声。凌晨拭旧镜，照影非旧形。白发已盈握，白须添数茎。日月逝不处，蹉跎感吾情。膝下小儿女，一一皆长成。催人作皤叟，衰暮交相并。人生少而壮，老至如寻盟。庭前兰蕙花，当秋难长荣。达哉香山翁，息心念无生。

雨后咏怀集陶公句

其　一

神渊写时雨，良辰入奇怀。虚室绝尘想，凯风因时来。孟夏草木长，山气日夕佳。班班有翔鸟，寄声与我谐。

其　二

风雨纵横至，即事多所欣。新畴复应畲，良苗亦怀新。蔼蔼堂前林，悠悠东去云。寝迹衡门下，念我意中人。

五月十六日雨后晨起

其　一

客枕停残柝，晨兴望晓楼。檐声余宿溜，凉意近深秋。小住收行脚，偷闲懒栉头。观生观进退，是日为余生日。有会在兹不。

其　二

过客光阴去，难禁白发生。且欣身尚健，况复雨多情。淡洗看山色，浓阴听鸟声。良时随处得，何事说边城。

生日自题

其　一

我今五十一，向老可如何。岁月晚年促，离愁迁客多。中心怀感激，始愿愧蹉跎。把酒自斟酌，因成劳者歌。

其　二

衡茅聊寄托，俯仰一闲身。遍阅艰难境，宁伤寂寞滨。志高曾许国，才拙不如人。踪迹回头忆，空嗟白发新。

其　三

扁舟泛南浦，半载走西陲。嘉会不常遇，盛时宁可追。升沉安义命，心性惕忧危。得力平生处，悠然我自知。

其　四

生初原可溯，往事莫重论。失路思迷路，承恩未报恩。孑身依古塞，万里望君门。衍庆留天语，绳家盼后昆。

其　五

燕台小儿女，旅处想平安。笑我踪无定，如棋局未残。中怀长渺渺，远道总漫漫。此日称觞会，当思聚首难。

其　六

有弟留西域，家书寄仲冬。金城江水驶，剑甲岫云封。金城江、剑甲山皆在荫汸弟所领河池境内。骨肉情无已，山川路几重。梦回在清远，清远轩在保定节署，余四十九岁生日弟与璞岩、荔川、树崖诸弟俱在署中。三载忆离踪。

其　七

三十六湖水，怀人共倚楼。晨潮泊瓜步，暮月满邗沟。余于去秋与璞岩七弟、树崖十弟别于清江，时两弟犹在扬州也。久笃弟兄爱，知萦边塞愁。长公年近暮，但愿得行休。

其　八

园林端好在，薄宦悔前非。白日谁能返，青山久未归。桑榆多恋老，尘垢不淄衣。且喜薰风至，南窗暑气微。

其　九

几间城下屋，小住即为家。人似营巢燕，年如赴壑蛇。鬓头添积雪，眼底复生花。守拙桑田好，吾生愿不赊。

其　十

不是蓬莱客，长生志莫谐。安闲益疏懒，淡泊在胸襟。过隙驹阴度，盈庭山色佳。吟诗当弦管，何必感天涯。

即　事

山下好雨施，山上白云积。雨足双水流，城外有双溪。云消众峰碧。陇亩殊土宜，此间雨不宜多。寒暄变晨夕。夏月一雨便可着棉。流览采方言，因时适其适。

雨后赋寄焘儿即倒叠前韵

矮屋值长夏，溽蒸颇不适。风雨山中来，凉眠喜在夕。尘襟相与清，树影自凝碧。遥思藤下阴，青苔日以积。

亦吾庐观书遣兴集陶句

行行至斯里，白发亦已繁。诗书敦夙好，憔悴由化迁。拥怀累代下，虚室有余间。地为罕人远，而无车马喧。新葵郁北牖，青松在东园。凉风起将夕，晨鸟暮来还。真想初在襟，有时不肯言。高举寻吾契，复得返自然。

复集陶句咏怀

伊余何为者，悠然方弹琴。啸傲东轩下，回飙开我襟。清歌散新声，微雨洗高林。杜门不复出，逍遥沮溺心。

有感集陶句

相知不忠厚，举世少复真。顾我抱兹独，言笑难为因。班荆坐松下，中夏贮清阴。有客赏我趣，乃不见吾心。

闲中读书仍集陶句赋寄焘儿

白发被两鬓，酒熟吾自斟。醒醉还相笑，清歌畅高音。岁月不待人，古人惜寸阴。奈何五十年，徒设在昔心。我心固匪石，羁鸟恋旧林。时还读我书，怀古一何深。寄意一言外，有子不留金。

饮酒集陶句

众鸟欣有托，孤云独无依。杳然天界高，长风无息时。荡荡空中景，飘飘吹我衣。微雨从东来，园蔬有余滋。逍遥自闲止，言咏遂赋诗。百年会有役，千载非所知。卫生每苦拙，得酒莫苟辞。提壶接宾侣，请从余所之。

读陶诗慕陶之为人高山仰止难已于言即集其句以咏之

东方有一士，性本爱丘山。养真衡茅下，厌厌闾里欢。方宅十余亩，岁功聊可观。量力守故辙，放意乐余年。介然安其业，邈然不可干。既耕亦已种，乃言饮得仙。有酒斟酌之，余襟良已殚。遥遥望白云，每每顾林园。不怨道里长，无复东西缘。乔柯无可倚，飞鸟相与还。此中有真意，弱毫多所宣。桑竹垂余荫，父老杂乱言。同物既无虑，重觞忽忘天。俯仰终宇宙，晨夕看山川。且当从黄绮，甘以辞华轩。愚生三季后，高操非所攀。一世皆尚同，此士胡独然。托身已得所，千载乃相关。

不寐

欲寐不成寐，城上漏声彻。坐床拥轻衾，照窗淡残月。夜犬吠有时，晨鸡静欲发。冥想无端倪，诗兴复超越。吟酣梦未酣，词竭情不竭。感彼知音希，愧此壮心歇。晓起对青镜，萧萧添素发。

送公方伯之库车

八年成久别，万里暂相依。见面频搔鬓，闻言当佩韦。每劝余坚守前操勿改。边隅多病日，暑路御征衣。感激君恩重，敢云臣力微。方伯于去秋得病，今始调理稍愈。此去送迎少，园中花木多。浓阴堪避热，闲境亦除疴。岫向窗前列，筇扶月下过。使君自怡悦，奈我索居何。

客庐有燕营巢數雏已成而巢落其雏经惊欲绝命僮以箕盛而系之原所一昼方苏待食依然今羽翼已成喃喃且飞覆巢之下竟得保全一幸事也欣然有感赋诗纪之

其　一

燕燕知好春，比翼相和鸣。殷勤度巢垒，向背何分明。有时顾我语，相对如含情。对尔乐晨夕，怜尔苦经营。

其　二

经营成其居，恩勤哺其雏。朝飞日已暮，羽谯口卒瘏。迨天未阴雨，绸缪在厥初。曰予未有室，鬻子亦悯乎。

其　三

鬻子子未长，栖巢巢忽倾。倾巢堕其子，飞鸣扬哀声。声哀心亦苦，苦心欲谁语。人事多不虞，危机复及汝。

其　四

我起视尔雏，五雏覆一隅。震惊神沮丧，以气相煦濡。煦濡含生意，茅檐宁故居。雄雌各相守，乐哉欣来苏。

其　五

来苏复索食，巢上闻孜孜。两禽哺虫去，一日飞千回。此身为儿苦，此心恐儿饥。人间父母恩，子也胡不知。

其　六

黄口半将脱，紫颔亦已丰。庭树羽初试，云路心已通。回飙厉天上，人世张弹弓。危哉有其始，勖哉慎尔终。

送恩方伯之喀什噶尔

其　一

君先来玉塞，方伯已在庭州三年。我亦走边门。迹共泥鸿印，情联笑语温。谈心敦友谊，回首恋师恩。尊人钟文恪公，余师也。今日邮亭送，烟霏晓树昏。

其　二

欲别难为别，殷勤赠一言。世途多坎壈，云路会腾骞。但使平生在，无将去住论。八城皆部落，羊酒迓朱幡。

苦　热

塞外风苦寒，入耳独凄切。城头雪满山，入目亦莹澈。嗟此西北隅，重阴常凝结。或当夏日长，不异清秋节。谁知烦溽蒸，亦若洪炉烈。

赤轮御日飞，火云嘘空热。宵深席尚温，衣解汗无歇。拂郁不得舒，襟怀何由豁。吁嗟六合宽，阴阳一气彻。天地运有常，暑寒序无越。此理原同然，所思毋乃拙。心地本清凉，愿君自怡悦。

诔　砚童子洗砚失手堕地而碎，诗以诔之。

与我结夙缘，未尝须臾别。风度易水寒，在白泉居即用此砚。箧余天山雪。于兹共晨昏，赖尔徂岁月。情同关山长，中书老而悦。锦茵不沾尘，劲笔还屈铁。何意赏心违，文房不尔设。堕地声铿然，一似唾壶裂。忆昔苏长公，易砚作剑说。东坡以铜剑与张几仲易龙子石砚，作诗记之。龙尾与赤蛇，东坡诗云："我家铜剑与赤蛇。"妙物皆奇绝。以彼而易此，永好两相结。新诗若悬河，"永以为好譬之桃李与琼华。"又，"那将屋漏供悬河"，皆坡公易砚诗句。余波不能竭。"试向君砚求余波"，亦坡公句。惜我非苏才，出言愧词拙。周旋亦已久，怀抱未能辍。德性本坚贞，风流何销歇。爱尔磨不磷，怜尔刚易折。作诔明相思，用以箴吾缺。

今　朝

今朝复明旦，用白句。明旦非今日。用陶句。方来春未阑，此往秋应律。壮怀忆当年，韶颜改旧质。白日不复返，回戈竟无术。嗟我万里人，行年五十一。迁转如飘尘，栖迟在蓬荜。风声来塞垣，入耳多萧瑟。相依有朋侪，相顾同谴黜。忧患古来多，光阴望中失。何以慰羁愁，托心散缥帙。

蓄雏雁

秋天寒潭清，宵月寥空度。尔迹托云山，胡乃杂鸡鹜。完卵遗浮沙，弋人代雏哺。日在樊笼间，遂为稻粱误。美味和盐姜，有时供匕箸。天涯冷落禽，亦复遭此数。易尔置园中，饮啄安所遇。江上白鹭飞，风中元鹤翥。待尔羽翼成，同彼青冥去。人间罗网多，高翔莫回顾。

观　弈

世事若棋局，局局争新奇。成败何足论，得失恒相持。默默运精意，此中伏危机。纵横任所适，攻击无已时。笑我袖手人，旁观生遐思。杨子顾歧路，慷慨为长欷。失著不可悔，谁则早辨之。明昧慎其几，当局宜自知。石室柯已烂，毋使仙人嗤。

效　古

送君一寸心，随君万里外。此日成远离，何时复良会。园花争时妍，愁人无好颜。窗禽亦巧语，我怀谁为宣。

过李石农廉访寓斋感赋

其　一

共此孤臣遇，同为绝塞人。逢时才本拙，知己语偏真。俯仰将迟暮，平生亦苦辛。迢遥望东道，怀抱益相亲。

其　二

回头忆踪迹，握手叙心期。往境都如幻，浮生可有涯。泪流终日话，情见一编诗。畏说新秋近，愁怀落叶知。

热

凉风已将至，溽暑还未央。彤云驾赤驭，白日腾烈光。岂其恃炟赫，余威方欲张。炙手势可畏，趋炎情堪伤。即景得深悟，开卷闻古香。静室披我襟，席地为我床。冷热无不适，于焉以徜徉。

六月已尽未闻蝉鸣用香山早蝉韵以咏之

户外开曙色，但见晨雀鸣。林中落斜晖，不闻新蝉声。蝉声不得闻，碧树空有情。岂伊鸣风翼，欲待秋风生。秋风助哀咽，哀咽难为听。听者谁家子，迁客居边城。

谢李石农廉访惠墨

久结翰墨缘，缘结遇不疏。东西日驰逐，未尝离须臾。今日拜君惠，书生性命俱。万杵集其液，握中龙文舒。磨砻发幽光，光潜德有余。芳馨盈我室，兰交亦相如。古香异世味，嗜好酸咸殊。信古近于愚，学古城为迂。迂愚不适用，万里投穹庐。君书读坟典，君诗富欧苏。泼墨池水黑，骨力追褚虞。胡为历坎壈，与我同羁孤。两人荷戈立，不异枯池鱼。相见复相得，结习终难除。守此而不失，毋乃益穷欤。穷通靡攸虑，用陶句。道在聊自娱。人生百年耳，富贵葭中莩。但恐墨磨人，老矣空嗟吁。作诗纪君墨，墨花沾我裾。清言相持赠，清风生庭隅。

檐下禽

鹦鹉能巧言，日在絷维里。秋鹰工爪击，亦系臂韝矣。如何檐下禽，飞飞无好音。相偕乐茅宇，转得游疏林。宁为山间莺，莫作池上鹤。羽翼不得舒，未若栖蓬藿。

呈都护和太庵先生

万里西蒙境，輶轩采访真。先生曾作《回疆通志》及《西藏赋》，考据详而且确，近又新纂《三州辑略》。从知持节使，不愧读书人。裘带今儒将，襟期古大臣。不才惭钝拙，尚许接文茵。

立秋感怀寄汪少海

其　一

溽暑何时退，新秋此夕生。踌躇观节物，容易感人情。客岁驱车走，南州冒雨行。去年立秋后，半月即有江南之役。低回旧乡国，一叶怕闻声。

其　二

记得龙山下，联吟到日曛。上年新秋，与少海日相唱和。何期玉关外，洒泪向边云。万里真成别，三秋苦忆君。从来素心友，踪迹惯区分。

立秋日过都护署复呈太庵先生

一榻罗书史，千秋有寸心。开轩纳凉意，论世畅遥襟。不厌多时话，如闻太古琴。饮醇我先醉，岂在酒杯深。

七夕有怀

耿耿银河在，无心问女牛。暮云连古戍，残角听边楼。七月知流火，孤怀畏近秋。燕台今夕梦，迢递向庭州。

感　秋

疏桐飘一叶，旅况又新秋。户月依横砌，帘风动曲钩。杯倾谁共酌，诗好只多愁。尘梦差能觉，心同退鹢流。

石农廉访见和前诗赋谢

一幅琼瑶读报章，为期永好两情将。曲于高处声难和，吟到酣时醉不妨。我辈浮踪同雪爪，人间变态阅炎凉。独余旧日须眉在，对彼青铜愧若霜。

晚　步

晚步耽幽寂，闲庭暑乍收。影看窗落月，声到树多秋。旧雨天涯别，新鸿塞角愁。何心舒远眺，南北总悠悠。

闻　雁

天上秋光开，云间秋雁来。云天度形影，顾影同徘徊。徘徊望昏晓，逢君一何早。岂欲衡阳栖，先取玉关道。关河路攸分，鸿雁不离群。联翼千里去，哀音终夜闻。闻音心凄楚，燕复梁上语。社日近秋分，未能长相处。相处几何时，相别毋相思。相思亦不远，春风以为期。春风燕有情，秋风雁长征。独怜孤飞者，呜咽流余声。余声响寥廓，凉月增萧索。谁弹座中琴，慎毋操别鹤。

读陶公命子诗不觉有感即用其韵寄勖焘儿

其　一

於穆令族，用陶句。时际陶唐。父也亢宗，实宗之光。亦用陶句。母也令德，系出卜商。内外无间，后世其昌。

其　二

我事二人，二纪未周。少罹茕独，负土成丘。瞻望山邱，血泪交流。自我不见，奄昧无俟。“奄昧独无俟”，阮嗣宗《咏怀》句也。注云：“奄昧，犹言玄冥；无俟，犹不相见。”

其　三

曰云与风，从虎与龙。亦承际会，永怀事功。秉兹节钺，抚彼提封。日诵清芬，以继遗踪。

其　四

巍巍峻阁，翼翼乔柯。室藏书簏，门张雀罗。道平则陂，运隆亦窊。顾瞻周道，迁徙流沙。

其　五

凛凛天威，绵绵主德。身处遐荒，心依上国。惟力是供，其仪不忒。素位而行，怡然自得。

其　六

自得于心，非自今始。昔佩簪缨，不忘田里。得返初服，逍遥闲止。缠纠吉凶，色无愠喜。

其　七

昔也载驰，有怀靡及。今也投闲，空庭独立。山鸟朝鸣，边风夜急。怀我二人，抚膺饮泣。

其　八

饮泣怀悲，忆我少时。期我成立，二人之思。悦我亲心，念兹在兹。瞻望弗及，已而已而。

其　九

而今冠矣，一灯膏火。颂诗读书，是诚在我。尚友千年，知人斯可。谦则受益，慎毋满假。

其　十

毋学狂童，童心如孩。后生可畏，畏在方来。父兄之教，子弟斯才。聿念尔祖，尔其勖哉。

述　怀

少日曾披处士衣，何年复作散人归。家山道远云还叠，塞野秋初雁已飞。谁识菜根真味在，我怜琴调赏音稀。从前踪迹回头忆，好向迷途觉是非。

送官总戎还京

圜室三年无死法，玉门万里竟生还。总戎在西安系狱三年，乃免死谪戍。老翁矍铄神犹健，边雪飘零鬓已斑。话到伤心多咽泪，别因同难更愁颜。燕台亦有家人在，为语孤臣寄此间。

赠李石农廉访

先生作客城东隅，萧然一室清风俱。庭前有花砌有草，空翠往往浮窗疏。先生怀抱涵清芬，歌声金石时相闻。偶然兴酣笑泼墨，襟肘拂拂生烟云。我与先生不识面，万里塞垣乃得见。所悲同遇更同心，心为望乡鬓亦变。乡中有井井有屋，屋外娭娟茂修竹。竹竿多节井无波，独抱秋心映湫绿。爱君峻节同琅玕，怜君泛海冲波澜。随波漂流不得泊，风声飒飒来秋寒。寒色寒声此处有，惜无嘉竹成嘉友。林壑风期那可寻，惟我秋心不忍负。秋心不负还交欣，信宿情话同殷勤。连日与石农晤谈。对我良朋如对竹，何可一日无此君。

李石农以诗谢马依韵答之

我闻大宛龙种本是西北材，流沙以东东道万里谁为开。一自黄金络头青丝系其尾，遂令虎胸麟腹长年伏枥随驽骀。王良不生伯乐死，长秸短豆徒自供陪儓。我本良家子，少小游燕市。策马日逐幽并儿，壮图不自今日始。昔年曾作从戎客，震我军声同霹雳。当场气猛阵云屯，抚剑芒寒奔霆掷。我着短衣跨雄马，四蹄一若追风者。左右顾盼颇自雄，嗟我同袍亦已寡。今也踯躅循边墙，还如老骥无羁缰。天山山下马繁息，交河蹴踏腾冰光。惜无当时气概雄且厉，一跃而上不嘶不动摇尾以高骧。赠君马，饰君装，徘徊西域山风凉。人生快意复有几，回首东路何能忘。读君之诗慨以慷，得马失马情无伤。

过李石农舍馆闻暮角而返感赋

旅馆近城头，南东各倚楼。石农居东城楼下，余居则近南楼也。角催新月上，风带暮烟收。独骑人归晚，连声雁度秋。故乡何处望，不待听伊州。

晓　风

城上角声哀，树上风声来。轮台万里梦，夜夜到燕台。燕台何悠悠，晓望城东楼。楼低望不见，萧萧满林秋。

秋　怨

其　一

牵马饮城濠，君在陇西住。照月缝罗衣，妾向空阶步。夜色耿银河，风声度庭树。眷彼织女星，牵牛还相顾。胡宁我离居，长此别离苦。关山不可逾，心随万里去。万里何迢遥，寸心自洄溯。溯洄行复止，衣襟湿宵露。

其　二

衣湿增我悲，悲思当告谁。送君值秋日，今秋复来归。君身若系马，絷维将安之。妾心如汲绠，辘轳无已时。时去不得住，心在长相思。思妾非旧颜，怜君添鬓丝。鬓丝亦何虑，但愿成归期。归期谁能定，此愿毋相违。

忆山居

山屋八九间，僻处临江渚。山好多云峰，江明列沙屿。秋月澄寒潭，春树绿烟坞。蹊径自纡回，帆樯亦容与。相遇多渔樵，忘形问尔汝。悔我出山行，别来历年所。游钓忆平生，萧条叹羁旅。安得植杖归，时与农人语。

喜李石农过访即用见酬原韵

其　一

迁客静无事，空床膝有痕。书香还自袭，酒浊不须温。好友独扶杖，斜阳来叩门。新诗即情话，吟到暮烟昏。

其　二

林禽声唱和，一似谱丝桐。倚栏听微雨，开轩迎好风。逢兹清境少，乐与素心同。往事莫回首，浮云仰太空。

旅怀仍叠前韵

其　一

嘹唳碧天度，云排雁字痕。频年惊作客，一席几曾温。朔马嘶风碛，边沙壅塞门。无端添旅思，戍角乱黄昏。

其　二

秋色满城中，何须问井桐。阴岚先积雪，倦鸟不禁风。节物自相感，襟怀谁与同。聊参真幻境，咄咄总书空。

余有四雁俱购自弋人其二尚雏其二则羽翼已成也哺之匝月一日两雁同飞一雁向东北掠石农廉访舍馆而去竟不复返一雁回翔良久仍还故处石农既咏一雁诗复作哺雁吟见示因作放雁歌以和之

吾闻雄鸡断尾惧为牺，鶢鶋择木不肯栖危枝。况而鸿雁之翼渐于逵，高翔寥廓任所之。胡为误落弋人手，遂与寻常鹅鹜日日同藩篱。维彼弋人子，鬻尔日中市。束缚难为霄汉游，修翎不刷壮心死。衡桂阳，潇湘沚。往者不可追，今日竟如此。雁兮雁兮如有知，雁兮雁兮尔何悲。悲尔雌雄无依归，知尔毛羽日摧颓。摧颓兮足无帛，徘徊兮日将夕。望愁云兮旅禽，挥离袖兮孤客。客听旅禽鸣，所听非一声。声声入耳苦欲诉，恻恻羁思能毋惊。属尔饮啄驯阶庭，养尔羽翮飞青冥。青冥无路云为程，云天有侣宵长征。秋风转，秋月满，风清月白关山远。胡为稻粱谋，影落蒹葭晚。寒潭碧宇自逍遥，汝今一去勿复返。主人放汝去，凝眸盼高举。一雁凌空起，一雁飞复止。两雁翼短不能翔，同群顾望还徬徨。吁嗟此土无可恋，汝今一飞宁即倦。何不联翩摩苍穹，乃甘局促偕鹑鷃。矧尔同栖禽，独往长孤吟。相违不相见，相顾谁相喑。天山山风吹不已，蒲海海水流渺弥。去者嗷嗷不知几千里，留者不飞不鸣终朝戚戚空复尔。阶前踯躅，园中徙倚。雁兮雁兮情何似，噫嘻我亦知之矣。人间殊茫茫，极目不可望。天路渺苍苍，穷高不可上。人间所在张罻罗，天上有时霜雪多。罻伤我身增叹嗟，雪伤我骨沉泥沙。此身失所皆风波，伤心还听使君歌。歌罢愁长如雁何。

过李石农舍馆读其吟秋新什依韵和之

秋意竟如许，秋心还自知。鸟归疏树外，人话夕阳时。挥帚扫三径，赏花余几枝。新凉助吟兴，暮色上垂罳。

送谦大使还京

西风吹驿骑，朔雁度天涯。远塞客归去，中原秋好时。十年辞故里，双鬓感华丝。长路属珍重，遭逢有厚期。

五更不寐坐以待旦仍叠李石农见酬原韵即柬石农

其　一

秋夕不成寐，青灯淡有痕。韵拈新句稳，囊检旧书温。好月识人意，余光来我门。清机聊与共，坐视晓烟昏。

其　二

疏雨片时过，夜半微雨，旋即放晴。谁闻声滴桐。塞外无桐。巢空留燕羽，树老怯晨风。顾我抱兹独，用陶句。知君心与同。徘徊东向望，极目塞云空。

三叠前韵答李石农

其一

一日复一日，愁看驹隙痕。客孤华鬓发，家远阔寒温。贪睡自扶枕，读书长杜门。如君素心侣，茶话尚晨昏。

其二

交谊当如漆，琴心不异桐。相偕弹古调，何事怨秋风。爪迹飞鸿度，襟怀流水同。知音有真赏，筒竹几曾空。

见 蝶

栏外秋花，零落篱边。秋蝶夷犹，今夜梦醒。塞枕此身，归到罗浮。

石农廉访叠韵见投已答之矣一再展吟情尚不能自已复赋此以赠

置身在霄汉，非敢怀山林。长风撼短翮，飘飖难自任。卓卓梧桐姿，忽受霜雪侵。劲直尚如昔，零落嗟自今。倦鸟集枯枝，脉脉情交深。瞻望少俦侣，徘徊独沉吟。顾影怜孤标，闻声感希音。悠悠谁能识，相知惟寸心。

雨后新寒将访石农廉访于城东先此代柬

不觉秋将半，如何客未归。琴书自无恙，童仆尚相依。晨起塞寒袭，夜来山雨微。故人眠已足，好为款柴扉。

石农廉访阅余西行草以四诗见投依韵奉答

其　一

边地多悲风，用甄后句。我昔闻其语。今日躬亲之，声容供听睹。积雪迷朝暾，寒沙壅宿莽。万古景不殊，孤臣谁为伍。荷戈心所甘，茹荼情知苦。辛苦不足悲，嗟哉望乡土。

其　二

怀土恋旧乡，旧乡久相待。长路不得归，轻去良足悔。盐车上太行，千里任驽骀。其力本不胜，其气能毋馁。今与辕轭辞，得免摧辀骇。峨峨祁连山，弥弥蒲类海。山海隔中州，用苏子卿句。但觉诗情在。

其　三

读书怀古人，古人有遗风。古人不可作，吾辈将安从。作者自千载，往往穷益工。才高遇则蹇，今古将毋同。伊余亦何人，心期托遐踪。驱走多阅历，挫折资磨砻。策马到西塞，塞上山童童。惊飙助云势，极目迷荒墉。微吟出肺腑，即景愁心胸。望古发深喟，自愧号寒虫。

其　四

号寒既凄凄，行路嗟靡靡。我来未浃旬，君亦理其轨。轨向伊吾西，同行复同止。君诗盈箧中，言言寓悲喜。人生悲喜情，多为离合使。诗本性情来，尽诗能事矣。我昨读君诗，涕下不能已。一读一怆然，长歌中夜起。挑灯检行囊，糟粕自生耻。交谊古所钦，磋磨从今始。和弦无促音，璞玉含温理。默默会我心，请以质君子。

盆　花

末俗爱盆花，钩带纷捉搦。梅菊入重帷，桃李映疏箔。巍巍松柏枝，亦颇工束缚。徒供耳目玩，或佐杯茗乐。局促不得舒，苦心孰能觉。边地多霜风，风沙恣为虐。虽有嫣娟姿，芳妍无处著。好颜难自持，脉脉任飘落。谁欤惜花人，与之伴寂寞。回首心悠悠，芳洲采杜若。

读李石农谢王辛叔纸笔二诗次韵

其　一

称圣称颠总逸群，先生落笔亦烟云。须知入骨通神处，瘦看秋鹰竦细筋。“细筋入骨如秋鹰”，东坡句也。

其　二

曾到鱼笺浣水溪，更和晨露滴澄泥。我怜识字多忧患，“人生识字忧患始”，亦苏句。蹀躞今穿塞马蹄。

清代直隶总督◎文献集

衍庆堂诗稿

下

颜检　著

河北出版传媒集团
河北教育出版社

◎卷六　西行草·下

戊辰元旦试笔

上日初开百八旬，本年闰五月。祥征景物献良辰。我从关塞新迎岁，身是云霄旧侍臣。两世清芬永终誉，一腔和气总如春。新添行辈绵瓜瓞，入耳佳音盼远人。时有抱孙之望。

新正二日赴迪化城即景

两城遥隔水东西，访我朋侪手共携。野雪残铺冰涧冷，寒林横带夕阳低。三峰隐翠鬟微露，双塔凌霄影不齐。驻足天山恣游览，春初策马试轻蹄。

广省堂先生赋诗寄赠依韵奉和

其　一

棠阴留故里，舆诵到今时。白璧瑕无玷，青松岁后知。栖枝如鸟倦，识路笑羊歧。千里双鱼好，兰言佩赠诗。先生曾任吾粤方伯。

其　二

但得情相契，何妨迹暂疏。频搔怜发短，不负是心初。种秫且为圃，挑灯还读书。此身观自在，在我本如如。

既和前韵复赋二律奉答

其　一

轮台分手后，曾赋寄怀诗。恰好逢春日，重赓绝妙词。一生阅甘苦，两地共心期。况示勤拳意，悠悠系我思。

其　二

作客频年矣，倥偬岁又除。自从栖玉塞，无意觅金鱼。惭愧消闲日，披吟有用书。我公敦古道，望赐指南车。

新正五日怀荫汸弟

其　一

开岁倏五日，青春又及时。初九日立春。此身羁塞漠，有梦到河池。时弟为广西河池牧。离别情难遣，艰虞老更知。陟冈望阳朔，应有寄兄诗。

其　二

敷政想优优，山城导绛驺。求民心自苦，书判笔能遒。弟善书。惠泽流龙水，河池属庆远郡，庆远，古龙水也。循声颂白州。弟曾任博白令。门才还望尔，努力继前修。

其　三

犹记藤花舫，含毫迭唱赓。藉他风日美，慰我弟兄情。几载空延伫，何时更合并。提壶余柏酒，未忍一人倾。

其 四

粤中游宦客，边外荷戈人。路隔万千里，年过四十春。弟今年四十矣。孔怀棠棣好，催老岁华新。兀兀东坡醉，知心恋颍滨。

人日赋寄焘儿

去年人日走边关，今年人日居天山。天山山下风雪冷，朝曦欲放春光还。春光自来复自去，去也何方来何处。来去无端易百年，年来空在边庭住。边外有谁学梅妆，羹调七种菜根香。羹香酒美胡不尝，座中异客思故乡。故乡今亦吹新律，有子读书抱吟膝。少年曾作占岁诗，儿幼时作人日诗，极为同年王心言所赏。老夫留眼观他日。

立春用东坡新年五首韵

其 一

春色度边门，春灯近上元。登台望云物，立市闹城村。柑酒辛盘献，花簪彩胜翻。旅人惊独处，新月伴黄昏。

其 二

到处韶光好，何人实主之。清谈联旧雨，生意上枯枝。叶闰桐阴岁，星回斗柄时。鞭牛步郊外，奔走里中儿。

其　三

西域尊都护，风来棨戟清。仁声欢四部，都护所辖边城凡四。淑景霭双城。敷治同春日，陶情乐友生。芹芽与芦菔，主帅自调羹。立春前一日，都护诸同人小集。

其　四

身在车师北，心随马首东。漫愁关塞迥，莫放酒杯空。我是青云客，今成白发翁。回头思少壮，情事不能同。

其　五

雪凝寒气袭，天霁雀声繁。予著山人服，时游竹素园。昨宵有归梦，稚子已迎门。即此占维吉，含饴喜弄孙。时予望孙甚切。

新春寄怀汪少海孝廉用东坡题鄢陵王主簿所画折枝二首韵少海今春将应南宫试

其　一

一载作迁客，天涯谁为邻。相知不相见，故乡怀故人。怀哉人已远，逝矣时偏新。时更心不易，道合交有神。苍山万重隔，白发两鬓匀。殷勤重搔首，嗟我非青春。

其　二

彩胜斗春花，剪花如美女。无意逐新年，多情恋旧雨。我梦北海鹏，扶摇天风举。又梦瀛洲仙，翱翔蓬莱股。佳兆贻令言，因风寄远楮。愿君执我诗，上林听莺语。

立春日得王心言明府书知复职留于直隶起用因用东坡颍滨陪欧阳公宴西湖诗韵赋寄二首

其　一

乌垒城边积冬雪，踏雪迎春民欢颊。游者杂沓居者歌，旭日晴和风不烈。别君两度易星霜，鸿文赐我何煌煌。时为先中丞作传并寄地理述序。一诵清芬春在手，捧书喜极为之狂。塞外风景殊不恶，灵山欲采仙人药。且息吾庐闲散身，遥思问舍心言颜其居曰“问舍”。团栾乐。春到回忆小春生，君也章甫趋承明。箫韶得聆钧天奏，心言十月引见王逢万寿圣节。笑我空听西秦筝。

其　二

三载营田职播种，爱人易使知名重。况余结交自昔年，风雨襟期曾与共。君身老健神不衰，骅骝得路逢良时。追风试展千里足，当局无负初心知。津门山水供吟笔，七十二淀双凫出。欣随跸路作春游，今春三月，驾幸天津。麦花齐润田间色。翠华临幸承恩多，欢呼夹道毋相呵。长民之官宜主德，省耕游豫当如何。

上元日

郊外迎春春色分，荷戈何处望乡枌。人家爆竹开新市，塞岭晴风散宿云。今夜月轮始三五，满城灯树酿氤氲。当年朝罢归来日，我亦怀柑遗细君。

李石农廉访赋轮台八景诗邀余同作才拙思短未有以应且盈盘珠玉又何敢瓦砾参耶一日偶拈林处士疏影横斜水清浅暗香浮动月黄昏十四字为韵作歌一首意非有托吟或成声录奉座头亦聊以供一哂

与君齐驾天山车，先后来向伊吾庐。伊吾之西乌孙部，一椽托足安我居。我诵陶公句，君借邻家书。奇文疑义共赏析，往来宁使交情疏。关山山风自凄冷，寒梅不放横斜影。天上春光今已回，故乡灯事娱良景，时正上元。我与君也日日搔首空引领。引领有余情，踯躅登孤城。红山晓钟一景落，泌瀵晚渡一景横。三峰下，八景呈，可能一一入望使我双眼明。桥边枯柳何槎丫，烟景未许争春华。红桥烟柳一景。岚阴初散夕阳斜，但见祁连积雪重重不断长相遮。祁连积雪一景。多少迁居客，半是未还家。我偕君行行复止，即目消闲聊尔尔。待得暮春春服成，临流一试温泉水。温泉之水温且清，温泉夜雨一景，余与石农曾有暮春同游温泉之约。濯我足兮濯我缨。凭窗一览遥山翠，倚槛还听细雨声。雨声滴沥鸟声转，春蔬鲜新春稻软。谁将酒满斟，我时兴不浅。乘兴微酣恣延瞰，襟怀与物同恬淡。风从水面生，烟向峰头暗。归程廿里助微吟，或有新诗供点勘。今日登君堂，我读君佳章。一诗一景如琳琅，绝非凡艳凝古香。古香纸上浮，逸响云间流。胸次久得江山助，笔底直欲烟霞收。双肩耸万象，拥君为此诗。神色俱飞动，亦似一百二十峰上重作雁宕游。君观察浙西八年，有雁山游草。天光山光怪怪奇奇为君奉，可惜八年好景溯温台，于今无限边尘隔秦陇。劝君莫赋阴山雪，属君莫望轮台月。轮台秋月一景。惟恐诗成泣鬼神，转使愁多霜鬓发。葱岭苍云苍，葱岭晴云一景。瀚海黄沙黄，瀚海流沙一景。古今作者往往笔落心为伤。我与君出玉关门，风风雨雨同晨昏。山川到眼不必惊诗魂，且与君也畅谈对榻倾芳尊。

赠晋晋斋将军即次晋斋留别太庵都护韵

西蒙万里快登临，南北山川遍访寻。时公由南路参赞擢北路将军。行路艰难多阅历，寄怀恬淡托讴吟。新猷益振三边绩，公昔曾任盛京将军。旧雨重谈七载心。与公别七年矣。恰好灯轮争月色，连宵客酒带春斟。

少海得余寄怀诗见答二律依韵和之

其　一

栖迟塞外又春时，万里双鱼慰我思。景物有怀怜旧雨，离愁无限入新诗。云封暮岭人偏远，雪落晴天境最奇。且幸此身得疏散，还寻钓叟与农师。

其　二

绝域谁为文字交，偶然得句自推敲。深心皓首期苏李，苦语号寒陋岛郊。静听风声来屋角，闲看月影上林梢。吟余更欲参消息，也学荣公读一爻。近与太庵先生讲易，颇觉有会。

和少海寄怀韵

君不见，玉门关外日落长风起，长风撼地乱噀沙飞飞不已。又不见，雪山雪作峰，灰海灰为水，浩浩茫茫一去不知几千里。行人行行向谁语，白日霏霏落硬雨。边外晴日而雨谓之硬雨。但看古戍烟横暮云紫，城头饮马挥鞭指。边门遍贴宜春纸，马上欣展故人书，一年未接故人履。我读君诗生欢喜，可惜三春佳日竟尔东西遥遥隔山海。

少海阅余西行草以六诗题于卷后依韵奉答

其　一

投笔西来竟据鞍，万千客路阅艰难。长年跋涉夸身健，大漠苍茫放眼宽。吊古战场惊鸟断，迷天晴雪压山寒。荷戈执戟寻常事，玉垒流霞供晚餐。

其　二

忽闻野曲谱伊凉，听曲怀人系别肠。迁客多情愁落日，行囊有句半思乡。泌瀼水阔秋横雁，博达山深夏陨霜。莫怨乌孙从远役，太平烽火不须防。

其　三

沙平车过辙无声，疏勒伊吾纪驿程。笑我蹄痕逐蓬梗，爱他春色度关城。跨刀骨带封侯相，遣戍臣殷恋阙情。徙倚斜阳吟未了，天西引领是神京。

其　四

壮年我亦学从戎，今属橐鞬在下风。潮海讴歌磨蝎老，苏山图画牧羊翁。凉州有苏武山。英雄自昔沦边塞，身世真同印雪鸿。扶杖郊坰独来去，何妨一笑付穷通。

其　五

戎疆处处拳花门，哈密以西，多系回部。鸡卜疑多问阿浑。回人头目，谓之阿浑。但使屯田人尽乐，不教饮羽石常蹲。北庭地远开荒服，西域春融感国恩。我有一庐蔽风雨，偷闲还取旧书温。

其　六

谪宦相逢发尽皤，有时曳屦亦来过。共为饮马呼鹰客，谁和阳春白雪歌。远堠笳喧残月暗，荒林风起落鸦多。知君把卷思千里，渭北江东可若何。

正月二十日作即用东坡正月廿日往歧亭韵

春风何日度关门，春陌帘飘远近村。乌垒城头飞蝶影，红桥渡口碎冰痕。边方乐岁人多醉，我辈谈心席可温。是日，与太庵先生叙话良久。却忆去年走戈壁，无水之地，谓之戈壁。同行有客为销魂。

石农手书近作示余赋此奉赠用东坡铁拄杖韵

乌玉光浮赫蹄滑，新诗音中宫商节。中有硬语横空排，先生之笔可屈铁。荡胸常觉层云生，清歌欲击唾壶裂。知君注目望西并，引我遥情向南越。西并南越不得归，出门但看峰头雪。峰高万古雪不消，行人到此壮心歇。青天有路叠冰山，白日无光噗风穴。平池倏忽起洪涛，命宫毋乃守磨蝎。乐天安命夫何言，一任霜华改黑发。先生有笔笔生花，得闲更著流沙说。

正月廿二日雪

其　一

欲雪还未雪，晨光何熹微。客子睡初起，开户披寒衣。满庭絮忽落，无风花乱飞。元音沕以穆，倾耳声俱希。

其　二

翠髻饰瑶簪，玉虬驾青女。一冬苦少雪，春雪同春雨。膏泽润尔田，农人欢且舞。檐禽入巢居，亦自惜毛羽。

其　三

边城尽土屋，到眼琼楼新。乃识东君巧，著意弭芳春。春色知何许，清光绝纤尘。我欲寻春去，戴笠访故人。

博克达山二首

其　一

巘崿凌空起，崔嵬镇大荒。效灵出云雨，划界关甘凉。月窟乌孙国，寒潭白练光。山顶平处有大龙潭，周数十里隔山之坳出为瀑布。何人登绝顶，一啸俯苍茫。

其　二

支分成华岳，脉远接昆仑。北极星芒并，西陲地势尊。三峰入霄汉，众岭总儿孙。万古山中雪，高寒压塞门。

阅邸抄知河池开缺疑荫汸又被吏议因用东坡闻子由为郡僚所捃恐当去官韵成诗一首

兄弟贤友生，心期别有在。用舍随所安，相知万里外。忆昔对床时，所期远且大。共乘不系舟，帆风适相会。中流遇伏洄，进退竟狼狈。我欲师渊明，不归良可悔。子复免敬通，浮名焉足赖。无事羡鹏飞，有情随鹢退。玉门望生还，不赦非其罪。金鸡家乡山名。山色佳，春郊同负耒。

正月二十六日纪事

睡味清且酣，夜分无喧噪。胡然梦魂惊，危机身则蹈。由来安宅居，忽若火原燎。蹉跌伤其首，形影还自吊。食息多不虞，砍窞非所料。剥床剥以肤，鼻灭屦复校。排挤宁有人，痛楚谁为悼。造化一小儿，戏弄等嬉笑。室中白常生，静者心知妙。定慧舍精光，虚空亦寂照。尔思一朋从，尔身即颠倒。失足如斯夫，作诗以明告。

小跌伤首卧不出门

偶尔惊蹉跌，萧然一榻眠。新诗自酬和，远市任喧阗。小睡不成梦，无心初悟禅。此中得真契，欲语妙难诠。

偶悟六首

其　一

偶悟宝叠花，一绾得一结。何如默持珠，不起亦不灭。

其　二

不信蓬壶大，莫谓人间小。座上谈元元，个中谁了了。

其　三

忽将过去心，转作未来境。憧憧思往来，现在何时静。

其　四

定心心自生，有身身为患。非梦亦非觉，咄哉奇而幻。

其　五

菩萨千手目，与一手目同。聪明误为用，未若盲与聋。

其　六

要有得到日，宁是逢场时。空空即色色，曾不挂一丝。

自笑即柬石农廉访

我如羝触蕃，又若驴转磨。退遂既不能，盘旋知无奈。有怀谁与言，闭户自思过。末路惊风波，当前复辘轲。腷膊邻鸡鸣，仓卒清梦破。中夜起彷徨，床下竟摧挫。岂其三彭仇，不教一席坐。或者命守箕，此身忽扬簸。噫嘻失路人，白发但高卧。子乃不自珍，珠玑随咳唾。有酒不复沽，工诗穷则那。身穷亦何妨，读书了晨课。坠车能毋伤，人言任谣播。我有素心友，悲歌读楚些。相期风雅同，不受尘土涴。

血去占有孚，人吊君独贺。

仲春五日寂坐遣闷用东坡赠段屯田韵

岁去如星流，百年已逾半。但期一身安，不作三黜叹。荣枯会相乘，耳目无常玩。入耳清籁虚，过目浮云散。自向边庭居，长以戈殳伴。邻舍好友朋，谈谐共昏旦。堆床有琴书，烦心鲜牍案。夜听城柝鸣，晓闻市声乱。著衣还科头，意闲懒栉盥。山风有时来，披拂开帘缓。野禽间一啼，音节如珠贯。抚景清而幽，笑余慵且懦。天外阅寒暄，胸中释冰炭。峰高墙却低，雪影照虚馆。既喜冬日晴，更放春光暖。惜哉白发垂，霜髯今又粲。

王辛叔送客东行独步红山赋诗示予率成四首

其　一

戍楼午风起，山顶愁云生。虽无刁斗惊，时有芦笳声。千里别良友，同车出边城。河梁一分手，今古难为情。

其　二

君送山下客，复作游山人。山中亦何有，一亭俯遥津。背山寺孤峭，积雪山嶙峋。柳枯不忍折，边地迟青春。

其 三

攀柳望行客，行客去已远。客去何匆匆，君情更款款。禅堂暮钟催，野树栖鸦晚。扶筇上方来，独问歧途返。

其 四

歧途尚为客，离袖不堪把。可怜相送人，人亦非归也。天边孤鸟飞，云外夕阳下。试向北庭看，多少思乡者。

病起即事

其 一

卧病依空斋，懒踏门前路。朝雾山含烟，夕阳鸟啼树。偶似林泉居，不知边庭戍。谁与叩柴扉，科头复曳屐。

其 二

故人入我室，携琴登我床。琴心有所托，寄之云路长。和平一为奏，胶漆情相望。霍然沉疴失，厚意何能忘。

春 愁

我欲寻春去，春光未可寻。流沙西域路，独客故园心。岸冷草难绿，云多岚易阴。萧斋人寂寞，三叹弄孤琴。

德辉亭领队李石农廉访共言温泉胜处约异日各携酒肴往游闻之欣然先赋此诗用东坡与周长官李秀才游径山韵

其　一

共作投荒人，孤城自来去。灵山耸奇峰，天晓常埋雾。涎瀼乱春冰，日午不敢渡。涉世多艰虞，行年近晚暮。濯彼缨上尘，一蹑云中屦。但期作闲身，谁能窘闲步。烟柳虹桥新，清流温泉顾。飞磴深复深，是谁采药路。

其　二

携我同入山，从君看山去。看山即游山，双眸洗尘雾。苍崖白日阴，断涧危桥渡。野馆多树林，微禽啼朝暮。遥想人扶筇，会教草湿屦。幽径还自通，捷径不须步。怪石如平台，列坐笑而顾。呼童酌酒来，缓缓寻归路。

戏赠石农

其　一

执戟天西未放还，多君潇洒笑君顽。举头不望东来路，策马横看边外山。

其　二

修禊何妨过上巳，持竿呼我钓温泉。此身便欲置丘壑，学得松乔乘紫烟。

痴翁用东坡小儿韵

贫甘藜藿食，寒著敝缊衣。时为作诗苦，如醉还如痴。痴翁有顽仆，习知翁所为。殷勤向翁言，好月来庭前。清凉得妙药，寻医不须钱。

东坡诗："避谤诗寻医。"

仲春望前出郭候东来客

出郭望青山，雪渍青山白。社前燕未来，枝上莺无迹。东风亦有情，枯柳渐芽坼。寒光争春光，冰水相激射。水流冰不坚，行人共蹴踖。忆我居仑头，几回出城驿。迎送阅往来，半为远徙客。黄沙埋车轮，白首动心魄。来者幸勿嗟，到此且安宅。人不归田园，安往而不适。区区恋江乡，颇觉眼界窄。脱却上朝衣，著彼登山屐。古寺人扶筇，晚渡风吹帻。缓待月清和，再往寻春色。舞雩结伴游，毋为流光惜。

友人席上作

笑我厨膳拙，不救饥肠鸣。醇醪佐嘉肴，属餍藉友生。北邻煮豆粥，枣栗和香粳。西舍作鱼脍，姜桂调芳羹。谪仙亦在坐，清歌散新声。歌罢复三叹，脉脉含遥情。边地厌羊酪，蒪鲈思南烹。

柬石农

一日不相见，如别三秋时。况当三日别，何以慰调饥。既见却无语，未见还相思。相思缘何事，两心实同之。此心复有托，往往工于诗。诗成语多妙，万象罗胸奇。观妙妙独觉，欲语当语谁。酸咸殊世好，至味人莫知。君酒向入务，君诗今寻医。数日来不见近作，故语及之。请君作转语，一笑当脱颐。

揲　蓍前得节后得井。

其　一

天险宁可升，地险丘与陵。习坎入于窞，失时限门庭。以说而行险，安节占心亨。心亨往有向，甘苦皆所经。

其　二

井泥不可食，清浊穷其源。瓮漏乃致敝，射鲋谁相怜。不食为我恻，往来洌寒泉。修井收勿幕，受福当有年。

偶纪塞外景物用东坡游法华山韵

出关即入天山界，胭脂祁连悉支派。千岩万壑接昆仑，巉崿冲霄势雄快。黄河源自星宿来，伏流东向始滂湃。书生日在域中看，局促徒怜耳目隘。红柳育儿儿能嬉，深山中柳树有物如小儿，能撄瓜果食，偶被人获，亦知啼哭。谓之红柳孩，一名人偎。白雪擎莲莲不坏。莲花生雪窖中，人觅见随手即折，得之若一出言则乌有矣。尘沙眩眼日光迷，驼马腾空风力怪。戈壁中每遇狂风，虽重车皆辗转颠仆至驼马则破空而去矣。龙潭地涌无波澜，博克达山顶有龙潭，广数十里，水涓滴不下流。盐井天生绝煎晒。轮台一带皆食天生盐，不须火煎亦不烦日晒。炊烟成雾雾成云，碧晕瓜瓤翠浮薤。哈密瓜以绿瓤为佳，葱薤皆绝肥美。逍遥纵目皆奇观，落拓一身尚拘械。苦无健笔大于椽，自哂伎痒如爬疥。亦似边禽振翼飞，志欲凌云翮常铩。异日空向宝山回，入门大笑索诗债。

仲春书怀柬石农廉访用东坡赵阅道高斋韵

担簦万里敢告劳，结茅而处非清高。穷边有路适所适，料峭东风时一遭。自古韩苏为谪宦，我今嵇阮联诗曹。座中有客半狂放，欲著春服登春皋。春明陌上绿杨柳，何人染汁沾青袍。今春会试。功名自是身外物，本分未得加厘毫。弹冠终复挂冠去，得意时或孤琴操。莽莽西蒙朔风急，流沙斥卤多不毛。三月中和春风深，当有碧草生蓬蒿。上方山下扶短杖，白云多处同游敖。

寄家书

春来何处觅春光，托迹天涯引梦长。寒角城头催晓月，远柯鸦背挂斜阳。故园路隔万千里，新雁书传三五行。寄语迁人无所事，心情近已学蒙庄。

亦吾庐遣兴用东坡徐大正闲轩韵

万里来边庭，一年阅寒暑。吾亦有吾庐，吾且偕吾侣。东西南北人，邮程难悉数。出门即天涯，回首失故土。屋角犬护篱，墙外鸡啼午。书帙翻庭风，研池润石雨。此身复康强，行脚非伛偻。太平静戍烽，四境鲜笳鼓。扶杖寻良朋，过访无定所。草屦踏雪行，琼英供目睹。在昔柴桑叟，有余在少许。况我一室居，古人更接武。是处得真吾，聊乐我闲宇。庐既为吾有，吾更向谁语。与物同逍遥，作歌不激楚。坐中白头翁，已忘行役苦。

焘儿寄端砚至喜赋用东坡龙尾砚韵

惜墨如金金不惜，马肝凤咮当连璧。去年诔砚作短歌，含情空忆端溪石。我别端溪亦有时，关山敝箧添新词。满纸烟云颖如脱，寸衷得失心自知。谁为磨光孰刮垢，学古能获皆我有。砚田借得笔为耕，春风又是雪消后。春风拂拂生边云，远函包裹无纤尘。温其如玉润而栗，我对端石如端人。知汝芸窗慎选择，供我案头日点画。细研墨渖洒藤笺，顿觉云山生面别。

得le儿书附寄纸砚等物并述荫汸引疾事赋诗二首用坡翁官舍小阁韵

其　一

笔端久得江山美，投笔今成荷戈子。井谷行同涸辙鱼，乞怜未肯摇其尾。卅年长在轮蹄间，一身曾置云霄里。健骨如山瘴不侵，澄心似水清而泚。西来绝徼一椽栖，东望家园二万里。边风吹月月在窗，灵山出云云落纸。停云对月思苍梧，引疾扬帆归桑梓。得归桑梓即行休，宦海风涛今已矣。

其　二

清芬不忘家声美，亲旧书称吾有子。有子克家抱负奇，追风直欲腾骥尾。食古经籍苦其腴，豁然贯通彻表里。世俗卑之论不高，雷同附和汗为泚。于兹抉择慎所从，差以毫厘失千里。尔以古砚索亲书，封缄远寄剡溪纸。我以善养勖尔身，少日还如拱把梓。梓材毋学不材身，勉旃尔行吾老矣。

和东坡渔父四首

其　一

渔父闲，维舟去，江岸好风天付。披襟且向小帘沽，引满不拘酒数。

其　二

渔父乐，乐且舞，芳草是吾来路。一篙稳系绿杨津，却在树阴深处。

其　三

渔父眠，日过午，卧看白云如絮。此间竹石满烟霞，不羡桃源千古。

其　四

渔父起，半帆举，又趁一蓑山雨。波涛平处自夷犹，樵唱复归官渡。

暮春独游三首

其　一

三春忽已暮，疏树无绿阴。好风偶一来，飞鸟遗之音。遗音在何处，雁阵云路深。云高可望远，去去非无心。

其　二

山蹊窈而曲，野寺旷且幽。人境方寂寂，我心独悠悠。缘溪马兢渡，解冻波初流。驾言无桧楫，何以写我忧。

其　三

夜来得微雨，河畔青草生。山色余雨气，天光眩阴晴。忽闻樵歌至，岸然遗世缨。我如笼中鸟，局促难为情。

春山一何静

春山一何静，春云亦何闲。山留云忽去，云去何时还。去留自此别，东西相会难。东瞻长安道，西在玉门关。关门亦有路，中隔万重山。

齿落不再生

齿落不再生，发黑亦改素。坐阅岁相催，安得颜如故。故颜难与期，新愁复谁知。庭草春又绿，王孙归未归。

夜风柬石农

客子高枕卧，夜景方沉沉。悄然万籁寂，狂飙忽相侵。如水齐注涧，虚涛声满林。徙倚跋扈势，不闻和平音。蔼蔼春日佳，此物感予心。予心久冲默，无言拥布衾。日高睡亦足，与君赓微吟。

哭德辉亭领队

其　一

久历戎行地，昂藏七尺躯。偏师入黔粤，百战折荆吴。壮矣瘢留血，苍然雪满须。可怜樽酒话，犹自忆蝥弧。

其　二

马控玉骢勒，腰悬金仆姑。有身来绝域，无命叹穷途。数月联交厚，三春惜景徂。伤心万里外，泣血是孤雏。

和石农客至韵

山山生暮云，层阴起将夕。须臾长风来，其声满四壁。边地春气迟，萧瑟还如昔。闭门不行游，携手枉嘉客。胸怀罗古今，杯茗各闲适。适意清夜谈，寸田无荆棘。

和石农暮春遣怀韵

翘首青云端，望望云气积。思维心所欢，忽忽成畴昔。溪头流水声，树杪振禽翮。好禽怀好春，地与上林隔。相期在中心，长征何役役。征路万千里，芳时一再易。时去不可追，心在谁与析。敛翼夫何言，依栖有松柏。

和石农雪中过亦吾庐韵

其　一

三百九十日，偃息天西隅。譬彼戢翼鸟，情致殊非殊。所喜春日佳，已回霜林枯。嘤鸣亦求友，好音随风舒。况有琼蕊花，点点霏衣裾。

其　二

今吾仍故吾，孤客情常孤。故人叩门至，为取寒毡铺。款款叙情话，怀玉宁求沽。与君弹铗歌，或一归来乎。逝将去斯土，终隐青山庐。

和石农灌园韵

其　一

灌园非园叟，自谓羲皇人。辘轳汲古井，远望青山皴。编篱遂成径，著意留徂春。荷锄适所适，如鱼不惊纶。

其　二

园中好风景，何惜贱且贫。有时倚杖立，四顾无一人。绿满草不除，眼前生意真。悠哉柴桑老，愿为陇亩民。

谢人馈鱼

昔我山中居，常从渔父渔。今我居穹庐，每食嗟无鱼。白雪化春水，红鳞跃清渠。良友知我意，馈食情非疏。庖人工聂切，校人空踟蹰。洋洋复圉圉，悠然想其初。不作孟尝客，长铗无长吁。有时泛舟去，还作旧钓徒。

二十八日大风

日色惨无光，风声正怒吼。树为风所凭，声雄力弥厚。更迭共掀腾，追奔互先后。猖狂莫能禁，跛扈自增丑。我心似枯禅，静坐同木偶。其声乱喧呶，其境细领取。一如阵马来，铁甲仓皇走。又如夜潮生，势敌万弩手。倾耳如江涛，云梦吞八九。闭目如乘船，簸荡不自守。忖度非一端，情境皆我有。碎石飞打窗，浮沙复塞牖。昏眸懒不开，衣裳积尘垢。大风起何时，昨夜鸡报丑。历历听钟鸣，其辰已在酉。边地动边声，竟日天光黝。曀曀多阴霾，摇摇紾星斗。笑我同心人，遣愁方沽酒。酒醉终复醒，颇忆东归否。是日，晓亭石农招人小集。

见新柳作

山风瑟瑟吹城隅，山城寒气侵肌肤。三春三月已将暮，新荑始起枯杨枯。老干槎丫半欲合，柔条披拂初相於。浅翠还疑碧玉碎，青眼不受纤尘污。未肯当春斗红紫，会看绕屋争扶疏。我来塞外极耳目，昏雾霾沙无日无。忽睹葱茏著色相，顿觉境界清且都。科头独立不忍去，徜徉树下嗟羁孤。连阳有山山下屋，山屋处处鸣鹈鹕。花明柳暗荫庭宇，我曾曳杖携长须。万里关河归未得，故园梦隔空萦纡。今我对柳情不舒，看人折柳情何如。过眼风光只如此，又听枝雀声相呼。

和石农浴佛日同登上方山至彩云观茗话韵

其　一

春去今朝更访春，恰当闲日是闲身。扶筇且作山中客，阅世同为局外人。水傍孤城征马渡，岩悬怪石老猿蹲。山巅有石如猴。天涯到处皆鸿爪，不惜衣沾大漠尘。

其　二

山门斜对数峰攲，门外山风面面吹。觉路有谁成佛愿，禅关原不碍僧痴。寺内有僧甚愚。人来净域游忘暮，鸟向归林去肯迟。此日登临予再至，又看平野柳如丝。

其　三

三春未放一花开，欲觅花枝上古台。坐石我如真隐士，当炉心似不燃灰。从头身世竟多幻，入眼山川无点埃。独对新知怀旧雨，抟沙放手令人哀。

其　四

步墼临流人迹稀，偶看闲鹭浴危矶。云分雪影穿青嶂，风送溪声到白扉。树上新钱榆小绿，村前故垒燕初飞。出山复向天东望，指点归途好共归。

补录肃州行馆闷坐一首

出塞无多里，胡为驻马蹄。邮亭三日宿，客路数程稽。庭噪入笼鸟，院闻鸣午鸡。故人索诗债，扫壁写新题。

◎卷七　东归草

奉命释回即赴南河工次纪恩述事四首

其　一

五云多处降纶音，捧诏边庭感激深。险阻艰难尝宦境，始终爱惜见君心。自知葵藿情常在，转恐驽骀力不任。勉效驰驱酬万一，敢云臣鬓雪霜侵。

其　二

塞外溪山数往还，偶登绝顶望乡关。投荒运厄甘持戟，宥过恩深许赐环。笑我羁栖逾一载，此身阅历已多艰。轮台戍卒今行矣，回首生平梦幻间。

其　三

结束征衣欲跨鞍，使君酌酒且盘桓。和都护定提军皆依依饮饯，不忍话别。客中送客黯无语，归去同归聊与欢。时与贡果斋都护遇晓亭、李石农两廉访同奉恩命，相约偕行。今日快骑骢马去，古人生入玉门难。嵯峨博达峰头雪，行过伊吾著意看。

其　四

车轮马足日消磨，蒲类祁连次第过。万里关河游子返，一肩行李塞尘多。壮游诗得江山兴，离席人愁敕勒歌。我似浮槎真不系，天南寄迹又如何。

自乌鲁木齐起程留别诸同好并呈贡果斋遇晓亭李石农三先生

其　一

慷慨提戈驻北庭，今朝马首复东征。泉分双涧形横练，云耸三峰气压城。悃款殷勤思旧雨，风尘习惯笑吾生。抽身此去谈何易，追忆翻教涕泪倾。

其　二

山连东界屹穹苍，水向西流咽夕阳。放眼真同天地阔，驰怀偏逐驿亭长。谁当去国能忘国，人到还乡更望乡。戍鼓边笳闻已熟，踌躇揽辔别遐荒。

其　三

良朋天外结良因，旅馆萧条话苦辛。云汉仙槎终返棹，车师寒漠竟回春。放归免作流离子，联骑同为患难人。相顾鬓华各如许，心存疢疾是孤臣。

其　四

迢迢长路接风烟，莽莽云山四面连。出塞来时输我早，四人惟余先至。著鞭快处羡君先。果斋到戍甫两月耳。升沉随遇安其位，肝胆论交见以天。绝徼四人同拜命，一时佳话可流传。果斋到戍即有“异日四人必当同归”之语，今果验矣。

至古牧地

穷荒谁得到，绝域我言归。野草湿晨露，边风吹客衣。雨酣新树碧，山霁远烟微。第一程堪纪，邮亭恋落晖。

至阜康县

耳不断车声，人怀万里情。柳条牵别绪，燕语送归程。烟火山城望，冈原野树横。来时投逆旅，犹自忆分明。

由紫泥泉至三台

野阔风多厉，山寒雪不消。车随坡路转，人逐马蹄遥。细雨润荒碛，微流生断桥。轮台试回望，云影挂层霄。

济木萨别沈丞

授餐还适馆，主谊竟如斯。欢忆相逢日，情殷惜别时。征车寻旧辙，岸柳挂新丝。我去君留宦，停云应共思。

由大泉至古城

寒域天无暑，穷荒路不迷。人联南北侣，车渡浅深溪。糇裹悬梢马，“梢马”系盛食物之具，一名“褡裢”。风帘挂息鸡。即“芨芨草”，《汉志》曰“息鸡”；《太平广记》曰“席箕”。夕阳斜照处，古堞带烟低。

由木垒河至阿克他斯

渐入深山境，山深别有秋。四围峰冷雪，五月客披裘。峡束风长聚，沙枯水不流。塞云回首望，已作一年游。

别博克达山

混茫大漠嗟无垠，冰天雪海惊心魂。博克达山镇乌垒，巍巍雄据边门尊。崔嵬直上数千仞，东接华夏西昆仑。一峰削成一峰起，排空骏马相追奔。我为北庭荷戈子，阅历中外非邅迍。三椽矮屋自容膝，一片好山恰当门。时有岚光入户牖，更看佳气纷氤氲。惜我懒著登山屐，绝顶未得牵萝扪。今也短衣骑健马，得还故土衔君恩。整鞭东向近山麓，眼中不断青鬟云。将送将迎若惜别，雪光大吐天光吞。吁嗟尔非终南无捷径，我如北海宁空樽。性情颇与我相似，心术还与尔同论。不甘妩媚徇时好，但以瘦骨撑嶙峋。

噫嘻，但以瘦骨撑嶙峋，屹然特立千秋存。

与贡果斋遇晓亭游大石头山寺

其　一

壮游游不倦，携杖步冈头。远岫日将落，晴天云未收。闲行入山寺，小坐涤茶瓯。笑向良朋问，红尘到此不。

其　二

地僻无僧住，柴扉风自开。吾侪聊复尔，佳兴亦悠哉。碛外马争渡，坡前羊下来。如钩新月上，四顾且徘徊。

午日至噶顺沟

其　一

敻野起高山，山山东征道。荒坡无嘉林，断涧杂茂草。遥遥噶顺沟，行行入幽窅。人投孤堡居，节届天中好。殊方遇良辰，情在不言表。

其　二

不言亦欣然，我行就归路。往者出塞游，今也入关去。入关复何如，所遇多亲故。当其出塞时，敢冀今朝遇。

其　三

圣德真如天，臣心益滋惧。敬佩旧赐囊，稽首云深处。

其　四

云端渺以深，山势缭而复。马沿山径奔，人向归云逐。邮馆可传餐，良朋共驻足。佳节喜随时，欢饮崖下屋。角黍陈饴盘，芳樽酿杞菊。刲羊命庖人，分惠饱僮仆。舆者乐且歌，更和伊凉曲。

其　五

伊凉西复西，促驾行无迟。燕赵北之北，家人住京师。西北万余里，相念在岁时。岁时欢相聚，远祝行人归。归计早已遂，会面尚无期。未得见颜色，终是天之涯。菖蒲泛水绿，悠然起长思。

滴水崖

滴水何曾滴，悬崖只自悬。山风凉暑日，石径漱咸泉。荦确车难稳，逡巡马不前。道旁聊小憩，屋漏更窥天。边屋多于中霤留隙延光，名之曰“天窗”。

由肋巴泉至孤拐泉

大荒远道苦绵绵，催我征车晓著鞭。烟海迷离失蒲类，云霄岸崿走祁连。四围岚气浓侵堡，一面波光远接天。东道主人勤问劳，沙陀城外饯芳筵。是日，策领队遣人邀饮。

由奎素至松树塘

长瀛时节正如春，域外驰驱已浃旬。宿草黄兼新草碧，近山横接远山皴。苍茫云海藏鲛室，寂寞沙原卧石人。树色蓊然掩邮舍，松风松月总清新。

由松树塘至库舍图岭

松塘有松松满山，千松万松盘复盘。盘山松高凌绝顶，天光云影迷青峦。青峦去天不逾咫，谡谡松涛入人耳。不知身在最高峰，但见天风落松子。

由库舍图岭至南山口

叠嶂层峦百里程，草根怒茁树峥嵘。山开鸟道通车道，涛落松声和涧声。水石崎岖荒碛冷，村庄零落暮烟横。东回马首情何极，又望云边扞深城。

题画篋

其　一

丰姿绝世落谁家，描写精神晕碧霞。午梦才醒人意倦，簪花无那且看花。

其　二

桃花嫣然柳态柔，春光点染玉搔头。无情最是双飞蝶，不管王孙绿草愁。

生日自题并谢同行诸公是日行至长流水

其　一

万里悲迁谪，归途快自今。劳人习车马，过客是光阴。未遂还山愿，聊为入塞吟。风尘颜渐老，即事感予心。

其　二

一水长流去，其如逝者何。浮踪同梦幻，好景惜蹉跎。冀北望家远，江南征路多。所欣联旧侣，促膝且高歌。

其　三

故土得归去，边愁莫再论。同人为我寿，古寺一开樽。水曲流当槛，林深绿到门。扶筇最高处，月上正黄昏。

其　四

四海皆兄弟，天涯重友朋。况当居患难，曾共履霜冰。杯酒欢相洽，年华怅日增。人生如逆旅，短发叹鬅鬙。

其　五

飘坠瞻飞鸟，徘徊展翅劳。天空随寄托，风紧怕崇高。但使收罗网，何须惜羽毛。几时遂归计，息影乐蓬蒿。

过天生墩

晓发长流水，暮过天生墩。暮云遮远道，晓月冷孤村。

与同人由格子烟墩夜行晓达苦水和壁间韵

挥鞭催去马，联骑共宵征。旷碛堆沙白，孤星入曙明。地荒村树断，天阔晓风清。戍客生还矣，凄迷塞外情。

苦水守风歌

西域数千里，所在皆流沙。车毂碾沙沙转毂，游漾不异乘浮槎。

忽然狂飙噗地起，黯淡白日无精华。上天下地浑一色，沙飞石走惊麇麚。风声怒，人语哗。原野阔，坡路斜。两马曳车不得上，一似舟行逆水怡与石尤遇，进寸咫尺空咨嗟。草地无桑麻，土屋有人家。下马解鞍入室坐，破窗颓壁难周遮。排空而来不尽奔涛震人耳，又若兼天波浪汹汹浩浩无处寻津涯。噫吁嘻，大风竟夜晓未已，车不前兮马不驶。吾侪马首向东行，今日行行行且止。行止非人为，迟速天所使。回首沙陀望乌垒，何日饮甘泉，兹晨宿苦水。世间甘苦须亲尝，人事迁移类如此。从来通塞难具论，随遇而安忘忧喜。来朝天朗气复清，膏车秣马吾行矣。

宿沙泉

来日计归程，征辔不忍纵。归日想来踪，来境都如梦。泉源一鉴微，岚气四围重。山半立踟蹰，但见夕阳送。

星星峡

远堠高于塔，平冈列似郛。人家成小堡，鸟道辟通衢。峡口群峰束，山头一庙孤。村翁相问讯，指点出迷途。此地夜行往往迷路云。

由马莲井晚发

傍晚沿坡去，坡回路不分。乱山衔落日，行客盼归云。征马走相顾，暮禽时一闻。寂寥天宇旷，夜色静尘氛。

从马莲井过大泉至红柳园

碧莲非有井，红柳未成园。边路百余里，人家三两村。陂陀自高下，朝暮变寒暄。大小泉都酌，难同甘醴论。

题红柳园寺壁

野寺偏从柳岸开，禅扉日午且徘徊。片云忽渡溪流外，风送山头小雨来。

至白墩子

东来三十日，此日渐南趋。疲马倦征路，荒村冷野芜。泉生山下细，树立道旁孤。敷席清阴坐，临流濯足无。

安西州

一片平芜望欲迷，绿阴深处是安西。瓜沙地迥严边堠，疏勒河名波翻躞马蹄。风卷涛声知野旷，雪高山影觉天低。敦煌古迹今何在，剩有残碑镇月氏。

由安西至小湾

其　一

策马出瓜州，征程当野游。晓阴晴未雨，天气暑兼秋。峰远恰宜瘦，渠多宁碍流。风光近中土，不带塞云愁。

其　二

原隰任高下，青葱无断连。麦风摇碧浪，柳絮湿朝烟。牛卧荒冈外，人来绿树边。停骖入邮馆，随意对山眠。

由小湾至双塔堡

我马仍东首，西来阅路多。车随山曲折，沙与毂磋磨。积雪寒高巘，环城带小河。浮屠经几载，双影尚嵯峨。

由双塔堡至布隆吉

空原遥望碧云遮，渺渺炊烟起数家。半日红尘初驻马，满城绿树乱争鸦。人来小堡窗延岫，风定斜阳燕掠沙。笑倩邮人传好语，庭州迁客已回槎。

至三道沟

其　一

昨日大风起，入夜声飕飗。深宵忽然静，星斗如新秋。驾言我行迈，中道宁淹留。村犬夜闻吠，山月晨如钩。旋折循轨路，迷茫睇层丘。晓色生微凉，望望三道沟。

其　二

望望入幽境，长对佳树林。湛湛清露湿，霭霭朝烟沉。草生郊原绿，屋隐榆柳阴。于焉驱车去，但听飞鸟音。嗟予独行役，所羡非华簪。昔往今复来，悠悠写我心。

将至玉门

鸿雁铩其羽，顾影还卑飞。飞飞离其群，乃度玉门西。玉门多霜雪，毛羽日摧颓。独来亦独往，形影谁相随。今向冰天别，远与淮海期。海水何汤汤，天山空嶷嶷。此去万余里，去去将安之。持此万里情，一日九回思。

至玉门书怀

我马度沙漠，我车越山阿。玉门关上道，来往都经过。昔往雨雪霏，今来杨柳多。杨柳何依依，繁露坠高柯。时移物亦换，岁月嗟消磨。徘徊中夜起，耿耿星与河。星河映故路，祁连郁嵯峨。东望望不极，路长当如何。

玉门县

县以玉关名，关西第一城。野荒宽辙度，风紧乱沙鸣。晓日烟初散，寒峰雪不明。青青摇麦浪，南亩亦纵横。

由玉门晓发

挥鞭冲晓色，城外野凉侵。烟水迷昌马，昌马，湖名。边关控赤金。赤金，卫名。霞收微雨散，天白曙星临。好趁归途去，迁臣一载心。

至赤金峡

马向滩前度，是日过高见滩。人从峡里过。危墩高似塔，新麦碧于禾。土堡缘坡筑，榆杨绕屋多。钟声闻夕梵，野寺独嵯峨。

由赤金峡冒雨晓发

烟雾迷蒙晓色暝，马蹄蹀躞度车铃。满原夏草添新碧，积雪云峰隐旧形。听雨心惊游塞久，塞外小雨。看山眼为入关青。舆人莫怅泥途苦，归路遄征肯暂停。

雨中过赤斤湖即赤金湖。

雨逐征车过赤斤，荒塍翠陌望中分。轮声细压沙声软，看遍山山度湿云。

至惠回堡

襆被东归月再更，惠回堡外戍楼明。我行顿阅三千里，关路仍余一日程。雨过垂杨穿燕影，渠流浅水乱蛙声。明朝策马辞边碛，西陇登临又系情。

双井子题壁即呈同行诸公

冲寒入店曙光微，迁客欣偕迁客归。险阻亲尝吾辈惯，边陲遍历世人稀。高标戍堠云霄立，错落村庄竹树围。试看栖枝集山鸟，凌晨健翮更高飞。

嘉峪关

其　一

参天雪嶂晚云屯，百尺雄楼镇塞门。东国西陲收指顾，劳人思妇动心魂。殊方今古皆同慨，我辈升沉更莫论。此日行踪归故土，毕生感激赐环恩。

其　二

雁碛龙沙阅苦辛，入关即是出关人。鬓头独带阴山雪，马足犹沾瀚海尘。往境低徊都似梦，穷荒寂寞喜抽身。挥鞭指点来时路，水向东流好问津。关外水皆西流。

肃州书怀

皑皑山上雪，屹屹山下城。城树相与绿，时闻山鸟鸣。鸣鸟多好音，绿树含余清。露气湿原草，苍然同青青。我车指东道，转毂无时停。长路不可越，荒邮皆所经。此地界中外，谁能中忘情。感今念已往，徂岁心为惊。尘颜亦渐老，役役劳其形。眷言怀亲旧，何时方合并。关前塞云度，陇上晴烟横。仆未秣吾马，又逐晨风征。

发肃州

出郭无多路，烟林羡酒泉。人家藏碧树，雪液到平田。曲直水盈浍，晴阴云半天。中原风景好，不必说居延。

由临水驿过盐池驿至双井驿

短衣御短轴，至肃州，车易短轴。长路仍长征。一车驾两马，往往披晨星。山风寒积雪，盛夏如秋清。清曙拂衣冷，但觉装绵轻。迢遥双井驿，一日百里程。百里无树艺，莹然盐池横。厥性斥以卤，逐末群营营。大地不爱宝，藉以苏边氓。我客乘车来，坐看白云平。白云不尽处，郁郁青草生。草根沃且茂，中有微禽鸣。禽音自下上，脉脉移我情。

关山月

君从域西来，曾踏天山雪。君向淮东去，几望关山月。雪寒不能消，月满仍复缺。迢迢道里长，客子何时歇。

咏鸟

林中失其群，依依独晓昏。不鸣亦不飞，四顾将何为。所愿凌云翥，羽锻难高举。亦愿得树栖，风摇无稳枝。旧巢不得住，新枝无可慕。弋者殊畏人，中怀良苦辛。

自双井驿晓发遇风是日至深沟驿

客子催客程，辚辚车和鸣。群籁不动寂以清，是时将曙还未曙。天光星光同冥冥，忽然岚气上与云气合山风，四起遍野皆作飕飗声。砂石扑人面，咫尺不相见。轨路辙尽迷，舆人色为变。我语舆人且勿喧，愿听客子歌一言。从来风云不可测，顷刻变幻无因缘。我昔南居海上观洪潮，海水起立风卷涛。又曾西游塞外戍孤垒，边塞寒烈风如刀。壮夫意气猛且厉，每当挫折偏雄豪。况今所履皆平地，何须咄嗟惊狂飙。天将明，风已停。循旧辙，扬征铃。车过沙碛稳，路向花墙平。是日过花墙子。鸦啼深柳几行落，燕掠荒村双羽轻。双羽入茅屋，屋藏山下木。山下一泉流，泉清跋马足。我策征鞭自在行，爱踏中原芳草绿。

高台县

望望高台县，重过又一年。荫添今日树，甘涌旧时泉。鸡犬闻村屋，桑麻绿野田。入疆还适馆，心感主人贤。

过沙井驿宿沙河堡

秣吾马兮脂吾车，西辞关塞东望家。轮声谡谡磨晴沙，沙井驿外升朝霞，沙河堡里闻流鸦。山山遥带夕阳斜，迁客万里归天涯。

至甘州府

雄开张掖郡，振古扼边关。野堠千屯望，长城半面环。余波流黑水，胜概据天山。出岫终归岫，行云相与还。

与贡果斋遇晓亭李石农同游甘州百提军署园因止宿焉赋诗纪之即以志别

其　一

主翁能爱客，别业许留宾。快睹衔杯日，同为入塞人。身从鞍马倦，情与鹭鸥亲。此地桃花发，仙源欲问津。

其　二

曲折寻幽径，苍茫俯绿池。水流花亦放，一苇可杭之。舟子弄篙处，渡头垂钓时。兴来浇浊酒，尽醉不须辞。

其　三

醉踏绿莎上，闲从小寺行。苔痕依石砌，日影漏瓜棚。山树百千本，水禽三两声。中间足丘壑，不必访蓬瀛。

其　四

亭子水中立，纱窗面面开。好风拂襟袖，清镜洗尘埃。人倚疏栏望，鱼游浅沼来。奚奴隔篱笑，又折野花回。

其　五

日夕含山气，风光处处佳。蓊然垂石发，偶尔落松钗。放鸭童归晚，投林鸟语谐。庭前多隙地，引月到空阶。

其　六

月华清似水，更上最高楼。情话忘行路，凉飙近暮秋。与君聊永夕，惜我不长留。骑马倥偬去，他年忆此游。

至东乐堡

风吹岭上云，云酿山头雨。掠雨燕同飞，迎风鸦可数。绿树有烟村，人来东乐堡。

焉支山歌

失我焉支山，使我嫁娶无颜色，无颜色兮欢不得。望我焉支山，使尔迁客无好颜，无好颜兮行多艰。行多艰，泪如泻，何人匹马焉支下。焉支终古高峨峨，焉支焉支奈若何。

过山丹县

城外胭脂山色丹，山城今日鞚归鞍。滔滔弱水西流急，声咽荒沙到塞寒。

过峡口驿

征马来时雨雪霏，山程到眼记依稀。偶从野老谈乡景，峡口风多石燕飞。父老言，峡口出石如燕，产于沙中，每从风而飞云云。

过永昌县

时值黄杨厄，人从紫塞归。边城无溽暑，晓露著征衣。野阔豆禾长，林深鸦鹊飞。往来同旅迹，独惜岁华非。

至丰乐堡

塞路一何长，今过丰乐乡。炊烟起阛阓，食货走戎羌。云暗乱山影，树含斜日光。邮亭聊止宿，风景说西凉。

凉州府

突兀高城景可探，城头四面掩云岚。一时朋旧联车至，千载兴亡扪虱谈。地拓边隅卫中土，山分西域接终南。便从此处东归也，青草芳林送远骖。

由大河驿至靖边驿

野碛度归车，烟村望几家。双溪奔水磨，五月落杨花。石碎轮难稳，山回径亦斜。长亭人踟蹰，东去路方赊。

至古浪县

草色正萋萋，青葱带麦畦。众山含宿雨，一水走荒溪。径狭容车辙，沙虚乱马啼。塞云回首望，已渡古浪西。

由黑松驿至乌梢岭

乌岭高悬磴几盘，黑松驿外望云峦。渠分雨水千畦足，风入边山六月寒。涉淖方知征马健，装棉尚觉客衣单。夕阳绿野停骖处，景物宁同塞上看。

至平番县

三秦扼要地，四达为通衢。冠盖日来往，鸣驺时戒途。纵横数百里，远接皋兰区。群山互杂沓，众壑相奔趋。崖边筑矮屋，中有番人居。荷锄辟荒草，树艺成膏腴。古风遗陶穴，田下复有庐。毡罽御霜雪，螺壳饰衣襦。长官为我言，厥性近于愚。虽愚实淳朴，无诈亦无虞。力田食已力，饱腹情为娱。今年闰夏五，不雨空嗟吁。豆禾亦已长，晴久苗将枯。秉心吁天祷，雨降民其苏。日来沐澍泽，高下同沾濡。刑牲谢神贶，妇子走相呼。不才为民牧，好恶与民俱。三时愿不害，乐岁欢有余。桑田纳赋税，宾馆供薪刍。子来效服役，里闾免追拘。得此志已足，抚字惭空谀。我为纪此语，此语毋乃迂。迂哉守其拙，迂拙多良图。

至红城

万里归途转塞轮，红城旧辙至今存。连畦秀麦青摇浪，一路垂杨绿到村。客子征驹投野店，田家卧犬守柴门。眼前风景入佳境，浊酒何妨更倒樽。

由苦水驿至沙井驿

水穷山不尽，崖断路多回。马越坎中出，人登岩上来。长途逾险阻，野庙独崔嵬。我笑参禅法，五丁何不开。

兰州喜晤长茂亭制府即以志别

其　一

与公握手别，在我忧危时。忧危孰与共，两两心相知。相知更相忆，万里行边陲。悃款通尺素，颠危与扶持。异姓同骨肉，高谊今有谁。

其　二

一别已五年，今朝乃复遇。聚散难预期，邂逅成良晤。晤言良可欢，离情还追溯。悲愉不自持，缕缕各道故。颜鬓非昔时，襟期不改度。穷达无殊趋，勖我安其素。

其　三

我佩良友言，中心益旷朗。同登望河楼，在节署后园。一览涤尘想。绿野争青葱，朱栏瞰宏敞。列岫排轩窗，甘膏润田壤。场圃已就新，禾麻日以长。慰公爱民心，供我清目赏。翘首秦东云，东云何苍莽。云中有长路，诘朝税归鞅。

其　四

别长惜会短，执裾且盘桓。郁郁望城树，悠悠观河澜。黯然无一语，愁绪千万端。欲别不忍别，携手慨以叹。出城送道左，细雨霏征鞍。知我不得住，怜余行路难。行路亦非难，无公谁为欢。后会在何日，念此含心酸。

哭女六安

儿生年未周，而父忽远游。而父行未返，儿生同蜉蝣。仆人走相唁，与儿不相见。父有念儿心，儿未识父面。

由兰州至定远驿

几日客西秦，秦东又问津。邮亭别贤主，山雨湿行尘。野径花丛发，幽林鸟语新。一言传冀北，陇上有归人。

由定远驿冒雨至三角城

皋兰一夜雨，寒气怯清晨。村外山程滑，坡前马力逡。凌空穿地脉，山程雨后多穴，上狭下广，其深每至数仞，偶一失足，险不可测。陷淖没车轮。入险出于险，应知运不迍。

由清水驿过车道岭至秤钩驿

其　一

车道道不平，我行方触热。山中细雨来，凉风生轮辙。冲泥上巉岩，凌虚俯悬绝。坦途即危途，艰险我躬阅。

其　二

一山复一山，山山自出没。一日行一日，日日无休歇。回看塞上云，忽见陇头月。陇头望江南，遥遥尚天末。

由安定县至西巩驿

宋筑边城旧，安西与定西。宋始筑安西、定西二城，后并为县。汉槎传博望，县存胡麻岭，张骞使西域得其种以归。天水镇羌氐。县属巩昌府，在汉为天水。路接青岚上，是日过青岚山。山疑朱圉低。朱圉山在宁羌境，亦属巩昌。夕阳开霁色，处处白云齐。

由西巩驿至会宁县

征程卅里蹴晴澜，我亦随人脚不干。是日，往来涉水数十次，是三十里路所谓“七十二步脚不干”，即此地也。历尽崎岖免蹉跌，举头天外看乌兰。山名，在会宁县境。

至静宁州

民居半回纥，形胜控孤城。此日征途远，当年戍垒明。树头拂云气，山下落溪声。老友谈遗事，烽烟幸不惊。时遇晓亭述三十年前回民滋事用兵情况。

复过六盘山

水势分流处，山程绕六盘。马随云影上，风拥树声寒。避暑楼何在，山上有避暑楼，今已无存。驱车席未安。置身高顶望，南北总漫漫。

途中望陶居者

一望无人迹，山炊忽有烟。由来同穴处，不必藉廛连。犬护崖前窦，人耕屋上田。浣衣还有女，据石捣平川。

陇头吟

其一

君度陇头水，妾看陇上云。云去不知返，水流终自分。

其二

行云何漫漫，妾心千万端。流水复弥弥，妾心千万里。

其三

万里羁妾身，万端归妾心。妾心不自量，如水深复深。

其　四

君身宁自由，妾心长与谋。愿君安且吉，无或摧骇辀。

望崆峒山

平凉郭外崆峒山，山峰高插云霄间。日光淡笼万古雪，亦似敦煌张掖千里百里连。祁连山雪模糊不可辨，但觉当空云气堆巑岏。芙蓉屏开夕风起，中有双鹤相往还。双鹤栖山不知几千载，轩轩乎周游八极瞬息而回旋。天宫去此应不远，我欲跨鹤登山颠。山颠嵯峨不可上，俗骨羁绊谁能仙。灵光恍惚盘空际，此间元鹤非乘轩。

闻　蝉

余从西塞去，一载不闻蝉。今履关中地，时当雨后天。树头传好韵，村外过轻烟。岂是惊秋也，声声转自怜。

过邠州

策马来邠州，晴空日正午。环城多陶居，民风识醇古。行行舍鞭弭，扶筇穿云岛。琮琤闻泉声，佳境快目睹。当空挂水帘，冰珠千万缕。

回吹山下风，散作岩前雨。幽赏宁可期，清弦我欲抚。一生愧尘踪，暂忘行役苦。安得屋三间，置身于其所。

晤署邠州牧朱太守名秉忠，曾任直隶龙门令。

昔已双符绾，今看五马迎。祈甘宁妇子，时正祈雨。作牧重边城。愁对新霜鬓，欢联旧雨情。燕台回首望，怀抱向谁倾。

过咸阳

其　一

终南太华总崚嶒，佳气葱茏望不胜。破敌英风余石马，秋原秋雨伴昭陵。

其　二

禾黍悲歌故国空，关河遥嘱夕阳中。兴亡不尽千秋恨，漫说铜人徙魏宫。

登华山

云光上接天光起，突兀三峰去天咫。峰头历落莲花开，山下潆洄河水徙。茅龙一跨御风行，乘风直上云梯矣。仙掌何日辟鸿蒙，我来欲堕仙人指。

过陕州晤罗观察正墀耿刺史育仁

斜阳下城堞，岘首暮云屯。秦地关河尽，嵩山太少尊。仙踪度函谷，古迹访夷门。尚有故人在，牵裾更倒樽。

过汴梁寓相国寺

我来自西域，万里劳行踪。祁连亘南北，在关内者为南祁连，在关外者为北祁连，总之皆天山也。积雪寒苍穹。东行萧关路，岧嶤瞻崆峒。蜿蜒辟太华，翠耸青芙蓉。崤函出谷口，巩洛环嵩峰。峨峨镇中岳，不与凡山同。我闻王子乔，曾宅神仙宫。吹笙协鸣凤，浮丘接鸿蒙。又闻高李辈，论交酒垆中。屠沽混姓宇，往迹谁能从。遗墟溯梁宋，磊落称豪雄。俯仰遂今古，展转成泥鸿。众山夕阳下，千秋霸图空。空余相国寺，铃铎鸣晨风。僧人记前事，辛酉歌年丰。阳春庆赐福，杯酌流霞红。予辛酉年巡抚中州，其岁大热，仰蒙主上手书福字以赐。当时作连师，今日为寓公。栖鸦噪暮堞，又听蒲牢钟。

附录吴中诸作

和荫汸弟阻风韵

风紧帆难正，江空岸可凭。危矶寒白浪，古迹吊金陵。作客情多倦，怀人感易增。却余忠信力，到此不凌兢。

和荫汸金陵江上韵

闲身随处总夷犹，笔砚轻装载客舟。千里险滩穿赣石，二分明月望扬州。前朝胜迹留弦管，我辈浮踪走马牛。宦业未成归不易，弟兄同作大江游。

和荫汸泊燕子矶韵

停帆也是倦游心，燕子矶头掩暮阴。十七年前曾到此，三千里外又来今。云无定迹东西去，鸥有闲情一再临。曲岸嵚崎亭子小，何妨著屐更相寻。

和荫汸泊镇江韵

无数名山到眼前，润州城郭且维船。有田不去如江水，懒学坡翁更品泉。

题姚柳谷明府平苗图

其　一

生平怀壮志，辛苦忆从戎。元老筹边计，书生立战功。山川奇险处，鼓角往来中。一跃乌河渡，当年气概雄。

其　二

拂面边沙起，君真射虎才。几人飞食肉，此日独登台。策马盘鞍会，搴旗杀贼来。平苗勋可纪，图画喜今开。

荫汸偕邱霁川姚柳谷两明府谢闻园参军暨亦樵弟未庵侄同游虎阜归述其胜并云他日再游当挥翰以补其壁因成二律

其　一

胜游寻虎阜，花事惜春阑。简率存真趣，登临结古欢。髯翁自疏放，柳谷美髯，故云。老友不蹒跚。霁川年逾七旬，精神矍铄。省识佳山水，何妨竟日观。

其　二

是谁凌绝顶，得意共飞觞。岫远日将夕，楼高风渐凉。同侪多磊落，好景入微茫。醉墨偷闲写，无烦感鬓苍。

荫汸偕同人重游虎丘叠前韵成诗因复和之

其　一

二丘胜迹几回看，一两芒鞋兴未阑。自古名山如好女，重偕旧侣订新欢。再游不似初来怯，拖屐何嫌举步跚。苏白遗风足留恋，岂徒剑石是奇观。

其　二

朦胧树影逗波光，小阁云阴更举觞。宿雨未醒酣柳梦，晚风仍透软衣凉。惭余俗骨多羁绊，前后虎丘之游，余俱未与。托尔遥情付渺茫。归趁渔舟迟月色，人烟隔水想苍苍。

姑苏五日书怀即用亦樵弟韵

其　一

今日仍漂泊，情同昨日耶。无心思塞曲，客岁返自西域，午日尚在塞外之噶顺沟。入耳听吴娃。佳节易为感，流光去莫遮。东西南北客，到处总天涯。

其　二

亦有琴书在，无如手眼慵。杖扶行踯躅，我笑近龙钟。荫汸近以拄杖为赠。傍郭管弦沸，思家云树重。所欣来弟侄，执手慰游踪。

其　三

引疾中年去，荫汸年未四十即引疾归。思兄首更搔。爰乘章贡舫，来看伍胥涛。听雨还同梦，联吟且拂毫。菖蒲酌美酒，把盏莫牢骚。

其　四

年来常作客，久矣未还乡。客绪谁能遣，乡音已渐忘。江湖同泛宅，岁节亦飞觞。懒到繁华地，槐阴自纳凉。是日，有人邀往虎丘，不赴。

荫汸偕亦樵弟未庵侄赴扬州诗以送之

与子数年别，今朝仍送行。我身无定向，时将有入都之行。君去不胜情。此日来风雨，荫汸冒雨登舟。相思有弟兄。离情何所寄，共听夜涛声。

荫汸冒雨解维计期当过镇江矣寄之以诗

其　一

雨势莫能收，征帆不暂留。哭歌击双桨，客绪引孤舟。岭峤三春梦，江南五月秋。迷离京口树，愁看暮烟浮。

其　二

别去竟成去，思归仍未归。天涯良会少，我辈远游非。欲访故人郡，荫汸与扬州张太守为故交。爰赒季子饥。薄装如可计，好为理柴扉。

怀 荫 汸

其　一

欲上扬州路，人先过润州。水随攲岸曲，帆带暮烟收。雨急潮声助，江空风力遒。怜君逐蓬转，四十已平头。

其　二

姑苏吾小住，身似半僵蚕。名胜游都懒，萧闲境自谙。相知莫如弟，此别向谁谈。百感杯中集，思君隔翠岚。

晓坐养云精舍姑苏寓馆轩名。

其　一

草色近何如，窗前绿有余。风光谁管领，宦味我消除。心净堪逃暑，身闲更读书。老松终日对，天籁听相於。

其　二

夜雨滴初霁，朝烟来小轩。帘疏花影密，树静鸟声喧。适意皆成境，观空妙不言。斋头饶竹石，聊与共晨昏。

生日自述

不觉流光逝，行年五十三。此身多阅历，在我笑痴憨。恩感君亲重，情怀乡长惭。居然成老大，默坐对书龛。

◎卷八　南征草

闻有云南之行赋寄焘儿

嗟予四顾何茫茫，卅载未得还故乡。孤云出岫不复入，因风去住周八荒。少年结束事车马，男儿意气多飞扬。吴越齐楚燕洛晋，身所阅历非边方。黔邦滇野在荒服，蛮烟瘴野驱鞭缰。生平足迹所未到，惟有西粤同蜀疆。最后游秦万余里，轻蹄蹀躞穷伊凉。祁连山颠集霰雪，车师庭右通番羌。轮台一行洵已壮，玉门诸使遥相望。明霜硬雨得未有，奇观异境皆亲尝。迁人至此垂涕泣，独我慷慨须眉张。绝塞言归岁复转，圣君宥过思方长。爰司会计临潞水，复命观察来荆湘。驽马服辕力云怯，老牛负重羸难当。况复年来不自得，百忧感心心为伤。人事参差运行外，齿牙脱落鬓发苍。即今筋力渐疲苶，从前意趣都颓唐。却幸澧阳近大泽，闲从兰渚搴孤芳。抚今吊古寄心得，瘦诗且一搜枯肠。耳畔怕听驿铃响，梦中或期归兴偿。不意解鞍两旬日，眼前又束匆匆装。束装就道毋乃促，闻君命矣敢或遑。矧我昆明作远别，与尔未能情相忘。秋初时节金台畔，其时正在具折奏请入觐。一扶短杖循老墙。邸寓在老墙根。往事如梦那复道，末路与尔参行藏。

奉滇臬之命由澧阳买舟前赴樊城

驿路江程几往还，劳人不敢爱身闲。五旬两泛三湘棹，万里重游六诏山。放眼关河怀抱豁，惊心岁月鬓毛斑。萍踪未肯轻离别，夹岸垂杨一再攀。

青草湖内阻风

碧汉白日潜，寥空黑云上。卷地号狂风，兼天涌怒浪。江豚拜中流，蹈舞各殊状。一波复一波，掀腾不肯让。激瀑散雪飞，喷薄势相向。扁舟一叶小，力与奔涛抗。回帆忽得间，依洲作屏障。縶之复维之，绳缆系数丈。卧看华容山，山山争雄放。与水为神奇，一气相鼓荡。来朝风浪平，布帆喜无恙。满舸载湖光，湖静山骀宕。击楫歌我诗，微吟当高唱。

夜复大雨晨眺口占

夜雨打蓬骤，晨风吹面凉。舟依烟树岸，人在水云乡。极浦湖光隐，沿江客路长。过草湖后，仍当斜渡荆江。有怀思蓟北，举目但苍苍。

晓渡青草湖

一雨洗群翠，微波通碧湾。橹声摇梦醒，到眼是湖山。

由调关渡荆江

晨风恰好送西南，东北江程稳挂帆。山在华容青不了，篷窗卅里接晴岚。

窑圻司拖堤在堤上拖舟而过，亦奇事也。

横堤无阻隔，陆地竟行舟。水润泥途滑，人拖竹绠修。挽推齐力作，旋转运心谋。此举亦豪快，行程免滞留。

途中怀汪少海孝廉以诗代柬

其　一

渺渺西山云，盈盈潞河水。时有素秋月，照人清如洗。君特抱琴来，欲弹复中止。强作数日欢，离忧从兹始。

其　二

我自吴郡返，君问西川归。九载归未得，归与计宁非。羡君故乡好，奈我素心违。心情两相契，慷慨还赋诗。诗成一挥手，使我长渴饥。

其　三

自我与君别，骨肉多惨伤。生死永诀离，能勿摧肝肠。老眼已枯泪，元发日改霜。从头思往事，回顾皆茫茫。感君情缱绻，垂念天一方。手书致慰问，厚意胡能忘。封缄寄蜀道，寒飙助悲凉。

其　四

蜀道如登天，开缄同面语。故人证襟怀，言言出肺腑。尔我非时宜，夙昔默相许。阅世多艰难，平情亦龃龉。欲言不敢言，下笔心弭苦。

其　五

苦心将谁诉，惟君可与谈。君今复在远，我情何以堪。谤集力难弭，才尽中怀惭。嗟予放黜后，仍得随朝参。臣职亦何补，主恩则已覃。春明载春水，一舸来湘南。君住锦江城，我居兰江浒。此间我旧游，昔曾纪风土。岷嶓江之源，荆汉水为渚。想见巫峡云，化作潇湘雨。不闻巴人歌，下接楚人语。一苇可杭之，或者通情绪。

其　六

友情未得达，使命忽已移。不期下车日，又是承恩时。依依岳麓岸，淼淼昆明池。驱车出樊口，策马朝京师。恋阙臣子心，请命曷敢迟。时正请觐入都。计余渡卢沟，君当过峡口。追君金台游，余又碧鸡走。邂逅知何时，蹉跎成皓首。独坐忆良欢，相思酌樽酒。但愿战春闱，君作搴旗手。更愿宴琼筵，儿作同年友。上林春色佳，颓然醉一叟。

其　七

调高惜和寡，交真怕情多。情多引愁绪，愁积成微疴。思君不可极，抚琴我且歌。独弦不成曲，问君当如何。

舟泊高家林

一舟维野岸，四面晚风凉。萤火疏林外，人家曲水旁。月高沉雾气，波折带星光。记得连阳景，乡心引梦长。

舟抵泽口阻风雨者竟日

江潮一夕水滂沱，泊岸轻舟荡白波。狂雨欲来虹影挂，乱云层起电光拖。谁言宦海风涛息，我识人生忧患多。十日行程行不得，年来事事总蹉跎。

风稍定即从泽口溯江而上是日风仍未止

江云自无尽，江水亦长流。岸阔迟飞鸟，天空豁远眸。言从南国返，无奈北风遒。极望燕台路，迁延动客愁。

北风渐停江中即景

薄云吹不散，风缓浪还平。远树依洲立，微波绕岸生。盘空看竹影，拂水听桡声。安得张帆去，慰予北望情。

连日北风虽阻行程然篷窗纳凉竟忘其为六月暑也得诗一首

荆水合诸流，江干我独游。浪花飘两岸，帆叶缀孤舟。风散一篷暑，凉招七月秋。时已六月二十七日。披襟成信宿，梦已到燕州。

余舟逆水溯江观来船顺流而下风帆甚驶未免有妒心焉

洋洋江水盈，猎猎北风猛。有客坐篷窗，凝眸望烟景。来舟放中流，旗鼓船头整。左右白波光，凌乱双桡影。破浪如破竹，直下一无梗。扬帆若扬鞭，横驰得所骋。瞬息行已遥，后舟复欲并。水怒争喧豗，云奔视俄顷。乐哉彼舟人，心目旷而静。我舟溯江隈，怅望空延颈。回溜多潆漩，一落如机阱。上水本来难，风声更相警。挽推人自呼，角力谁能逞。前途正迂回，跂足心耿耿。

晓过沙洋

登舟出澧岳，鼓枻来荆襄。湖山望已尽，川路行何长。极目远千里，衡巴莫南疆。三湘与七泽，云水争天光。宿阴霭竹树，晓雾迷帆樯。倾耳听鸣濑，推篷升朝阳。嗟哉宦游子，风波阻津梁。淹留日复日，迟暮中心伤。

荆江舟中

一日千里水下注，六旬两度舟来过。云开未开江月晓，日落不落山烟多。割据三分识雄概，忧愁九辨闻些歌。我立船头倍惆怅，风流寂寞当如何。

舟由旧口至石牌

三日风初定，兼旬棹不停。澧兰搴未得，襄水迹重经。帆影凌波乱，江声撼梦醒。船头人小立，迎面一山青。

即　景

风生江上波，人对江中树。江树同青青，好禽啼几处。

七月初一日书怀

游子嗟行路，衣裳积尘埃。策马出京洛，解鞍登楚台。洞庭春色去，巴丘湖色来。理楫泛云水，抚景心徘徊。澧阳多芳草，采采空山隈。采之不盈把，暮景还复催。仓卒竟舍去，怅望凝长怀。湘波水渺弥，衡岳山崔嵬。我行殊未久，已与秋风皆。秋风动秋思，伫立谁语哉。

由蒋家庄晓发

星隐天初曙，山空云不归。人家鸡犬静，江岸鹭鸥飞。晓露湿篷绠，凉风生客衣。浪游成老大，何日傍渔矶。

七月二日安陆舟中书寄焘儿

其　一

江湖烟水放扁舟，北望燕郊计日游。地远先成千里梦，风凉已觉一分秋。青峰著雨鬟初洗，白雪盈堤涨未收。落拓生涯吾自哂，河干小泊亦羁留。时又为风阻不得行。

其　二

回头数月别京华，点点星霜鬓又加。年越五旬真向老，途经万里未归家。抽帆到岸谈何易，健饭安眠望不奢。知尔凝眸思远道，碧窗开处对藤花。

阻风自叹

褒斜起平地，晴日生霾阴。事有不可测，恻恻伤人心。嗟我赋行役，千里走侵寻。计程十日至，濡滞乃至今。云水望无极，帆楫纷来临。江潮日震撼，风波谁能任。舟泊夕阳渚，鸟啼嘉树林。尔啼意自适，我闻愁何深。试将关河怨，一寄长短吟。展转不成寐，喔喔晨鸡音。

雨后口占

一水阻轻舣，连旬滞楚邦。浓云铺远岫，急雨响空江。争树鸦声乱，凌风燕影双。人家依曲岸，稳筑打鱼椿。

竹下系舟即书所见

扁舟小泊绿阴凉，板屋门前一水长。三五儿童骑犊返，溪流活处有田场。

雨后忽得南风溯流而上

千章浮湿翠，一雨拥新鬟。野水自流涧，夕阳还在山。风初随彩鹢，帆已转苍湾。何处人沽酒，疏篱修竹间。

顺风扬帆快然成咏

逆水张帆过驿亭，船头碎浪响泠泠。林收宿雾秋初到，山转晨风棹未停。几处岸痕牵薜荔，一湾波影乱蜻蜓。披襟快向篷窗坐，到眼峰峦更送青。

由碾盘山至转斗湾遣兴

一舸空江破浪行，江云随意幻阴晴。气分湖海余狂态，老阅风波减世情。帆影正回山影合，桡声横蹙水声生。人间快意无多事，沽到村醪手自倾。

舟过转斗湾

山峦簇簇山云连，江流活活江路绵。大艑小舸来翩翩，樯帆不动凌空悬。雨后净绿铺长川，丰林夹岸生朝烟。禾麻遍地竹树偏，景色真如图画然。转斗湾下水潆漩，欲前欲却舟回旋。我目与景争夤缘，忽然好风来拍船。一似走马还扬鞭，更若弓满箭在弦。又如鸷鸟张翼骞，但觉奋迅无迁延。目光眩乱波光牵，涛声喧沸风声先。破浪而来来自天，双桨飞过秋峰颠。

扣舷吟

江水何汤汤，江风拂拂吹衣凉。人生亦茫茫，人心悠悠同水长。舟帆随风行不止，寸心顷刻思千里。柳阴夹岸草萋萋，犹记三春离别时。

舟中独酌隅和陶公饮酒韵三首

其　一

学仕三十年，仆仆在周道。倦游苦身劳，冉冉年向老。有酒且酌之，颜酡容不槁。半醒半醉间，情怀易为好。适性斯自得，荣名亦非宝。濯足临浊流，游心恣八表。

其　二

泠然御风行，百里崇朝至。怡然歌南薰，小饮不成醉。舟子喜相招，野谈坐无次。悠哉把舵人，宁知卿相贵。难宣意中言，且领酒中味。

其　三

岸旁有居人，五亩是安宅。竹下山径通，牛羊多行迹。告我屡丰年，斗米钱值百。忧喜情相关，且一慰衰白。乐岁不易逢，良时殊可惜。

泊宜水沟即景

舟泊山沟竹树深，江湖谁谅倦游心。野云偶向前山度，半在峰腰半在林。

泊茅草洲

凉风到晚拂征衫，又向前汀落布帆。茅屋疏林相对处，一钩新月正西衔。

由茅草洲至小河口即景书怀

其　一

山色入江好，兼旬亦快游。人从千里至，风任一帆留。曲岸村依树，斜阳蝉报秋。倚舷吾小坐，清趣惬沧洲。

其　二

野阔云长在，林深鸟亦迷。鸟声相上下，云迹各东西。涨落江潮静，船高浦溆低。怜余来复往，头白尚栖栖。

抵襄阳

襄阳远控洛阳雄，在昔东南苦战攻。双郭一江凌倒影，千年三楚想余风。时平却喜烽烟静，人乐还歌黍稌丰。我且停舟快凭眺，新秋又见月弯弓。

抵吕堰驿

北辕痛宛洛，南服控荆襄。云气蒸江渚，歌声入楚乡。人家分井落，兵火痛仓皇。教匪之乱，此地先遭蹂躏。慷慨挥鞭过，林风送暮凉。

憩新店

趱行宵秣马，避暑午停鞭。小憩来新店，相依是旧椽。所憩店舍即前赴湖南时宿处。洛南程第一，此处为河南入境首站。赵北路逾千。去去还挥策，垂杨听暮蝉。

由新店至瓦店

我从雨后来，适与凉风会。凉风吹高林，悠然若鸣濑。雨散云未收，滃滃青山外。泉合水自分，曲曲如环带。云水风泉中，凌虚出天籁。天籁我得之，清怀澄烟霭。

车中吟

其　一

昔闻秦曲，今试楚歌。道之云远，我意如何。

其　二

月明虎阜，雁度湘江。同为南国，又之一邦。

其　三

悠悠长征，劳劳我形。橹声才住，更听铃声。

其　四

我行匪艰，我情则间。衡山望断，即看嵩山。

南阳怀古

白水兴兵局一新，白衣父老指迷津。汉家符谶归真主，严叟渔竿念故人。砀沛雄风被孙子，滹沱麦饭想君臣。他年鼎足三分际，犹有卧龙鱼水亲。

南阳晤孔东山太守

其　一

冀北声名夙所谙，东山由直隶清苑令擢冀州牧。襜帷今驻大河南。新恩载沛春如一，旧雨重逢岁已三。召杜千秋号循吏，蜀吴两国得奇男。卧龙冈下君凭吊，几度前驺唤驻骖。

其　二

入境欣觇大有年，舆歌同颂使君贤。早知傲骨原非俗，不负初心肯改弦。广厦万间争托足，名臣千古好随肩。君才毕竟为时用，开府中州日懋宣。

渡曹江

又度曹江去，江头野楫横。一篙漾波影，几树动秋声。行路身还健，归耕计未成。临流频唤渡，惆怅不胜情。

晚行至叶县

雷雨势未已，忽然开晚晴。夕阳云外落，新月马前生。正好林风送，遥看雉堞横。兴怀免胄事，千古有余情。

襄城道中怀李莪洲太守莪洲曾摄许州牧，襄城许属邑也，时莪洲以太守借补清华别驾。

暮霭苍茫马足前，南阳北界许昌连。溪林人影三更月，野草虫声七月天。老我须眉惜颜改，恋予朋旧系情偏。当年供奉游梁宋，自有诸侯客在筵。杜诗“老作诸侯客”，又云“往与高李辈，论交入酒垆”。

石固驿晤长葛邹明府

班荆促膝话更深，喜我良朋暂盍簪。河北颍南贤宰颂，明府前任彰德郡之林县，在河以北，今长葛在河以南。张梨杜酒故人心。自惭老马难充驷，谁遇焦桐竟赏音。知己相逢期后会，五华滇南山名相望立云岑。

抵石固驿奉到批折谕令不必来京速赴新任次日即返辔南行留别诸同好并示焘儿

其　一

行行路已近邦畿，一骑前驱奉表归。臣懦敢云终称职，圣慈犹自望知非。时有痛改前非之论。半途恩许回程速，九折身先策马飞。用王尊事。漫笑挥鞭轻万里，我曾六载著征衣。

其　二

回思少小学从军，关塞频怜形影分。飘泊今成独飞雁，去留总是未归云。衔山月魄迎车上，在树风声到耳闻。浪迹久经蛮瘴地，却缘年艾怯劳筋。

其　三

平芜一望极苍茫，南去云山路正长。密树鸟归知日暮，疏蝉风送报秋凉。红尘老我还为客，白发加人更望乡。多谢故交敦古谊，频分清俸助行装。

其　四

荒区绝徼谁能到，廿载重来亦自豪。南诏地开诸海阔，西黔天纵万峰高。当年父老迎新使，此日襜帷认旧袍。我向五华山上立，青云跂足盼儿曹。

复渡颍水

半载人三渡，风光已是秋。村烟浮两岸，野树系孤舟。月影入林碎，禽声啼暮幽。巢由在何处，颍水自长流。

旧县午憩

三间野馆壁将倾，一树浓阴碧有情。爱我劳人憩亭午，隔墙还送读书声。

将抵保安驿即景

山外白云封，云中别有峰。奇观原自得，好景与相逢。远岫夕阳下，深林归鸟从。行行近村舍，隔寺又闻钟。

由裕州晚发

群峰衔落日，马上晚风生。凉意随秋到，残晖送客行。几番辞洛社，万里走昆明。地主盘飧惠，长怀菜把情。

途中口占

高下田畴协雨旸，农人田舍近山冈。丰年多黍还多稌，处处争修打稻场。

由南阳城外复渡白水

前日渡白水，四面浓阴夕雾起。今朝白水过，一轮赤曜朝霞多。山色波光变朝暮，轻装快马自来去。临流照影鬓已丝，怀古情长在行路。忆昔赤符汉运隆，至今南阳称旧封。白水真人成帝业，寰中形势如朝宗。我辈缅怀千古上，惟山与水相始终。其间奕奕有生气，直欲凌跨中岳嵩。今为过客一凭吊，顿觉俯仰上下豁达开心胸。噫嘻，山岦岦兮水溶溶，烟云变幻同迷蒙，谁能一一指点寻遗踪。从来兴亡迹，不在形势中，我欲抗论往事心忡忡。但见四山白云重复重，萧然众木生秋风。

由新店至樊城

浃旬游豫境，今日又他邦。行脚何时歇，愁心不易降。楚声来驿舍，秋色满襄江。客子不能寐，依依月到窗。

由樊城买舟至常德诗示黄姬

何必肩舆逐马蹄，时多劝余从陆路行者。且随野舫伴凫鹭。东西南北皆行迹，江汉湘沅认旧题。谁谓劳薪犹转毂，自怜短发不胜篦。篷窗赢得新球好，侍我微吟有小妻。

碾盘山晓舟书怀

楚江南北一帆游，今日推篷晓色秋。收得三湘云梦景，好从六诏碧鸡游。远山云敛日升岫，近水风微人放舟。但使冰心在怀抱，浊流何必异清流。时逢江水涨浊。

舟中书寄焘儿

绿藤花下一经横，儿读书藤花坊。青草湖边一棹行。六七年来频汝别，四千里外系吾情。飞鹰健翮当秋举，老骥深心顾主鸣。我不辞劳儿努力，五云高处是前程。

感　怀

半载孤行类转蓬，行真草草住匆匆。梦还赵北湘南外，人老山车水舫中。秋到蝉吟远近树，江回舟借去来风。所经都是重游地，往事今朝未必同。

舟抵叶家滩小泊微有风雨解缆后复霁是日向晚已过仙桃镇计程三百余里矣快然赋此

瑟瑟闻秋风，潇潇滴秋雨。推篷天未明，秋色知几许。风吹客子衣，雨湿晴川土。及此风雨凉，微波荡柔橹。村鸡喔喔鸣，东方日将吐。流云散未归，片片如可数。予自澧阳来，徂征适当暑。两马驾一车，颇怯行路苦。复登樊口舟，直下江之浒。遥望洞庭湖，更向潇湘渚。快哉张我帆，风景收三楚。新翠浮山峰，宿阴净林莽。三日千里程，水急风无阻。忠信存吾怀，波涛亦谁侮。武陵有仙源，渔父或与语。

舟　夜

一江来暝色，两岸起虫声。远客多愁思，孤舟对短檠。鱼龙秋寂寞，星斗夜分明。翘首天南路，悠悠不计程。

过窑头沟河广仅容一舟，长三十余里，过此则入长江矣。

眼界忽然窄，扁舟谷里衔。回头已到岸，束峡聊张帆。波浪不能撼，水风相与函。最怜碧草色，余润沾衣衫。

大江晚放

大江东去好，一舸挂帆轻。远色积山翠，浓阴闻鸟声。天空秋水阔，风定暮云平。客久意疏放，坐看银汉明。

江中往返弥月于兹即景写意

江南江北水环注，百里千里舟往还。草草最怜客子梦，苍苍空驻青山颜。长天将晓残月上，远浦不波眠鸥闲。大啸乾坤一轩豁，余音落在停云间。

日午江行风雨骤至其势甚猛急引舟避之

乾坤开橐籥，晴雨幻朝昏。日隐孤光动，潮回万派奔。风声正排荡，水势欲兼吞。一叶扁舟寄，谁招游子魂。

过嘉鱼县

夕阳江上已秋初，江色秋光画不如。隔岸好山青叠叠，绿阴多处是嘉鱼。

由嘉鱼晚放

长天合秋水，天水湛清华。岫远留残照，天空落晚霞。洲边闲浴鹭，樯杪暂栖鸦。客向荆南去，还乘八月槎。

由蒲圻口晓发

一舸凌江去，江潮汇百蛮。洞庭汇诸蛮黔南之水至巴陵与江合流。初阳争晓树，宿雾失青山。风到帆欹侧，天空鸟往还。垂杨犹未老，秋色浅深间。

舟中怀汪少海

天西巫峡雨，楚北洞庭秋。我鼓湘江舵，君登锦水舟。计少海已将北上矣。此时将白露，何日过黄牛。寄语劳人况，滇南又远游。

笑语舟人

榜人嘈杂语皆蛮，舟子皆楚人。兢说风微上水艰。我坐中流还自在，舟迟且得饱看山。

螺山舟中感怀

江风吹江云，去住随风将。江云映江水，淡宕生秋光。秋光入我目，秋水渐我裳。所思不可见，恻恻增凄凉。关山望直北，潞河流汤汤。当秋清濑浅，下有双鸳鸯。相鸣而相乐，交颈引其吭。方期毛翮丰，云水同翱翔。栖宿曾几时，寒飙陨严霜。弱羽难高飞，竟为弋者伤。其一脱罗网，回视中摧藏。徘徊不得去，哀哀鸣其旁。此生一以毕，此心胡能忘。水去宁再返，云散各一方。浮云与逝水，四顾情茫茫。江深不可测，情深谁能量。

过石矶

秋水不归槽，孤舟逆怒涛。岸高萦短缆，高崖壁立，乱石槎丫，舟中长缆动辄为石挂碍，船在下，虽极力号呼而曳纤人不得闻也。舟子今于长缆中复添短缆数根，一有挂碍辄以短缆提掇之，上下皆得其用，亦可谓巧于运思而省于用力矣。矶落没长篙。巧与力同用，安从危处操。艰辛吾遍历，怜汝此劳劳。

大　江

大江远接洞庭湖，南国风烟识楚都。地划荆襄还拱洛，水趋东北欲吞吴。壮猷人忆孙刘在，哀怨魂招屈宋无。千古兴怀空洒泪，白云莽莽掩平芜。

泊沉泥矶

山上白云多，危矶一棹过。碧湫映红日，回岸转颓波。浦溆翻鸥鹭，菰蒲戏鸭鹅。来朝解湖缆，风力莫蹉跎。

过岳阳楼

西湖湖水阔，东湖湖水长。东西同一湖，湖色争天光。我昔曾往东湖去，去时忝作潇湘主。我今复向西湖游，游踪重上岳阳楼。岳阳楼下多樯橹，天高秋朗澄沙渚。晨光暮霭气万千，日往月来人今古。古今作者皆登临，谁识先忧后乐心。山岳江湖自形胜，乾坤吴楚多胸襟。胸襟亦何托，古人不可作。先迹手摩挲，楼中有先中丞联额手迹。读罢泪并落。泪落不能收，霜露春复秋。回头已卅载，此日来孤舟。此日孤舟空往还，半年三度看君山。三度君山长不改，嗟我白发非故颜。

巴　陵

峻堞临危岸，层楼俯近皋。江湖混元气，长江、洞庭于巴陵合流。城郭压奔涛。鄂渚连云接，君山拔地高。杜陵千古恨，涕泗托吟毫。

入洞庭湖

其　一

我是乘槎客，于今被放回。湖中千涧合，天上一帆开。日月相吞吐，鱼龙任往来。赤沙隐青草，青草、赤沙两湖盛涨时均与洞庭湖合而为一。四望总徘徊。

其　二

水划云天界，波连吴楚乡。乾坤落怀抱，今古变沧桑。木叶随秋下，神鸦傍鹢翔。长风存壮志，击楫向苍茫。

湖中守风

秋水连天阔，秋风卷浪奔。潮声山欲撼，云势野全吞。气挟潜蛟走，光摇白日昏。混茫接何处，大笑问乾坤。

风定开舟

乾坤无端倪，南风忽不兢。秋水平无波，湖色明如镜。微飙从东来，白云淡相映。沧烟暖未分，晓日升初莹。舟子挂轻帆，济川如济胜。鹢飞瞬已遥，风力顺而正。四望迷津涯，凌空破寥夐。中间白鹭翔，篷外乌鸦迎。清辉万顷来，碧影几峰剩。笄山俯团山，窈窕妆争靓。水光互晴光，潋滟吞还迸。适我旷荡怀，如见鸢鱼性。船头碎浪鸣，泠泠满清听。回忆昨维舟，隔岸开僧磬。

湖中即景

跕跕飞鸢堕，茫茫碧宇宽。船虚疑浪重，衣薄怯风寒。几缕白云度，双峰青眼看。湖阔无际，回望但见笄山、团山耳。高山与流水，我欲抱琴弹。

跋涉两月时已秋矣感而赋此

老大竟如此，浮沉笑一官。登舟长不系，行路始知难。燕蓟秋风起，焘儿与眷属尚寓都中。潇湘水月寒。时将由武陵取道辰沅。少陵叹蓬鬓，"路经滟滪双蓬鬓"，少陵赴荆南作也。我梦几时安。

在长沙晤西村兄已十余年不见矣今赴南滇赋此留别

其　一

十七年来见，相看总白头。兄才真上客，我骨不封侯。堕泪思先德，伤心望旧丘。家乡人事日非，不胜感喟。一樽问行止，飘泊各云浮。

其　二

依人君最久，出塞我初归。会面怜今在，回头悔昔非。趋庭儿辈小，兄一子方幼。话旧老朋稀。风景潇湘足，编篱好息机。兄寓长沙之息机巷。

其　三

一见复言别，扁舟向澧阳。芷兰人结佩，城郭水为乡。地近武陵路，山连衡岳冈。书来贻药石，多是救时方。

其　四

下车曾几日，辙迹又滇南。驿路还当暑，劳人未息骖。沅江沉夕照，洱海隔重岚。从此相思远，何时秉烛谈。

过洞庭湖是日，适遇东风，一日即渡。

帆饱东风不得收，风声早逼洞庭秋。水归湖海知鱼乐，天阔沧溟度鸟愁。放眼人怀吴楚旧，凌波云共舳舻浮。最怜杜甫常为客，老去行藏独倚楼。

舟中闻雁

缥缈江湖数驿程，暮云晓露我南征。萧萧秋水芦花岸，雁到衡湘第一声。

泊武陵

武陵吾小住，十载迹重经。岁月催头白，江山入眼青。夕阳落云树，渔火傍津亭。欹枕不成梦，风声带洞庭。

孤　鸟

孤鸟返旧林，独向林间飞。飞飞鸣不已，恻恻如有词。柯叶正复茂，情景多已非。人事久叵测，天心谁能知。及今我归日，回忆我雏时。毛翮自丰养，奋翼凌天逵。明明天宇阔，袅袅青云披。日中耀文采，寰内瞻光仪。罡风天半多，我羽忽以摧。未肯随白骨，聊且沉黄泥。当我昔去兹，宁知今当归。归来历年岁，俦侣安可期。不惟俦侣稀，巢居复迁移。新巢尔自乐，旧林我还依。旧林长不改，中分新旧枝。旧枝惜枯朽，新枝含绿滋。其新亦孔嘉，其旧忍独遗。新枝非不栖，旧枝长相思。我身难自适，我心中自持。

过桃源

十七年前扁舟过此，适赵叔明姑丈来摄邑篆盘桓两日，颇尽欢悰。姑丈以劳卒官相距又十五年矣，抚今追昔，不禁感慨系之。

何处寻津问，云深隐洞门。秋风来桧楫，春色忆桃源。早返南天魄，谁招楚地魂。潺湲城下水，犹自咽黄昏。

白马渡晓舟即景

青山微雨后，白马晓风初。帆影移空碧，滩声入远虚。何人垂钓饵，有竹映茅庐。晚计归蓑笠，林泉好卜居。

将入界首沅陵界。

舟向沅江去，黔关接楚关。水奔丛石险，山入五溪顽。瘴雨有时落，秋云何处还。舆歌思介子，烽镝靖苗蛮。谓傅廉访。

沅陵舟中

急水扁舟缓，时溯流而上。回风两岸生。云阴时断续，秋色最分明。

石乱滩争怒，山高鸟怪鸣。今朝无恶浪，谁为斩长鲸。数年前顽苗不靖，此间风鹤相警，今得安居，皆傅廉访剿抚之力也。

过青狼滩

一滩复一滩，滩滩各雄壮。怪石据当中，立水怒相向。水声轰雷霆，石势列岚嶂。龙喷急雨飞，鳌挟崩崖上。喧豗山欲摇，抟薄风俱让。中有青狼滩，卅里独奔放。霜雪吐光芒，蛟鼍纷倔强。人语低不闻，篙力奋与抗。浪却舟已前，退尺进还丈。一苇竟杭之，快矣吾军张。

腰塘晓舟口占

开篷浥露朝帆湿，入耳闻涛夜涨添。云落山中归不去，半拖树杪半峰尖。

予抵常德西村兄已先期赴郡相待同往滇南喜而有作

其一

策马滇南去，天涯恋弟兄。艰难嗟世路，友爱笃中情。老阅关河健，秋驱瘴疠轻。联床卜他夜，风雨听边城。

其　二

也是重游地，崔嵬忆碧鸡。甲寅乙卯予与西村同在滇省。十年春梦隔，万里旧枝栖。北望燕台远，时予眷属在京。东临楚岸低。西村眷属时在长沙。翻怜相对影，天半雁行齐。

过辰州府

舒蕴如为辰州郡伯，舒与余同在仪曹，相别已久，满拟过郡可图良晤，不期予至而舒没数日矣，为之怆然。

其　一

舟入辰溪水，江风袭客裳。浪花翻石白，木叶带秋黄。路接黔邦近，山连楚塞长。低徊前梦在，鬓发感苍苍。距前过辰州已十四年矣。

其　二

素帐惊悬壁，轻舠始问津。秣陵书不返，刘孝标有重答秣陵刘沼书，书未至而沼已卒，时予亦有书寄答蕴如郡伯，故云。江国迹犹新。蕴如由江西吉安调守湖北黄州，又由黄州调守辰州。朋旧难谋面，存亡最怆神。别来经岁月，回首一沾巾。

过泸溪县

蕞尔弹丸地，巍然列楚封。城低江作堑，山峻石如墉。苗寨安耕凿，边防息燧烽。凝眸频望远，云气隐重重。

泸溪舟中

黔水由来楚水通，舟行渐入万山中。乱滩平处秋潭绿，远岫开时夕照红。江底潜鱼宁受钓，云边高鸟不惊弓。陶公曾得忘言趣，真意悠然莫与同。

上　滩

两山夹滩滩石立，山阳日白山阴黑。篙师拒石石吞篙，石势掀腾篙力直。日光不动波光摇，人声愈厉滩声骄。此时险境幸复出，又听瑟瑟秋风飘。

过浦市前数年苗变，此地屡经兵燹事，平民自筑城如一邑然。

一塔凌山寺，孤城列女墙。几年新壁垒，今日旧耕桑。市舶联吴越，江流合澧湘。维州风雨至，却喜引秋凉。

石 壁

峭壁五丁开，当关亦壮哉。波涛长出没，风雨不摧颓。健鸟凌空去，轻云欲下来。却思渔父乐，矶畔日徘徊。

过辰溪县

山上浮屠立，山边雉堞横。五溪千嶂合，孤月一江明。时八月十日。击桨谷相应，迎风滩怒鸣。半年依水国，迢递怅南征。

辰溪舟中

南渡扁舟楚水长，行行笑已入蛮方。沿边鼓角收今日，荒徼衣冠认古装。宵月蟾辉经雨淡，晓山岚气带秋凉。林中处处啼禽怪，景物依稀近夜郎。

连日顺风而上竟忘逆水之艰快然成咏

逆浪快乘风，迎流顾盼雄。水奔涛束峡，山拥石盘空。坐卧闲篙子，讴歌笑舵工。我凭忠信在，济险问当躬。

观山居者

屈曲山巅路，微茫一线登。人烟炊木杪，鸟道入云层。大将新威振，傅廉访剿抚苗疆，苗人慑服。边方旧俗仍。从来争地险，负固即凭陵。

洪江舟中即景书怀

雨后江风入夜寒，新晴晓日淡云端。哀蛩岸草啼声急，别燕秋菰掠影残。蓟北岭南人万里，蛮烟瘴雨路三番。此途予往还三次矣。无才自愧承恩早，漫说东山起谢安。

将抵黔阳即景

万岭维坤轴，双山辟石门。岸悬危不堕，浪急吐仍吞。绝顶凌高树，平阿隐小村。轻舟逆波去，云气自朝昏。

过黔阳县

石壁层层起，青云竟可梯。山围天宇狭，水抱邑城低。瘴雨分边塞，秋风静鼓鼙。均田多善政，惠已遍群黎。傅重庵廉访平苗后，行均田法，民怀其德，苗畏其威。

怀邸寓

沅江几日快张帆,到眼云山迥不凡。舟上竟无南过雁,新诗何处寄封缄。

由黔阳溯芷江

巫州芷江一名巫州山下水，迢递出云岑。峡逼风多乱，峰高日半阴。行舟凭纤力，坐客感秋心。怀抱何由豁，悠然一抚琴。

过桐湾即景

危滩蹙波波怒鸣，急桨逆水水争衡。双崖壁徒石起立，半岭岩虚云纵横。如此奇境足千古，有时好禽闻数声。我来会心正不远，披衣独坐山风清。

过高帘洞滩名。

滩头高挂水晶帘，帘底盘涡神物潜。波震雷霆森搏击，石排剑锷厉锋铦。移舟洞口深如瓮，缚缆船腰稳似钳。时于船头拖两长纤，船腰复加两纤，众力推挽而行。多谢长年同济险，山巅一庙礼庄严。

羡岩居者

石根如铁插云根，石上人家又一村。空碧地临秋水净，崔嵬门对众山尊。尘容不向林间污，世事何劳局外论。白日羲皇君已足，蹉跎暮色我销魂。

秋　怀

巍巍山上松，靡靡山下草。草树同青青，颜色一何好。今日秋风吹，明当履霜时。百草衰且死，独看虬松枝。松枝长不变，苍燃傲雪霰。卓哉后凋姿，难充目前玩。天意乃至公，生意宁有穷。百折不能伤，孤根同非同。

将抵沅州遇雨

处处滩声急，巫州识此邦。悲秋怀楚客，带雨度沅江。雾重山全失，涛翻石互撞。何来芦笛响，一曲听苗腔。

沅州府

百雉郡城雄，舟来细雨中。千家依近郭，一水跨长虹。地域收全楚，沅为楚郡，过此即隶黔省。云山接上穹。倚舷还问俗，风景与黔通。

雨中由沅州解维至大观渡

雨中城郭别沅州，天水空蒙荡小舟。在远云迷千嶂树，微寒风送一江秋。重来霜雪添新鬓，此去泥鸿认旧游。多少野禽啼不住，倦飞也自向林投。

过滩偶咏

半日过十滩，滩声怒相逐。波涛立向人，眩瞀迷瞻瞩。长年共号呼，众挽力非独。北人怯乘船，既济犹觳觫。忽结百丈湫，湫底蛟鼍伏。奔腾放荡余，于兹一渟蓄。岸林得雨青，潭水凝秋绿。山鸟啼关关，松风吹谡谡。双桨漾波纹，一舸破寒渌。披衣坐船头，聊且娱心目。耳畔来虚涛，又听滩声续。

连雨晓寒

路入五溪境，天无三日晴。黔有“天无三日晴，地无三里平”之谣。云浓收曙色，雨急助波声。束峡山风劲，流科涧水盈。冲寒怜客子，布被觉绵轻。

天星滩歌

黔西有水连蛮賨，黔西有山高巃嵸。众流会合如朝宗，群峰夹束争奇雄。直下南楚山千重，江湖一气开鸿蒙。当其初出涧饮虹，小大怪石相横纵。巨鳌戴石喷水从，散步鳞甲成虬龙。揫牙截角藏霾雾，日久生动纷拿空。此间突兀森奇峰，五丁运斧劖苍穹。飞挟岩壑逾奔洪，摘归星斗排蛟宫。左右位置何玲珑，有时月出磨青铜。众星拱向光熊熊，二十八宿摇罡风。我乘一舸非艨艟，来此不觉心忡忡。耳听目视惊盲聋，中央一线楫可通。舟子审势悬孤篷，通力合作声相讧。须臾出险怡心胸，竟以人力争天工。我乃大笑语儿童，乘槎霄汉同非同。夕阳西落云不封，天星依旧朝天公。寒芒倒影秋潭中。

入王屏境

轻舟几日过辰关，瘴雨迷离入百蛮。绕策将从金马路，推篷先看玉屏山。岚青晓雾初收候，秋恋寒芦欲老间。犵鸟边花萦客绪，十年旧迹又追攀。

过龙溪口

舟入龙溪口，秋潭碧水深。人家成小市，野树障高岑。日午雨初霁，天空云半阴。数峰青隔岸，翘首有遐心。

将抵玉屏县

征舨一月溯河干，历乱篙声过百滩。危石高悬崖欲坠，片云飞度峡生寒。流清好向浊中辨，境险还从平处看。今日相逢故人在，却来蛮府笑弹冠。玉屏尉赏淦驾舟来迎，余在仪曹时故吏也。

玉屏县

斗大孤城在，群山四面临。峰连云作嶂，雨散岫多阴。怪石盘江岸，鸣滩绕竹林。黔阳判风景，秋色此间深。

新晴遣怀

双桨轻摇泊水涯，岸风微漾落松钗。波光动处日光涌，雾气收时山气佳。茅屋炊烟人寂寂，野林秋霁鸟喈喈。漫言万里征途远，到眼清晖慰客怀。

雾

晓色熹微介雨晴，舟人鼓楫雾中行。迎流跌宕波声急，隔岸依稀树影横。元气由来归沕穆，世情何事苦分明。天公变幻争俄顷，风起烟收日又生。

过清溪县

城郭俯河槽，河滩激怒涛。水流重嶂狭，云矗万峰高。鸟语来山箐，舟声乱竹篙。蛮烟通六诏，千里首频搔。

将抵镇远即景言情

秋雨秋风若与期，河干逆浪一舟迟。直来水尽山穷处，又遇峰回峡转时。倚岸村庄多历落，迎寒竹树尚迷离。劳人兀兀篷窗坐，过眼烟云总自知。

过大王滩

滩声何跋扈，滩势亦凭陵。得险殊难撼，居高俨若登。危崖悬绝顶，弱舫击孤絚。一气盘旋上，舟人奏尔能。

镇 远 府

天南拓雄郡，镇远入黔关。疆宇开三楚，襟喉控百蛮。江边虹截练，郭外水环山。我客维舟处，秋云夕照间。

由镇远至施秉

黔阳此日跨征鞍，屈曲山程路几盘。一水东趋千峡束，孤云西度万峰攒。衣冠苗地今存古，木叶秋风晓逼寒。边地驰驱吾已惯，却因游倦梦常安。

由施秉至黄平

秋色平分秋气清，黔中景物望中生。雪飞古洞水泉出，月印寒潭僧磬鸣。途中有飞云洞，洞侧则古潭月寺也。过客时光逾白露，斜阳鞭影到黄平。田间妇子欢相聚，处处村场打稻声。

飞云洞时与年侄胡定远及西村兄植三侄同游。

其　一

石洞谁为辟，山灵逞异能。峰形殊突兀，云气竟飞腾。雷斧何年凿，烟霄此处凭。风轮应转法，宝刹试同登。

其　二

云来飞不去，云去迹仍留。大地开奇境，吾人得快游。天然去雕琢，仙也爱林丘。幻影长如此，因心有会不。

由黄平至清平是日渡重安江。

山山天半立，不许白云封。一径盘旋上，群驹蹀躞从。蹄痕超乱石，鞭影度危峰。更有重江碧，腥寒欲饮龙。

由清平至西阳驿

怪石凌空起，参天势不禁。崚嶒群嶂合，澎湃一溪深。但见云归岫，如闻峡响琴。途中有响琴峡。蚕丛真鸟道，我马日骎骎。

由西阳驿至贵定

山头忽劈涧西东，涧水分行山路通。活活鸣泉听不断，山程都在水声中。

牟珠洞观天然佛相

佛原无我相，偶尔幻为真。一切有为法，都非如是因。点头问顽石，挥手指迷津。不少往来者，谁欤自在身。

行抵贵阳

晓日初升散宿霾，群峰缺处一鞭来。地通滇海云山锁，天辟黔灵山名瘴疠开。策马每虞临险境，安边端仗济时才。清芬父老犹传诵，泪洒遗碑首几回。昔年先中丞曾任黔抚，至今犹有去思。

由贵阳晓发

滇池西望觉途长，马首凄迷早束装。绝壑泉雷轰石磴，遥林萤火乱星光。秋虫如诉音沉晓，夜露凝寒意欲霜。惟有松涛来岭半，耳成声处近家乡。

龙场驿

错节盘根识异材，英豪所遇亦艰哉。文成事业前朝冠，曾作龙场驿吏来。

过清镇县

远岫嵯峨远树重，黔阳西界列花封。独怜三载循良绩，半费精神蓄御冬。黔省牧令以得收钱粮为过冬，为民长官鳃鳃以此为计，殊可慨也。

由安平至安顺

马蹄几日蹴羊肠，摩汉真同鸟抗行。一自置身凌绝顶，翻欣遵路得康庄。崚嶒角立山如笋，重叠鳞铺石作房。回首十年倍惆怅，烽烟战鼓伴斜阳。

由镇宁至坡贡

有山皆戴石，无峡不悬流。峭壁触云湿，飞涛喷雨秋。蛟龙扬怒鬣，虎豹踞层丘。如此惊人况，怜予几度游。

过繁花寨黔苗之变惟此寨独存寨中皆陈族族有某公曾任浙江秀水令遇变挈族守御卒得保全不遭兵燹其功殊可纪也系之以诗

捍御三苗绩，人传秀水名。合门争协力，众志竟成城。故里今无恙，同仇义共明。老翁犹矍铄，一事足生平。某公尚存，年已七十余岁。

由坡贡至郎岱

岚气欲成雨，山风吹晓寒。云峦千仞矗，岭树万株盘。路向坡头见，坡贡之坡头十里山程高耸，远即望见。峰齐马足看。青天嗟蜀道，登涉始知难。

由郎岱至阿都田

屈曲盘纡上铁关，郎岱十余里至打铁关。危峰巀嶪路弯环。人临绝巘疑无地，马越重崖更有山。宵雨沾林带余润，湿云恋岫不知还。险岩鬼斧何年劈，暗噀飞泉吐碧湾。是日，过西林渡。

登拉邦坡顶

仄径莫能容，山登第几重。置身来绝顶，到眼总奇峰。卧虎蹲危石，盘虬倚老松。跨鞍天半立，豁达见心胸。

登老鹰崖顶

直上万千仞，青天如可梯。俯临花贡北，花贡至崖二十余里。雄踞古滇西。竹树藏村屋，烟云乱马蹄。置身最高处，俦类莫能齐。

过老鹰崖

岭高晓日迟，烟淡空山寂。落寞少人居，萧然但秋色。山径入微芒，径转群峰逼。一峰隔一峰，中有云气积。老鹰顾盼雄，翩然若振翮。身攫天宇开，爪击石崖踣。不飞亦不鸣，苍毛接天白。行客披蒙茸，征马皆辟易。下临涧壑深，恐是虎豹宅。居高身易危，眼空境还辟。天风吹我裳，山禽闻格磔。入险出于险，浩然振轻策。

九日由白沙地冒雨至上寨示焘儿

登高何必逢重九，我早身从绝顶游。碧宇无垠山界断，白云有脚树遮留。卅年宦辙须眉老，万里边程风雨秋。此日心情怀直北，菊香应带桂香浮。京兆秋闱正应放榜。

过松归山

松归山上树扶疏，山半凌虚一寺孤。到此林峦争奥衍，忘予鞍马历崎岖。清泉野涧闻琴筑，细雨深丛叫鹧鸪。风景黔邦原不恶，游踪谁得遍边隅。

过庚戌桥

我在甲寅岁，初过庚戌桥。红栏今几度，白发苦相招。水引长虹近，人随健马遥。南车山入望，举首郁岧峣。

雨中过南车坡

又陟崔巍去，云生衣袖间。空蒙群岫合，潆绕一溪环。马怯拦腰石，人迷对面山。晨风吹不住，催雨送黔关。

遇雨口占

三日浓阴雨意新，霏微霡霂竟如春。舆夫莫怨泥途滑，且慰山粮待泽人。黔中地狭，山头皆艺，维粮时正望雨。

由刘官屯晓发

晨色微分望碧鬟，刘官屯外又跻攀。山丫山凹客来去，屯外十里至大山丫，又十里至大山凹。岭北岭南云往还。林逼回风晓寒重，雨添新涨野溪弯。滇东境接黔西境，我惯劳薪不暂闲。

由海子铺至亦资孔

策马登峰马不嘶，马头高出与云齐。黔中地拥诸峰峻，岭上人临万仞低。细雨朦胧天远近，浮烟离合岫东西。征鞍倦倚还如梦，但听空林鸟乱啼。

入滇境

其　一

远道促征骖，于今月已三。回车望河北，余由石固旋车，距滇甫一站耳。胜境入滇南。滇界有滇南胜境坊。父老当年识，耕桑比户谙。使君仍故我，只愧发鬖鬖。

其　二

好雨随车至，闻言我自惭。民能安食饮，天自降和甘。象岭松涛韵，龙潭梅雨酣。曲靖属有象岭，云南属有黑龙潭。昆明风景在，习俗试相参。

新晴平彝道中

新晴问征路，六诏是天南。云敛光浮白，峰高湿染蓝。花鬘斜裹布，夷人多以花布裹头。玉黍笑提篮。夷以玉黍为粮。问俗聊凭轼，良朋孰与谈。余于戊午去滇，过平彝时适同年友王心言为之宰，抚今追昔不禁驰怀。

由平彝晓发至白水有感

晓色正熹微，晨寒袭客衣。村农门独启，野树鸟孤飞。白水能无渡，青山久不归。往来叹陈迹，回首事都非。

至沾益州追伤辉亭赵丈

十七年前此举觞，余于甲寅至滇，丈适为州牧。须臾人迹判存亡。卑官屈抑身能顺，傲骨崚嶒项自强。丈为州牧，不迁者四十余年，每遇审判案牍，极为骨鲠。落拓此生复何憾，凋零后辈最堪伤。我来重洒天边泪，尚有诸孙在夜郎。

途中有山蜿蜒如龙遍体皆石大小不一望之若鳞甲然即景偶咏

山势犹龙石作鳞，龙鳞山石总精神。天云欲下疑飞动，夜雨初晴乍屈伸。如此灵奇神故妙，须知变化幻非真。漫嘲尔性难驯伏，即不能言亦可人。

由沾益至马龙即景

洗耳闻泉响，过响泉塘。茶亭有曲阿。又过茶亭塘。云因收雨薄，风为近山多。欲向前村去，还从小涧过。菊篱花渐老，秋去意如何。

过马龙州

一城如斗大，秋色望萧条。岁稔无多黍，山空半种收。州地多沙，稻麦俱不相宜，惟种荞耳。艰难谋粒食，来往过星轺。马龙土瘠民贫，又系通衢冲邑。长吏勤求莫，须令瘠土饶。

过关索岭

盘盘石磴接峰巅，顶上遐观气万千。不雨不晴山雾合，忽寒忽燠瘴乡连。浔阳有驿通官骑，罗甸无军熄燧烟。我欲遄征聊驻马，重游已是十三年。

过海潮寺

有水皆为海，昆阳我再经。湖光来户牖，雨气接空冥。一寺如蓬岛，群山列画屏。潇湘图半幅，移送使臣星。

自杨林晓行

篼舆得得出杨林，夜雨初停晓气沉。四野湿云飞不去，一山浓树碧逾深。部民争识重来面，班马应知倦策心。自笑须眉还是我，只余老境日侵寻。

过板桥

板桥距昆明四十里，其水回流，土人言去斯土者，若饮此水，必当重来云。

昆海波光日夜浮，板桥有水自回流。我来还饮桥边水，旧部何妨一再游。

得焘儿举京兆信

绿藤荫尔读书茵，已作今秋蕊榜人。如此成名犹早达，但能自命岂长贫。儿丁卯试文甚佳，不得售。将书万里酬吾愿，洒泪重泉念汝身。科第文章宁易副，慎毋欢喜亦毋嗔。

◎卷九　北上草

发贵阳

又向燕台走，言归计不成。去留同雪爪，家国系心情。宦迹殊无定，舆歌亦有声。黔灵山下路，重问旧来程。

别翁凤西廉访

三十年来交已深，骊歌甫唱泪沾襟。涓埃未效惭臣职，痛痒相关见友心。共济时艰君默念，独弹古调我知音。临歧更进叩须语，忧旱边氓待作霖。时各属邑望雨颇殷。

别狄次公观察

其一

簪盍是良缘，相依只一年。疏庸怜我拙，伉爽重君贤。力矫依违习，常游坦率天。言长心自苦，回首转茫然。次公往往以言招怨，故云。

其二

我辈宦非俗，同舟情不猜。当时上封事，与子共心裁。地瘠思民病，人顽仗吏才。陶镕归大冶，翘首望金台。

镇远解维

征棹逐云开，云山四面来。水奔飞艇疾，滩束急波回。冠盖连樯送，旗亭画角催。此邦居一载，欲别意徘徊。

别镇远周采川太守

姓氏御屏列，春官课绩先。一麾初出守，万里遂临边。采川由春曹擢太守。地接枌乡近，采川，滇人。关同楚塞连。二千酬负米，三月快乘船。太翁就养，由樊城登舟，直达镇远。竹马欢迎处，溪山共蔚然。藩篱居要路，控驭倚高贤。吏玩惟刚克，苗顽以信宣。拊循歌郡伯，保障重南天。促膝从今日，相知忆昔年。论心还继烛，话别复开筵。鸿雪空陈迹，舟车苦结缘。不才辜圣德，搔首惜华颠。自有生平在，何妨境遇迁。将离执君手，珍重更投笺。

舟过晃洲芷江属。

芷江风景亦佳哉，到眼翻牵乡梦回。如此青山如此水，因何头白不归来。

玉屏舟中和罗药阶妹倩贵阳起程二律韵

其　一

昨日乘舆别夜郎，今朝泛舸下三湘。频游南北皆非计，一上舟车自悔忙。早识泥鸿无定迹，且偕婚友共飞觞。时尚有胡友定远同行。故侯此去逾千里，父老扳留太息长。

其　二

倚篷回望㵲阳关，阅遍黔山又楚山。流水无心宁独返，垂杨有恨为谁攀。人嗟宦迹成期月，余在黔甫及一载耳。我笑禅宗付八还。故吏多情仍再祝，好官且自领清闲。

舟中立秋有感

其　一

马牛困奔走，须鬓沐风霜。往事尽如梦，衰心先到乡。性痴成宦拙，身瘁觉途长。两岸蝉声接，吟残引早凉。

其　二

一舸漾中流，身同不系舟。本来无去住，到处是尘沤。哀些还歌楚，新时又立秋。倦飞同众鸟，何日得归休。

铁如九弟自粤东来舣舟芷江下相待喜而赋此 荫滂旋里后易别字曰“铁如”。

其　一

吾今成白首，子亦作髯翁。尔我关心处，晨宵听雨中。新秋欢执手，旧事话飞蓬。老矣不归去，痴顽笑此公。

其　二

五十余年客，滩头一叶舟。也应识津岸，何事任沉浮。帆转芷江暮，夜来湘水秋。是日立秋。行藏问身世，兄弟好为谋。

与铁如

喘汗几时息，灭心宁复然。此生有归路，何处识前缘。与子为兄弟，相思阅岁年。乡枌回首望，谁似二疏贤。

杂　诗

其　一

我足既非跛，我视亦不盲。望道未之见，遵路艰于行。谁察秋毫颠，孰逾千里程。吾且用吾拙，悠然无与争。

其　二

孤鹤避矰弋，寂寞安其身。老马伏皂枥，昂藏存其真。振翮凌青云，九天声相闻。康衢遇伯乐，万里风追奔。

与罗药阶

与子别章水，一别十五年。年华如逝波，既去不复还。我老子亦壮，回首皆茫然。中间久睽隔，握手黯无言。子才既不遇，我行殊多艰。离居分出处，阅世同忧患。怜子手一编，菽水供亲欢。嗟予走万里，冰雪冲边寒。南北不相顾，音书谁为传。人生无亲疏，相知良独难。脉脉守此念，遥遥心相关。知我归塞外，负笈来周旋。买舟鼓湘棹，策马登黔山。子意诚已厚，我身难自安。聚首旋即散，放手如沙抟。舍旃勿复道，取琴为君弹。相彼田间禾，实颖栗且坚。相比林中鸟，毛丰飞戾天。诗书敦夙好，盛世无遗贤。树立期努力，悃款聊与宣。

舟中与铁如饮酒

其　一

天涯老兄弟，途次且相依。饮酒不辞醉，行年早觉非。秋风送晨雨，晚树落斜晖。笑看云中鸟，怜他倦亦飞。

其　二

三年六万里，奔走我何堪。客路来湘渚，归心到岭南。声名都是累，疏拙自怀惭。宦味吾尝遍，知君亦所谙。

其　三

似我难为长，逢君可饮醇。孩提共孤苦，身世阅艰辛。适意无多事，同心有几人。篷窗谈旧恨，翻拭泪痕新。

常德解维别魁提军应太守

桃源在何处，我欲问迷津。来往怀征路，殷切谢故人。宦情尝已淡，交谊久逾真。又向巴陵去，嗟予困世尘。

龙阳舟中遇雨

四野湿云重，东风吹不开。波摇轻桨过，雨逼晓寒来。秋色已如此，劳人亦可哀。荆湘今几度，惆怅首重回。

感　遇

其　一

东方歌既明，晓日犹未生。舟子放舟去，湖水清且平。仰观浮云影，俯听流水声。后遇不可知，引领空屏营。我有无弦琴，抚之难成音。一唱再三叹，鉴我平生心。

其　二

马倦知道长，叶落知秋凉。驰驱历岁月，游子怀永伤。逝水不复返，会合嗟何常。昔日既相知，他日毋相忘。

其　三

山中有奇树，崛立东南陲。亭亭绝依附，桢干中自持。美材任大厦，择木求工师。惜哉时不遇，采采忽见遗。遗之庸何伤，寂寞守故枝。区区一寸心，岁寒以为期。

其　四

宝镜收中奁，饰之美玉玦。用以照我颜，团栾似明月。既用不复藏，遂为尘垢没。日月曾几何，今昔乃迥别。黝然韬其光，英华中不灭。拂拭会重新，用晦同月缺。旧物吾所怀，相需忍终绝。

过君山

岳阳城外一山孤，山色波光辨有无。可笑劳人头已白，一年四过洞庭湖。

过洞庭湖

笄山团山山不孤，君山为主群山奴。东湖西湖湖水合，两湖一气波潆纡。我舟破浪快于马，帆影高悬从天下。水气山光云吐吞，蛟潜鼍伏秋潇洒。推篷四望天苍苍，乾坤元气胸中藏。烟云变幻阅人世，今古上下嗟沧桑。吴楚雄风复何在，凌波对酒慷以慨。空溟或与仙灵通，我欲一访蓬壶外。

舟泊葫芦港

逝水不能止，孤云还未归。今宵洞庭月，又照我征衣。旧浦涨痕退，新秋凉气微。何如鸥鹭好，沙屿自飞飞。

过湖嘲铁如弟

危樯独立风飕飕，平湖注目心悠悠。天水茫茫共一色，万千气象来孤舟。我在南海海珠寺，观澜往往先乘桴。云势下垂水起立，浪花横散蛟潜收。虎门强弩射潮退，羊城峻郭凌空浮。我尝自谓此境不易得，而今奇景又复逢。清秋风声泠泠在吾耳，波光淼淼盈我眸。津涯畔岸一无有，但觉朦胧潋滟上下天地还同流。如此气概雄且杰，使我怀抱清且修。是时解衣正磅礴，俯视一切真蜉蝣。吾弟桂林贤刺史，与我友生同子由。南北东西各奔走，晦明风雨无朋俦。中途会和跫然喜，爰驾桧楫从予游。我欲拔剑斩蛟恣豪快，与君赤沙青草皆湖名穷冥搜。箕踞我方作狂态，风波君独怀殷忧。瑟缩盘踞掩篷卧，声色不与耳目谋。放眼云山让吾独，纪行诗草为君讴。为君讴，君少休，破浪乘风亦何惧，褒斜平地殊堪愁。

江干阻风

其　一

一夕凉飙起，阴云四面生。江湖交汇处，风雨亦纵横。是日由湖入江。水急舟无力，涛翻岸有声。倚舷独长啸，不说旅魂惊。

其　二

我怀殊落落，秋意竟萧萧。日暮归鸿度，天长去路遥。客踪同雪印，人事感蓬飘。有酒且斟酌，新诗慰寂寥。

入窑头沟作短歌

谁谓河广兮一苇杭，所谓伊人兮水一方，溯游以从兮宛在中央。驾言桧楫兮吾帆以张，水波不兴兮天风送凉。近分江汉兮远接湖湘，笑搴岸芷兮蒹葭苍苍。

顺风扬帆快然成咏

风满空江云满野，云风挟雨从天下。我舟与水角低昂，桨在掌中篷在把。雪浪随风风正骄，山溪接雨雨如泻。耳边但听雨风声，帆影斜飞疾于马。乘兴真同落笔然，置身亦若凌虚者。须臾风定雨初晴，船头人对秋潇洒。

铁如和余芷江前诗叠韵答之

其　一

竹马忆儿童，居然成雨翁。蹉跎嗟晚岁，飘转笑秋蓬。乡国关心处，湖山放眼中。茫茫视前路，搔首问天公。

其　二

几到岳阳楼，楼前且系舟。置身最高顶，逸气与云浮。迹抚廿余字，名垂三十秋。先中丞抚楚南惠德及民曾题联额于岳阳楼上，至今犹存。摩挲怀旧泽，清白是良谋。

舟中感怀

黄发映青山，山好我发秃。流光逐逝水，水去光阴促。连阳老从事，行年五十六。涉川多风波，走马困羁束。展转添愁肠，艰辛消髀肉。日月相乘除，世事何反覆。此生同劳薪，岁岁常转毂。今借一帆风，且寄千里目。故园在何处，归期尚可卜。倘结清净缘，长把南华读。

与铁如弟

闻道崎岖走百蛮，舟车千里历多艰。弟兄执手翻无语，休戚关心各视颜。但愿子今成特达，何妨我老任疏顽。尘埃悔失抽身计，乡绪离披不可删。

铁如和前诗复叠韵答之

多君振旅缚酋蛮，我亦从戎历险艰。铁如在粤西博白任内集练擒获会匪数百人。余在滇南亦曾剿平猓黑。同是书生真面目，惜非少日旧容颜。天涯雁远音难断，瘴野人归健亦顽。独有寸衷长耿耿，忧时心事不曾删。

自　叹

佐治何能效寸长，受恩多矣益皇皇。原知于世全无用，欲了此心谅有方。屈子形容愧枯槁，苏公事业笑荒唐。坡翁句："老来事业转荒唐。"半醒半醉吾何碍，牛马人呼总不妨。

与铁如自芷江联舟至安陆府即事成咏

风来波上波生纹，月照波心波为绚。目遇成色耳成声，左之右之无不便。片帆飞渡洞庭湖，一舸径越吴王岘。孙仲谋泛舟自樊口凿山通道归武昌，今谓之"吴王岘"。仲谋公瑾不复存，赤壁中原常苦战。三年几度作兹游，诗得江声助悲健。东坡昔赋古黄州，北道今过嘉鱼县。空余一壁垂千秋，故垒依稀征里谚。《方舆纪要》言赤壁者有五：汉阳、汉川、黄州、嘉鱼、江夏。江山傅会闻多疑，风月苍凉情每恋。古迹未得亲摩挲，传说谁为辨真赝。忆我与子别淮扬，数载相思不相见。中途邂逅快联床，白首相看两不倦。幼学期成席上珍，壮行要作当时彦。即今胸臆荡云霄，不惜髭须集霜霰。抚膺太息有余哀，吊古濡毫湿枯砚。击节同赓北上歌，埙篪迭奏声为变。

晚舟夜放因风挽泊江岸用坡公定惠院寓居韵

迎凉雨后放舟行，逆水争流当暮夜。欲进不可退不能，一篙直泊危崖下。狂飙撼野声雷鸣，白浪盘空奔溜泻。前舟横隔密缆排，后舟力挽高樯亚。舟得凭依即所安，地分咫尺谁能借。时群舟争挽，各不相让。相维永夕榜人欢，举酒临江稽首谢。客子不寐悬孤灯，篷窗半掩如茅舍。我叹生涯浮若槎，畴言睡味甘于蔗。回头是岸孰先登，到眼惊涛吁可怕。此处得休且少休，龟头畏事随嘲骂。坡翁诗："人言君畏事，欲作龟头缩。"

代舟子作答词仍叠前韵

迢迢秋水明长空，瑟瑟秋风起向夜。小艇颠危急浪中，修绳旋绕断崖下。时舟在崩崖下行二十余里。午间雨势正淋漓，子半泉声尚倾泻。水底著篙势欲吞，船头交橹枝相亚。篙吞橹弱呼已干，前挽后推力不借。船移岸泊仰月浮，鼍吼龙潜酬酒谢。絷之维之永今朝，舟子归舟如返舍。饱餐粝饭胜饮浆，咀嚼秫根同啖蔗。笑吾阅历惯风波，怜尔梦魂余恐怕。且沽村酒乐而酣，官长不来谁嫚骂。

钟祥舟中书怀示铁如弟

其　一

薄云不遮山，远岫同苍苍。碧树浮两岸，扁舟来中央。俯窥巨鱼纵，仰见高鸟翔。从来寥廓境，原在云水乡。乡园有此乐，终身可徜徉。此身久以别，此心胡能忘。

其　二

浪游四十载，何者为吾真。平生涉忧患，坚白无淄磷。征衣亦已旧，时光还与新。独怜牛马走，长与鞭笞邻。初心我自返，含意谁为申。嗟嗟四海内，何若弟兄亲。

其　三

吾弟万里来，同舟已一月。觇缕谈中怀，欷歔肠欲绝。沅水扬南帆，黔山回北辙。宦海多洪涛，浮生转一叶。飘泊将谁依，狂飔几时歇。时哉归去来，满头生白发。

八老吟篷窗无事铁如九弟出所携时人八老吟见示诗虽不佳题颇有意聊复和之

老　将

玉关西出日交兵，百死身先竟得生。汗马未归人已老，战袍初脱血犹盈。青年早识师中律，白首谁标阁上名。我幸成功今善退，诸君努力答升平。

老　僧

茶笋杨梅一老僧，老僧无事拄枯藤。衣留旧衲云常护，药采空山鹤见憎。过眼浮沤多是幻，点头顽石笑成能。我今亦欲收行脚，与尔微参大小乘。

老　仆

襆被追随不记春，搔头白发已如银。凋零朋辈无知己，多少存亡最怆神。惟愿毕生依幼主，常闻垂涕道先人。箕裘世业诸郎绍，耄矣无能愧此身。

老　妓

此身流浪似流沙，萍水生涯亦有涯。秋到梧桐看滴雨，春生桃李任飞花。敢嫌冷落新交散，多感恩情旧日加。无限深心向谁诉，不堪怀抱托琵琶。

老　马

万里横行不自今，老来筋力却难任。追风壮志羞蹄蹶，伏枥长鸣恋主深。临阵成功走青海，筑台买骨重黄金。敝帷窃愿君终惠，生死与人同一心。

老　鹤

不贪粱稻不乘轩，顾视清高自不言。骨已成仙聊托足，心常警露肯窥樊。昂藏早傅白云去，洒落宁随凡鸟喧。天上声闻天下晓，凌风何必问鹏鲲。

老　屋

大厦依然临古道，扶疏绕屋树成阴。雨风莫负绸缪意，歌哭还思颂祷心。一话当年垂涕泪，重寻旧雨感人琴。游踪何日得归去，翘首南天有故林。

老　树

寂寞空山寄此身，槎丫老干几经春。未同杞梓登廊庙，独饱风霜阅世尘。濩落自嗤无用木，栽培谁是有心人。人间柯斧知多少，得保天年亦绝伦。

忆澧州道署内西轩

一轩开曲径，笑傲记吾曾。室小罗书史，心闲释爱憎。蕉纱听雨过，窗岫看云兴。此境宁多得，忘情我未能。

自樊城北上

劳劳车马苦因缘，南北东西路万千。绿野如初人发白，跨鞍三十五年前。余乾隆戊戌春，即由樊城北上，嗣后往来不一，而初游至今三十五年矣。

过汝坟桥

萧然留一寺，屹立如桥滨。下马憩尘鞅，寻僧谈果因。烟云成幻境，南北叹劳人。笑我同春梦，何时得返真。

过颍桥

颍桥策马又回车，三度经过两载余。千古神尧歌帝德，巢由竟得遂樵渔。

铁如九弟赠余别字曰觉人作觉人赞

先觉惟贤，后觉惟罔。梦觉乃真，心觉斯广。勿述所向，勿失所常。其中不热，其行不凉。何以能觉，端由于学。戒彼庸愚，缅兹卓荦。我不觉之，谁则能知。其觉如神，乃全乎人。

◎卷十　归去来草·上

杨以庸甥婿由袁浦返金陵诗以送之

同游江浙复幽燕，万里追随已八年。几度别离嗟我老，八年之中与予别者屡矣。一腔心绪倩谁怜。以庸年来近况每多拂逆。悲欢聚散纷人事，南北东西任夙缘。记取初冬返袁浦，扬帆共向故园天。时约十月内仍返袁浦同赴粤东。

九日口占

萧然木叶下平皋，九日良辰饫枣糕。有梦还乡怜作客，无衣载咏慨同袍。满城风雨知谁健，此地舟车笑我劳。予在清江曾经三度重阳。迢递南天望何极，独斟浊酒罢登高。

遣怀二首

其　一

含情温白酒，遣兴托微吟。同辈半新雨，他乡非故林。年衰忘近事，客久急归心。幻境亦何恋，幽花好自寻。

其　二

树晓有秋气，身闲无宦情。初心宁肯负，世路几曾平。谈笑亲耆旧，时常与往还者，惟孙寄圃节相一人耳。才华让后生。闭门无一事，笑我寄淮城。

思　归

五十年来素愿违，惊心节又近霜飞。自怜客舍常为客，屡整归装未得归。作绘不随新样转，论交渐觉故人稀。齑盐有味终须领，三径还存旧板扉。

休致述怀二首

其　一

脱却朝衫得遂初，连阳今日赋归欤。从知我不要人誉，窃喜儿能读父书。少壮胸襟难尽展，钓游情景未全虚。罗浮四百峰头下，指点梅花好卜居。

其　二

劳碌风波七十春，吾今老矣返吾真。簿书冠盖都无事，农圃桑麻自结邻。故土尚留三径菊，君恩许作一闲人。青山回首多年别，喜我重来漉酒巾。

知足斋午坐

忙中得暇即通禅，独坐书斋结静缘。身享盛名非是福，心留余地自成田。斯人无补怜予拙，与世何求乐我天。五亩早存归老志，沙鸥野鹤共盘旋。

寓馆题壁

老矣百无能，形同退院僧。休官离世网，闭目印心灯。曲径还联步，危栏试一凭。吾庐随处好，风月已秋澄。

口　号

恨不学樵渔，安闲得自如。谁言贫宦好，我与世情疏。游戏聊中酒，聪明误读书。扁舟归去也，策马悔当初。

闷坐书怀呈孙寄圃先生二首

其　一

宦海波涛真不测，名场傀儡剧堪怜。僧居退院难饶舌，载重羸车愿息肩。百事纷更添幻境，一生辛苦到衰年。愁看北马缰才脱，又向南江问渡船。

其　二

无聊独坐且参禅，阅尽荣枯亦散仙。我是尘劳能健者，公今风骨更飘然。莼鲈旧约言须践，乡国新秋梦早牵。了却此身婚宦局，淮阴好共话归田。

孙寄圃先生在知足斋坐话率成四律

其　一

老眼一回首，悠悠七十年。此生多险阻，长健即神仙。官职差能耐，山林恨少缘。劳薪今日谢，白发早盈颠。

其　二

居然成老大，未必合时宜。块垒消难尽，艰辛久愈知。不谈当务急，常悔见机迟。坐话情无倦，庭前日影移。

其　三

驽马曾充驷，伤鸿屡倦飞。药笼无远志，乡信寄当归。只为浮名误，频教夙愿违。帆收风浪息，好傍钓鱼矶。

其　四

世事竟如此，吾侪当奈何。后来知己少，先进阅人多。快论风生几，平心水不波。襟期还共喻，屏迹扫岩阿。

寓斋小酌即席呈寄圃先生二首

其　一

我今成拙宦，公早擅通才。体国经猷壮，安边瘴疠开。公开府粤之东、西及滇黔等处，皆边境也。此心长磊落，同列任疑猜。注目观尘世，纷纭付一哈。

其　二

与我周旋久，而今两白头。东西留宦迹，诗酒助清讴。不复谈时务，相期退急流。秋江风月好，可许送归舟。

得焘儿自榆林长安先后所寄家言赋此却寄计四首

其　一

太华峰高岳色寒，封缄千里报平安。途长捷足争先至，书到从头仔细看。时儿先寄一书后，复专遣人来，迨人至而前书尚未达也。心恋庭闱欣日永，书内谆谆以迎养为请。座移官烛觉宵残。此生洒落征怀抱，喜尔名场早达观。来书云，予若不就养，则儿即当引疾解组随侍归里，故诗内及之。

其　二

三年边境共知名，榆林为陕西北边。能继家声即政声。自谓迂疏从宦拙，还闻父老说官清。阑珊我了残棋局，缱绻儿殷返哺情。谢却尘纷观自在，秦云多处是蓬瀛。

其　三

归去来兮返故丘，俗缘未断暂勾留。先奉恩旨休致，继因贴修河工，故仍留浦。望云倍切思亲念，裕食先为体国谋。儿到榆林大修水利，岁可获田数百顷，于民食不无小补。莫倚聪明矜智术，还期珍重绍箕裘。他时杖履追随候，羡我西来是快游。

其　四

本来面目任天真，一事无成笑此身。不习时趋惟我辈，犹存直道在斯民。卅年离合皆尘梦，廿日轮蹄盼远人。由袁浦至西安，计程两旬有余耳。料理轻装跨鞍去，团栾得计肯因循。

与马君脱羁坐谈口占马君精于术数。

骨相岂封侯，无端竟远游。升沉随定数，毁誉听时流。老矣身犹健，归欤迹暂留。先生知我者，不疚亦何忧。

得凝度七弟来书约起程前先赴邗上小住数日诗以答之

其　一

同气关心是卯君，年来踪迹太纷纷。予年来南北奔驰屡过邗上。雨声频耐联床听，雁阵何堪中路分。惜别几回肠展转，爱兄一纸话殷勤。相看尔我皆头白，此日好寻鸥鹭群。

其　二

一生得失寸心知，笑我迂疏未合宜。尘世浮沤多是幻，身宫磨蝎倩谁移。恩联骨肉情难恝，语到艰难泪忽垂。数载不归归夫好，闭门楼下看书时。

题友人访梅图二首

其　一

谁说寒梅破萼迟，好花开放许多枝。此身修到谈何易，领略风清月上时。

其　二

七十老人未得归，披图今日梦依稀。何时四百峰头下，更向花间敞竹扉。罗浮山有梅花村。

题乞食图

寄怀游戏倩人描，五柳高风未觉遥。陶公有《乞食诗》。识得此中真意味，方知我乐在箪瓢。

知足斋晓坐自咏

明窗净几晓光新，拭目迂看现在身。七十年华腰脚健，二三老友性情真。谭非世务常称快，累重官逋转讳贫。秉此一心长磊落，原甘事事不如人。

与黄翼楼侄婿坐话

劳碌舟车几十春，回头自笑老风尘。书生面目犹存我，世态炎凉懒问人。婚友同居忘客久，齑盐话旧觉情亲。出山早有还山愿，归到青山已七旬。

翼楼侄婿即和前韵复倒叠一首见诒依韵和之

袁浦勾留又几旬，与君终日笑言亲。联吟也是倦游客，执手欣依同里人。漱石枕流常入梦，霜髯雪发不沾尘。归欤早被山灵笑，驴背何曾觅好春。

仍倒叠前韵答黄翼楼

抽簪无意复来旬，漫说官民意共亲。冀北曾留鸿雪印，淮南笑作去来人。行云过眼都成幻，朗月盈空不着尘。遍地风光随处领，恬和气象总如春。

寄泰儿书许其赴秦率成二律

其　一

子舍二千里，风高西塞寒。一身谋进退，数语报平安。慰尔思亲念，知予行路难。吾生存傲骨，晚节任人看。

其　二

寂寂坐蒲团，拈花一笑观。廿年前曾作拈花微笑小照。此心如止水，何处起惊湍。我得禅中趣，儿承膝下欢。梅花开放后，步月共盘桓。

独坐感怀四首

其　一

奇气颇能凌五岳，生平足迹亦天涯。今看老鹤辞轩乘，已作闲鸥傍竹槎。无限心情怀旧侣，可怜去住尚浮家。窗前黄菊知多少，倦眼遥看雾里花。

其　二

白发盈头可奈何，此生婚宦叹消磨。明知我辈须眉在，太息人间冷暖多。来往风尘空自误，侵寻岁月竟虚过。世缘难脱私相忏，可许参禅礼达摩。

其　三

名驹早已重骊黄，老骥而今伏枥伤。直以是非凭爱恶，频教议论太披猖。吾侪诚悃何由达，彼美心期未可忘。独坐翻嫌增感慨，官逋仍累故人偿。

其　四

脱却朝衫笑叱牛，沙尘混迹又经秋。我心不兢常如水，天气初寒已御裘。可是灞桥垂钓客，先为袁浦种瓜侯。老朋零落今余几，归去谁营丘壑谋。

将赴秦中淮安富筠圃太守以二律贻之殷殷志别依韵答和

其　一

解组心犹恋帝阍，三朝知遇未酬恩。狂澜倒峡风生浪，素履清冰月印盆。笑我世缘随进退，把君诗卷共朝昏。天涯作合良非偶，惜别缠绵语更温。

其　二

圣德如天感遂通，臣甘分谤不居功。同将震动恪恭意，仰体都俞吁咈中。西华峰高依子舍，南河轨顺慰宸衷。淮阴太守官声美，遥祝凌云事业崇。

将自袁浦赴秦书寄焘儿二首

其　一

抽簪许我返南州，忽向秦川赋远游。本拟旋粤，故云。车辙又从西北转，雁声还为别离愁。时凝度七弟尚在邗上，屡有书来趣予前往，迄未果。桑麻未遂山居愿，菽水能成禄养谋。白发高堂今再见，好将忧悃话从头。

其　二

笑我生平愚且鲁，从官也复到公卿。独怜灾难频相值，如涉崎岖未得平。性直何嫌殊世好，功成岂尚恋浮名。阶前玉树森然立，对此多情已悦情。

邳北别竹野大弟时官邳北别驾。

我别淮南刚夏五，今来邳北已冬残。雪铺古岸桥冰合，风逼荒村夜柝寒。年老弟兄挥别泪，心忧时事话艰难。他年归到连阳去，共买青山著意看。竹野亦拟请养辞职，故云。

发北城口占

沿堤三十里，疆界入萧南。野阔居人少，林深宿鸟还。却因征马倦，翻爱我身闲。去路何须问，停鞭且看山。

行黄河堤

星宿海门开，黄河天上来。狂澜千里下，障水一堤回。据险中流扼，排空巨浪摧。茫茫瞻大野，谁是济川才。

晓　发

半月跨征鞍，尘劳习与安。得归人已老，冲晓夜初阑。树杪凝霜重，云阴护月寒。咸阳程不远，计日许团栾。

行抵汴梁在杨海梁方伯署中小酌二首

其　一

鹿鹿今成万里身，轮蹄扰攘问前因。只添马齿称前辈，惭以猪肝累故人。我辈相看真面目，尘劳枉自费心神。擎杯絮语情无限，不语含情意更真。

其　二

年来踪迹竟频分，握手今朝日又曛。旧雨重逢怀老友，新纶初下颂神君。时方伯尊大人新奉署理陕甘总督之谕旨。当筵难得同心侣，往事都成过眼云。父老纷纷共传说，廿年前是故将军。予于廿年前曾任河南巡抚。

由渑池至陕州

百里崎岖冒险行，车声荦确震雷声。此身展转难安坐，到处颠危不计程。近倚重轮凭起伏，遥看倦眼未分明。相逢试问舆中客，万里雄心可暂平。

旅馆口占二首

其 一

升沉得失皆春梦，变化离奇是夏云。七十老人试回首，此中幻影太纷纷。

其 二

安闲气味近山林，阅世何期冕绂临。一朵白云归岫好，初衣今日遂初心。

过峡石驿遇杨孝廉曰都计偕北上诗以赠之

道左适然值，相携良可欢。知君来蜀道，先我客长安。杨君为焘儿戊寅科西川所取士也，此次路过西安，在焘儿行馆小住半月有余，故云。志士胸襟阔，征途剑佩寒。蓬瀛春色早，花到上材看。

行馆闷坐自述

弹冠年少列容台，吴楚滇黔几往来。勉自读书崇治术，谁云作吏有奇才。事当错节操心苦，人到衰年壮志灰。只此边方风骨在，不随人处不能回。

赠长安令张爱涛明府二首

其　一

与我相知久，而今邂逅逢。余于辛酉年即知君名，今始得面晤。瀛洲留硕望，君登第入庶常，散馆改官。华岳是花封。慷慨论交谊，君与故友姚引渔交厚，今已订为婚姻。包罗学古胸。君于术数之学，无所不知，尤精于青乌术。舆歌听未了，利泽遍春农。君再任长安，下车之日即修苍龙河以兴水利，岁多熟田二万余亩，小民实攸赖焉。

其　二

令尹重来后，苍龙水不波。使民知稼穑，惟士习弦歌。庶政美如此，长官贤若何。循良今报最，姓字达銮坡。

西安行馆咏怀二首时嘉平望日。

其　一

得著初衣是散仙，欢承子舍沐恩偏。臣身去国臣心恋，再拜丹霄又一年。上年嘉平望日，予正陛辞赴总漕任。

其　二

天颜温霁总如春，黼座亲聆巽命申。他日呼嵩来帝阙，孤臣已近八旬人。

焘儿侍谈口占二律

其　一

抚弦弹古调，难得有知音。宛转卅年事，艰危一寸心。汝应期树立，我不问升沉。所喜当前物，惟余鹤与琴。

其　二

七十叹吾衰，初衣未染缁。留心承世泽，努力副良时。荣悴何须计，迂疏早自知。浮云都过眼，只有一经遗。

新正八日雪后偶成

秦关百二共嶙峋，雪积峰头面目真。何处缁尘能扑我，韶光相与度新春。

忆　家

庭前徙倚抚高柯，雪后春光又若何。入座闲谈联旧雨，临池涤砚写新歌。遍尝世味壮心短，久别家园乡梦多。闻说长安居不易，九连翘首暮云拖。

新春偶咏二首示焘儿

其　一

白头又值岁华新，我是尘寰一散人。身外荣枯凭定数，个中消息悟劳薪。得叨此日清闲福，也识平生解脱因。堂上旨甘亲手奉，欢承菽水话情亲。

其　二

峰高西华郁崔嵬，为访名山特地来。七秩人夸腰脚健，三觥我觉笑言开。情殷桑梓程偏远，梦隔江淮首更回。时凝度七弟、竹野大弟、用川大弟俱在淮地，故诗内及之。岳色苍茫俯平野，闲身何日一登台。

闲坐述怀二首示焘儿

其　一

潘鬓惊看白发稀，卅年奔走未能归。飞禽在昔争搏翮，老马而今喜脱鞿。人旧伤心少侪侣，树新到眼又芳菲。衔杯絮述家常话，清趣还同理玉徽。

其　二

趋庭亲训我先承，身到瑶阶最上层。簪绂荣华都是幻，艰难险阻备尝曾。得闲恰似归林鸟，守拙真如被冻蝇。缓步前轩看积雪，山光云影半模棱。

雨后晓坐二首

其　一

淅淅半宵雨，晨光启四隅。迎曦喧野鹊，啄食落驯乌。日月闲中永，情怀淡处娱。扶筇来踯躅，今始识迷途。

其　二

入夜雨淙琤，檐前断续声。风生云气散，晓起曙窗明。游钓萦乡梦，雪鸿笑宦情。泥途行不得，且喜少将迎。

题　壁

世态纷纷那足论，独饶风骨老仍存。恒嵩岱华曾游遍，鸿爪都留印雪痕。

生日自述五首

其　一

北马南船历苦辛，只惭事事不如人。一生际遇空回首，七尺昂藏剩此身。天与衰龄闲岁月，地留胜境快游巡。五年未遂团栾愿，今日称觞骨肉亲。

其　二

依依子舍乐晨昏，春夏园林翠有痕。雨到轩窗欣得句，月留竹榭更开樽。性迂自觉违时好，才拙何能报国恩。但愿儿曹勤努力，靖共尔位侍天阍。

其　三

霜鬓雪发映晴晖，默数行年竟古稀。老境添来无改度，名心退尽始知非。儿童竹马犹堪忆，田舍枌榆早恋归。却喜衙斋时雨足，眼前景物总芳菲。

其　四

闲情飘渺宦情捐，落拓无羁即是仙。白首相看吾老矣，青山入梦我陶然。也知清福天多吝，翻愧虚名世浪传。祝尔康强又逢吉，南弧有象耀星躔。

其　五

还山真比出山难，东望烟云正渺漫。抛去荣华同嚼蜡，老来调护更加餐。我知到岸收帆好，人羡开筵舞彩欢。一语自怜还自慰，尘缘谢却已心安。

漫　兴

劳碌风尘力已殚，抽簪今日梦魂安。时当巨浪兼天涌，人向中流砥柱难。暮鸟依林休倦翮，潜鱼无饵戏清澜。得闲静领闲中味，肯把光阴过客看。

雨后宝慈书屋即景书屋即予寓斋也。

翛然居一室，世味别酸咸。得雨添新绿，翻书启旧缄。草香来碧幌，秋意袭轻衫。采药山中好，何时手把镵。

午日偶成

又值天中节，来游百二关。功名儿辈立，岁月我身闲。酌醴联婚友，开怀忘老孱。吾生时自得，旭日映酡颜。

邓嶰筠方伯升授皖抚率吟四律送别

其　一

公真吾畏友，卓荦仰心裁。直以通经术，而为济世才。海陬歌利泽，边塞乐春台。公曾任浙江宁波太守，又任陕西延安、榆林、西安各郡太守，俱有声。到处甘棠好，先生手自栽。

其　二

秉节荷恩荣，长驱拥旆旌。提封资控驭，政事戒纷更。报国输诚悃，匡时答圣明。远谟宏展布，他日待调羹。

其　三

得见公颜色，盈盈一潞河。此中同淡泊，相勖莫蹉跎。濩落愧无用，知交能几多。秦川欣执手，判袂又如何。

其　四

老矣得身闲，薇垣数往还。两心相印可，半载喜追攀。笑我成疏懒，多君许傲顽。来朝千里别，梦绕皖公山。

怀孙寄圃先生

其　一

从政公偏久，休官我亦逢。风裁瞻岳岳，气度仰雍雍。才大人多忮，名高世莫容。家声儿继武，又听振笙箫。公休官后长君善宝以兵部员外郎记名御史，次君瑞珍以丙戌馆元授职编修，闻之喜慰。

其　二

老友弗能见，情同道里长。江淮随杖履，秦鲁又参商。在袁浦比邻而居，朝夕过从，今别来又七阅月矣。到岸无惊浪，停鞭不系缰。与公共怀抱，天末正相望。

五月十三日即事成咏

三间书屋最怡情，曳履前阶缓步行。雏燕习飞还对语，夕阳收雨试初晴。云巾白领风生袂，雪液红毛洋酒名酒满觥。七十老翁何所慕，随时景物得心亨。

雨后题壁

霡霂连朝雨，嘉禾遍井疆。天心自仁爱，云势亦苍茫。入夏敷甘泽，先秋纳早凉。诗歌题四壁，翰墨有余香。

迟淞舲侄不至

西来为我祝长龄，境入秦川尔未经。鬓上丝添今日白，道旁柳似昔年青。三旬客路愁风雨，数载离怀寄驿亭。待卸行装容啸傲，家园情景把杯听。

久雨初晴即事成咏

薄雾霭朝阳，晨风雨后凉。心清怜暑退，院静爱身藏。檐鹊闻声喜，盆花落砌香。笙箫何处度，来去有歌郎。

与杨甥以庸

温温成吉士，落落亦诗人。爱尔能超俗，如予且乐贫。天机同活泼，世事适艰辛。回首平生在，须眉我辈真。

喜淞舲侄到陕

之子来何暮，羸车驾短辕。尘劳嗟鹿鹿，风采尚轩轩。执手欢今日，回头忆故园。三觥相慰劳，觇缕叙家言。

汪少海明府以长律十章为寿依韵和之

其　一

膝前有子作边臣，从政还能学爱人。行部克敷三载续，望云遥祝七旬身。篓舆迎养情无已，豸绣承恩命又新。焘儿由延榆绥道调补陕西粮道，又由粮道升授陕西臬司。笑我西来纵游目，秦关百二总嶙峋。

其　二

龙口山高易水东，结庐萧寺与君同。予与少海寓龙口山寺者几及一年余。心欢不异鱼游水，足迹还如雪印鸿。老马脱缰仍伏枥，康庄骋骥好追风。之江名誉真盈耳，迎拜争看竹马童。君尹浙江，颂声载道，所过之区无不洋溢也。

其　三

芝兰入室不闻香，水淡交情味正长。忆我驱车来绝域，逢君返辔入西羌。远函慰问语连幅，离绪缠绵天一方。多谢赠言吾自怍，漫将苦李比甘棠。

其　四

九如献颂祝冈陵，舜箓轩图有瑞征。殿陛呼嵩臣子分，班联就列岁华增。一生正色安吾素，百事盘根奏尔能。僚友偶谈当日话，可怜短发已鬖鬖。

其　五

勇退难于自急流，淹迟辙迹几春秋。恩深敢说荒三径，才拙何能督八州。洪水竟留排决患，大君长抱溺饥忧。而今南国多谋士，谁在帷中握胜筹。

其　六

荡荡河流接混茫，南趋淮海北雍梁。留心治术劳宵旰，稽首王休孰对扬。能率旧章终有济，徒滋群议亦何长。微臣虽老丹心在，封事频陈黼座旁。

其　七

帝赐恩纶总是春，放归许作倦游人。来观子舍晨昏职，寄傲庭柯怀葛民。腰脚尚强应耐老，官逋贻累不言贫。独怜西望长安远，耿耿无由展旧亲。

其　八

头角峥嵘是我甥，庭前朗朗读书声。三余涵养心源瀹，万古盱衡眼界明。早识名驹千里至，欣闻雏凤一声清。长翁老矣全无用，载咏卬须伈友生。少海第三子尧庚，予之孙婿也。

其　九

南柯一枕最多情，得失何劳与梦争。只恐我躬常不阅，从来世路可能平。未谐时好怜迂拙，如此君恩感圣明。老子婆娑游化日，当前景物共和清。

其 十

在昔情豪语更奇，古稀今日恰逢时。荣枯过眼都成幻，离合关心有所思。不隳家声完夙愿，能从宦海识津涯。他年握手知谁健，莫负云笺唱和诗。

感 怀

短发不胜篦，吟豪任醉题。关津历南北，岁月付轮蹄。老矣一无用，归与何人稽。九连东望好，行辙尚随西。

丙戌季夏陈芝山四兄以大挑二等回川候选道出西安连朝话旧率成四律

其 一

促膝论交已有年，而今握手倍拳拳。迂疏未必为时用，进退何妨任世缘。老友相看皆白发，雄心为展尚青毡。他时桃李都栽遍，我为儒林庆得贤。

其 二

黄金台畔共遨游，回忆行踪岁几周。多谢心情敦旧雨，可怜节序近新秋。时距立秋不及十日。纵横慧眼罗千古，卓荦天怀隘九州。更喜江山助吟兴，西来太华又邀留。

其　三

十度长安匹马驰，文章品诣早相知。情豪未许三觥醉，骨傲何嫌两鬓丝。常有高谈惊满座，共钦伟抱际昌期。丰神矍铄多奇气，前导双旌莫讶迟。

其　四

久历艰危识坦途，得辞轩冕曷归乎。襟怀笑我自恬淡，契好如君毋诈虞。要是此心同缱绻，相期大事不糊涂。小诗留作他年券，始信青瞳属老夫。

题钱梅江刺史槁园图

路入碧云隈，扶筇踏绿苔。蓬蒿三径辟，竹木一园栽。到处山光好，翩然吏隐来。披图蓄余望，亭上共衔杯。

游钱梅江刺史灌园

随意踏莓苔，阶前曲径回。天然去雕饰，人已远尘埃。风月俱佳也，襟期亦快哉。菜根调至味，明日我还来。主人相约以菜羹邀饮。

黄秋韵以余七十生辰贻诗见赠依韵和之

七十年华两鬓斑，衔杯且喜醉酡颜。岭南去国八千里，秦地来游百二关。有子不妨谋禄养，无官偏爱得身闲。风前飞絮难萍合，何日同君把臂还。

病起口占

一病偶然值，因之谢俗缘。登床容小隐，得句即参禅。风度疏林外，鸦归夕照前。掩扉有佳趣，何必说迍邅。

怀杨以庸甥倩

一夜霜风劲，披裘尚怯寒。维予怀古塞，有客跨征鞍。两地用情苦，三冬行路难。从军非易事，西望祝平安。

淞舲侄久不作诗赋此与之

雪满栏干风满林，问君何事废高吟。蹉跎已度三旬日，宛转应摅一寸心。妙手岂容轻脱手，元音难得是知音。老夫耄矣全无用，倾耳犹能听抚琴。

淞舲见和前韵复叠韵成律一首

得辞轩绂入山林，闲谱田歌当野吟。我以归装留作客，谁云世事不关心。去来爱看浮云迹，唱和频闻过鸟音。翘首天南人万里，好将怀抱托鸣琴。

淞舲三叠前韵仍依韵和之

何日脂车返旧林，得居闲散且行吟。七旬人老真知足，五十年来是此心。遇事可容轻措手，操弦难得有希音。阿咸抱膝舒长啸，同叔还贻太古琴。

咏　琴

座有无弦琴，古趣自盎盎。对琴人无言，遗音尚郎朗。清可涤我怀，妙欲抵吾掌。始识静者心，渊然绝尘想。流水与高山，指下生万象。穆如清风来，寄情千载上。

怀归四首

其　一

伊汝别连山，匆匆又八载。青山如故人，轻别良足悔。轮蹄几时休，岁月今复改。朔雪盈前除，光阴不汝待。高飞何可期，填胸多块垒。吁嗟归去来，为汝惜容采。

其　二

君来月嘉平，斗柄方北指。君留几何时，白驹真如驶。忽忽不自知，斗柄复指子。席帽走风尘，谁欤为倒屣。登高望故乡，乡云从东起。东望不可极，违君八千里。

其　三

作客人易老，曷日子还归。柴门傍水启，好鸟依林飞。四时有佳日，三径多芬菲。奈何习舆马，辄与亲故违。亲故在何许，茫茫天一涯。天涯不遐弃，我亦长相思。

其　四

他乡聚骨肉，犹子情逾亲。时淞舲三侄同在署中。琴樽共晨夕，磐石脱帻巾。束发事铅椠，燕郊经几春。舟车苦跋涉，雨雪尝艰辛。修名惜未立，延伫观良辰。故土聿可念，良苗当怀新。

晨雪偶题

败叶堆满阶，三径慵弗扫。晚梅开数枝，一室花逾好。白雪凌风飞，疏树啼禽晓。曳履循苔痕，徙倚寄怀抱。地僻车马稀，身闲交游少。百虑为之清，琼英散未了。

自灌园小饮归寓率成古体一首赠钱梅江刺史

梅江先生居，城市如烟峤。一水长潆回，万竹恣凭眺。沼上游鱼来，庭外老松掉。禽鸟相因依，轩窗供吟啸。年高七十余，古心亦古貌。入座弹鸣琴，引余为同调。尘容我滋惭，先生莞尔笑。一咏进一觞，岸然共寄傲。风泉会予心，更识静者妙。当挈阿咸来，持竿试垂钓。

宝慈书屋题壁

书斋面疏林，春来拥众绿。幽人坐幽轩，一奏阳春曲。斯境我得之，欣然意良足。美矣君子居，惜哉无淇澳。

汪少海书来以所藏善本陶集见贻赋此答谢

其　一

浔阳三隐在，五柳孰能同。有酒聊遗世，无弦自抚桐。桃源谁得路，栗里想流风。归去成霜杰，箪瓢笑屡空。

其　二

钱塘书满幅，时汪任钱塘令。远道付征鸿。珍重先民迹，成全处士躬。

此心真淡定，与道合污隆。景仰逾千载，歌诗奏一终。

钱梅江刺史以所藏竹根图章见示予选其一刺史问曰应镌何字予曰一个懒仙何如刺史曰可遂手镌以赠赋此志谢

学仙苦弗如，学懒常有余。懒惟意所适，仙境乃与俱。人生入仙境，风光独管领。俯仰宇宙宽，懒欤味弥永。仙者骨亦仙，仙骨殊飘然。得失一无念，浑沦全其天。天然不雕琢，疏懒愈卓荦。以懒保我真，因懒得我乐。乐哉乐未央，懒也安吾常。仙成懒亦著，实至名何妨。

张爱涛司马自京旋陕将赴潼关仍叠上年奉赠原韵成律二首

其　一

策骑朝天去，归来五马逢。九霄新雨露，一路旧提封。司马两任长安，所辖皆旧治之区也。子惠拳拳意，瑰奇落落胸。倾谈输款曲，如话古羲农。

其　二

蠢尔笑沙陀，登坛有伏波。逆回张格尔不靖现正命将出师。出师承庙算，奏凯听铙歌。不欲穷兵也，其如涉远何。边关望衽席，画策上金坡。

怀陈芝山

傲骨自珊珊，归欤赋考盘。壮心终未已，归梦几时安。芝山自起程返蜀，何日抵里迄今未有信来。不怯登天路，真成耐冷官。芝山将铨学博，故云。相思罕相见，远道祝加餐。

前诗脱稿而芝山书至知九月杪已返金乡复成一律奉寄

千里封缄至，知君返故乡。行程嗟雨阻，来信云，途中间为雨阻，不克如期而至。到日羡春阳。我辈交情笃，天涯别绪长。翛然阅尘世，惠好不能忘。

自述近况寄慰芝山

马脱羁缰无束缚，人披蓑笠有因缘。年来领得清闲味，自署头衔是懒仙。

寿署廉访何兰廷先生

柏府三人来，真同不速客。堂上围氍毹，少长各就列。团栾晋霞觞，童孙随叔伯。胪我三世欢，祝公岁逾百。公名满秦中，公寿如华峰。公神仰奕奕，公度瞻冲冲。为公介纯嘏，父老欢相从。时有部民赴长安为公寿者，故云。壶浆与箪食，衢歌听三终。

冬窗待雪

小室冷于冰，脩然惯寝兴。老犹耽笔墨，间亦爱亲朋。树古啼晨鸟，窗虚拂冻蝇。来朝应赏雪，好借一枝籐。

丙戌除夕

今日是除夕，秦郊又一年。七旬称老健，三代庆蝉联。本年冬月又添一孙。敢说家声旧，惟期世泽延。童孙知敬客，拱立侍堂前。

丁亥元日

晨光今日好，瑞霭启春朝。地阔三峰峻，人闲百虑超。团欢联戚友，适意羡渔樵。若问平生兴，园松早见招。

新正五日寓斋偶题

白发早成翁，何为逐转蓬。身居风浪外，迹寄笠蓑中。霁色来疏牖，禽声漾碧丛。悠然歌一曲，逸兴与谁同。

初八日复题斋壁

秦关留辙迹，喜是一闲人。得遂还山愿，毋嗟作客身。老年疏白鬓，佳日爱青春。初九日立春，故云。已觉东风到，檐前鹊报频。

淞舲侄正月十三日偶作一诗颇有寄托依韵和之

既不为时缚，宁甘入酒魔。夜长怜月好，年老觉情多。短榻堆书帙，高柯罥女萝。起居吾自适，春色更敷和。

和淞舲侄辞饮诗

往事成陈迹，真如雪印鸿。巾车谁作会，歌咏我从同。院小来新月，林疏受好风。幽人欣聚话，肯放一樽空。

正月十五日不寐口占

生平意气已全降，厌听笙镛入夜摐。不寐终宵一无苦，团栾消受月盈窗。

正月十九日寓斋题壁

极目天南有所思，同人回首各天涯。莺能求友终难合，云得还山却恨迟。花榭新移留种竹，月窗静照好题诗。长安几日春风到，寄迹官斋又一时。

怀孙寄圃先生

袁浦离群感索居，途长何处觅双鱼。如公老友成知己，喜我衰龄返旧庐。当轴无惭真宰相，公在任，奏疏多关国计民生，真无惭相业也。临风窃冀拜新书。久不接公信，殊为盼切。岭南济北云山隔，要使情通万里余。

静坐书怀

座有鸣琴手自挥，窗前景物弄春晖。自惭才力难经世，如此年华合放归。白发全斑添老态，青山不住悔前非。他时策杖连阳去，掉首长歌赋采薇。

寓斋种竹

不嗟食无肉，惟爱居有竹。无肉食仍甘，有竹居不俗。笑我来西秦，栖迟三间屋。疏篱花未凋，满架书可读。吾懒不出门，偃仰意良足。眷彼南墙阴，隙土回眸瞩。斜长五仞余，其势直而曲。厥地有余基，惜哉无嘉木。植彼青琅玕，础石白如玉。渭川千亩多，挹注功成速。呼僮课园工，肩挑缕相续。奚奴分植之，一区莳两束。须臾遍数区，鳞次同委属。上有碧叶敷，下有清阴覆。虽未千尺翔，已觉满窗绿。菁菁盈空阶，瞻言是淇澳。吾独居此中，寐歌还寤宿。从兹三径开，羊求日往复。

种竹和淞舲侄原韵四首

其　一

翠影重重荫竹轩，嘉名不愧绿天园。王鲁泉先生自京旋陕，曾购得竹园，名之曰“绿天园”。移来日有平安报，劲节贞心好共论。

其　二

浥露含风总得宜，此君骨格本来奇。他年蔬笋调真味，又见同参玉版时。

其　三

连山迢递路千盘，修竹嘉林梦里看。我抚苍筤饶远思，斜阳欲下倚栏干。

其　四

柏台偏院近城西，竹有浓阴种雨畦。籊籊一竿谁把钓，风诗载咏写新题。

咏新竹

汝亦坚多节，当轩迓好风。连宵新雨后，一径绿阴中。我意常潇洒，春光满碧空。香山曾养竹，白香山有《养竹记》。可许素心同。

寓斋寄兴

几番风信到，春色满庭隅。随意栽新竹，回头认故吾。疲牛欣脱轨，老马识迷途。陶令归来日，田园未尽芜。

自题归耕图小照二十首

其　一

混迹风尘春复秋，而今七十早平头。一肩蓑笠存虚愿，几处家山恋旧游。历尽艰危臣力竭，得安闲退主恩优。就荒松径仍高卧，感极翻教涕欲流。

其　二

四百罗浮寄一椽，如何舆马有前缘。周流南北东西路，习惯蛮荒瘴疠天。万里平安归绝域，一心淡定学枯禅。出山早作还山计，其奈衰龄换盛年。

其　三

毁也求全誉不虞，观人以迹术终粗。卷舒有自安时命，进退无惭识坦途。报国心殷怜我拙，立朝身正倩谁扶。今朝得遂归田志，农圃桑麻肯负吾。

其　四

烟霞掩映夕阳村，树荫田庐竹荫门。地辟九连三径好，天留五岳一身存。连平城外环绕者皆九连山也，予宦游之区五岳俱经亲到，亦为幸事。农夫野老谐乡语，菜垄瓜畴认屐痕。我久不归归便得，休将宦况细评论。

其　五

归去来兮春又归，书斋一榻掩柴扉。同侪旧侣今存几，往日雄怀昨悟非。远志未摅宵梦醒，余年肯与素心违。登山寺外供游钓，连平城外有登山寺，地颇幽僻。还作连阳老布衣。

其　六

吉州分袂记三冬，驿路频烦少定踪。自乾隆壬子年冬与素园五弟别于吉安郡署，直至嘉庆丙子年春，始得在家相见。何日对床听夜雨，有时曳屧倚孤筇。劳薪转毂嗟余惫，健饭安眠爱尔慵。太息浮生同幻影，不容轻易说相逢。自在家叙别，今又将十年矣。

其　七

白发相看老弟兄，君南我北判行程。卅年辙迹千峰隔，万叠关河两地情。阅世多时嫌世味，得归有路盼归耕。殷勤寄语云中雁，慰尔离群又合并。

其　八

聚散茫茫不可知，思联骨肉竟如斯。萧萧易水悲长逝，漠漠燕山永别离。矩亭八弟以嘉庆庚申年卒于直隶保定，铁如九弟以道光癸未卒于山东武定。予亦在保定闻讣，一经追忆，殊觉不堪回首也。多少心情难决绝，空余愤恨到今兹。我来再酌重泉酒，应叹归云入岫迟。

其　九

追随季弟尚孩提，入塾曾经我手携。五十年来苍鬓发，八千里外忆轮蹄。兄弟中惟树崖十弟最幼，予在直及在闽时，十弟俱曾来署省视。名场簪绂无心恋，故国岩阿适意栖。十弟曾以盐知事签掣长芦试用，始终家居不仕。与尔共寻春色去，菜花满地草盈堤。

其　十

几经待漏肃朝参，终始成全圣泽覃。世网纠缠欣我脱，吾生磊落任人谈。艰难久处身能耐，甘苦亲尝味自谙。今日东归一回首，劳劳仆马境何堪。

其十一

湖山有约不须招，奋翼图南念早消。共事西畴偕亚旅，闲游野径伴渔樵。题诗偶自镌竿竹，饮水何妨挂酒瓢。异日披图留一哂，还家踪迹竟先描。

其十二

吾今老矣近盲聋，与世推移苦未工。来此溪山堪小隐，羡他笠屐有高风。园林趣在闲中得，枕簟缘从懒处同。笑我偷闲频学懒，江湖落拓亦称翁。

其十三

有子承欢禄养迎，无官岂止一身轻。中年所遇情多感，末路随缘气转平。户外竹阴笼夜雨，窗前禽语趁春晴。家山久别长相忆，展卷难禁乡思生。

其十四

缓步前庭更望乡，乡邦景物未能忘。路穿石壁云从起，山夹松涛径亦香。野圃好花锄晓露，池塘鲜鲤钓斜阳。更逢父老联情话，几树风声送晚凉。

其十五

松阴满院护芭蕉，日涉园门逸兴饶。自引壶觞悦亲戚，爰瞻衡宇乐箪瓢。偶然憩老还扶策，不爱看人惯折腰。笑指征夫问前路，此身原已在云霄。

其十六

四壁云山放眼观，归来里舍话团栾。鸡虫得失何劳问，鱼鸟清闲且自看。谁说棋枰先着易，我怜宦海息波难。征衫脱却披初服，容膝方知梦亦安。

其十七

枌榆清景究如何，春柳依依春日和。世上尘缘都解脱，斋中书籍好摩挲。迹同退院禅灯冷，情类栖巢燕剪拖。踯躅空山自怡悦，农歌听罢又渔歌。

其十八

闲烹活水试新茶，水又分渠更养花。桃李多情欣种树，畜盐有味羡居家。好山满郭迷烟岫，野竹干霄系钓槎。如此心胸殊不恶，欲随猿鹤作生涯。

其十九

朱兜小艇聚东街，直下青龙潭名处处皆。百里长滩盘石瘦，连平小舟名朱兜艇，多泊于州城东街左右。自州城下至青龙潭泽河百里有余，舍朱兜艇外亦无他舟可觅也。几重峻岭带云䘢。峰高树古多真意，潭绿风清有好怀。酌酒开颜拼一醉，可怜奔走半天涯。

其二十

也无欢喜也无愁，信我生平少怨尤。但使巾车皆自得，聊娱松菊以行休。胸中苦忆亲朋在，壁上仍看翰墨留。过此韶华天所赐，归哉争不爱林丘。

哭璞岩七弟四首

其　一

一书到眼泪纵横，凶问传来月已更。袁浦栖迟依骨肉，邗沟往返恋心情。予在漕督任内，七弟情殷依恋，常往还于清江淮上。只因儿女添身累，翻为舟车滞客程。弟护饷入都，长途劳碌，到京后，即喘嗽不止，服药调理，拟疾稍愈即改由运河乘舟南下，竟不果。赍恨泉台何处问，老墙根畔梦魂萦。弟卒于老墙根寓馆，故云。

其　二

池塘春草引离思，冉冉流光又一时。恨我残云归岫晚，嗟君小鸟奋飞迟。鸰原永叹摧心切，雁阵冲寒折翼悲。境与愿违多少事，何曾快意展愁眉。

其　三

西来人在华山阴，日向燕台盼远音。我以角巾归里第，君方鞭弭出江浔。剧怜鞍马劳筋骨，犹幸亲朋理襚衾。时幸有徐颍墀亲家、何四园侄婿在京为之料理后事。廿四桥头留卅载，弟在扬州三十年矣。首丘终负一生心。

其　四

与尔分襟再阅春，谁知永诀在兹辰。此身哀乐殊多故，凡事忧疑每怕真。碌碌尘寰原是梦，茫茫生死果何因。吹埙伯氏回头望，同气于今剩几人。

题王鲁泉先生绿天园图

其　一

雅人何处涤尘襟，绿满窗前竹满阴。要是中怀无轗轲，方知乐事在园林。亭台泉石多生意，伯仲埙篪爱赏音。今日披图倍惆怅，青山引我故乡心。

其　二

高榜名园号绿天，丹楼翠阁共澄鲜。水流云在开芳径，藻碧波回蔼暮烟。对镜清癯人似鹤，衔杯洒落境同仙。他时杖策偕游候，三酌还应荷主贤。

致山西介休大尹罗药阶妹婿书赋此却寄

人称强项令，我重爱民官。妹婿在晋颇著循声。不以升沉论，而同世俗看。吾侪存气骨，古道沥胸肝。五载考嘉绩，应知心力殚。妹婿在晋五年矣。

由西安至兰州过六盘山

又历六盘路，还看三面山。山从云外起，路在石中弯。外域通回部，边城纪玉关。由回城入都及赴伊犁乌鲁木齐等处均须过六盘山。往来经几度，此日我身闲。

罗药阶妹婿护饷赴兰将至之前一日书来贻诗见赠依韵和之

其　一

南北东西结夙缘，车尘马足自年年。予自筮仕以来，奔走风尘，迄今未已。即此次就养赴兰亦甫三日，喘息尚未定也。晋秦远隔途千里，甥舅欢逢月再圆。景辉大甥先期赴陕相聚，几及两月始返介休官署。喜是衰龄仍矍铄，情因久别更缠绵。今朝握手频相劳，记得风诗咏独贤。

其　二

不合时宜亦有因，予今老矣作闲身。良辰且自供怡悦，宦味何劳说苦辛。为爱追随添后辈，敢云事业绍前人。同侪婚友还余几，共信襟期远世尘。

药阶妹婿转饷事竣回抵定远偶为雨阻作诗二首见寄叠韵答和

其　一

一鞭方策骑，三日竟为霖。肯以泥途阻，偏怜曙霭侵。据鞍知马健，沽酒命僮斟。赢得闲情在，咿唔不废吟。

其　二

民艰殊可念，贤宰吁甘霖。望岁劳人切，药阶于途中闻介休缺雨，甚为廑念，情见乎诗。霏烟野店侵。搔头嗤短鬓，得句且孤斟。颠倒翻行箧，还添陇上吟。

寄药阶妹婿

甫作皋兰十日欢，药阶在兰州省垣驻足十日。登程忽又跨征鞍。长途旸雨情分寄，归路盼晴而介休一带又复望泽。匹马驰驱力未殚。赠我诗篇多宛转，知君客路慰平安。老夫顽健归心切，三径何时理钓竿。

思　乡

不如归去好，到眼是青山。细雨重新绿，轻云梳晓鬟。松声来远近，鸟语听绵蛮。野径樵翁在，相期荷笠还。

淞舲侄和予思乡之作叠韵答之

回首望乡关，山中更有山。涧声寒石壁，云势拥仙鬟。但使身长健，何嫌语带蛮。予里居之日，惟操土音，故云。啁啾檐上雀，飞倦亦知还。

与淞舲侄仍叠前韵

几载辞乡国，依依恋故山。合江通四泽，合江，里中地名。丫髻绾双鬟。丫髻，里中山名。到眼多奇石，娱情乏小蛮。烟霞吾有愿，与尔杖藜还。

静夜书怀

万叠乡关客梦遥，月明如水夜萧萧。祛愁不废行吟草，买醉还怜借酒瓢。时向兰州盖太守索酒，故云。多少人情看已熟，纵横意气老全消。连阳八景都无恙，好向溪山仔细描。

晓芳杨甥邀作五泉之游不赴漫咏

不著游山屐，闲身倚竹扉。秋窗来夜雨，碧宇迓朝晖。欲向五泉去，频思三径归。懒仙今愈懒，一枕且忘机。

夜雨朝晴欣然有作

其　一

昼长一无事，趺坐拖吟鞋。疏窗邻园圃，竹树晨夕佳。晻霭作云势，好风相与皆。天光敛将夕，山光浮空斋。沛然时雨降，流水闻喈喈。水声悦吾耳，霁色怡我怀。怀哉邀我友，并坐青苔阶。呼童瀹新茗，为我安诗牌。

其　二

野菊有佳色，啼禽多好音。惜花重晚节，抚树来庭阴。矧复值秋月，秋雨亦既霖。我来步阶戺，余润沾我襟。一楼耀朝日，众绿生园林。犹忆连山阳，登高瞻远岑。风景如曩昔，岁月嗟侵寻。所怀不可见，悠然起遐心。

昼长无事抱膝观书偶成一律属淞舲三侄和

抱膝空斋却俗氛，流光冉冉近秋分。时距秋分甫旬日耳。聊将杯酒酬明月，连宵月色甚佳。莫怨关津迟远云。久盼家言不至。老境康强应羡我，诗坛唱和更逢君。隔篱花圃成嘉会，又听弦歌送夕曛。

蔬香馆偶咏

得从城市憩山林，回首尘寰雪鬓侵。老境惯忘人姓氏，闲身不与世浮沉。笔床茶灶安吾素，蔬圃花畦寄客心。自笑一生成拙宦，看云今日快抽簪。

游 园

爱尔芳园碧藓封，家人环坐语从容。安闲且自拖游屐，老健还欣却短筇。秋色平分高阁外，夕阳斜挂暮山重。青峰几叠窥樯好，又听疏林度晚钟。

漫 兴

赢得清闲到日曛，凭栏彳亍欲何云。时花组织争新样，我辈箴规述旧闻。世路也知多坎壈，心田须自力耕耘。试看鸾鹤高飞去，志在云霄总不群。

舫意轩题壁二首

其 一

踪迹托樵渔，今来陇上居。名山殊可访，好友日相於。院喜新栽竹，斋藏旧读书。数椽容俯仰，吾且爱吾庐。

其 二

团欢依夏屋，何意听秋砧。署内捣衣者颇多，故云。翠幌风徐入，凉亭树满阴。夕阳衔远岫，飞鸟向归林。我有一樽酒，陶然还醉吟。

园斋题壁

汗漫五旬游，计到兰州已五旬矣。烟霞足一丘。用成句。流光真是客，好景恰宜秋。树晓禽先觉，花阴露未收。倩谁作图画，我去亦情留。

自忆生平颇有所会率成一律聊以写怀

笑我驰驱几十春，荷蓑今日是山人。萧疏白发精神健，远近青峰面目真。梦想九连好丘壑，身闲十亩看松筠。半生辛苦何须问，了却方知夙昔因。

落齿自嘲

尔发早萧萧，齿牙亦动摇。知时原易退，一齿动摇已久，及其落也，衔于口中竟不自觉，故云。入口颇难调。已失不相顾，其余谁久要。小园瓜果熟，何以慰无聊。

午窗闲咏

欢依子舍寄情深，飞鸟庭前有好音。径辟野蒿仍种菊，窗延远岫近依林。廿年回忆伊凉曲，一院平分竹树阴。看到苍茫来暮色，此中乐境自追寻。

自题懒仙属淞舲三侄和

庄严非是佛，懒散竟成仙。以我来高枕，偕君抚古弦。赏心同醉月，度曲且开筵。野老饶佳兴，何妨与世捐。

闻陈芝山广文病目寄怀

嘤鸣求其友，回首嗟寡俦。陈子瑚琏器，与我何绸缪。燕都喜交臂，蜀道为故丘。振衣立千仞，濯足临清流。豪迈有本性，登陟成壮游。出言章云汉，长揖辞公侯。十年赋契阔，万里通书邮。出处境则异，慷慨心相谋。笑我去江北，来登西华楼。子从京洛归，执手更唱酬。一弹而再鼓，数月同淹留。挥鞭竟分袂，一日如三秋。延颈书不至，闻子疾未瘳。平生无长物，淡泊何所求。晨风自披拂，暮鸟还啁啾。良朋不可见，怀哉写我忧。

即　景

岫色入危阁，蔬香来小园。以予伴鸥鹤，于此乐晨昏。野菊依墙角，山蕉护石根。开樽频自酌，意得却忘言。

雨霁偶题

天光乍高洁，人意亦萧闲。绿树环芳圃，晴云淡远山。清幽睇馆舍，爽朗开心颜。尚有窗前草，园丁莫漫删。

初秋晚眺

霁色荡心胸，山开第几重。轻云随夕照，远树立高峰。坐石松留籁，闻歌花想容。倚栏还自笑，我老不龙钟。

晓起登楼

小楼看好山，嘉树湿晨露。游鸟不避人，飞飞自来去。

午　风

夜雨滴三更，晨林鹊报晴。午风吹不断，先已试秋声。

题园斋壁二首

其　一

世味都尝遍，身闲且灌园。追随来子侄，觋缕话寒温。挈榼童沽酒，烹茶客到门。逍遥无一事，风景是山村。

其　二

雨后净尘氛，炉香手自焚。曲栏人拄杖，深坞树留云。不逐绮罗队，相随猿鹤群。有情怀旧友，何日更逢君。谓王鲁泉、陈芝山二君。

忆故园二首

其　一

妇子力耕耘，田园终岁勤。凌晨蓑雨湿，薄暮笛歌闻。地僻人寻径，峰高树拥云。九连风味在，宵梦恋乡枌。

其　二

惘惘山门去，相离又十年。林深无落叶，土辟有余田。父老询寒燠，儿童戏陌阡。回头思得失，悔执祖生鞭。

晨坐园斋

满园秋花亦佳哉，露华敛去天光开。雀声冲晓合群出，山色送青当户来。适我闲情列云岫，携童缓步游亭台。晴窗半启日初上，好取红螺斟满杯。

自　述

其　一

往境真如梦，时光好读书。朋来无俗客，我意适闲居。鹊噪依林乐，山遥入座虚。他乡同故国，怀抱近何如。

其　二

我生原自得，人事莫相闻。踪迹留鸿雪，心情托岫云。开轩风肆好，择木鸟多欣。即景余佳兴，松醪酌夜分。

八月朔日邀戴惜初程京圃钱石侬诸君小饮

其　一

秋节时将半，秋花景正佳。赋诗聊自得，中酒未为乖。笑语识真趣，园林多好怀。樽前皆我辈，何以说天涯。

其　二

设几陈杯斝，论交味正长。升沉都过眼，离合惯牵肠。时罗药阶妹倩已旋晋省，杨以庸甥倩尚在军营，均未与。云霭阴晴乱，是日，乍阴乍晴，至晡未定。风生馆舍凉。霓裳刚一曲，情重笑歌郎。

晨园二首

其　一

板屋启疏林，晨风收宿雨。不闻客叩门，惟听幽禽语。

其　二

生平爱丘壑，彳亍行园圃。谁来扫白云，好对青峰数。

夜　雨

细雨滴残更，檐声杂漏声。心情添懒漫，音响不分明。枕上诗排闷，阶前草暗生。凉风催晓箭，梦断尚余酲。

焘儿侍谈云稍迟数年同作东归之计欲在大田乡筑屋数间以资栖止其意遁迹城市可免俗氛也闻言色喜即事赋诗

其　一

野屋傍平堤，藤萝挂旧蹊。闲将三径辟，喜得一枝栖。树密云常护，风和鸟乱啼。笑言依子舍，高咏去来兮。

其　二

同是怀归客，归叹赋涧阿。藏书欣伴读，老仆不烦诃。冠佩前缘了，泉林好梦多。远云应自笑，奈尔出山何。

其　三

少壮从官政，心期不负官。人情轻反覆，世路阅艰难。骨肉关怀久，风波入梦看。吾庐欢聚首，肯厌腐儒餐。

其　四

信步踏红叶，扶筇踯躅来。抚松怀旧雨，移竹喜新栽。睡稳无他梦，诗成复举杯。一家联唱和，谁是不凡才。

其　五

笑傲如今日，粗疏即古狂。此生原磊落，何处论低昂。木石成高隐，林间是故乡。率真须我辈，且醉午阴凉。

其　六

迹寄羲皇上，身居山水中。我慵学仙佛，谁更问穷通。自适田家乐，方知太古风。此间有真趣，可许易三公。

闻　磬

门对青山绿几层，秋光到眼曲栏凭。谁敲清磬来林外，我是禅房一退僧。

对　镜

菱花对我发萧萧，一室闲居远市嚣。莫讶来游多后辈，班联回首已三朝。

新　霁

厌听连宵雨，晴云点太空。新添苔径滑，喜见曙光融。绕树啼驯鸟，寻花挈小童。何妨补游兴，吟到夕阳红。

老境自慰

七旬老境日相侵，就养西来豁素襟。桥梓声华惭信口，祖孙笑语快扪心。风云共际初非幻，岁月余闲慰自今。敢谓此生清福备，既登廊庙又山林。

得王鲁泉先生书却寄

其　一

一别竟三月，悠悠系我思。荆花垂老泪，时有南宫令、竹涛令弟之痛。

玉树茂新枝。时文郎鹤卿世长奏留兰局办事。卓尔胸襟阔，翛然笠屐随。绿天足游钓，鲁泉家园号曰“绿天”。秋色正清奇。

其　二

座满汉唐迹，千秋爱古人。鲁泉家藏碑帖最多。周旋半耆旧，洒落仰丰神。自有知心处，还期后会因。壶觞成雅集，回首忆良辰。

秋感二首

其　一

我不因人热，秋心早自知。罗浮云影在，翘首各天涯。

其　二

行行驱马迹，东去复西游。婚宦一身累，情闲已白头。

再题懒仙

其　一

凭栏举首向青天，一懒中含意万千。我且衔杯君莫笑，尘缘未必是仙缘。右赠懒仙。

其　二

跣足科头著葛衫，人间嗜好别酸咸。风尘扰攘无须避，我懒君闲总不凡。右懒仙答。

将赴五泉之约口占

自喜披襟已遂初，回头不羡执金吾。一天夜月依人好，半亩花畦得我娱。此日欢颜承禄养，当年出走岂饥驱。尘劳了却前缘去，任尔扁舟泛五湖。

望　晴

秋色深如许，秋晴未有期。山林浮远绿，又是雨过时。

小酌闻歌

宾醉主还醒，歌阑酒未停。曲终人散后，独对数峰青。

述近况

百二壮秦关，关西复返还。自惭驽马健，谁识野鸥闲。旧雨书频寄，新诗稿未删。漫言归去好，何计买青山。

秋晨即景书怀

其　一

缓步携筇入草堂，潇潇秋雨送秋凉。书签拂拭晨窗润，翰墨摩挲石砚香。冷淡官斋殊有味，扶疏野树却无行。谁将幻境都亲历，笠屐高风让古狂。

其　二

藤鞋席帽也欣然，性懒身闲即散仙。寒燠每过新节序，梦魂长恋旧山川。小园随意开三径，故里回思别十年。松竹凌云谁管领，我躬早已许归田。

喜　晴

碧宇涌朝阳，晴光助晓光。峰峦争窈窕，云树共苍凉。屋上听禽乐，窗前闻菊香。何当驾麋鹿，携酒访沧浪。时又有五泉之约，故云。

戴惜初诸世长和予邀饮原韵作诗见赠仍叠韵奉答

其　一

今年逾七十，体气故常佳。用右军帖语。但得寻吾乐，何嫌与俗乖。

管弦娱夕膳，风月散秋怀。我亦闲鸥伴，持竿向水涯。

其　二

此会忘宾主，悠然清昼长。飞觞宏酒量，瀹茗涤诗肠。好树阶前绿，疏窗雨后凉。我生殊旷达，白首笑为郎。时予以五品顶带休致。

三题懒仙

懒读诗书懒种田，因闲成懒懒是仙。常浇胸块叹磊磊，偶问腹笥仍便便。一生遭遇鲜自得，消磨少壮车与船。左手挥杯右掷笔，吁嗟白发真盈颠。

与淞舲侄

醒即咿唔醉即眠，略无粉饰总天然。多君腕力能扛鼎，焘儿今年四十，其戊寅科门下士作各体诗文制屏为祝，诗文半出淞舲点定。笑我头衔自署仙。予自号曰“懒仙”。开济有怀根学术，性灵能瀹是薪传。生平心胆依然在，惜此流光已暮年。

感　事

卅载快乘轩，虚声满掖垣。何曾宏远抱，未许进箴言。感荷君恩重，惭将相业论。门前今冷落，何日返丘园。

夜坐得句

奔驰周道已霜髯，阅尽尘劳梦转恬。冷暖情怀同榾柮，安闲滋味在齑盐。秋声隐约风生树，花影迷离月挂檐。静养天和吾自得，高眠不复数更签。

闭　门

开门挹山峰，闭门抚松竹。松孤须鬣长，竹秀枝叶绿。我老神则腴，不枯亦不俗。即景聊嬉娱，当境无缚束。握手携良朋，信步举芳躅。有酒且中之，深杯泛醽醁。我身长晏如，我意亦良足。长揖谢公卿，归享山林福。

咏　鹤

嗟汝毰毸鹤，不飞亦不舞。记曾上云霄，早识乘轩苦。

咏　鹰

劲翮当秋举，高飞力未殚。回头自审顾，长忆解绦难。

回　首

回首尘区喜解官，少年深悔竟弹冠。既投世网还须了，能脱名心大是难。笑指渔樵为伴侣，闲居木石以盘桓。此中甘苦亲尝遍，留语高人仔细看。

午榻书怀

文章事业念全灰，倚枕长吟归去来。浮海究难占利涉，障川原自仗奇才。闲闲此日还初服，落落同人酌旧醅。我谢尘缘仍得我，鸥群与世本无猜。

咏　菊

碧宇晓苍苍，风声菊圃凉。秋光来正色，晚节是真香。品以高而洁，情因淡乃长。东篱谁采采，栗里尚留芳。

日昨晚风甚厉似欲作雨少顷风缓仍复放晴即景得句

雨收云霁天气清，满园园树来风声。古槐千尺晚禽聚，干叶半林秋籁生。凉飙萧萧野亭过，层岫冉冉山云迎。即目娱情且趺坐，酒杯茗碗同相倾。

兰州夏月颇凉藩署亭馆甚多随处徘徊竟忘其当暑也作此纪之

廿年忆听伊凉曲，今日重来西陇宿。时当溽暑有凉氛，纨扇轻摇殊不酷。高下衙斋依茂林，绿阴多处闻禽音。远山凹凸近山卧，一幅丹青引梦寻。

中　秋

共仰中天月，相看岁又迁。一轮冰镜满，万古玉霄悬。风露添秋色，巾车谢世缘。云山绊行脚，踪迹尚秦川。

榆槐交荫亭小坐

居然木石自为邻，榆后槐前意共亲。远近鸟声同悦耳，高低山色各宜人。园中雅有烟霞癖，座上欢联笑语真。塔影暗移斜照影，僧寮淡对总无尘。

园丁将盆菊数十本移种园中隙地口占一绝

东篱移种菊根新，淡远心情自有真。我爱此花先气节，秋霜独傲不争春。

戏　作

欲除烦恼且参禅，参破禅关识大千。笑我庸庸无智慧，可能游戏脱尘缘。

来云亭小坐

一水来天上，群峰到眼前。二句即用亭中联语。气常吞八九，界欲小三千。落叶下高树，凉风吹暮烟。循墙挥秃笔，佳景纪秦川。

秋宵静坐得句

其　一

秋风吹陇首，我客有余情。故纸挥残墨，新寒袭短檠。虫声闻四壁，雁响度三更。过眼云烟幻，朦胧月未明。

其　二

到处好烟萝，何妨啸也歌。藏书时检点，古研独摩挲。仆去沽村酒，吾闲脱钓蓑。支颐情未倦，不问夜如何。

焘儿四十岁生日诗以勖之

少即聪明志典坟，昂然独鹤立鸡群。名登科第尊前辈，任重旬宣感圣君。幼学能行斯不惑，嘉谋入告免无闻。老夫就养来欢聚，勖尔殷勤念旧勋。

重游菊花新圃

其　一

此处成芳圃，还同栗里看。花容真淡远，月影共高寒。三径容谁傲，孤琴结我欢。秋云度秋水，丰韵总姗姗。

其　二

满地好花栽，循墙曲径开。多情秋一色，乘兴我重来。偶尔携筇至，欣然得句回。双螯今正美，好洗竹根杯。杯为钱梅江刺史所赠。

醉

裙屐嘉宾至，壶觞逸兴多。百觚甘痛饮，一曲共酣歌。卜夜嫌更促，安弦喜韵和。当筵吾且醉，梦醒即长哦。

八月二十日复雨口占

曲径市嚣远，高楼鬟髻开。遥看云影重，又送雨声来。树古依城阙，山多隐藓苔。可怜秋半月，未得耀琼瑰。

苦　雨

浅涧落林隈，浮云补山缺。秋雨如良朋，相依不忍别。

八月二十三日题知足斋

其　一

三载赋闲居，怡情读我书。白驹驰岁月，红叶到阶除。树老垂庭荫，瓜甘带露锄。闭门采霜菊，颇觉世缘疏。

其　二

窗外绕禽声，今朝喜乍晴。人心真淡永，天气亦空明。礼藉壶觞达，欢联骨肉真。焘儿于二十五日生辰，连日家宴，故云。团栾娱老景，把盏有丰神。

又题一律

涉渭复游泾，山川昔所经。无心来访古，有子日趋庭。块磊消胸臆，云天养性灵。昨宵收宿雨，已放数峰青。

忆西安臬署新种竹

此君真不俗，风格异时宜。劲节共相许，虚心终自怡。婹娟承月露，淡雅荫春池。松竹吾良友，三秋系远思。

哭汪瑟庵大宗伯四首

其　一

旁求瞻圣治，俊艾孰如公。履曳星辰上，心勤吐握中。不辜明主德，真有大臣风。一别淮南路，凄其望海东。

其　二

乘舫西湖去，相看鬓已皤。文章通政事，治术其观摩。道合交情笃，言深谠论多。一年同待漏，紫陌幸联珂。

其　三

既聚忽言别，江干迹又分。去官仍有我，知己亦惟君。北蓟随征马，南河倚夕曛。浮踪一回忆，愁绪太纷纷。

其　四

公竟骑箕去，青山我未归。知音朋辈少，共事老臣稀。远洒天西泪，行歌故国薇。君亲垂眷重，恋恋是恩晖。公遗诗有“君亲恩重仰酬难”句。

蔬香馆后种竹

青青一簇拥新篁，秋色窗纱逗晓光。我爱此君长作伴，情移风月景潇湘。

晚坐菊花屏下得句

其　一

清宵趺坐菊花堆，菊影花香佐酒杯。天气乍随晴日暖，雁声新送晚秋来。时九月二日。人能免俗市尘远，我亦忘机怀抱开。画意诗情都领得，醉乡有味且徘徊。

其　二

良朋好我不须招，共写新歌拂绛绡。无限情怀皆有托，许多块磊此中消。老年鬓发怜憔悴，凉夜风花慰寂寥。清境何妨除幻境，举杯大笑向青霄。

咏新种竹

其　一

竹影正苍苍，天风送晚凉。新移苔径绿，遍荫菊花黄。淡远心香在，萧疏野趣长。箨龙蟠我屋，芒角亦森张。

其　二

本是高人格，还依处士庐。风标殊可挹，顾盼定何如。夜气净无滓，秋情声出虚。宵深仍步月，枝叶满阶除。

步园得句

花间小径日相从，来去情闲少定踪。身阅尘劳寻乐境，心参禅悟听残钟。时人别有酸咸味，我辈当无芥蒂胸。早识烟云同过客，芳园缓步语从容。

知足斋遣兴六首

其　一

解却朝衫著布衣，扶筇踯躅鬓毛稀。衰龄自哂童心盛，但愿嬉游到落晖。

其　二

翩然戴笠小桥过，笑比朝冠受用多。可惜官斋在城市，墙头未得听山歌。

其　三

少年悔不学躬耕，看到桑麻最有情。犹记乡园风景好，踏车声应辘轳声。

其　四

家藏美酒不须沽，醉饮斜阳一事无。邻舍隔篱呼取尽，安闲自在是田夫。

其　五

种竹栽花景色添，座中还自拥牙签。青山归去吾偕隐，日对奇峰更卷帘。

其　六

楼头几席绝纤尘，四面岚光眼界新。我辈须眉原不恶，山林早许著斯人。

忆无挂碍楼连平居舍中旧楼也。

登楼无挂碍，放眼尽空明。四面好山到，三秋宵月盈。藏书谁把读，旧侣梦长萦。又是十年别，斜阳何限情。

咏怀二首

其　一

翩翩不是少年时，老至情怀亦渐移。主德扪心惭报称，世缘回首半离奇。从来毁誉难为准，得就安闲已觉迟。七十光阴驹隙影，是非还只寸衷知。

其　二

翛然斗室贮牙签，树影花香隔一帘。我辈襟怀期自得，人生福慧本难兼。情敦旧雨缄书寄，诗咏新歌信手拈。策马秦川原作客，合家欢聚更何嫌。

九日怀素园五弟四首

其　一

今年政七十，体气想常佳。用王右军帖语。古柏苍松貌，和风霁月怀。

桑麻娱故国，邻里有同侪。此日茱萸鬓，怜子莫与偕。

其　二

一径达邻坊，三椽旧草堂。与君携手坐，有我读书床。户外林成幄，楼前竹作墙。别来秋几度，何日共徜徉。

其　三

宦海涌惊湍，吾知到岸难。早经尝险阻，今始报平安。腰脚差能健，林泉得所欢。相思同白发，远道祝加餐。

其　四

嘹唳不堪闻，飞鸿度夕曛。云天留逸响，兄弟感离群。苦忆岁时改，何当形影分。问年君亦老，迢递望苍雯。

重阳知足斋题壁三首

其　一

中秋才过又重阳，佳节相逢每异乡。儿女英雄都不近，爱他风月共清凉。

其　二

萍踪依旧寄秦关，一样高峰拥髻鬟。鸿爪雪泥回首看，老翁双鬓已全斑。

其　三

孰是清闲自在身，不悲秋去不伤春。蹒跚我懒登高去，怕惹青山笑故人。

与淞舲侄论诗

境亦关风月，诗原道性情。胸中罗古法，笔下发心声。一语存真气，千秋有定评。何须夸李杜，至味是元羹。

自　嘲

连日晴和风力柔，簭龙姿态碧纱留。窗前徙倚一无事，架有藏书懒不雠。

重九日李朗如王鹤卿朱时轩诸世长同淞舲侄登署内来云亭小坐赋诗以当登高诗以贻之

三五同心侣，看山且当游。好峰来眼底，新句写楼头。酒盏自斟酌，吟笺同唱酬。重阳赏佳节，碧宇十分秋。

李朗如诸世长以所赋诗见示依韵和之

秋气清高碧落宽，重阳佳节助清欢。暂游菊径花黏屐，闲步林阴竹碍冠。樽酒联吟吾辈乐，云山远隔故乡寒。诸君歌罢休惆怅，月到层楼着意看。

再叠前韵

风轻雾敛觉天宽，好趁秋晴更结欢。有兴登台人送酒，无心縻爵我投冠。花香满院菊犹在，夕照衔峰云不寒。欲脱辕驹驾麋鹿，五泉山上且同看。

午榻纪梦

垂帘卧午榻，远梦归罗浮。罗浮风雨合，奇景谁为收。四百三十二，峰峰含清秋。此境不易到，既到还勾留。往借山僧笠，来骑乌犉牛。白云蓊山脚，斜日悬岭头。飞仙共笑语，烟霞相绸缪。遥遥望九连，真若坳堂舟。峰巅忽长啸，四面风飕飕。岂我婚宦毕，今作逍遥游。再拜语飞仙，一榻聊相攸。飞仙笑不答，问汝再来不。恍然一梦觉，逸兴生林丘。

重九次日萨湘林廉访邀赴大观阁小酌赋诗见赠依韵和之

野服出城头，云天一色秋。三觥欣送酒，九日恰登楼。心是长流水，身同不系舟。大观容小隐，何必五泉游。时同人屡有五泉之约，均未得赴。

初　心

初心谁忍负，世网日相撄。有愿承家学，无端享盛名。艰辛余老态，怀抱是书生。儿辈追随久，箕裘念父兄。

和萨湘林廉访大观阁原韵诗成意尚未尽复作一律

到眼林峦生面开，初游胜地远尘埃。楼头耸翠千山绕，天上奔涛一水来。三里高城吞小郭，两涯古寺跨层台。吾侪不是登临兴，为喜秋成快举杯。

萨湘林廉访复叠秋字韵成诗一首依韵和之

此身得所寄，心境共高秋。树影留疏牖，波声撼小楼。情谐联好友，景旷泛虚舟。芒屦还须整，名山到处游。

知足斋偶题

小径落黄叶，清斋留绿阴。虫吟依古砌，鹊喜噪高林。律细诗重订，情闲酒缓斟。秋桐良可抚，何事累琴心。

园斋午坐再题归耕图小照

吾已息吾庐，悠然认故吾。天真留面目，苍茫惜髭须。竹树皆生气，园亭是画图。青山能久住，鸠杖不须扶。

◎卷十一　归去来草·下

漫兴二首

其　一

古寺不能住，声声闻远钟。循墙载绿竹，到眼数青峰。欲傍烟霞趣，常开丘壑胸。苍然来野色，植杖抚孤松。

其　二

何处是山家，秋园一径斜。禽喧迎晓树，院落过墙花。卷幔山光入，当轩菊影遮。探幽吾有兴，碧草带窗纱。

吟诗自哂

心手两相商，推敲自忖量。构思难落笔，矢口已成章。大雅得天籁，新诗闻妙香。终朝吟未了，毕竟为谁忙。

晨步小院

小院绝尘嚣，晨光入绮寮。栖鸦冲晓去，飞隼得秋骄。有客浥花露，何人吹洞箫。林泉好风景，使我意全消。

题皋兰山

崔巍城郭对嵯峨，指点雄关气概多。鞭辟五泉浮翠巘，霍去病击匈奴以鞭卓地而五泉出。峡开千里走黄河。黄河即在皋兰城下。雨岩共听深宵籁，有泉自山巅而下，夜深籁静，泉溜潺湲，听之如雨，名之曰“夜雨岩”。云岭还惊碧汉摩。摩云岭在县治之南。我以闲情纪风土，平原几处度明驼。

闲居

壮岁气全降，闲居爱此邦。梵声来隔寺，秋色满晴窗。径僻留栖鸟，花深不吠尨。藏书宵可读，还自剔银釭。

重登榆槐交荫亭

其　一

亭外一槐古，盘空对白榆。永朝还永夕，相遇更相须。树上野禽落，阶前秋藓铺。维桑动归兴，客亦忆乡无。

其　二

枌榆春共乐，槐夏午多风。老干排云立，危亭据石雄。鸟啼修竹里，人在绿荫中。秋气知多少，低徊夕阳红。

坐榆槐交荫亭望木塔寺寺在亭西。

一塔耸孤峰，丛林云不封。钟声连梵响，日色敛山容。我意同禅悦，花香向晚浓。归来歌且啸，何事介吾胸。

九月十八日夜雪晨复继之已积地四寸矣喜作

琼瑶满地豁心胸，一色云天酝酿浓。六出花飞欣积雪，三秋气老已成冬。情怀淡永谁知味，品格高寒莫比踪。隔院东篱犹好在，我留冷眼倚孤筇。

雪中即景

晨风料峭客衣单，夜雪盈阶怯晓寒。羡尔双雕昂首去，独游天半展秋翰。

午风飘雪与塞外明霜情景无二纪之

围炉静坐境清凉，翰墨摩挲有异香。此日午风飘散雪，当年晴宇落明霜。一般妙趣闲中领，廿载奇观久不忘。红笠青蓑身健在，起居安稳即家乡。

雪后步园

小园景物足游观，笑我频来秋又残。三径留余丛菊老，数椽俯仰硕人宽。惊寒去雁鸣烟岫，啄食驯禽绕画栏。雪后风光随处得，无心舒卷把云看。

雪霁淞舲侄仍叠前韵成咏和之

已无磊块再填胸，更喜秋光淡复浓。吹散阴云同映雪，高悬爱日恰宜冬。寒空许识峰峦面，野径还留鹤鹿踪。笑借好山容我住，芒鞋信步不扶筇。

雪霁登来云亭和淞舲侄韵

雪后山风劲，同云散影忙。晴光来淡沱，野色正微茫。岫冷残霙白，秋高蔓草黄。闲亭人徙倚，夜月到东墙。

怀罗药阶妹丈药阶旋介休后有信来索近作。

绵田西指整归鞭，千里汾阳忘渺然。利济知君宏抱负，清闲笑我学神仙。情深惯惹相思梦，境静还参不语禅。一卷新诗自怡悦，秋花冬雪耐流连。

知足斋漫咏八首

其　一

斗室刚容膝，时闻翰墨香。个中滋味好，凭几话斜阳。

其　二

明月照心清，清心寄古琴。高山流水趣，寂寞待知音。

其　三

尘海有狂澜，天风彻骨寒。何如檐下鸟，栖息一枝安。

其　四

网罟纠缠易，因缘解脱难。非空亦非色，试看雪花团。

其　五

天半阴云散，斋前野寺孤。钟鱼来午梵，参透俗缘无。

其　六

几上诗书味，庭中竹木声。白云谁赠我，不异在山清。

其　七

短杖徐行去，蒲团默坐来。禅元应可悟，衙鼓莫相催。

其　八

我本神仙侣，看山即住山。胸中罗万象，只此屋三间。

乍寒和淞舲侄韵

寒飙中夕止，远岫晓烟浓。树老风留冷，山多雪不封。垂帘添酒兴，稳睡称心慵。未敝貂裘在，回头忆旧冬。

闻隔寺钟二首

其　一

虚空冉冉拂心香，稳坐书斋静趣长。但使经营方寸地，何须杖锡向西方。

其　二

上方钟磬下方应，问汝谁参最上乘。一点心光常在抱，今知另有在家僧。

漫兴和淞舲侄韵

老年心绪爱林间，迟我东归又闰余。长短先筹乡里路，阑珊懒作友朋书。松棚竹坞身当隐，钓艇农蓑计不疏。宦海帆收真到岸，山巾野服遂吾初。

晓起苦寒大有酿雪之意傍午放晴偶成一律

放眼晴空得大观，皋兰城上且盘桓。高横岳色秋能敛，泱莽云容午亦寒。对此山川宜痛饮，怜他鹤鹿助清欢。旷怀豪兴谁如我，聊抚鸣琴试一弹。

初冬榆槐交荫亭即景

不觉秋光老，良时又小春。晚亭堆落叶，啼鸟悦清晨。雪染千株淡，山浮一塔真。天机含妙趣，我客往来频。

来云亭即景

园小一亭高，风寒袭絮袍。远山窥户牖，幽静剪蓬蒿。地僻心弥远，人闲兴亦豪。衔杯来暮景，短鬓手频搔。

寄素园五弟四首

其　一

雁阵离群春复秋，九连回首不胜愁。可怜少壮多兄弟，白发相依一子由。予弟兄六人，七、八、九诸弟于十数年内均已先后去世。十弟最幼，今计年尚未六十，其七旬相依者惟素园一人耳。

其　二

北辙南辕剧苦辛，相随琴鹤不言贫。而今菽水欣迎养，又以官逋累后人。

其　三

园亭竹木有余清，寄迹官斋适我情。楼下至今留别墅，胡为谈笑博公卿。

其　四

天东极目海云飞，五十余年未得归。留我寒酸真面目，今朝未肯负初衣。

得罗药阶妹丈书二首

其　一

寄我数行书，怀君千里余。世缘难摆脱，滋味究如何。

其　二

老健兴犹狂，安闲身已藏。吟诗同种菊，静里有真香。书来索予新诗。

寄庄西樵妹丈

淮阳一别又冬初，荏苒流光计闰余。共许得时歌出谷，何须弹铗叹无鱼。英华气壮能经世，涵养功深在读书。我是氃氋不飞鹤，欣看风采耀乡闾。

书斋静坐随意成吟索淞舲和

居之安处即为家，自笑吾生亦有涯。举手仍耽新笔墨，回头莫挽旧年华。韶龄出仕嫌才露，老日还乡怯路遐。白雪红云填好景，新诗聊复咏麻沙。

自里舍至水西乡计程百里乘舟顺流而下一日可达沿河风景甚佳今别去已久犹依依不能忘也系之以诗

芒鞋出东郭，野服憩垂杨。一雨添溪水，三人泛野航。连平小艇止可受两三人耳。朝烟遮岫白，晚稻入秋黄。曲岸维舟好，枌榆话夕阳。

碌　碌

碌碌红尘年复年，萧萧白发早盈颠。能居忧患能寻乐，不羡王侯不学仙。知足无难如我意，自强未肯受人怜。傲霜风骨依然在，晚节还应结好缘。

儿妇生日赋此勖之

庞眉一老住官衙，佳妇佳儿拜阿爷。钗布情安毋徇俗，齑盐味好善持家。无量寿祝秋三月，焘儿亦于八月内生。有象祥征服六珈。子女勋名皆盛事，而翁含笑乐休嘉。

九月二十八日述怀寄连阳亲故

先人余庆及儿孙，今日重看驷马门。一子克家承世德，十年归里感君恩。予自己卯出门今又十年矣，诏许归田不胜感激。华山秋色从天降，珠海祥光捧日温。远道新诗付征雁，知余矍铄又开樽。

榆槐交荫亭题壁

榆槐高荫客堂西，夕照移来塔影低。娱老频扶斑竹杖，分甘共啖塞山梨。时鄂润泉制府以吐鲁番鲜梨见惠。闲评雪月捻须断，管领云溪把笔题。难得衙斋如别墅，一瓢双屐任幽栖。

观剧二首

其　一

宛转笙歌度曲新，炉熏一室暖如春。看来世务都成幻，话到情怀亦太真。啼笑从心谁似尔，炎凉有态汝何人。今朝韵事难为谱，且咏清诗扫俗尘。

其　二

中郎心迹两相违，不恋浮荣但乞归。儿女多情堕愁泪，去留无计倚斜晖。逢场偶尔随游戏，尚论伊谁辨是非。高调犹存十八拍，知音长叹古来稀。

再题归耕图十首

其　一

山林廊庙费经营，与世无情却有情。七十年来须鬓改，寒酸依旧一书生。

其　二

卌载应官姜桂辛，超然出世眼光新。得归喜作三农伴，鸡犬桑麻自在身。

其　三

何必痴愚始吉亨，无须爵禄到公卿。坡翁也作欺人语，我愿平安过一生。

其　四

春雨春晴恰称心，野畦到处露秧针。归来细与田翁话，我惯扶犁阅古今。

其　五

谁作斯图笔有神，不衫不履一闲人。盘松坐石真安稳，吩咐奚奴漉酒巾。

其　六

先生今日赋归欤，也是樵翁也是渔。蓑笠相逢半亲故，村庄随意命巾车。

其　七

悠然一水碧波澄，未许仙源隔武陵。我访桃花登彼岸，上方还约两三僧。

其　八

可笑游山鬓已华，绿荫深处有人家。敲门复值田间叟，门对青峰竹系槎。

其 九

绿满长陂水满塍，峰峦起处乱云层。回头笑与家僮约，我着芒鞋尔担簦。

其 十

冬节新寒已御裘，归期笑我自迟留。云山缥渺情无极，且把丹青当卧游。

水仙花二首

其 一

此花存正色，许我拂仙香。一水凌波立，丰姿淡夕阳。

其 二

我欲拈花语，花还写我真。无言默相契，人物已同春。

即事有感二首

其 一

纶綍传宣望止戈，能承庙算即无他。出师全仗恩威振，奏绩终须将相和。万里转输劳跋涉，三军英锐叹蹉跎。谁将战守勤区画，肯令余氛一再过。

其　二

军符络绎号专征，自夏徂秋序又更。不见貔貅争敌忾，空闻将帅久连营。当车小丑谁为力，汗马奇勋莫署名。圣主宵衣还旰食，臣工何以答升平。

忆水西田舍

平田十亩屋三间，田外溪流屋外山。山色盈门耸苍翠，溪声绕社绿回环。钟来野寺邻僧起，梦到枌榆我客间。少壮离家今日老，归欤惭对碧峰颜。

萨湘林廉访阅余诗草辱承题跋赋谢二首

其　一

参破今时事，相孚古性情。攸然学狂狷，莞尔见生平。磊落胸襟在，谈谐气味清。相知殊恨晚，肝胆一为倾。

其　二

曲高怜和寡，寂寞契知音。得遇同心友，如闻太古琴。中怀真向往，老境惜侵寻。儿辈相从好，兰山正盍簪。

与淞舲侄

其　一

何日东归未有期，阑珊老景自扶持。半园野菜锄之晚，一卷新诗和者谁。伯叔多情垂盼日，弟兄抟翼奋飞时。还须豁达开怀抱，莫令同人笑我痴。

其　二

诗酒情怀豪梓里，纵横意气薄云天。而今慷慨酬初志，吾已颓唐学懒仙。淡雅官斋欣聚首，追随日夕又经年。西行草与东归草，皆余旧作也。暖室乘帘且共编。

春梦婆

大瓢行野有坡翁，指点痴迷语最工。唤得一场春梦醒，方知色色是空空。

连日展观旧存手书诗卷得句

数载不相见，连朝遇故人。怡情还悦性，展旧总如新。来往山川熟，形容面目真。尘劳今已谢，不必说艰辛。

追悼宋芷湾先生二首先生名湘。

其　一

大雅弗能作，知音今有谁。情联桑梓重，话到死生悲。遗爱留南国，先生曾任滇南郡伯。哀歌听楚词。先生卒于湖北观察之任。古光传不坏，何以慰心期。先生阅余诗卷有“传之千年古光不坏”之评。

其　二

一马无羁绁，行空逞异才。英声腾粤海，骏骨上金台。楮墨留生气，文章耀上台。良朋判踪迹，回睇我心哀。

怀梁箓圃学博名炅二首

其　一

我与君相别，年华又几巡。肫诚延世德，歌啸任天真。座上春风满，人间教泽新。时在曲江广文任。东归餐苜蓿，吾亦作闲人。

其　二

万里早驰驱，青山入梦无。家贫剩书剑，官冷乐枌榆。启迪来群秀，师承有大儒。箓圃为廉郡冯鱼山先生高弟，鱼山品学精粹，吾粤人士素相推重，故云。起居适函丈，应自得清娱。

知足斋自咏

穷通随所遇，俯仰复何忧。阅世留青眼，行年叹白头。天伦寻所乐，人事罕相谋。知足安吾素，心平得自由。

漫　与

残雪留荒圃，斜阳带晚霞。循畦同着屐，荷锸学锄瓜。有鸟来栖树，烹泉试品茶。是谁助诗兴，隔户听咿哑。

午窗即景用韦苏州郊居言志韵

我居层城下，城外环高山。积雪酿寒气，冬景来秦关。危峦秀且瘦，怪石奇而顽。破空飞鸟疾，到眼白云间。日午冻微解，经溜滴檐间。开窗延霁色，啼鸟时一还。琴孤聊为抚，峰冷不可攀。东园拭我目，遥睹青山颜。

晓寒口占

天霁群峰出，风高乱叶飞。境随秋序老，寒重晓霜威。有客闲扶杖，呼童笑掩扉。眼前罗远岫，可见白云归。

偶　作

隙中驹影太匆匆，秋节才过又孟冬。古砚斑斓深贮水，磨人却已近龙钟。

戏　作

两寺钟鸣听有情，下方声应上方声。怜他衲子无仙骨，不住名山住郡城。

孟冬中浣晨起即目

漏声停处梦初醒，小院如留淡月形。鹊趁晓晴喧曲榭，霜凝宵露落空亭。高山带雪拖残白，老树争春隐嫩青。我客扶筇还自笑，安闲况味几曾经。

口　号

君是罗浮一散仙，仙风仙骨本天然。只因贪看楸枰劫，堕落尘寰几十年。

薄　暮

薄暮酿冬寒，围炉一室安。古书还自读，初服不嫌单。自有娱情处，相於带笑看。瓶笙听三奏，观水亦观澜。

藩孙周岁喜赋

其　一

头角喜峥嵘，筵前笑语声。一龄庆初度，百岁祝长生。愿汝摩天鹄，先驱驾海鲸。祖翁逾七十，浮白气纵横。

其　二

爱尔是宁馨，而兄亦九龄。含饴同造膝，抱子恰趋庭。长大承家学，聪明识性灵。咿哑才习语，识字我传经。

晓斋偶咏

其　一

晓起倚栏杆，关西苦早寒。峰高余雪白，路近接山丹。静忆玉门道，追思迁客难。今朝供菽水，薇蕨好加餐。

其　二

老树几前立，朝云门外来。披裘我自适，对景心为开。即此眼中境，还倾掌上杯。夕阳斜未落，依旧抱琴回。

忆连阳别墅即怀素园五弟

其　一

几间城下屋，翠柏老梅间。有径通芳沼，开门见好山。我行阅年岁，归梦到乡关。试问天边雁，何时联翼还。

其　二

高卧不复出，翛然守故关。皤皤垂白发，日日对青山。老健乡邻羡，悠游杖履闲。阿兄游万里，离思那能删。

寄素园诗归心顿起因散步园中自遣得诗四首

其　一

卌载未抽簪，闲居许自今。谁能容傲骨，我不负初心。玉树当阶茂，山云入岫深。片帆归去好，击楫助高吟。

其　二

信步东园去，登临兴洒然。红尘难得脱，白首自相怜。寺远老僧住，山高孤塔悬。鸟歌听何处，适性悟鱼鸢。

其　三

回首平生在，当轩风月凉。行踪同爪雪，世路阅沧桑。曲径排新竹，平畦淡晓霜。涉园自成趣，初不异家乡。

其　四

又是寒冬候，频迁感岁华。儿孙长绕膝，情景似还家。园小林为护，篱分路几叉。疏香存旧馆，留客更烹茶。

即　目

其　一

到处风光在眼前，宽闲不让鹭鸥先。我居衙署清凉地，树影禽歌境亦仙。

其　二

萧然一室不闻哗，画笔诗谶任意斜。吩咐奚童携敝帚，好收风叶助煎茶。

偶思五泉之胜得句示焘儿燠侄

西陇名区羡五泉，冈峦形胜亦天然。游山有约难超俗，戴笠偷闲喜自便。屡有五泉之约，终不果行。谚云“有约不到罗浮”，或亦为事之所有欤。半载栖迟身是客，七旬老健骨称仙。逢逢衙鼓听朝暮，笑我闲人远世廛。

懒

身懒不迎客，境闲贪赋诗。岂真成老悖，聊自适顽痴。崛强非犹昔，迂疏未合宜。雪留残径滑，短杖且支持。

自题诗卷

翩翩裘马少年情，看遍红尘岁月更。事到艰难征阅历，心经忧患转和平。独弹古调有真趣，能破愁怀无变声。多少云山都在抱，轩昂应不负吾生。

寄敬五侄四首时在扬州。

其　一

啼禽树上声，明镜庭中影。望月廿四桥，今宵倍清冷。

其　二

雪落裘嫌薄，灯残夜已深。拊床同洒泪，莫负首丘心。

其　三

永别将成岁，羁留又几时。连阳吾故里，归计莫迟迟。

其　四

露叶与风枝，往事难回首。况有慈母心，含悲尔知否。

书斋题壁

其　一

我作秦川客，萧然静掩门。长廊堆败叶，冻雀恋晴暾。年老惊时序，身闲感主恩。案头勤拂拭，过隙看驹痕。

其　二

识得高歌趣，方知静坐情。明窗移日影，小院度禽声。世味终归淡，吟编好再赓。此心同止水，无意听泉鸣。

时有索余书者赋此答之

座中宾客甚毋哗，称圣称颠有几家。自笑中书今已秃，谁言老眼竟无花。垂丝只觉新霜傲，落指难将细字夸。可有金篦来刮膜，搜罗群籍斗诗葩。

晓起磨墨

一窗晓日净无尘，古砚新书伴我身。七十年华弹指过，此生毕竟磨墨人。

晓坐即景

帘外早寒生，斋中晓气清。一庭联骨肉，真乐胜公卿。树老依墙立，禽驯绕屋鸣。闲身无恶梦，到眼总多情。

近日暇辄吟诗赋此自哂

到老情怀奈若何，来时苦少去时多。居闲只觉随宜好，乘兴频矜得句哦。事业可容诗债了，年华终向砚池磨。独怜此地风光异，城市无殊在涧阿。

步园得句

野屋纵横十亩间，循阶缓步我闲闲。庭前爱对新栽竹，墙外仍环旧玩山。出岫轻云容盎盎，投林好鸟语关关。是谁五岳都游遍，独此园篱日往还。

梦　醒

星光闪闪夜光微，一枕华胥梦又归。官鼓逢逢来绮阁，寺钟渺渺度林扉。门敲隔院引龙吠，骨啮高墉疗鼠饥。回首此生困尘海，而今方得悟前非。

感　事

玉门西望阵云迷，步伐终年未止齐。将相有权须早计，边氓久已怨霜鼙。

口　占

一室围炉似早春，几忘故我是何人。胸中丘壑天然在，只受清光不染尘。

晓起看山

其　一

风冷逼朝曛，天高散晓云。此身无一事，即景总多欣。腰脚老能健，峰峦形共分。孤高终自立，秀拔孰为群。

其　二

松柏有本性，烟霞即至文。旷观原自得，相对欲何云。石老一山瘦，林深群鸟欣。笑他冠盖客，酬应正纷纷。

其　三

云来仍自在，鸟去复知还。树下添新叶，门前忆故山。川原共寥阔，耳目得宽闲。倦矣独归卧，吟编好手删。

高　卧

其　一

我亦耽高卧，秦关又几时。归期难自决，去日向谁追。夜静惟闻柝，灯挑独咏诗。华胥真乐国，幻境耐人思。

其　二

最是园居好，旁观世路难。良宵身共稳，昔日梦何安。予昔谪戍乌垒，始游陕甘之路。朋旧今谁健，云山已惯看。予谪居时年甫五十，今同患难老朋已无一二存矣。回头思往事，秉烛有余欢。

阅淞舲侄诗赋答

斋居违咫尺，午日满轩楹。笔落珠玑走，琴调格韵清。多君弹古调，笑我变秦声。会有春风度，毋合乡梦生。

晨步蔬香馆

数行新竹好，几度雅人看。地僻官斋静，晨阴野寺寒。风声催落叶，树影在疏栏。我辈求羊迹，孤吟兴未阑。

与邻寺僧

日日闻钟磬，禅机谁与参。如如见弥勒，往往老瞿昙。尘世孰能脱，金银吾不贪。色空心早悟，我佛好同龛。

即　景

浮云过眼总无心，点缀溪山浅复深。出岫何如归岫去，倦飞好鸟亦投林。

复杨以庸甥婿书赋此怀之

候雁衔书至，穷边盼客归。从戎抒壮志，捧檄仰恩晖。时以军功奉旨着以知县归部即铨。战鼓声喧榻，秋霜落满衣。玉关何日进，良晤莫相违。

读榆林叶芷林孝廉出关集题后

竟作天涯客，冰山又雪山。凭凌坚壮志，苍老变朱颜。疏勒河飞渡，昆仑天可攀。穷荒吾亦到，不必说边关。

时届长至忆长安诸酒友

长安朋旧好，又隔五泉东。佳节随时度，清樽莫我同。晴光升晓日，雪意散轻风。时正望雪。怅望情何极，松醪试一中。

泰儿奉旨赏戴花翎纪恩述事得诗六首

其　一

帝德矜年老，臣躬恨力微。七旬怜日迈，万里拜恩归。有子欣縻爵，新纶胜赐绯。朝冠辉翠羽，旋马展屏闱。

其　二

三代沐殊荣，自先大夫而下三代俱赏花翎。克家有令名。步趋期黾勉，头角正峥嵘。宏尔济时抱，慰吾舐犊情。孙枝培祖德，努力答升平。

其　三

荒徼横戈后，边陲奏凯时。屏藩膺重寄，疾苦赖周咨。国计权衡审，民生教养资。东西秦陇阔，何以慰蚩蚩。

其　四

清白承先绪，忠诚事主心。冠缨延世泽，夙夜励丹忱。极盛还思继，居高用作霖。门闾尔光大，我发不胜簪。

其　五

有生逢盛世，无用叹衰迟。碌碌全门户，飞飞盼羽仪。家风幸毋玷，治术在能为。勉矣旬宣绩，拳拳慎乃司。

其　六

恋阙臣心在，还山赐命优。全家同感激，一老得行休。亲故联情话，渔樵续旧游。阡冈亲洒扫，垂涕望松楸。

长至小酌

图书清雅屋三间，天与康强帝许闲。宾主东南欢聚会，儿孙彩绣舞斑斓。徐斟玉爵娱山叟，欲访丹砂驻老颜。回首罗浮峰四百，故乡情绪不能删。

三题归耕图

徐子妙笔墨，写我归耕图。我于农圃一未学，写此毋乃邻于谀。不知非谀亦非虚，故乡归去诚区区。三十年前有此志，欲归不得情何如。今朝新命拜丹除，恩许归田息我躯。我在尘世多艰虞，宦游依旧成臞儒。一童荷蓑一荷笠，前者导引后者扶。我随老农偕老圃，持筇曳屧还吾初。吾初松竹相为娱，朝朝暮暮读我书。忆从弃书著冠履，忽忽岁月霜髭须。髭须老矣仍故吾，无惭进退岂非夫。入岫云气相萦纡，投林鸟语争鸣呼。老夫今日归来乎，笑看青山如子都。觌面犹能识我无。

怀孙寄圃节相

淮南一别又经春，怅望溪山隔故人。我叹分襟仍共遇，是年，公褫职归里，予亦奉旨休致。公居东鲁忆西秦。眼看后辈能绳武，公归后，长君以员外郎擢任侍御，次君以馆元授职编修，予子伯焘亦由延榆绥道擢任陕臬，又擢甘藩。心恋良朋更问津。公是否仍居原籍，抑已就养入都，道远无从探悉。泰岳高云瞻万里，相期体态胜松筠。

程荆圃王鹤卿朗玉峰三明府招饮赋谢

门前桃李共敷荣，欢向师筵酌兕觥。心醉醇醪神淡永，歌传雅调听和平。主宾酬酢挥三爵，老拙疏慵过一生。今朝开樽真兴剧，高朋满座是群英。

寒　晓

官阁谁闲步，书斋喜向晨。晓霜高树落，寒雀半阶驯。身隐磨残砚，交稀忆故人。垂帘无一事，棋局漫相亲。

叶芷林孝廉偶阅拙作跋语过承奖许赋谢

弄月吟风秋复春，陶情聊复慰劳薪。推敲也自倾心血，历碌空怜惹塞尘。面目依然存故我，兴观何以继风人。薄今爱古吾非敢，还向先生一问津。

怀叶甥叙斋甥素有聋疾。

今年五十六，随我尚孩童。如尔心多慧，偏怜耳不聪。贫能甘菽麦，老已作家翁。若问渭阳况，吾痴亦半聋。

午坐得句索淞舲侄和

白雪笑垂髯，寒炉手自添。怜余常寂坐，藉尔一开帘。知足斋中惟淞舲侄常来坐谈，故云。日影来书幌，禽声乱屋檐。新诗频唱和，吟罢色香兼。

题三圣寺馆舍

云绕峰头出，河奔郭外来。冈峦环古寺，木石拥高台。朋辈一时集，好山三面开。是谁抱琴至，此处远尘埃。

叶芷林孝廉见和前诗依韵答之

堂前燕翼一家春，负荷无能愧析薪。玉节频持嗟向老，素衣却幸未缁尘。靖共不懈期儿辈，落拓无羁是散人。剩有新诗携半卷，问途还望指迷津。

题　画

兰不语兮为佩，石不言兮可人。同心自然同调，有德斯必有怜。

和淞舲侄冬日杂诗四首

其　一

灰飞葭管动春阳，笠屐依然在草堂。鸟宿高林枝正稳，园锄寒菜径非荒。瑶笺拜赐联新咏，时叶芷林孝廉正以和章见示。紫塞关怀望报章。杨以庸甥婿尚在塞外军营，归期未定。一载从戎人万里，霏霏雨雪不能忘。

其　二

却病良方不避尘，驰驱习惯是吾身。劳劳卅载终无恙，奕奕双瞳绰有神。怜我知交半垂暮，过时颜色岂能新。天留此老清闲福，也作羲皇以上人。

其　三

行年七十尚丰颐，石砚仙毫不暂离。漫步小园收落叶，频翻吟草寄清思。题衔新署长翁号，稽古常搜华岳碑。风逼天寒知岁晚，浮踪仍自滞边陲。

其　四

一气清严仰六虚，空林风紧五更初。围炉且复新添火，闭户还看旧读书。几度分巡宵柝过，百无酬应世情疏。徘徊官舍同村落，阁外亭前草不除。

十一月十四日素园五弟生辰赋寄

迢迢东粤望西秦，雁阵离群莫与亲。壮志早销甘落拓，归期难定苦因循。我收行脚三千里，君是平头七十人。他日家山偕杖履，双双鬓发看如银。

淞舲侄盼家信甚切及得信外封拆损竟达空函有诗志感依韵和之

秋帘早别燕呢喃，乡绪丝棼不可芟。却恨千山迷远道，徒将片纸当瑶函。妙传咄咄书空法，怜彼殷殷达外缄。归梦莫教牵引去，须知圣迹亦虚岩。连平有圣迹岩。

步至书斋得句

风急冻鸱蹲，天高淡晓暾。悬车常闭户，老树恰当门。径僻无人过，苔枯有屐痕。飘蓬怜辗转，缘在亦归根。

邀萨湘林廉访小酌

两世论交情已深，今欣同调更同心。无多真错聊兼味，且向笙歌一赏音。翠羽饰冠荣四座，兰山积雪望千寻。吾侪都是餐英客，晚节黄花好醉吟。

东园闲眺示同人

峰头积雪远参差，岭上寒光瘦不支。几处回冈形宛转，双株老树势离奇。园中榆槐两树最古。我来得意忘言也，君试援琴一抚之。流水高山有真趣，成连往矣亦情移。

萨湘林廉访邀同程晴峰观察赴柏署小酌

其　一

事事居人后，年华独占先。老犹存气骨，身可学神仙。诗酒多余味，安闲善结缘。仪曹认前辈，萨廉访、程观察皆礼部后辈也。面目我犹怜。

其　二

烂漫是天真，吾侪交有神。何人能领悟，在我独情亲。啸傲联晨夕，形骸略主宾。是谁供菜把，老圃好为怜。

蔬香馆即景

旧圃高低路，新蔬三两畦。草庐通野径，藤杖适幽栖。夜月衔峰上，晨风送鸟啼。不闻窗外事，且听午时鸡。

蔬香馆歌

昔有蔬香楼，今游蔬香馆。蔬香楼上究何如，蔬香老人去不返。我来游秦川，我身适萧散。荒园数亩屋三间，戴笠扶筇来缓缓。

园中绿树相逢迎，屋外红尘喜间断。神仙入世真无魔，花月逢场更结伴。此地多平坦，此心无愤懑。三径常独游，一杯自引满。吾亦不知此馆创建始何年，想见当日主人适馆授餐情宛转。贤主情若斯，嘉宾迹不远。默坐似神游，老夫兴不浅。长吟短咏可当歌，两廊且为留弦管。

得罗药阶妹婿书赋此答之

蜀道滇池迹，来书内语。官邮达一函。孙枝承祖德，世禄羡朝衫。似我惭为长，惟君定不凡。殷勤铭厚意，别绪却难芟。实政及民难，如君肯负官。三年勤抚字，四境乐恬安。何患无知己，只期不素餐。赠言除世态，我亦是寒酸。

步至舫意斋题壁

满园堆落叶，踯躅我徐行。序入三冬冷，风来几树鸣。浮荣同嚼蜡，至乐羡归耕。半舫容吾榻，遥聆清磬声。

自赠四首

其　一

生平无长物，老至更何如。笥箧藏书在，江湖寄迹余。儿能期树立，我不碍迂疏。官阁多闲地，三间称草庐。

其　二

去日谁能忆，栖迟又近年。闲情寄花鸟，倦眼看山川。诗积原非债，僧邻或近禅。三余好书舫，辜负故乡天。三余书屋在连阳别墅中。

其　三

爱踏园中路，聊容物外身。亭孤依隔寺，树老结芳邻。远近山容变，高低鸟语新。所居同木石，秦地一闲人。

其　四

身曾困羁勒，性却近渔樵。此日无拘束，同人慰寂寥。三觥倾宿酿，几度听清箫。眠食还余健，何嫌丘壑遥。

得罗药阶妹婿书知景辉大甥已返江西完婚赋寄

早逝伤吾妹，叨荣赖有郎。笄珈瞻被服，儿女喜成行。谊比丝罗切，情关骨肉长。阿兄无一事，白首不登场。

自慰二首

其　一

圣主怜臣老，蒙恩许放闲。几年辞粤海，千里赴秦关。笑眼娱花鸟，幽居远市阛。少时游钓处，应待我还山。

其 二

九载未归去，连山入梦多。所思不可见，何日复来过。野店把村酒，茅庐添薜罗。考盘在阿涧，终听硕人歌。

述况四首

其 一

落日照晴岫，高山横白云。所居在城郭，入眼有丘坟。促膝良朋话，邻庵远磬闻。抚时冬过半，风叶早纷纷。

其 二

景物抱冬心，怀人何处寻。入园苔径满，隔院竹林阴。寄托胸襟在，行吟感慨深。吾庐归去好，一榻故山岑。

其 三

故国渺何处，翛然户不扃。帘垂遮曲径，树老倚孤亭。佳客无冠履，好怀半醉醒。阶前来彳亍，松柏耐冬青。

其 四

如此好家山，胡为久未还。桑榆殊可恋，鞅掌几曾闲。今得悬车去，翻怜满鬓斑。遥知珠海月，分影照秦关。

迎春花

绰约丰姿映碧纱，一枝随意伴烟霞。东风未动春先觉，冷落三冬独放花。

河州总兵德镇军见过名德克金布。

良朋千里隔，喜我一身闲。弹指三年别，回头两鬓斑。情怀谈不尽，盘错试多艰。好语堪相慰，从今返故山。

和淞舲侄夜听叶芷林王鹤卿讲佛经原韵

野寺傍幽居，清净尘梦隔。同是物外身，且为参禅客。圆光本莹然，经义何烦译。拘牵即支离，点头笑顽石。旁门孰为开，觉路谁接席。明镜与菩提，妙境宁有迹。利刃断葛藤，通灵心意适。仙佛同渊源，偈颂儒参释。出世多因缘，心灯光自辟。上乘无声闻，胡为课检覆。拈花敷一座，天香来四壁。回头登彼岸，霄露如琼液。碌碌笑尔僧，尘劳过驹隙。

静坐遣怀

去来南北总浮家，自笑行踪牞辘车。诗酒竟成闲事业，须眉难认旧年华。栖迟也似依林鸟，荏苒真同赴壑蛇。但使得归犁在把，牛官鸡栅望非赊。

怀归有作

山中猿鹤莫相嘲，早识连阳是乐郊。踏遍尘寰留雪爪，梦回梓里葺鸠巢。行邀朋旧联情话，买得鱼虾荐旨肴。碧嶂丹霞工点缀，更闻林畔鸟交交。

阅淞舲侄和叶芷林孝廉诗因复咏怀即用其韵

西秦作客又逢春，往境回思叹积薪。草草难成期月绩，余在闽抚、直督两任甫及一年。栖栖又是十年人。自蒙恩录用，今又十年矣。行藏多舛劳心血，笔墨随时拂砚尘。几处青山围故里，谁言归路不知津。

再叠前韵

冉冉流光冬复春，飞蓬展转逐劳薪。此生快意无多事，同调知音有几人。千岭家还遮海国，七旬我已老风尘。归休得遂平时愿，不问谁何据要津。

斋内观书得句

晨兴读我书，安稳是闲居。仙佛难成也，箪瓢总宴如。此生真面目，托迹寄樵渔。相伴有松菊，古香来敝庐。

大观阁寄兴

大观阁下水潺潺，冰结寒皋静一湾。背郭茅庵藏野岸，开门曙雪望他山。如斯境界如招隐，在我心情却爱闲。试向此间谋小筑，溪流照影愧苍颜。

腊月朔日示焘儿焕侄

阶前玉树日敷荣，霄汉恩承堪露盈。暖律先征春酝酿，本月二十日立春。年光又值月嘉平。埙篪翕合联真性，骨肉团栾慰至情。佳节频过人渐老，须知报国有书生。

馆舍写怀

传舍居然拟旧居，藤鞋草笠趣何如。曲肱稳睡几忘晓，抱膝长吟爱读书。老懒频添宾客减，篱园密迩鼎钟疏。远山墙外纷罗列，欲学田家带雨锄。

午阴得句

熏炉垂烬昼厌厌，云色漫空掩画檐。雪积群峰含日淡，林空一院怯风严。境当冷落情偏适，句得新奇韵自拈。又是小除佳节近，可怜马齿竟频添。

午窗偶咏

盆里迎春放几枝，碧纱掩映有丰姿。倚窗自写归田咏，开箧常留贳酒资。垂老欲将名姓隐，得闲多系友朋思。萧疏转益耽吟兴，到眼风光又一时。

几　榻

几榻翛然近小园，好山几面绕墙垣。心除烦恼无家累，身得安闲荷国恩。寒日临窗微有晕，清冰贮水薄留痕。呼童瀹茗联朋旧，座上新诗试共论。

知足斋与淞舲侄谈叙家常作自述诗八首

其　一

一门三世圣恩隆，诗礼趋庭守祖风。薄植自惭难负荷，遂初已是白头翁。

其　二

名场几度阅升沉，宦海波涛力不禁。七十年来身好在，书生面目布衣心。

其　三

小室围炉又岁寒，家常叙旧话团栾。后凋毕竟归松柏，桃李何能耐久看。

其　四

少登泰岳倚苍穹，老阅秦关华岳雄。如此山川真气概，曾罗万象在胸中。

其　五

屡持旌节领雄州，君上恩深不易酬。老骥颓唐今伏枥，免教恋栈更贻羞。

其　六

抽簪即了功名局，教子难忘顾复情。但抱肝肠依北关，心期莫使负生平。

其　七

绿水青山绕一城，梦魂先已到连平。角巾他日还归去，着我农蓑隐姓名。

其　八

岭上松声和玉箫，家园景物不萧条。一犁把定春牛稳，休羡人间七叶貂。

冬窗偶作

荒园老树共槎丫，景物三冬亦孔嘉。雪冷枝头栖野雀，炉熏屋内护盆花。声传清磬来萧寺，影度斜阳有落霞。城市山林吾意足，何妨谈笑作生涯。

梳发咏怀

鸥鹭群中理旧盟，当年回首转心惊。久经险阻还长在，笑指舟车过此生。对我青山良可恋，撩人白发太无情。余三十余岁即见白发。

摩挲双鬓聊相问，卅载相依剩几茎。

腊八得句

长空天迥岳云含，陇首风光试与探。七宝粥调过腊八，六葭灰动迓春三。情怀顿觉年华近，冷暖全将世味谙。街巷儿童挝岁鼓，吾侪依旧伴清谈。

漫　与

历碌红尘岁月多，老夫还着钓渔蓑。一矶稳坐芦花里，江上风清不起波。

杨时斋宫保由军营入觐路过兰州得晤

古戍荒陬动鼓鼙，杨公威望震羌氐。以身许国输忠悫，授钺专征勖止齐。闻宫保领兵极其严肃。元老壮犹真细柳，大臣风度慰群黎。闻宫保沿途经过地方，百姓皆扶老携幼侍立旁观，亦可见其得民矣。而今赴阙朝天去，万里长城我后徯。

倒叠漫与韵

一叶轻帆漾绿波，船头晒网不披蓑。渔翁自得江湖乐，秋月春花好景多。

和淞舲侄冬夜杂诗四首

其　一

日月如梭岁又添，含情不语笑垂帘。谁因人热吾偏冷，醉亦多言醒自嫌。信步来寻三径熟，真禅参破一花拈。忘机彳亍东篱下，六出潜飞已扑檐。

其　二

点点寒星挂曲棂，虫声依砌隔窗听。莼鲈有约迟归里，风月多情半到庭。远路崎岖人渐觉，严霜陨落我曾经。此君作伴真如意，好倚枯藤看竹町。

其　三

无事纠缠亦乐胥，宵长梦醒晓钟余。卬须好友开新酿，消遣幽怀读旧书。学在日新畴似尔，老当益壮不欺予。三间野屋自清雅，我意还成仲蔚庐。

其　四

不随佻达不拘牵，观礼常闻清庙弦。老辈回看多后进，少年深悔着先鞭。秋冬景酿阳春景，来去缘通现在缘。识得此中真况味，棋盘底事占人先。

雪霁即目

日光自高洁，山意亦清妍。夜雪积平地，朝霞明远天。虚空映好色，爽朗绝尘缘。便欲骑驴去，登峰许我先。

述志示焘儿辈

不居人下不争先，自位生平亦有权。毋堕家风安朴拙，肯随时样习鲜妍。清勤但守先臣训，继述还资后辈贤。笑我老慵归去日，却无囊橐问腰缠。

即景言怀

寒飙吹高林，风紧叶多槁。落叶声萧萧，堆径僮未扫。入耳钟磬音，隔院僧寺好。别具丘壑心，更有亭栏绕。檐雀啄食来，饥鹰奋霜晓。晨冷披鹔鹴，日归苦不早。耿耿怀故乡，迢迢计长道。寸心何拳拳，无言独悄悄。

座　上

座上有新诗，樽中挚旨酒。诗可怡我情，酒可悦我口。旨酒甘如饴，新诗喜在手。一唱而三叹，左宜复右有。此中得真机，往境自回首。劳劳五十年，车马供奔走。今日息吾庐，闲时招吾友。乐哉一长翁，何若灌园叟。

得盆梅两株喜赋

其　一

闲云野鸟寄吾生，相对名花倍有情。窗外横斜留月影，暗香应是十分清。

其　二

品格君居第一流，相逢为我竟勾留。罗浮山下曾三宿，记得仙村结伴游。罗浮有梅花村。

寒晓即景

栗烈凛霜威，轻裘当亵衣。晨光明纸帐，雪影冷窗扉。云岫寒相倚，林禽冻不飞。园丁寻野菜，荷锸趁朝晖。

怀王鲁泉先生

君有绿天园，幽人避俗喧。竹深留野客，径曲护花樊。木石居何碍，鸢鱼笑不言。惭余乏仙骨，未得一敲门。

闻　曲

精神推健者，洒落属吾曹。莫谓古人远，谁将新调操。声希知味淡，和寡即词高。一曲余音在，含情醉浊醪。

再忆连阳别墅

吾留一亩宅，僻在东城根。松菊开三径，菜蔬摘半园。水流鱼漾藻，山绕月当轩。风景故乡好，遥遥野色昏。

嘉平十五日偶作

三亩园林一草堂，幽栖每自步斜阳。梅开不碍山居寂，砚古还欣墨色香。垂老最难筋力健，得闲翻觉岁华忙。冬冬腊鼓儿童戏，今夕犹团夜月光。

嘉平十六日蔬香馆咏雪二首

其　一

园树不知名，榆槐老向荣。绿阴如昨梦，白雪亦多情。点缀空林好，槎丫古趣盈。十分清意味，有色总无声。

其　二

天上冻云满，瑶台喜再逢。花仍飞六出，景已足三冬。月色宵来淡，昨宵适逢望日。山容昼不浓。扶筇人踯躅，处士有高踪。

日前所得盆梅将开喜赋

雪后名花探小梅，殷勤意欲送春来。日前喜我无心得，盆里何人信手栽。冷淡丰资开烂漫，清高品格重琼瑰。如斯气韵谁修到，一日相看十二回。

忆　家

穷冬况味又何如，小室居安境有余。身在尘寰忘世态，梦还故里恋山居。千株好竹来遮屋，一叶扁舟往钓鱼。三里城环七里郭，最怡情处是吾庐。

题知足斋座右

入我幽人室，居然老圃家。双梅同绰约，一几自横斜。隔幌留残蕊，迎春未谢花。呼童持杖去，门外看烟霞。

午坐自遣

静昼座无客，敲钟邻有僧。书来开倦眼，老至伴枯藤。卷帙添新咏，谈谐鲜旧朋。涉园三百步，一枕笑横肱。

散步晓园得诗二律

其　一

我客一无事，闲园得所遭。循墙饶逸趣，缓步不辞劳。老树几株荫，危坡三径高。坐来吾自笑，诗债未能逃。

其　二

户晓鹊声去，山多云影来。清光同淡沱，好景独低徊。竹木有生气，轩窗无俗埃。座中书可读，一卷倩风开。

怀瞽者倪在中

与子周旋日，袁江一水长。来从蓟门道，归卧泰山旁。傲骨称诗瞽，雄谈爱酒狂。茅庐聊偃息，白发侍高堂。

晓起观书

不设棋盘不鼓琴，披裘犹觉早寒侵。一编座上寻余味，双鸟枝头弄好音。养静直无尘俗想，思深如见古人心。吾生适意无逾此，盎有醇醪且自斟。

王鹤卿世兄以学博入军需局襄事事竣奉旨以知县即铨今先返长安即赴部谒选赋此赠别

才欣聚首又将离，即景言怀有所思。两世交情皆以淡，余与尊人鲁泉先生旧交。一腔真气不能漓。书生面目常留在，长吏勋名定结知。若遇长安诸好友，道余归去尚无期。

冬园杂咏即用汪少海明府西溪杂咏十二首韵

其　一

老树倚山立，横桥临水斜。竹留残径雪，梅酿隔年花。我辈同心赏，斯时验物华。歌禽音上下，适意不投罝。

其　二

池水三冬涸，春来瀹旧溪。山容分远近，树影互高低。昼静吠邻犬，情闲闻午鸡。白云来复去，常在岫东西。

其　三

车马劳奔走，身闲鬓已苍。精神同老柏，筋骨傲严霜。经史罗真气，图书半古香。我身自俯仰，随处有风光。

其　四

往事回头忆，惊风过眼平。浪逾三峡软，星到半宵明。时有湖山兴，常闻诵读声。升沉堪一笑，吾自乐吾生。

其　五

托迹兰山下，官斋寄一椽。梦魂依粤海，景物是秦川。有酒难希圣，无愁也学仙。胸襟何处写，星月在青天。

其　六

座后白榆古，阶前槐叶繁。鸟声欣满树，舫意恰当门。亭前小屋数间颜曰“舫意”。境静情弥适，年高辈亦尊。扶童人彳亍，又是月黄昏。

其　七

密迩僧居地，钟鱼时一闻。抽帆先到岸，出岫尚嘘云。我本樗蒲质，谁挥匠石斤。非耽丘壑好，聊且避纷纭。

其　八

竹树护书堂，城居不异乡。扑帘有花气，排闼是山光。眠食推吾健，轮蹄笑彼忙。拈来新句好，咏罢意阳阳。

其　九

园丁供菜把，老仆馈冰鲜。送酒印须友，看山不费钱。怡颜常莞尔，适体自翛然。可惜投纶处，垂杨未系船。

其　十

来云瞻远岫，署内有来云亭，登之群峰毕现。来凤有高楼。署内有来凤楼。戍堞归云处，署园近依城堞。长河古渡头。黄河即绕城西而下，故云。关原控西部，曲已近凉州。陇坂多形胜，轻装一载留。

其十一

古来肥遁者，高迹莫能攀。涉世留真面，归田恋故山。卌年心落落，十亩我闲闲。试看云中鸟，飞飞倦自还。

其十二

故里亦城市，锄园遍筑篱。妇勤犹力作，我老尚情痴。山水清如此，耕渔意在斯。达人处身世，平淡本无奇。

怀钱梅江刺史

其一

哲人能勇退，解组谢风尘。漱石枕流意，苍松翠竹滨。灌园成老叟，梅江所居即名曰“灌园”。留客爱闲身。园内竹坞颜曰“留客处”。我亦长安住，居然作主宾。

其二

雨晴天气佳，折简招良友。岩壑生楼台，风花出户牖。奇情目所无，惬意空诸有。试问七十翁，一思故人否。

舆中即景

出郭无多路，东流一水长。草庵悬木塔，冰径作舆梁。近树留禽韵，遥山冷雪光。旷观得清景，也足涤诗肠。

题舫意斋

谁筑三间屋，真同画舫然。引渠先得月，坐话稳行船。好鸟依墙立，名花倚榜鲜。乐山还乐水，此意可通禅。

雪后静坐书斋得句

置身能避俗，缄口不谈人。坐静通禅悦，居安葆我真。梅花清有骨，雪朵淡无尘。踪迹山林在，几时漉酒巾。

小年偶咏

其　一

他人忙岁事，我客醉良辰。弦管娱家长，轮蹄远世尘。及兹行乐候，聊伴苦吟身。腊鼓声声应，儿童闹比邻。

其　二

野鹤同翔集，闲云自往还。此情真有托，吾意独相关。浩渺山河外，青苍竹树间。敝庐仍好在，归思不能删。

小年饮酒歌

我仆浥酒浆，醇醪破瓮来异香。庖人烹羔羊，肥羜染指谁先尝。老夫于此豁怀抱，酌酒封羊醉且饱。儿辈捧觞致词殷殷同颂祷，祝翁年年饮食康强长寿考。

岁暮怀素园五弟树崖十弟

爆竹声催岁又更，年光犹恋月嘉平。知君久享山林福，笑我长留松菊情。乡梦远随征雁去，春风多向早梅生。故园美景同谁赏，负郭良田愿学耕。

园居漫赋

城市有山林，翛然寄此心。烟霞看岫色，弦管听禽音。雅俗闲中辨，酸咸味外寻。渔樵皆可侣，我已早抽簪。

静坐自遣

驱车三至怯燕关，碧籥朱幢岳牧班。不肯负官存一念，常期报国试诸艰。事皆有命难从欲，才弗如人每自讪。回首生平无愠色，得娱风月竟还山。

感事得句示焘儿

羌笛梅花塞曲寒，闻声敷政总宜宽。恫瘝在抱真当局，辛苦筹边肯负官。排解不须劳舌辨，维持还赖秉心丹。趋庭有子能承训，林下悠然笑语欢。

除夕偶咏

其　一

今夕又除夕，秦关再阅春。光阴惜弹指，翰墨尚随身。闭户为谁伴，斋心自养神。寓公年已老，居燕亦申申。

其　二

犹是月嘉平，窗前午日晴。辞年来旧雨，献岁荐新橙。身健四肢逸，筵丰五鼎烹。春风嘘座上，梅萼早滋荣。

除夕寄素园树崖两弟

经世无能合务农，乡邻蓑笠我情钟。儿时趣味多游戏，老至情怀称懒慵。欢聚一家真快事，醉拖双屐亦仙踪。遥知故里聊昆仲，鸡酒盘餐兴正浓。

即　事

早从世味别酸咸，未敢痴狂口再缄。今日优游行竹径，几人安稳卸风帆。春来野草青先茁，雪渍云峰影半衔。潇洒心情何所寄，故园园里落松杉。

元旦得句

周流阅历爱吾身，接武还欣有替人。但愿万间成广厦，惭将一老比高椿。遭逢幸际唐虞主，黎庶环看怀葛民。共迓春光向宸极，天家雨露遍三秦。

初三日晨起口占

老人踯躅倚栏干，鬓满霜华带笑看。世味尝来同嚼蜡，时光易去感流丸。芳梅花放香弥永，小院春深夜不寒。记得昨宵酣饮候，绕梁余韵助清欢。

得杨以庸甥婿书喜赋

跨马元戎幕，投身绝塞西。惊心伴弧矢，终岁在轮蹄。今日乘归骑，何人作小奚。来书云，随仆已经逐去，故及之。晤谈期一月，快得手相携。

人　日

行脚迁移类转蓬，因风去住任西东。三年托迹居林下，万里怀归寄梦中。余罢职已将三年，尚未得归里舍。骨未必仙差免俗，齿怜加长早成翁。菜羹七种调今日，春院欣看春雪融。人日之前一夕，又复得雪。

忆罗浮

五十年来改旧容，梅花村里忆行踪。罗浮山有梅花村，余曾亲至其地。罗浮有约不能到，乡谚云“有约不到罗浮”，往往有验。辜负天南四百峰。

书斋遣兴

春色知何许，垂帘坐草庐。阮狂惟爱酒，嵇懒不观书。荏苒驹光驶，闲关鸟语徐。几时风解冻，垂钓羡池鱼。

写　怀

堪爱南窗几席清，炉香未烬篆烟轻。山收宿雨留云气，树带朝阳度鸟声。笑我衰慵甘瓠落，羡他景物又春生。人闲始觉时光好，更待芳林听啭莺。

新正九日风日甚佳得句

客里逢春又一回，上年春日，余在西安。老年节序苦相催。青山旧识多时别，白发新茎满鬓来。檐畔每闻驯鸽下，署中驯鸽甚多。盆中还见老梅开。闲居我是忘机叟，且把醇醪酌玉罍。

即　景

人闲白日静，几净红梅香。老树自朝暮，飞鸟时回翔。琴声听古调，日影浮林光。喜此尘境远，怜吾中情长。归欤爱初服，逍遥我身藏。

闲步写怀

瓦屋三两间，投簪我得闲。好山云远近，高树鸟间关。扫叶冰堪煮，当轩石不顽。故林时引梦，溪水几弯环。

乙酉冬月余由淮安就养西安甫及一年焘儿复奉甘藩之命又就养于兰州闲居无事作此纪之

长揖谢故人，西安戒征轴。就养情孔殷，居闲愿亦足。不辞行路难，翻觉从心欲。华岳出云端，官斋傍山麓。城郭同崔巍，冈峦互起伏。天风吹晨氛，夜雨拥众绿。登陟怡心胸，参差半林木。归来坐书堂，鸣禽奏野曲。俯仰一身宽，寤歌亦寤宿。何期沐主恩，屏翰晋藩服。爰向皋兰城，驱车转双毂。行人度崚嶒，鞍马同踯躅。登山仍纪程，入境更问俗。土瘠民苦贫，人淳风维朴。农耕岭头田，妇饭篱边犊。帝泽深涵濡，民生无怨讟。调护歌时雍，上古不难复。我来西北游，一豁天涯目。振衣俯岑岚，延颈睇崖谷。拳拳复何言，加餐乐旨蓄。

正月十四日鄂润泉制府招饮

佳日喜新春，开尊念故人。几年判踪迹，一席话情亲。许我游三径，行年过七旬。快哉瞻棨戟，爰慕有衢民。

元　夕

春色已如许，春风处处生。芳梅花烂漫，元夕景分明。饮羡园蔬美，衢看火树盈。醉眠吾自得，静听晓钟声。

闻生擒逆回张格尔喜报

螳臂当车笑彼顽，红旗报捷凯哥还。精兵直下诸城复，元恶先擒八部环。回疆共计八城。殿陛宣纶勤庙算，勋名勒石喜天颜。故人蒲璧承恩重，翠羽遥看双眼斑。

书斋午坐

其　一

书添欣设几，室小可容身。风日和亭午，阶除报早春。凌轩栖鸽舞，得树老鹰驯。问讯无多客，栖迟一散人。

其　二

艰险备尝后，翛然剩此身。余年天所赐，佳日岁更新。健骨何嫌老，还乡早惯贫。锡场先茔地名山下路，相伴尽松筠。

家宴得诗四律

其　一

行踪随遇合，老境喜恬安。儿辈庭前乐，吾侪眼界宽。管弦聆雅奏，杯斝侑春盘。月镜中宵朗，更深尚倚栏。

其　二

天上和风至，吹嘘拂面来。凯歌归塞外，春色满城隈。共享升平福，频将怀抱开。老夫殷属望，继武子孙才。

其　三

不必说勋名，回头岁月更。枌乡书屡寄，柏叶酒同倾。觋缕家常话，缠绵故土情。林泉都好在，我自念生平。

其　四

垂老日形老，曰归还未归。佳儿能养志，笑我早知非。令节微风扇，当年旧雨稀。脱簪披野服，不忘钓鱼矶。

邀萨湘林廉访诸公小集得句

其　一

劚笋荐嘉客，调弦聆好音。交欢聊借酒，雅契有同心。冠盖联今日，巾车忆故林。春来知几许，白发又侵寻。

其　二

群公皆俊彦，愧我老无能。懒似栖林鸟，闲同退院僧。闻歌还击节，觅句更挑灯。旧雨连新雨，谈谐庆得朋。

书怀二首

其　一

驹隙流光度，须眉奈老何。此身仍健在，往事惜蹉跎。蓬径来朋少，乡园入梦多。归心难自抑，十载别岩阿。余自己卯出门迄今又十年矣。

其　二

不是恋烟霞，行藏我自嗟。早知名即累，翻以客为家。故旧人余几，关河路尚遐。小楼春雨里，何日话桑麻。

忆锡场

急浪落山腰，扁舟下虎跳。锡场之上为虎跳滩，水极其溜激，及出滩即注而为潭，深不可测。寒湫盘石鳖，虎跳潭内半山有天生石鳖，斜伏于上。碧草护仙桥。潭左峰顶有两石突出，平铺如桥，俗呼为“仙人桥”；桥下有草下垂，终岁青翠不枯，俗呼曰“仙人草”。窈窕双峰峙，先茔前有双峰远对，极其秀拔。潆洄一水遥。锡场墟前一水逆朝先茔，与虎跳之水会合出口而去。茔前多菉竹，犹记手清浇。茔前竹木皆系亲栽，今已成林矣。

得杨以庸甥婿书知已随使臣起程入关赋寄

其　一

与甥分手日，两度易年华。策马晨霜冷，停骖夕照斜。天涯斟柏酒，野戍咽羌笳。万里归来好，兰州已是家。

其　二

共羡飞凫去，应知捧檄情。与人无怨恶，觇尔有生平。脱颖能藏颖，家声即政声。渭阳嗟老拙，款款话中诚。

萨湘林廉访和余小集得句之作依韵答之

其　一

元恶已成擒，西归怀好音。时得生擒逆回张格尔捷音。壮犹承庙算，明命享天心。吉事来芳甸，廿省于上元日闻捷。祥光满上林。计新正十九、二十等日，红旗即当到京。多君藏旨酒，折简更招寻。

其　二

老来常自笑，粥粥一无能。得句还须友，参禅不问僧。雅歌传绮席，新焰发华灯。唱和存吾辈，期为耐久朋。

微雪得句

塔影依墙立，钟声入暮来。云飞高岭薄，鸟掠夕阳回。老眼惟余倦，闲心未尽灰。雪花飘不住，帘下好衔杯。

萨湘林廉访复和前诗仍叠韵答之

其　一

蚓窍与虫吟，惭多下里音。如公无敌手，落笔有仙心。磊磊真名士，翩翩重艺林。大观登杰阁，春暖好重寻。

其　二

别裁君独擅，余事我何能。试问牟尼佛，谁为自在僧。闲情多爱酒，老眼不观灯。再拜瑶章惠，无殊赐百朋。

小园散步

亭虚还抱石，圃小却依城。满地空林影，随时过鸟声。蔬香新馆近，舫意旧斋清。墙外山光好，斜塍信步行。

静坐书斋仍叠萨湘林和韵成诗二律

其　一

行云无剩迹，啼鸟有遗音。即此闲居境，悠然静者心。呼童来扫径，种竹喜成林。二仲还相与，高踪好共寻。

其　二

蒲团常静坐，自许百无能。敢谓心同佛，居然我是僧。搔头怜白发，隐几淡青灯。不落旁门去，拈花笑结朋。

湘林廉访复叠前韵见和赋答

其　一

抚弦弹古调，难得有知音。一日联交谊，千秋在寸心。浮云看富贵，妙境入山林。识得此中趣，风光正可寻。

其　二

且喜安吾拙，何须奏尔能。垂纶延钓客，隔舍访诗僧。春酒斟芳斝，书窗炷晚灯。清芬敷满座，兰蕙赐良朋。

复登交荫亭

凌空悬塔影，曳杖我徐行。园屋夕阳度，野林春意生。山容无远近，云势有逢迎。到处来清景，相看老眼明。

漫咏仍倒叠湘林廉访见和原韵

其　一

耆旧今垂尽，何人作老朋。好花含玉蕊，静室对心灯。本是瑶台客，还为佛法僧。生平自回首，得力在无能。

其　二

隍鹿平常事，胡为以梦寻。闲身脱簪组，快意入园林。婚宦殊多累，鸢鱼有会心。鸣琴聊一抚，淡淡识余音。

计杨以庸甥婿行程已当入关赋此怀之

从戎逾一载，今入玉门关。共羡先鞭好，相随振旅还。奔驰轻万里，险阻试诸艰。嘉尔年方壮，怜余改旧颜。

知足斋题壁

其　一

三间书屋好，几面午窗开。怖鸽共翔集，饥鹰时去来。娱情多竹木，散步有亭台。春色摅怀抱，惟怜鬓发催。

其　二

老矣得高卧，归欤无定期。眠餐惟我适，心事少人知。往迹会观史，余闲自咏诗。疏篱明月影，也足慰清思。

新试砚戏题

磨墨磨人一笑看，秀才滋味近寒酸。漫言心手交相习，适意须知适用难。

书　怀

红尘何处涤烦襟，我有中怀托素琴。五十年来投世网，八千里外系归心。闲身未敢轻轩冕，适性偏怜访竹林。回首天南游钓迹，水西东保半云岑。水西、东保皆先茔地名。

闻杨以庸甥婿已随使臣旋抵肃州赋寄

往返边关路，艰辛雨雪缘。跨鞍消髀肉，联辔整归鞭。通阅风尘苦，方知骨力坚。花朝佳节近，欢笑一开颜。

园斋偶咏

吾生成拙宦，此地惬幽居。竹荫常留鸟，池开好养鱼。薜罗穿曲径，灯月映藏书。谁是求羊伴，扶筇得自如。

嗟　老

早闻塞曲奏伊凉，垂老行踪未返乡。遗叟西来人矍铄，故园东望海苍茫。亲朋绝少齐年在，笥箧犹存旧墨香。我是游僧皤白发，惭称足迹遍诸方。

萨湘林廉访自撰楹联见赠赋谢

联云："万里风帆远到近能登彼岸；

一堂昼锦古稀今得作闲人。"

作宦如浮海，原知到岸难。无能空老大，何幸得恬安。禄养承恩重，臣工愿力殚。惟望焘儿殚力报效。敢云同昼锦，我不改寒酸。

往　事

往事追寻迹已陈，回头何处问前因。岁时迁转无濡滞，身世遭逢半苦辛。自顾须眉成老叟，学为稼圃是闲人。今朝陇上扶筇望，更唤奚童理钓缗。

闻杨以庸甥婿将至喜赋

年余不得见，万里走间关。返辔长流水，甥抵长水始得生擒逆回张格尔捷报。看云博达山。博达山绵亘口外。峰腰归战马，螳臂笑羌蛮。甥舅情何极，倚栏共醉颜。

忆连阳

白发疏新鬓，青山恋故乡。残云常入户，远树自成行。百亩千家绕，双溪一苇杭。相依半亲故，好与卜行藏。

哭罗药阶妹婿

其　一

与我相知早，髫龄已缔姻。诗书培学术，冠佩继缨绅。共处无多日，相看有用身。琴堂闻善政，民与使君亲。

其　二

握手蓟门道，分符三晋来。一行聊作吏，百里更抡才。妹婿初任五寨，上官以才堪治剧，奏调介休，今已三年矣。话到亲朋乐，心惊仆马催。绵田归去后，每逐驿亭埃。介休路处冲途，冠盖往来，膺斯上者，疲于奔命。

其　三

郁郁向谁语，劳劳难自如。靖共期匪懈，贫病苦相於。万种心情在，三年鞠瘁余。可怜人伏枕，为我觅双鱼。力疾勉作诀稿，令人代书以寄。

其　四

纵有生还梦，相随卧榻边。布衣与蔬食，键户且安眠。来书云病将不起，倘若稍痊，即当引疾归里，以布衣蔬食终身，不作出山之想。作此伤心语，传来远道笺。太行我西望，老泪独潸然。

其　五

儿返章江去，心旌万里随。长途劳记忆，病骨叹支离。易箦含悲处，封缄永诀时。皋兰分袂日，后会竟无期。

其　六

婚友嗟零落，君偏撒手行。多年谙世味，独力振家声。地下夫何恨，身前最有情。临风奠杯酒，痛哭念同生。

同杨以庸甥婿步园

其　一

嫩柳叶初放，夭桃花欲开。夕阳依岫落，嘉客抱琴来。植杖倚孤石，临流登钓台。小园春色好，惜少几株梅。

其　二

踯躅一枝藤，蘧蘧似老僧。亭空山色入，风劲晓寒增。好鸟自来去，闲身无爱憎。我栽林外竹，清影荫芳塍。

步园追忆罗药阶妹婿

学圃人垂老，春风笑我痴。当轩花满砌，绕屋鸟盈枝。曲折谁蹊径，清闲独赋诗。所思不可见，应有梦君时。用施愚山先生句。

坐知足斋感成

肥遁何妨玩一爻，此身位置在衡茅。劳劳幻梦欣先觉，落落晨星感故交。把酒尚同称老健，吟诗还自爱推敲。须眉毕竟留吾辈，春色依然满绿梢。

得淞舲三侄来信知随桂香岩阁学入都已于仲春廿五日过平凉郡赋寄

送尔出门去，门前驿骑催。丈夫真磊落，良马岂虺隤。不惜驰驱力，还资驾驭才。来书云，每日必策马数十里，故及之。追风瞬千里，骥足莫徘徊。

小饮得句

其　一

高谈怀抱任天真，坐列壶觞酒几巡。不是吾痴还纵饮，风光未肯负三春。

其　二

归来不叹食无鱼，潇洒欣同木石居。清福偏从闲处享，满窗明月一床书。

题许数九居士秋江泛月图

秋月在人间，秋江任往还。江声留日夜，月影满关山。一舸中流放，三宵好景环。问君谁作伴，只有此身闲。

怀淞舲侄

皋兰山上月，相送到泾州。共处忽言别，孤吟添我愁。春云遮积雪，驿路听鸣驺。时随桂阁学入都。雁影长空度，家书再寄否。接淞舲平凉寄信，迄今尚无书至。

园斋题壁

雨雪怀归是此心，况当老境日侵寻。良才合让凌霄木，倦翼原非出谷禽。野竹庭梅都作伴，诗情画意亦知音。寸怀潇洒还如昨，点缀荒园似故林。

祀先农坛泰儿赴东郊劝农礼成回署

茅绹宵昼最关情，千古豳风好载赓。爱听西畴歌夏谚，欣看南亩馌春耕。劝农早切丰年望，奏凯还同乐事并。笋笠蕉衫来士女，堵墙欢笑竟倾城。

汪少海明府侨寓西湖应杨时斋宫保制军之聘来作皋兰之游晤谈喜赋

其　一

几年不得见，踪迹各天涯。作客仍同宦，还乡始是家。离愁情欲诉，老懒日相加。握手无多语，惟看两鬓华。

其　二

出门嗟已久，归兴十分浓。绕屋多修竹，开窗纳远峰。鱼虾供早膳，岩壑响悬淙。风景美如此，吾甘学老农。

其　三

与子周旋久，离群复乐群。论人毋失我，知己孰如君。避世留青眼，抽身赠白云。廿年遗爪雪，龙口忆清芬。龙口山，廿年前余与少海所居处也。

其　四

又得连茵坐，秦关话昔游。襜帷今上客，袍笏旧诸侯。好月今宵朗，适逢望日。雄谈异日酬。少海贻余六十岁生日诗有“迟之六十年，麋寿一倍积。祝公百二十，我亦年一百”等句，可谓雄谈矣。百龄同致祝，一快且忘忧。

述怀致汪少海明府

其　一

南北跨征鞍，敢云力已殚。老来诸事拙，归去一身安。笃念卅年好，荒怜三径寒。轻装犹未整，行路早知难。余与少海交好已二十余年矣。

其　二

劳碌竟何为，回头事事非。三春鸿雁少，几缕鬓毛稀。洗砚无尘想，垂帘早息机。连阳留八景，多向梦中归。

喜雨

扫榻安眠梦未成，潇潇满院好风生。远山一气排云势，高阁终宵听雨声。千里快沾新泽润，三春真惬老农情。凯歌此日来边塞，是日，恰逢边将押解逆回张格尔过境。却喜丰年更洗兵。

雨中口占

春雨密如丝，春花放满枝。独怜爱花客，又是送春时。节序谁先觉，容颜我自知。青青阶下竹，抽笋过疏篱。

言怀

两年辙迹寄秦川，回首生平意惘然。不惯逢迎多龃龉，能安淡泊得安便。人言老眼花同雾，我谓闲身境是仙。他日戈罗吾乡山名投杖去，白云满袖致翩翩。

寄淞舲侄

一别已三旬，长途正好春。山川频拭目，景物喜随身。来书云，一路春景甚佳。客馆安居易，家书寄语真。陇西二千里，毋忘白头人。

自　哂

花容鸟语各清妍，追忆尘劳兴洒然。百事无能偏健饭，一床稳设且高眠。早知梦影多成幻，应识安闲也是缘。笑我年来头尽白，持竿才学小神仙。

孟夏九日汪少海明府来署小酌即席赋赠

龙口看山又几春，离怀渺渺隔风尘。常凭笺记通芳讯，却喜官声重故人。志士穷通无改度，良朋赠答总情真。即今百二关前道，我辈犹余未了因。

怀　归

无限乡心不可删，我曾钓水更游山。六千道路云天隔，七十年华鬓发斑。自顾疏庸惭力拙，犹怜老懒得身闲。罗浮四百峰头好，早结良缘任往还。

与汪少海明府话旧

流光迅转类跳丸，回首离群阅暑寒。世路升沉都弗问，吾躬得失自徐观。读书毕竟会心远，交友相逢知己难。今日寸怀摅悃款，可如止水不生澜。

汪少海明府自书新咏三章于箑头见赠赋谢

先生乘兴过吾庐，握手谈心日影徐。惠我清风歌肆好，多君雅趣乐三余。一时宦味都参透，卅载交情肯自疏。漫讶行装难仆数，西来尚有五车书。

少海陪杨时斋宫保宴集赋诗见赠依韵和之

古稀老友合衣裾，二十年前语不虚。二十年前予五十岁，少海寄诗为祝，内有句云“他时弟子如今日，更为先生祝古稀”。今果验矣。青眼回看逢旧雨，白云遥望寄新书。少海眷属侨寓浙江，兹得家书。元勋杖履欢相接，仙吏风华绰有余。笑我霜髯同懒漫，何须搔首更踟蹰。

赠汪少海亲家

气谊交亲莫若公，行游又到陇西东。好官毕竟为时用，仙吏终非与俗同。两浙苍生望霖雨，一腔诚悃恋丹枫。故人握手欢相聚，他日云逵喜渐鸿。

张爱涛司马寄长律一首见怀依韵和之

回首潼关客绪牵，长安一别又经年。良朋迹寄云天末，好语书传陇树边。羡子才华成伟器，嗤余老懒结前缘。西方却喜迎凉早，亵服常披六月绵。

友人邀同汪少海亲家游五泉山归途少海亲家覆车以诗见示依韵和之

城外五泉山，山下五泉水。水色浮山光，曲径良可喜。好友招我来，古树层栏倚。何处闻潺湲，泉声入吾耳。举觞再酌之，酬唱联彼美。彼美我故人，坦坦贞素履。康庄呈骥才，四境颂声起。鹏程六月息，策马来边垒。宝刹瞻崔嵬，崇冈自迤逦。登陇情有余，雄谈掌相抵。调高知者希，味淡不期侈。禅房花木深，可有仙人杞。愿奢佛难成，丹转谁能舐。老僧笑无言，试一参禅指。夕阳半在山，返辙循旧轨。

马逸不能收，车翻落涧底。陷阱罗前途，须臾判生死。入险出于险，观者尽披靡。境危心能安，道泰身不否。黄鸟在丘隅，于止知所止。我曾历多艰，乐哉返故里。

自述二首集归去来辞

其　一

矫首问前路，吾今是散人。琴书聊自得，云鸟亦相亲。窈窕寻丘壑，盘桓话老邻。赋诗还酌酒，抚景憩良辰。

其　二

老矣复奚为，行休及是时。庭柯来啸傲，衡宇眄耘耔。心不为行役，世非莫我知。游观情未倦，植杖又何之。

即事自遣

老懒莫能为，安闲无不宜。儿能承父志，孙却伴翁嬉。即此家庭乐，还兼好爵縻。华山东望远，恋恋亦情痴。

雨中口占

钟声才度鸟声回，小院丛花烂漫开。笑傲轩窗遗叟在，晦明风雨故人来。是日，汪少海亲家过访。去官却羡身无绊，守拙还甘老不才。景物又看秋节近，本月廿七日立秋。乡园何日赋归哉。

得淞舲侄书知六月初旬即可赴内阁行走赋此寄怀

纶省居然姓氏存，挥鞭策马入都门。戏拈采笔题红药，缓步花砖坐紫垣。旧日头衔今已换，中年心事竟难论。鱼书一纸传关陇，鸿爪留看印雪痕。淞舲留甘已年余矣。

有　感

自别连阳去，东西更问津。一身长作客，十载未归人。花忆岭梅远，鸟依边树亲。风光弹指过，谁喜亦谁嗔。

柬汪少海亲家

与君初识面，气谊即相亲。悃款论交厚，艰难寄语真。不为笼畔鸟，且作幕中宾。云路翱翔日，方知是伟人。

初秋口占

入室即趺坐，居然成老僧。古书摊石榻，禅语印心灯。适意任醒醉，忘情无爱憎。闲人识闲趣，景物喜秋澄。

题刘晓峰采药图刘年七十有二矣。

先生一指现优昙，七十年来智慧涵。采药山深不知处，满腔生趣寄筠篮。

咏　怀

雪发霜髯竟若斯，生平阅历试回思。安闲习惯常偷懒，朋旧情长且赠诗。塞外云山识吾面，老来眠食适时宜。章江是我还乡路，何日长歌归去辞。

忆　昔

忆昔驱车过五泉，流光如驶廿余年。来依子舍身垂老，快叙天伦境是仙。屏翰共承肩荷重，箕裘欣藉口碑传。时燾儿正任甘藩，颇著循声。碧纱窗里题新句，又见秋花在眼前。

游五泉山书贻寺僧

山僧不识字，信口皆禅机。一瓢一笠随所之，清风明月常相期。静养天真心则夷，扫除魔障非离奇。好鸟唱和如弦丝，云岚出没无端倪。耳目成遇匪所思，会心不远长若斯。我与山僧手相携，试以我法参菩提。袒臂散发形可嗤，打钟扫地情忘疲。成佛成仙不敢知，非空非色还吾痴。大笑山巅与水涯。

杨时斋宫保招饮赠谢

我知梦幻本非真，到眼风光暂一新。老大何妨仍被褐，生平每叹似劳薪。即今伴侣闲游日，且喜康强自在身。觌面相逢多旧雨，弦歌樽酒味清醇。

荡喧楼陪汪少海亲家宴集即和少海原韵二首

垂老光阴喜赋闲，却怜种种二毛斑。凉宵又见来新月，高枕何时卧故山。客况三年犹可忆，乡心千里未能删。瑶琴一抚楼前景，人在高山流水间。今朝置酒独登台，为有良朋海上来。少海从浙江来。共待好音传朔雁，时少海呈请捐复淞舲侄拟到内阁行走，以庸婿赴部铨选，皆待好音也。且娱老眼向南陔。多情阶下笙歌奏，痛饮筵前笑语陪。落落生平似虹气，还同亲友快衔杯。

忆连阳

老境推迁笑屡更，才游太华又金城。去来辙迹真萍泛，今古轩裳总槿荣。解脱浮名良有味，消磨壮志愧无成。回头故壤分明在，岸嵂连山系我情。

小斋静坐书赠汪少海亲家

湖上我曾持使节，余杭君亦拥朱轮。存心惠利差堪信，所遇离奇且莫论。障海楼前颂遗爱，障海楼，少海任海盐时所造也。皋兰山下作闲人。衰翁自笑巾箱古，杯斝还联朋旧亲。

邀汪少海亲家小酌

庭畔高柯落晚鸦，官斋依旧是山家。座中有客皆仙侣，阶下含情看野花。侑酒曲终余宛转，题诗韵不限尖叉。奚童都向篱边去，笑试并刀共剖瓜。

自题松阴伴鹤图二首

其　一

青松环石座，白鹤步阶除。洒落心无碍，安恬境有余。花香三径菊，风展半床书。远眺戈罗壁，戈罗壁，连平山名，上有三峰。山云自卷舒。

其　二

如此好家居，归来称意无。松枝共苍古，鹤影伴清臞。无闷胸襟阔，能闲气象殊。斜阳人植杖，野色满平芜。

九日得句

过眼云山常作客，满城风雨又重阳。此身潇洒无牵挂，佳节相逢却忆乡。

重阳邀汪少海亲家小酌即用陶诗己酉岁九月九日韵

陇上过佳节，欣然联故交。相携步东园，草木已半凋。惟有数行菊，残枝傲霜高。更闻数声雁，嘹唳来青宵。及今不行乐，人生嗟徒劳。胡为自局蹐，郁郁多烦焦。且进杯中物，学彼五柳陶。“且进”句，即用陶句。啸歌我自得，永夕还永朝。

前诗甫就少海亲家已另作五古一章见示复依韵和之

在昔柴桑翁，东篱爱采菊。芳躅谁与同，赏心竟使独。千载怀高风，随遇无不足。君从江南来，万里望西蜀。慷慨摅中怀，遐心到空谷。我以下里音，一谱凉州曲。两人寄意深，卅载论交笃。嗟君发已宣，笑吾老而秃。佳节今又逢，嘉客喜不速。瓮启柏子斟，酒醒茶香熟。回忆数十年，情景如在目。俯仰天地宽，懒散从心欲。

久别乡园预拟归家情况得诗一绝

登山寻水忆当初，到眼还同旧读书。我对青峰好颜色，自惭衰白鬓毛疏。

阅归去来草复集归去来词成诗一首

归去来兮胡不归，心为行役我知非。爰瞻衡宇成吾愿，请息交游与世违。倦鸟寻柯还矫首，轻风入室任吹衣。遥遥前路何容问，窈窕晨光独恨微。

杨时斋宫保约半月许即邀余与汪少海亲家小酌聚话少海作五古二章咏之赋此奉和

其　一

元老展壮犹，康强复逢吉。卓哉美髯翁，师出必以律。宫保美髯。秉钺常专征，英豪莫与匹。威名震西羌，小丑咸股栗。帝曰咨汝来，边疆资良弼。偃武复修文，秦郊恩波溢。远忆廿载前，风规许我即。

其　二

自我识面来，怡怡若兄弟。回首溯清欢，颓然吾老矣。君乃乡后辈，声誉堪继起。人事太不齐，吁嗟不我以。劝君耐贫寒，吾亦仕三已。但愿联主宾，矧为旧桑梓。我笑酌巨觥，追随有犹子。时焘儿正为宫保属吏。

知足斋题壁

几日霜飙逐马蹄，萧萧落叶满平畦。朝阳乍起乱栖鸽，客梦初醒啼晓鸡。老去风尘多懒漫，身来南北更东西。皋兰山下情无限，写我新歌续旧题。

和叶芷林孝廉世长九秋杂咏二十首

其　一

不是中秋月，清光一样多。楼高峰影峙，寺静梵声过。入我空庭白，添他小沼波。宵分人倚槛，零露浥青莎。秋月。

其　二

何处感人情，先闻在树声。九霄浮露卷，一夜嫩寒生。驿路喧铃铎，乡心送客程。商飙吹未息，夕照半山明。秋风。

其　三

莫谓秋云薄，真如画里看。萧疏人意悄，淡泊世缘安。散影风初软，含情月未残。相将自怡悦，持赠结清欢。秋云。

其　四

细雨湿疏林，轻霏护晚阴。三更听夜漏，一片送秋心。最爱空蒙景，时闻断续音。晨阶聊展步，尚有碧苔侵。秋雨。

其　五

雨洗花三径，烟笼水一湾。无心来野岸，有态恋青鬟。偶度疏钟去，频将倦鸟还。凉风吹又散，留迹点关山。秋烟。

其　六

满空云叆叇，望去不分明。未许青峰出，还闻野涧鸣。烟迷深院色，鹊少晚晴声。何日来风籁，同看夕照横。秋阴。

其　七

婀娜春光好，清高秋色虚。山容真大雅，人意亦相於。妆靓云消后，帘开月上初。隔窗谁徙倚，垂柳望中疏。秋山。

其　八

户外山如画，溪前水不奔。蒹葭满秋思，丘壑隐荒村。洄溯伊人在，登临逸兴存。长天看一色，怀抱共谁论。秋水。

其　九

夏木千章盛，惊秋一叶飞。商飙吹未了，嘉树望中稀。疏柳不堪折，夕阳还共依。好春在何许，惆怅忆芳菲。秋林。

其　十

阶下秋花放，窗前夜月移。芳心原自许，好影总相随。本茂环葱蒨，枝新喜护持。生平有真赏，可许暮春知。秋花。

其十一

此花留正色，淡远益精神。绘得秋容老，原来傲骨真。高人风度在，小圃眼光新。采采东篱下，柴桑隐者身。秋菊。

其十二

忽漫寒风至，庭柯落晓霜。有痕余蔓草，何处问春光。寂寞铺平野，荒芜伴夕阳。青青看异日，好梦到池塘。秋草。

其十三

翠色来荒圃，畦边独把镵。维时秋已晚，笑我老而馋。风味都尝遍，心情自不凡。绿菘倾白酒，楼上月初衔。秋菘。

其十四

燕燕多情甚，飞飞去复回。言归同下上，语别重低徊。不待蛰虫俯，相看鸿雁来。主人爱春日，旧垒又新裁。秋燕。

其十五

雁影度长空，云开大漠中。望乡惊远客，入耳杂鸣虫。辽海霜侵月，衡山阵警风。好音如可寄，藉尔作邮筒。秋雁。

其十六

苍茫碧天遥，鞲鹰下九霄。风腥翻羽疾，野阔得秋骄。狐兔何由伏，云峦任所招。英雄真本色，万里自扶摇。秋鹰。

其十七

绿阴深处好，几树听鸣蝉。曲岸迎风柳，斜阳欲雨天。置身高且洁，流响后承先。情景回头忆，于今又隔年。秋蝉，兰州早寒，无蝉，故云。

其十八

有身皆是幻，汝小亦知秋。曾伴芸窗读，欣承月夜游。藏身依古藓，度影入高楼。院静凉宵永，星星几点留。秋萤。

其十九

暮响来何处，千林共一音。斯时同侧耳，异地各惊心。秋色竟如此，虚声无可寻。庐陵曾作赋，奇景助高吟。秋声。

其二十

秋气到园庭，秋风满驿亭。鹤鸣知露警，木落剩峰青。客思纷多绪，光阴肯暂停。且倾桑落洒，归梦我初醒。秋思。